ERKENTAL

Der verschwundene Alchemist

A. K. Bender

ERKENTAL

Der verschwundene Alchemist

Buchfink Verlag

Für meine Mutter und unsere gemeinsame
Liebe zu geschriebenen Wörtern

Impressum

1. Auflage 2020

Illustrationen: Anna Folz
Satz und Umbruch: Julia Kretzer
Gesetzt aus der Linux Libertine
Druck und Bindung: UAB BALTO print

ISBN 978-3-948453-05-3
www.buchfink-verlag.de

eins

An einem Mittwochabend im Sommer fegte ein heftiger Sturm durch die säuberlich getrimmten Hecken der Mistralstraße. Auf den Bürgersteigen war keine Menschenseele zu sehen, und das ohrenbetäubende Pfeifen des Windes übertönte jegliche Geräusche. Vorstädtische Einfamilienhäuser säumten wie Klone den Straßenrand und unterschieden sich nur anhand ihrer Hausnummern und der Fahrzeugmodelle in den Einfahrten voneinander. Und selbst hier schien man allgemein Autos zu bevorzugen, die auf eine ausgeklügelte Weise zugleich protzig und praktisch aussahen – mit Ausnahme der Bewohner von Nummer 27, vor der eins der staatlich geförderten Elektrowinzautos parkte. Zwischen den glänzenden Minivans stand es in all seiner roten, verbeulten Schäbigkeit in der Auffahrt – wie im stillen Protest für mehr Vielfältigkeit in einer uniformen Welt. An der Hauswand der Nummer 27 führte eine nachträglich angebrachte geschwungene Metalltreppe hinauf zu einer zweiten Wohnungstür. In dieser Wohnung saß ein blasser dreizehnjähriger Junge auf dem Bett und hatte die Decke bis zur Nase hochgezogen. Der Wind rüttelte seit Stunden an den Fensterläden seines Zimmers. Anstelle von intervallartigen Böen hielt er sich heute trotzig an einer Stelle.

Der Junge hieß Hendrik, aber der Name hatte schon gleich nach seiner Geburt keine Verwendung mehr gefunden. Nach

Aussage seiner Mutter war er aus der Panik heraus entstanden, ein leeres Schild am Krankenhausbettchen zu haben. Schon wenige Tage danach hatte sie ihre spontane Auswahl bereut, doch es war zu spät gewesen. Geburtsurkunden wurden leider nicht mal eben umgeschrieben. Auch ihre Erklärung, dass sie „nicht ganz bei Sinnen" gewesen sei, hatte nichts gebracht: Das hörte man anscheinend öfter in diesem Zusammenhang.

Daraufhin stellte sie ihren Sohn allen mit Endri vor und schrieb den Namen stur auf jegliches offizielle Dokument. Nicht einmal in der Schule wusste jemand, wie sein richtiger Name lautete. Sogar er selbst vergaß manchmal, dass er eigentlich Hendrik hieß.

Weder an diesem Tag, an dem der Wind unablässig an den Fensterläden lärmte, noch an allen für ihn vorhersehbaren darauffolgenden Tagen, so hatte Endri beschlossen, würde er sein Zimmer, geschweige denn sein Bett verlassen. Er hatte den mit Abstand schlimmsten Monat seines Lebens hinter sich. Und mit dem Anfang der Ferien standen ihm weitere sechs unschöne Wochen bevor.

Er hatte nicht immer zu der verschwindend geringen Gruppe an Jugendlichen gehört, die sich nicht auf die Schulferien freuten, obwohl er währenddessen üblicherweise viele Stunden bei Frau Müller, ihrer Vermieterin, verbrachte, um für sie diverse Hausarbeiten zu erledigen. Es hatte ihm nie etwas ausgemacht, solange er Zeit hatte, mit seinen Freunden die restlichen Stunden des Tages zu verbringen. Aber alles war anders seit dem Vorfall in der Schule letzten Monat.

In der Mathestunde bei Herrn Winzel, die schon eine Qual war, wenn der Lehrer mal gut gelaunt war – und das war an diesem Tag eindeutig nicht der Fall –, hatte Endri eine Nachricht erhalten: einen kleinen, unauffälligen Zettel. Ein seltenes Ereignis! Da in sämtlichen Klassenräumen Störsender angebracht waren, die ihre Smartphones während des Unterrichts unbrauchbar machten, kam es aber hin und wieder vor, dass Schüler sich dieser klassischen Kommunikationsmethode bedienten.

Endri umklammerte den Zettel. Er musste einen günstigen Moment abpassen, um ihn zu lesen. Vorne auf dem großen Bildschirm lief eine Präsentation über Ungleichungen, und der Lehrer wartete gelangweilt auf Zwischenfragen. Leider war Mathe für gewöhnlich das Fach mit den wenigsten Fragen. Endlich hob ein Schüler die Hand mit der Bitte, die Toilette aufsuchen zu dürfen, und Endri nutzte seine Chance.

„Lass uns nach der Stunde am alten Schultor treffen", stand in einer krakeligen Kugelschreiberschrift auf dem Papier. Die Buchstaben sahen eher gekritzelt als geschrieben aus.

Die Nachricht war von Klara. Klara mit den krausen Locken, die wie kleine Sprungfedern aussahen, und die beim Lachen diese glucksenden Geräusche von sich gab. Klara, mit der er seit Tagen via Messenger hin und her geschrieben hatte. Meist waren es zwar nur wenige Worte gewesen, und oft hatte sie sich stundenlang nicht zurückgemeldet – trotzdem war es unbestritten die aufregendste Unterhaltung, die er je mit einem Mädchen geführt hatte. Und jetzt hatte sie ihm einen Zettel geschickt! Ein Großteil der Schüler schrieb nicht mehr mit der Hand, jeder besaß ein Tablet, und nur wenige Eltern bestanden darauf, dass ihre Kinder lernten, mit der Hand zu schreiben. Die meisten schafften es gerade so, ihre Unterschrift zu krakeln. Endri wusste, dass Klara keinen Handschreibekurs besucht hatte, und bestaunte die Mühe, die sie sich beim Schreiben des Zettels gegeben haben musste. Das sprach für ein ernst gemeintes Interesse an ihm. Und auch der Ort des Treffens war verheißungsvoll.

Das Schulgelände wurde von einer hohen Mauer gesäumt. Das alte Schultor war der ursprüngliche Eingang zum Schulgelände gewesen. Es war so rostig, dass es ohne Probleme als Set für einen Horrorfilm dienen konnte. Nach einem Umbau, der so lange her war, dass nicht mal die älteren Lehrer sich an ihn erinnerten, war der Eingang auf die gegenüberliegende Seite des Geländes gewandert. Hinter dem alten Tor verlief ein ungeteerter Weg entlang eines weitläufigen vertrockneten Feldes und eines schlickigen, modrigen Teiches, der (sehr unglaubwürdigen) Gerüchten zufolge vor vielen Jahren mal ein kleiner Badesee gewesen war. Der Weg wurde selbst von Spaziergängern nicht oft betreten und bescherte den Schülern eine gewisse Privatsphäre. Immer mal wieder fand eine Mutprobe statt, bei der sich einer der jüngeren Schüler vergewissern sollte, dass es sich bei diesem Teich nach wie vor um etwas Wasserähnliches handelte. Der Auserwählte musste dann auf die zwei Meter hohe Schulmauer klettern, was strengstens verboten war, einen Gegenstand in den Teich werfen und das obligatorische „Platsch" abwarten. Bis jetzt war der Test jedes Mal positiv – „Ja, wasserähnlich, aber mit Tendenz zu Sumpf" – ausgefallen. Ein beruhigendes Ergebnis, denn obwohl die meisten öffentlichen Gebäude seit den verhängten Wassersparmaßnahmen ihre Grünflächen ihrem Schicksal überlassen hatten und die Hugo-Eckener-Gesamtschule bei Weitem keine Vorzeigeschule war, wollte trotzdem niemand in einem Sumpfgebiet zur Schule gehen.

Die Geschehnisse am alten Schultor konnten aus keinem der Schulräume beobachtet werden; es war der perfekte Platz für alles, bei dem man lieber unbemerkt sein wollte. Das von Klara vorgeschlagene Treffen konnte nach Endris Einschätzung nur eines bedeuten: Er würde heute sein erstes Date erleben.

Mit zittrigen Knien machte er sich nach der Stunde zum Teich auf. Sein Freund Leon warf ihm einen amüsierten Blick zu. Er hatte seinen Kumpels nichts von den Nachrichten erzählt. Sie wussten, dass er schon seit Monaten in Klara verknallt war, und hätten ihm das Treffen am Ende nur mit ihren dummen Sprüchen versaut. Er freute sich schon auf ihre Gesichter, wenn er ihnen von dem erzählen konnte, was unmittelbar bevorstand. Um sicherzugehen, dass ihm niemand folgte, nahm er einen möglichst umständlichen Weg.

Am Schultor trat Endri nervös von einem Fuß auf den anderen und beobachtete, wie ein törichter Vogel seinen Schnabel in das Wasser tauchte, die grüne Plörre wieder ausspuckte und davonflog. Er sah erneut auf den Zettel in seiner Hand. Schon oft hatte er sich ausgemalt, wie es wäre, sich mit einem Mädchen zu treffen. Dass es am Ende so schnell gehen würde, hätte er selbst nicht erwartet. Er hatte regelrecht Bauchschmerzen vor Aufregung und versuchte, sich mit ein paar tiefen Atemzügen zu beruhigen.

Nach ein paar Minuten raschelte es hinter einem der Büsche neben der Schulmauer. Wartete sie dort auf ihn? Vielleicht wollte sie sich überzeugen, dass er allein gekommen war. Er näherte sich langsam dem Gebüsch. Das Rascheln wurde lauter. Es hatte sich definitiv jemand dahinter versteckt.

„Ich bin's, Endri", raunte er. Nichts geschah. „Ich bin alleine", fügte er leise hinzu.

Die Büsche bewegten sich erneut. Endri hielt die Luft an und erwartete, jede Sekunde Klaras lockigen Kopf zwischen den Blättern auftauchen zu sehen.

Plötzlich fielen seine Freunde Jonas, Gerrit und Leon mit kreischendem Lachen aus dem Gestrüpp. Als sie seinen entsetzten Gesichtsausdruck sahen, bekamen sie sich gar nicht mehr ein.

„Du hast nicht im Ernst geglaubt", prustete Gerrit und hielt sich den Bauch, „dass Klara dir so 'ne Nachricht schreibt!" Die drei kicherten unaufhaltsam weiter und lehnten sich aneinander, um nicht vor Lachen umzufallen.

Endri stand mit offenem Mund vor ihnen. Sein erster klarer Gedanke war, dass er die Situation überhaupt nicht komisch fand. Im Gegenteil: Es war wie in einem Albtraum. Seine engsten Freunde hatten ihn nicht nur belogen, sondern verspotteten ihn auch noch! Leons grinsendes Gesicht tauchte vor ihm auf und er rief: „Klaaraaa, ich lieeebe diiiich!" Er führte dazu einen albernen Tanz auf, woraufhin die anderen beiden vor Lachen übereinanderkullerten.

Immer noch sprachlos stand Endri vor seinen Freunden. Ungewollt stiegen ihm Tränen in die Augen. Er wandte sich ab, um Leons Vorführung nicht länger ansehen zu müssen.

„Mann, Endri, verstehst du keinen Spaß, oder was?", fragte Jonas vorwurfsvoll und knuffte ihn in die Schulter.

„Lasst mich einfach in Ruhe!", brachte Endri mit gebrochener Stimme hervor und wandte ihnen weiterhin den Rücken zu.

Sie beschimpften ihn einvernehmlich als Spaßbremse und unternahmen keinerlei Anstalten, sich aus dem Staub zu machen. Vielmehr kosteten sie den Moment vollkommen aus. Endri ballte die Fäuste. Keiner der Jungs registrierte, wie ihnen plötzlich ein kleines Lüftchen durch die Haare blies, obwohl es zuvor windstill gewesen war. Unnatürlich schnell nahm der Windhauch an Intensität zu.

Zuerst bemerkte Endri, dass das Lachen hinter seinem Rücken abrupt aufhörte. Dann folgte ein dumpfes Geräusch, als würde ein schwerer Gegenstand von weit oben in etwas sehr Zähes fallen. Er drehte sich um und konnte gerade noch Jonas' Haarschopf und Gerrits Turnschuh über die Mauer verschwinden sehen. Endri stolperte benommen zu dem alten Schultor und spähte zwischen dessen rostigen Stäben hindurch. Ungläubig starrte er auf den Teich. An der Oberfläche bildeten sich kleine grüne Bläschen, die wie in Zeitlupe zerbarsten. Er war vollkommen perplex und atmete schwer, als hätte er einen kilometerlangen Sprint hinter sich. Dazu kam ein seltsam metallischer Geschmack in seinem Mund. Ihm wurde schwindelig, und er musste sich an den rostigen Stäben festhalten.

Sein erster klarer Gedanke galt der Tiefe des Teichs. Er und seine Freunde hatten sie auf nicht mehr als einen Meter geschätzt. Den komplett verschwundenen drei Jungen mit ihrer Körpergröße über 1,60 Meter nach zu urteilen, waren es jedoch mindestens zwei Meter.

Endri starrte auf die Oberfläche. Noch mehr Bläschen waren nun zu sehen. Dann tauchte ein Kopf aus der Brühe auf. Leons schmerzverzerrtes Gesicht war das Erste, was er erkennen konnte. Dann folgten ein angewiderter Gerrit und zuletzt ein komplett panischer Jonas, der mit den Armen wild in der zähflüssigen Pampe des Teiches rumruderte. Als Endri erleichtert sah, dass die drei sich mühevoll, aber erfolgreich an den Rand gekämpft hatten, nahm er Reißaus.

Im Büro des Schulleiters hatte seine Mutter darauf bestanden, dass alles ein Missverständnis sein müsse: Endri sei ein bedachter und friedfertiger Junge und die vier seien schließlich Freunde. Aber die Aussagen von Leon, Gerrit und Jonas blieben deckungsgleich. Und sie alle beschuldigten Endri, der wiederum vehement seine Unschuld beteuerte und einer verirrten Windböe die Verantwortung zuschob.

Keiner der anderen Eltern schien sich große Gedanken darüber zu machen, wie ein einzelner schmächtiger Teenie drei Jungs seiner Statur, beziehungsweise im Falle von Gerrit eher der doppelten, über die Schulmauer geworfen haben sollte. Die wichtigste Frage bei der Aufklärung der Untat schien das „Wer?“ und nicht das „Wie?“ zu sein. Das kannte Endri aus den vielen Crime-Shows, die die Streamingdienste bevölkerten. Und mit der Klärung dieser Frage war dann auch sein Fall abgeschlossen, die Beweise waren eindeutig. Der Schulleiter und die Vertrauenslehrerin beschlossen, ihn bis zu den Sommerferien jeden Tag nachsitzen zu lassen. Da es bis dahin aber nur zwei Wochen waren, war das zu ertragen. Mit der erteilten Strafe war das Thema für die Schule beendet.

Für Endri fing die schlimmste Strafe aber erst an.

Seit dem „unglücklichen Vorfall“, wie es von unbeteiligten Dritten in der Schule bezeichnet wurde, ignorierten ihn seine Freunde. Sie warfen ihm während der Schulstunden verstohlene, bisweilen feindselige Blicke zu. Als Endri ihnen wenige Tage vor den Ferien auf dem Schulflur in den Weg getreten war, um sie zur Rede zu stellen, waren sie regelrecht geflüchtet. Er wusste nicht, ob sie ihn aus Hass oder Angst mieden. Er wollte, dass es ihm egal war. Er wollte weiter wütend auf sie sein, aber es gelang ihm nicht so recht. Wenn er nur wüsste, warum sie ihm das angetan hatten. Bei der Vorstellung, wie die drei kichernd in einer Ecke saßen, um den gefälschten Zettel zu verfassen, wurde ihm übel. Wie hatte er so leichtgläubig sein können? Dabei hatte er doch eigentlich gewusst, dass aus der Klasse nur Jonas und er selbst einen Handschreibkurs besucht hatten. Der Zettel hätte also gar nicht von Klara sein können. Am meisten ärgerte er sich über seine eigene Nachlässigkeit. Er hatte in dem Moment schlicht das gesehen, was er unbedingt hatte sehen wollen.

Nach der ersten Ferienwoche fing er langsam an, sich an den Gedanken zu gewöhnen, dass Jonas, Leon und Gerrit nicht mehr seine Freunde waren, es vielleicht nie wirklich gewesen waren. Als er schweren Herzens seiner Mutter davon berichtete, hatte sie den Vorfall als „kleinen Streich unter Jungs" betitelt und ihm versichert, dass sie sich beizeiten wieder vertragen würden. Sie war eine ewige Optimistin und sah immer nur das Gute in allem und jedem. Aber Endri wusste, dass es dieses Mal nicht so sein würde.

„Der Finger von diesem Lionel wird auch wieder heilen. In ein paar Tagen lacht ihr darüber!", hatte seine Mutter dazu gesagt.

Für sie war Endri immer noch ein kleiner Junge, dessen Probleme sich über Nacht auflösten. Endri hatte es daher gar nicht erst versucht, sie daran zu erinnern, dass es nicht Lionel, sondern Leon, der Junge von gegenüber, den sie schon Hunderte Male gesehen hatte, gewesen war und dass er sich nicht den Finger, sondern den Knöchel gebrochen hatte. Sie würde es ja doch nur wieder durcheinanderbringen.

Endris Mutter Odelia war immer zerstreut. Es war bemerkenswert und unter Umständen auch fragwürdig, dass sie in der Buchhaltung einer großen Berliner Logistikfirma arbeitete. Die Firma war in einem der unzähligen grauen riesengroßen Betonklötze am Rande der Stadt angesiedelt. Da heutzutage der Großteil der Arbeit von autonomen Softwareprogrammen verrichtet wurde, standen die meisten Büros in den Gebäuden leer, und Odelia wurde fortwährend von ihrem Chef daran erinnert, dass „sie sich ungemein glücklich schätzen könne, einen der wenigen übrig gebliebenen Buchhalter-Jobs ergattert zu haben".

Endris einzig logische Erklärung für Odelias Erfolg als Buchhalterin war, dass sie all ihre Ordnung dort aufbrauchte und für alles Weitere in ihrem Leben nur das Chaos übrig war. Er kannte die Morgen, an denen seine Mutter nervös durch die Wohnung lief, weil sie ihr Smartphone oder ihren Lifetracker suchte, obwohl sie das von den Krankenkassen vorgeschriebene Armband eigentlich nur in Ausnahmen abnehmen durfte. Sie schaffte es, die alltäglichsten Dinge an den exotischsten Orten abzulegen. Endri war mit den Jahren Experte im Auffinden dieser Gegenstände geworden. Und das obwohl Jungs in seinem Alter alle für gewöhnlich dieselbe Schwäche hatten: Dinge nicht mal dann zu finden, wenn sie direkt vor ihrer Nase lagen. Er schätzte, dass es keine Seltenheit war, dass Kinder die Unzulänglichkeiten ihrer Eltern kompensierten. Oder es zumindest versuchten – man lernte ja nicht immer von den Besten.

zwei

Die Türklingel riss Endri aus seinen Gedanken. Er hoffte inständig, dass es nicht die Nachbarin Margit Sermonzel von gegenüber war, um sich wegen der nächsten Lappalie zu beschweren. Odelia und er hatten ihr den Spitznamen Monzter verpasst, denn sie stand ständig vor der Tür und regte sich über irgendetwas auf. Dass sein Fahrrad nicht ordnungsgemäß abgestellt worden war, dass Odelias Auto zehn Zentimeter zu weit auf dem Bürgersteig stand und so weiter. Bei jedem Besuch drohte sie erneut mit „Konsequenzen" und versprach, ihn „im Auge zu behalten". Er wusste, dass sie zumindest der letzten Drohung gewissenhaft nachkam. Oft sah er ihre monströse Leopardenbrille zwischen den grausigen Blumenvorhängen hindurch sein Fenster beobachten.

„Endri, die Tür!", rief seine Mutter aus der Küche.

So viel zu seinem Plan, sein Zimmer nicht mehr zu verlassen. Widerwillig trat er in den Flur und warf einen Blick auf das Kamerabild, das die Besucher vor der Wohnungstür zeigte. Er atmete erleichtert auf, als er sah, dass es nicht das Monzter war. Doch seine Erleichterung verpuffte, als er die Besucher genauer betrachtete.

Vor der Tür stand ein großer Anzugträger, der alles andere als freundlich dreinblickte. Er hatte das Aussehen eines Bodyguards und den Gesichtsausdruck eines Beamten. So ein Genosse war so ziemlich das Letzte, mit dem Endri sich gerade herumschlagen wollte. Er warf erneut einen Blick auf das Bild und entdeckte erst jetzt neben dem Mann, etliche Zentimeter weiter unten, eine Frau mit wirren Haaren. Sie war heftig am schnaufen und klingelte wieder.

„Hallooo!“, brummte der Mann mit tiefer Stimme.

„Wir sind auch keine Beamten“, setzte die Frau fröhlich hinzu und lächelte in die Kamera.

Endri kam sich bei ihren Worten ertappt vor und legte die Hand auf den Türöffner. Er zögerte. Was waren das für Gestalten? „Ein ganz Vorsichtiger“, hörte er die Frau leise murmeln.

Daraufhin öffnete er ihnen die Tür. Die Dame trat einen Schritt auf ihn zu und fächerte sich mit ihrer kurzfingrigen Hand Luft zu.

„Puh, das müssen ja mindestens hundert Stufen gewesen sein!“, schnaufte sie. „Aber was ist das für eine Begrüßung! Da gehen mir doch glatt die Manieren flöten.“ Sie versuchte, mit mäßigem Erfolg, ihre Locken zu bändigen, bevor sie ihm ihre kleine Hand entgegenstreckte.

„Ich möchte mich vorstellen, Gertrud Tinter. Und mein Begleiter ist Ardrick Karmesin.“

„General Ardrick Karmesin“, knurrte der Mann.

„Ja, ja“, die Frau winkte ihn mit einer Hand ab. Sie war kleiner als Endri und sah ihn eindringlich aus ihren runden, hellblauen Augen an. Aus der Schule konnten sie nicht sein. Waren es Anhänger von Scientology? Er hörte immer wieder Geschichten von Frauen und Männern, die von Haus zu Haus zogen und über geistige Wesen und spirituelle Erleuchtung sprechen wollten, seit die Sekte nach der Wirtschaftskrise vor einigen Jahren einen enormen Aufschwung erlebt hatte.

Allerdings sahen die beiden so gegensätzlich aus, dass Endri die Idee wieder verwarf. Der steingraue Anzug des Mannes wies nicht das kleinste Fältchen auf und wirkte genauso steif, wie er sich verhielt. Dagegen sah die Frau aus, als würde sie auf einem Jahrmarkt arbeiten. Sie trug ein knallblaues bodenlanges Kleid, welches in der Körpermitte ein wenig zu eng saß. Eine riesige Kette mit golfballgroßen bunten Perlen baumelte ihr um den kurzen Hals, und allerhand farbige Broschen waren oberhalb ihrer Brust an das Kleid gepinnt.

„Ähm", brachte Endri hervor und musste sich räuspern. „Ich glaube, Sie haben sich vielleicht in der Wohnung vertan?"

„Bist du etwa nicht Hendrik Winter?", wollte die Frau wissen.

„Nein – äh, ich meine ja, das bin ich." Die Verwendung seines vollen Namens verwirrte ihn, und er fuhr sich angestrengt durchs Gesicht. „Also, alle nennen mich Endri."

„Na dann, lieber Endri. Dürften wir vielleicht hineinkommen? Der Flur ist ja nicht gerade gemütlich." Die Frau ließ einmal ihren Blick durch den Gang wandern, der außer grauen Wänden nichts zu bieten hatte. Frau Müller, die ihnen den kleinen Anbau vermietete, verbot jegliche Dekoration im Hausflur. Sie nannte es verächtlich „Tand" und hatte die Angewohnheit, bei Dingen, die sie schrecklich fand, so zu tun, als würde sie neben sich auf den Boden spucken. Lediglich eine mit ihr vorher abgesprochene Fußmatte hatte sie ihnen zugestanden. Die alte Dame hatte Endri und Odelia einzig und allein aufgrund der gesetzlichen Regelung zur Mindestbelegung von Wohnraum in und um Berlin herum aufgenommen. Ein Umstand, den sie auch gerne betonte. Die meisten Nachbarn waren imstande, die Summe zu bezahlen, mit der man sich aus der Regelung herauskaufen konnte. Da die alte Frau Müller seit dem Tod ihres Mannes jedoch nur eine kleine Rente hatte, war ihr das nicht möglich und die beiden waren bei ihr eingezogen. Die Abneigung beruhte auf Gegenseitigkeit, aber sie mussten froh sein, ein Dach über dem Kopf zu haben.

Umziehen war keine Option, denn die Lage war überall ähnlich. Das Umland war nur noch wenig bewohnt, denn dort war seit den großen Dürren und den ständig auftretenden Tornados die Wasser- und Stromversorgung schwierig geworden. Und so mussten sie mit der griesgrämigen Frau Müller sowie dem Monzter von gegenüber vorliebnehmen.

Endri trat einen Schritt zur Seite, und die Frau schenkte ihm ein strahlendes Lächeln und stapfte in die Wohnung. Ihr Begleiter ging schweigend hinterher. Jetzt standen die beiden im Eingangsbereich und wirkten sonderbar fremd in dieser Wohnung, so als wären sie in einem falschen Film. In diesem Moment kam Endris Mutter mit einem Handrührgerät in der Hand in den Flur und sah die beiden Gäste verwundert an. Sie war von oben bis unten mit Mehl bepudert und hatte diverse Teigspritzer auf der Kleidung und im Gesicht. Seit man herausgefunden hatte, dass die Firmen heutzutage hauptsächlich Sägemehl und Geschmacksverstärker für ihre Kuchen verwendeten, war Backen zu ihrer großen Leidenschaft geworden.

„Nanu, wer sind denn unsere Gäste?", seine Mutter sah zuerst die beiden und dann Endri mit einem fragenden Gesichtsausdruck an.

Odelia sah Endri nicht besonders ähnlich. Er hatte ein blasses, herzförmiges Gesicht, hingegen war der Hautton seiner Mutter warm mit einem olivfarbenen Unterton. Sie hatte eine kleine, knubbelige Nase, auf der Sommersprossen saßen. Endris Nase war spitz und lang und bei genauem Hinsehen ein wenig schief. Die einzige offensichtliche Gemeinsamkeit waren ihre dicken braunen Haare. Odelia trug sie gewöhnlich in einem Dutt am Hinterkopf, während sie bei Endri aus zwei Wirbeln zu bestehen schienen, die sie in entgegengesetzte Richtungen abstehen ließen, als wären sie gleichpolige Magnete.

„Verzeihen Sie bitte die Störung", trällerte die Kugelfrau in den verrückten Klamotten. „Wir würden gerne mit Endri und Ihnen über eine einmalige Bildungschance sprechen."

„Sind Sie von der Gesamtschule?", fragte Odelia misstrauisch. „Was bieten die denn neuerdings für Bildungschancen?"

„Oh, nicht doch!" Die kleine Frau winkte die Frage ab, als könnte nichts weiter von der Wahrheit entfernt sein. Bei jeder ihrer Bewegungen hüpfte das Licht auf der samtigen Oberfläche ihres Kleides auf und ab. „Wir kommen von einer anderen Einrichtung", sagte sie und lächelte verschwörerisch. „Sagen Sie, was riecht denn hier so köstlich?"

Sie sah sich schnuppernd um. Odelia riss die Augen auf und rannte schnurstracks und ohne ein weiteres Wort in Richtung Küche. Nach wenigen Augenblicken, in denen Endri und die Besucher sich schweigend verlegen gegenüberstanden und den klappernden Geräuschen aus der Küche lauschten, kam sie aufgeregt zurück.

„Dem Himmel sei Dank, die Törtchen sind nicht verbrannt." Sie wischte sich etwas Schweiß von der Stirn und versuchte, eine Haarsträhne, die sich aus dem Dutt gelöst hatte, zu bändigen. „Das wäre jetzt eine kleine Katastrophe gewesen. Unsere dienstälteste Kollegin verlässt uns, wissen Sie. Und da wollte ich etwas Schönes ... Aber was erzähle ich da!", sie fuhr sich nervös mit einer mehligen Hand über ihr Gesicht. „Von welcher Einrichtung kommen Sie, haben Sie gesagt?"

„Wir kommen im Auftrag der Erkental-Schule", erklärte Frau Tinter mit einem Lächeln. „Wir sind aufgrund von Endris besonderem Talent hier und möchten Sie beide über eine entsprechende Ausbildungsmöglichkeit informieren."

„Im Auftrag von wem? Von was für einem Talent sprechen Sie?", fragte Odelia verwundert.

Als Frau Tinter den Mund öffnete, um zu antworten, fiel ihr Endris Mutter ins Wort.

„Moment!“, rief sie aufgebracht. „Hat dieser Direktor Pflaum Sie geschickt? Will er Endri in eine von diesen Schulen für rebellische Jugendliche schicken? Ein einziger banaler Vorfall macht meinen Sohn doch nicht zu einem Verbrecher!“

Eine weitere Strähne war ihr ins Gesicht gefallen, und während sie redete, versuchte sie vergeblich, sie mit Pusten aus den Augen zu bekommen, ohne dabei den wütenden Blick von den beiden Fremden zu nehmen.

„Und der Arm von diesem Lorand ist doch sicherlich schon längst wieder verheilt! Hat dieses Monz..., diese Frau von gegenüber Sie beauftragt? Ich sage Ihnen eins, der Sohnemann ist offensichtlich selber auf diese Mauer geklettert! Als ob es nicht reicht, dass man das Ganze Endri in die Schuhe geschoben hat – aber nun so was?!“

Sie hatte einen hochroten Kopf bekommen und sah die beiden mit ihrem bedrohlichsten Blick an, der allerdings wenig Effekt bei den Anwesenden zeigte. Die Frau lächelte verständnisvoll, während der Mann sich gelangweilt im Flur umsah. Er sah aus wie ein Teenager, der mit seiner Mutter im Supermarkt eine ihrer Bekannten getroffen hatte und nun gezwungen war, bei ihrer Unterhaltung zuzuhören, obwohl die ihn nicht im Geringsten interessierte.

Anstatt auf die Vorwürfe einzugehen, hob Frau Tinter beschwichtigend die Hände. Dann holte sie tief Luft und senkte dabei ihre Handflächen zum Boden, als würde sie eine unsichtbare Mauer nach unten drücken. Odelias Gesichtsfarbe normalisierte sich, und sie ließ ihre angespannten Schultern sinken. Endri sah die kleine Frau aufmerksam an. Sein anfängliches Misstrauen war seiner typischen Neugierde gewichen.

„Keine Sorge, nichts ist weiter von unserem Anliegen entfernt. Aber ich verstehe Ihr Misstrauen“, die Frau nickte verständnisvoll. „Dieser Vorfall wurde, wie bei solchen Dingen üblich, nicht richtig bewertet. Das passiert, wenn Menschen Dinge nicht verstehen und sie dann so interpretieren, dass sie damit umgehen können. Wir sind hier, um sozusagen ein wenig Licht ins Dunkel zu bringen.“

Ihr Tonfall wurde noch etwas fröhlicher.

„Oh, und lassen Sie uns ‚Du‘ sagen. Sonst hört sich immer alles so förmlich an und ich kann Förmlichkeiten nicht ausstehen.“

Endri sah, wie der Mann hinter ihr die Augen verdrehte. Er war da offensichtlich anderer Meinung.

Frau Tinter sah plötzlich müde aus. „Dürften wir uns vielleicht setzen? Meine Füße bringen mich heute noch um.“

Odelia schenkte ihr ein mitfühlendes Lächeln. Sie sah so entspannt aus, wie sie es normalerweise nur war, wenn sie eins ihrer Schaumbäder mit Aromaperlen genommen hatte. Und das kam nicht oft vor, denn Wannenbäder waren von der Stadt pro Haushalt auf zehn pro Jahr limitiert worden.

„Natürlich, gehen wir doch ins Wohnzimmer.“

Sie ging voraus in das bescheidene Wohn-Schlafzimmer, in dem eine Couchgarnitur aus dem vorigen Jahrhundert und auf der anderen Seite Odelias säuberlich gemachtes Bett standen. Die Möbelstücke hatten zwar ihre besten Jahre hinter sich, verliehen dem Raum aber eine kuschelige Atmosphäre. Frau Tinter ließ sich mit einem lauten Seufzer auf dem Sofa nieder. General Karmesin stand für einen Moment steif im Raum. Er wollte sich offenbar nicht auf das knautschige Sofa setzen.

„Soll ich Ihnen einen Stuhl aus der Küche holen?“, fragte Odelia den Mann, bei dem ihr die Förmlichkeit wohl nach wie vor angemessen schien.

„Ja, bitte“, antwortete der knapp mit einem Nicken.

Sie ging eilig auf den Flur zu, drehte sich dann aber noch mal zu den Gästen um. „Kann ich Ihnen – ich meine euch – einen Tee anbieten? Oder vielleicht ein noch warmes Törtchen?“ Ihr anfängliches Misstrauen war gänzlich aus ihrer Stimme gewichen. Die Situation kam Endri jetzt mehr und mehr vor, als wären irgendwelche entfernten Verwandten zu Besuch. Höflich, aber etwas distanziert. Zumindest stellte er sich so einen Verwandtschaftsbesuch vor. Seine Großeltern waren vor seiner Geburt verstorben, und Odelia hatte keine Geschwister. Seinen Vater hatte Endri nie kennengelernt und immer, wenn er seine Mutter darauf angesprochen hatte, war sie ihm verlegen ausgewichen. Es war ein schwieriges Thema.

„Oh, ich nehme sehr gerne einen Tee! Und auch gerne eins von diesen köstlich duftenden Törtchen!“ Während sie sprach, kämpfte Frau Tinter mit den vielen Kissen, die immer wieder unter ihr nachgaben. Nach einigen Versuchen war sie so weit nach vorne gerutscht, dass sie aufrecht auf der Sofakante saß. Ihre Beine waren so kurz, dass nur ihre Fußspitzen den Teppichboden streiften. Durch ihr Samtkleid machte sie auf der Couch den Eindruck eines zu groß geratenen Sofakissens.

Endris Mutter stand in der Tür und warf dem Mann einen verunsicherten Blick zu.

„Und für Sie?“, fragte sie vorsichtig.

„Für mich nichts.“

Er hatte einen merkwürdigen Akzent, den Endri nicht recht zuordnen konnte. Er betonte das „i“, als wäre es ein „ie“. Dann verfiel er zurück in grimmige Stille. Er stand steif im Raum, der noch kleiner wirkte als sonst. Alles an dem General war kantig. Er besaß spitze, hervorstehende Wangen- und Augenbrauenknochen und die Nase sah aus, als wäre sie nach einem

Bruch nicht ordentlich zusammengewachsen. Während er wie eine Statue aussah, wuselte die Frau dagegen erneut auf dem Sofa herum und gab kleine angestrengte Pfeiflaute von sich. Ihr Gesicht war mondförmig, und ihre krausen Haare umgaben ihren Kopf wie eine dunkle Haube.

Wenig später kam Odelia zuerst mit dem Stuhl und dann mit zwei Tassen Tee und einem kleinen Teller Gebäck zurück aus der Küche. Sie stellte eine der Tassen vor dem Mann ab. „Ich hoffe, Sie mögen Pfefferminze. Für eine Tasse lohnt sich der Wasserkocher ja kaum."

Er quittierte den Tee mit einem kurzen Nicken.

Nachdem Odelia sich gesetzt hatte, sah sie Frau Tinter erwartungsvoll an.

„Also: Ihr seid von einer anderen Schule – aber definitiv nicht wegen dieses Mauervorfalls von letztem Monat hier?"

„Ja und nein", antwortete die Frau und lehnte sich mit einem Ächzen vor, um an eins der Törtchen zu gelangen.

„Indirekt sind wir deswegen hier, aber direkt interessiert uns dieser Vorfall nicht im Geringsten."

„Verstehe ich nicht", sagte Odelia und sah verloren zwischen den beiden hin und her.

„Der Junge kann etwas, das nicht viele können. Und deswegen sind wir hier", sagte der Mann, der sich offenbar zum ersten Mal angesprochen gefühlt hatte.

Er sagte es so betont lustlos, dass sich Endri nicht sicher war, ob es ironisch gemeint war oder nicht. Es folgte ein kurzer Moment der Stille. Die Überraschung darüber, dass der Mann sich zu Wort gemeldet hatte, musste erst einmal verarbeitet werden.

„Was kann ich denn?", fragte Endri vorsichtig. Er konnte sich keinen Reim darauf machen, von welchem Talent sie sprachen.

Er war nie gut im Sport gewesen und künstlerisch sowie musikalisch waren seine Leistungen eher als dürftig zu bezeichnen. Er dachte fieberhaft nach. Die Zwei plus in seiner letzten Mathearbeit konnte kaum der Grund sein, warum die beiden hier waren, obwohl das durchaus eine herausragende Leistung war. Das Verständnis der meisten Schüler für mathematische Konzepte hatte durch die standardisierten Präsentationsvorlagen, die in den Stunden hoch- und runterliefen, gelitten, und eine Zwei plus kam selten vor.

„Ganz so einfach ist das nicht zu erklären", fuhr Frau Tinter fort, die dabei war, ihr zweites Törtchen zu verputzen. Dann lehnte sie sich wieder zurück und purzelte unkontrolliert in die Kissen, wobei sie ein paar kleine Krümel um sich herum verteilte.

„Oh, Entschuldigung!" Sie wischte schnell ein paar der Krümel von den Kissen. „Wirklich vorzüglich, diese Törtchen", schwärmte sie. „Was genau sind das für welche?"

„Das sind meine Spezial-Zitronen-Tartelettes", erklärte Odelia und konnte den Stolz in ihrer Stimme nicht verbergen.

„Na, ganz so schwierig ist das nicht zu erklären", mischte sich Karmesin ungeduldig ein, „der Kleine ist ein Alchemist!"

„Nicht so schnell, Ardrick!", fuhr ihm Frau Tinter dazwischen. „Jetzt wirf nicht direkt mit den Begriffen um dich! Wir wollen uns doch erst mal kennenlernen! Die Begrifflichkeiten kommen früh genug." Sie wandte sich Endri zu. „Also, mein Lieber, grob übersetzt heißt das, was Ardrick so salopp in den Raum geworfen hat, dass du Einfluss auf die Elemente hast. Die vier Grundelemente sind dir ja sicherlich bekannt." Sie hob eine Hand und zählte auf: „Feuer, Wasser, Erde, Luft."

Endri sah sie mit offenem Mund an. Odelia fand zuerst ihre Sprache wieder und fragte schlicht etwas ungläubig: „Er hat Einfluss auf was?"

„Das hört sich jetzt vielleicht alles etwas komisch an“, bestätigte Frau Tinter und wandte sich wieder an Endri. „Mal ganz von vorne: Du erinnerst dich sicherlich an das Geschehen an deiner Schule vor einigen Wochen?“

Er war sich nicht sicher, worauf sie hinauswollte, nickte dann aber langsam.

„Das warst du!“ Sie zeigte mit dem Finger auf ihn.

Endri sah sie verwirrt an. Was sollte das? Waren das verkleidete Polizisten, die ein Geständnis aus ihm herauslocken wollten? Würde er dafür ins Gefängnis kommen? Kam man in seinem Alter überhaupt schon ins Gefängnis? Aus dem Augenwinkel sah er, wie die kleine Frau einmal mit der Hand wedelte, als wollte sie eine Fliege in der Luft vertreiben. Im nächsten Moment waren Endris Bedenken wie weggeblasen.

„Ich weiß nicht wirklich, was passiert ist“, gab er zu. Er hatte bis jetzt niemandem die Wahrheit über die Augenblicke an der Mauer erzählt. Er wusste nicht einmal, was die Wahrheit überhaupt war. Die Theorie mit der Windböe hielt er selbst ja für wenig glaubhaft, aber es war die einzige, die er hatte.

„Es ging alles so schnell …“ Er sah die zwischen den Sofakissen eingesunkene Frau Tinter fragend an. „Meinen Sie etwa … das mit dem Wind … war kein Zufall?“

„Du warst sicherlich wütend in dem Moment, oder?“ Sie sah ihn aufmerksam aus ihren großen hellblauen Augen an.

„Na ja …“, murmelte Endri nach kurzem Überlegen. Ihm war die Antwort peinlich. „Ich war enttäuscht … Und als sie nicht aufgehört haben zu lachen …“

Frau Tinter beugte sich, soweit es ihr möglich war, zu Endri vor. „Hat deine Wut unterbewusst ein bisschen Wind gemacht und diesen Jungs eine kleine Flugstunde erteilt. Das ist wirklich eine beeindruckende Leistung für jemanden, der so jung ist!“

Odelia schlug eine Hand vor den Mund und musste sich in ihrem Stuhl zurücklehnen.

„Ich soll das gewesen sein?", fragte Endri aufgebracht. „Aber das hätte ich doch irgendwie bemerken müssen!"

„Du würdest dich wundern, wie viele Menschen Dinge beeinflussen, von denen sie gar nichts mitbekommen", sagte Frau Tinter.

Endri war blass geworden. Er hatte sich eingeredet, dass es ein merkwürdiger Zufall gewesen sein musste. Immerhin wurden ständig irgendwelche unerklärlichen Naturphänomene entdeckt. Und nun saß hier diese kleine, törtchenschmatzende Frau und erzählte ihm, dass es sein Tun gewesen war, das die drei in den ekligen Teich befördert hatte? Dann war es doch seine Schuld, dass Leon sich den Knöchel gebrochen hatte? Er atmete einmal tief durch und die kurzzeitigen Schuldgefühle waren schnell wieder vergessen. Er hatte Wind gemacht? War das überhaupt möglich? Wie bitte sollte man Wind machen? „Heißt das, ich kann ... zaubern?", platzte er heraus. Karmesin schnaufte kurz verächtlich, als fände er die Frage absolut lächerlich.

Frau Tinter schüttelte den Kopf und schenkte ihm dabei ein einfühlsames Lächeln. „Sagen wir so: Mit einer solchen Gabe ist man imstande, mit viel Fleiß und Übung Außergewöhnliches zu vollbringen. Das kann man schon im weiteren Sinne als zauberhaft bezeichnen."

„Und warum ... äh ... zeigt sich diese Gabe sonst nicht?", wollte Endri wissen.

„Derartige Fähigkeiten bleiben manchmal ein Leben lang unentdeckt. Sie können sich aber unter erheblichem emotionalem Stress, zum Beispiel großer Angst oder Wut, zeigen. Das macht sie von Natur aus schwer kontrollierbar und noch schwieriger zu entdecken. Nur durch diesen – sagen wir mal –

glücklichen unglücklichen Zufall haben wir etwas davon mitbekommen."

Dann schlug die Dame einen ernsteren Tonfall an: „Es ist wichtig für dich, das alles besser zu verstehen. Und dafür benötigt man speziellen Unterricht und die entsprechenden Lehrer. Und das alles können wir dir in Erkental und an der dortigen Schule bieten."

„Und was für eine Art Schule soll das sein?", mischte sich Odelia ein. „Etwa eine Privatschule?"

„Es ist auf eine gewisse Art und Weise eine Privatinstitution, ja. In dem Fall heißt es aber nur, dass es eine vom Staat unabhängige Schule ist. Das ermöglicht uns, dort gemäß unserer eigenen Lernphilosophie zu unterrichten."

Der Unterricht in den staatlichen Schulen war vor einigen Jahren standardisiert worden, und überall im Land lernten die Schüler nun denselben Stoff und schrieben dieselben Klassenarbeiten.

„Und wo genau befindet sich diese Schule?", fragte Odelia weiter.

„Erkental liegt etwas südlich von hier", antwortete Frau Tinter langsam und lehnte sich nochmals ächzend vor, um an das letzte Törtchen zu gelangen. Kurz bevor sie hineinbiss, sah sie die anderen drei Anwesenden an und fragte: „Möchte noch jemand?"

Der General zeigte auf die Frage keine Reaktion, und Endri schüttelte stumm den Kopf.

„Nein, danke", antwortete Odelia und räusperte sich dann. „Also dann in Potsdam?"

„Ich kann euch heute nur so viel sagen", erklärte Frau Tinter, „dass Erkental in einem eher abgelegenen Teil des Schwarzwaldes liegt. Allerdings können wir den genauen Ort, solange

Endri nicht offiziell Schüler dort ist, leider nicht verraten. Ihr müsst verstehen, es ist eine Schule für besondere Talente. Und wir möchten unbedingt die Privatsphäre unserer Schüler schützen. Es gibt heutzutage nicht viele Orte auf der Welt, an denen Jugendliche uneingeschränkt lernen können, ohne dass irgendwelche großen Unternehmen, geschweige denn irgendwelche Leute aus dem Internet sich dafür interessieren und einmischen. Wir sprechen hier immerhin von Fähigkeiten, die das Potenzial haben, unsere Welt nachhaltig zu verändern – und wir wissen ja alle, wie es gerade um sie steht." Sie sah ernst in die Runde. „Nicht gut."

Endri blinzelte. Eine geheime Schule für Supertalente? War er auf seinem Bett eingeschlafen und hatte einen Tagtraum? Es würde bedeuten, er wäre weit weg von Leon, Gerrit, Jonas und allen Leuten, die ihn unfair behandelt hatten. Es fühlte sich an, als würde gerade ein Wunsch in Erfüllung gehen, von dem er nicht einmal gewusst hatte, dass er existierte.

„Und wie wird man dort Schüler?", Endris Stimme hatte einen hoffnungsvollen Tonfall angenommen.

Karmesin warf Frau Tinter einen auffordernden Blick zu und stand mit einem Seufzer von seinem Stuhl auf. Pedantisch strich er sich den Anzug glatt.

„Die Aufnahmen finden an unserem Einführungstag statt", sagte er knapp. „Dort wird dir auch alles Weitere erklärt. Wir müssen jetzt leider schon wieder los. Wir haben noch einige andere Termine heute."

Gertrud Tinter warf dem Mann einen entnervten Blick zu und kramte dann in einer der vielen Taschen in ihrem Kleid. Schließlich lehnte sie sich vor und reichte Endri ein Faltblatt.

„Hier stehen alle Informationen, die du brauchst. Der Tag wird kommende Woche in Berlin stattfinden." Sie hatte das letzte Törtchen vollständig vertilgt und wischte ihre Hände unauffällig an ihrem Samtkleid ab.

Dann lehnte sie sich ein Stück nach hinten und versuchte, mit Schwung vom Sofa aufzustehen. Es gelang ihr beim ersten Versuch, sah jedoch nicht besonders elegant aus. Schnaufend ging sie zur Tür, an der Karmesin ungeduldig auf sie wartete.

Beim Rausgehen wandte sie sich noch mal um.

„Ich hoffe wirklich sehr, dass ihr es nach Erkental schafft. Ich habe ein gutes Gefühl." Sie legte Odelia zur Verabschiedung kurz eine Hand auf den Arm und warf Endri einen letzten Blick zu. Schließlich drehte sie sich um, und die beiden verließen die Wohnung. Nach einigen Minuten hörten Endri und Odelia vor der Tür das seltene Geräusch eines aufröhrenden Motors.

drei

Nach dem Besuch von Gertrud Tinter und Ardrick Karmesin war Odelia seelenruhig mit Endri das Faltblatt durchgegangen. Die Informationsveranstaltung sollte mitten in Berlin im Stadtteil Friedenau stattfinden und war ausschließlich für künftige Schüler gedacht. Den Eltern versprach man, sie wenig später über die wichtigsten Fragen aufzuklären. Friedenau war eine gute Stunde von der Mistralstraße entfernt, und Endri hatte schon oft an den Wochenenden die Magnetschwebebahn genommen, die vor zehn Jahren gebaut worden war, um den Autoverkehr in der Innenstadt zu ersetzen. Sie verlief auf zwei großen Ringen um die Stadt herum und so musste er nicht einmal umsteigen, um zum Friedrich-Wilhelm-Platz zu gelangen, von wo aus er zum Veranstaltungsort laufen konnte. Endri hatte erwartet, dass es zu großen Diskussionen über das Ob und Wie kommen würde, was die Schule betraf, aber Odelia hatte nicht den geringsten Zweifel geäußert. Nicht einmal der damit verbundene Umzug in einen anderen Teil von Deutschland schien sie aus der Ruhe zu bringen. Endri konnte es sich zwar nicht erklären, wollte aber vorerst sein Glück nicht auf die Probe stellen.

In Berlin angekommen lief er die Straße hinunter und zählte die Hausnummern. 19, 17 – immerhin waren sie in diesem Stadtteil sortiert. Es war eine wohlhabende Gegend. Die Häuser waren saniert, die Fassaden verschnörkelt und riesige alte

Bäume säumten den Straßenrand. In den trockenen Monaten des Sommers, in denen kaum noch Regen fiel, konnten sich nur wenige in den Großstädten leisten, die wasserliebenden Platanen am Leben zu erhalten.

15, 13, 9 – stopp!

An dem großen Wohnhaus, vor dem er stand, prangte eindeutig die Nummer 9. Es war eins der heruntergekommeneren Häuser der Straße, an dessen Hauswand eine ganze Reihe von mehr oder weniger schlecht instand gehaltenen Elektrorollern in allen Farben lehnten. Das konnte es unmöglich sein. Aber wo war die 11? Er lief langsam ein paar Meter zurück und stand wieder vor Nummer 13. Wo war das Haus dazwischen? Er sah sich auf der anderen Seite der Straße um. Dort waren die geraden Nummern, wie es sich für ein Zickzacksystem gehörte. Oder hatte man es hier doch irgendwie versemmelt? Das kam öfter in Berlin vor.

Er blieb ratlos stehen. Hatte er sich verlesen? Oder gab es Adressen in Berlin mit dem gleichen Namen? Eigentlich hatte er erwartet, dass die Veranstaltung in einem dieser fiesen grauen Verwaltungsgebäude stattfand. War er im komplett falschen Viertel gelandet?

Er wurde nervös, denn auf der Einladung hatte explizit elf Uhr als Startzeitpunkt gestanden. Sein Lifetracker zeigte 10:45 Uhr.

Er zog das mittlerweile arg mitgenommene Faltblatt aus der Hosentasche. Niedstraße 11. Es war sogar ein kleiner Ausschnitt der Stadtkarte dabei. Die Station Friedrich-Wilhelm-Platz war eindeutig eingezeichnet. Er war in der richtigen Straße. Beim näheren Hinsehen entdeckte er ein kleines Sternchen hinter der Adresse. „Siehe Rückseite“, stand dort in winzigen Buchstaben.

Er drehte den Zettel mehrmals um und fand dann hinten auf dem letzten Blatt in kleinen Buchstaben den Vermerk: „Bei anhaltender Verwirrung bitte bei Nummer 13 klingeln".

Er blickte auf. Nummer 13 war ein schmales Gebäude mit Vorgarten, das neben dem heruntergekommenen Haus mit den Elektrorollern stand. Es war fast gänzlich mit Efeu bedeckt und maximal drei Meter breit. Eine kurze Treppe führte zu einer kleinen grünen Tür. Immerhin das Haus hatte er gefunden. Endri ging mutig auf die Haustür zu. Fast jedes Haus in Berlin verfügte über eine Kamera am Eingang, nur an diesem schien es nicht mal eine altmodische Klingel zu geben. Endri suchte methodisch den Türrahmen nach einem Knopf oder einem Schild ab. Sein Blick blieb an einem Messingklopfer hängen, der an der Tür prangte. Als seine Hand auf dem kühlen Metall lag, zögerte er kurz. Dann hob er den schweren Ring an und ließ ihn auf das Holz sausen. Endri zuckte zusammen. Das Geräusch war so laut, dass es durch das ganze winzige Haus scheppern musste. Nach einigen Sekunden hörte er hinter der Tür ein Rascheln, gefolgt von schlurfenden Schritten. Ein älterer Herr, der so tief nach vorne gebeugt war, dass er nach oben in Endris Gesicht schauen musste, öffnete ihm die Tür.

„Ja bitte?", fragte er mit tatteriger Stimme.

„Oh, entschuldigen Sie bitte", stammelte Endri. „Ich bin auf der Suche nach dem Haus Nummer 11, und ja ... ich bin etwas verwirrt."

Er lächelte verlegen. Vermutlich hatte er den alten Mann aus seinem Sessel gerissen, auf dem er gerade eine dieser Seifenopern sah, die auf den Streamingdiensten insbesondere bei Senioren so beliebt waren. Endri machte sich keinerlei Hoffnungen, dass der Mann überhaupt verstand, wovon er sprach. Zu seiner Überraschung nickte der Mann aber nur kurz und trat dann zielstrebig, nur mit einem flatterigen Morgenmantel bekleidet, vor die Tür. Als Endri sich nicht in Bewegung setzte, winkte er kurz und bedeutete ihm, ihm zu folgen. Er ging schneller, als Endri es von einem Mann in dem Alter erwartet hatte. Seine Pantoffeln schlurften über den Gehweg. Als er am Ende des schmalen Vorgartens angelangt war, tippte er wortlos an einen der gemauerten Pfosten im Zaun. Direkt vor ihnen prangte ein Hausnummernschild mit der Zahl 11. Daneben war eine offene Toreinfahrt, an der Endri ebenfalls vorbeigegangen sein musste. Ohne großes Drama zeigte der Mann stumm mit einem gekrümmten Finger auf einen kleinen Weg, der sich dahinter abzeichnete. Er verlief in Schlangenlinien auf ein großes, aus roten kleinen Backsteinen gemauertes Haus zu. Es hatte weiß gestrichene Fenster und an einem davon hing ein Plakat mit der Aufschrift „Heute Einführungstag".

Endri warf einen Blick auf die Uhrzeit an seinem Handgelenk, 10:55 Uhr. Er hatte keine Zeit, sich über seine offenkundige Blindheit Gedanken zu machen. Er bedankte sich höflich bei dem Mann im Morgenmantel, der ihm schon wieder den Rücken zugewandt hatte und rasch in Richtung seines Hauses zurückwackelte.

Die Tür des Gebäudes stand offen. Endri betrat eine große Halle, deren Wände und Decke mit dunklem Holz vertäfelt waren. In regelmäßigen Abschnitten schmückten barock anmutende Gemälde in großen vergoldeten Rahmen die Wände. Eine prunkvolle Treppe führte in die oberen Stockwerke, während feinste Perserteppiche den Boden zierten. Der Raum war mindestens fünf Meter hoch, was den riesigen Kronleuchter an der Decke besonders gut zur Geltung kommen ließ. Das Ganze war weit von einem dieser Berliner Verwaltungsgebäude entfernt, die Endri erwartet hatte und die für gewöhnlich große moderne Betonklötze waren, mit Aufzügen, die schon wussten, wohin man wollte, bevor man sie überhaupt betreten hatte.

Im Eingangsbereich stand ein großer Wegweiser mit dem Titel „Einführungstag Erkental“, der in einen breiten Flur deutete. Endri wollte gerade losgehen, als hinter dem Schild ein Junge hervortrat. Endri schätzte ihn auf ein, zwei Jahre älter als sich selbst. Er hatte blondes Haar, das ihm in einer mühelos anmutenden Tolle auf dem Kopf saß, die aber höchstwahrscheinlich unter großem Aufwand entstanden war. Der Junge machte ein strenges Gesicht.

„Du bist zu spät“, bemerkte er.

Endri warf erneut einen kurzen Blick auf seinen Tracker. Es war 10:59 Uhr.

„Geht es nicht um elf los?“

„Bis du den Raum gefunden hast, ist die Minute rum. Also bist du zu spät“, stellte der Junge fest.

„Und was passiert jetzt?“, fragte Endri und verharrte unschlüssig in seiner Position an der Tür. Der Junge kräuselte die Nase, die zwischen zwei hellblauen Augen saß.

„Jetzt“, sagte er mit Nachdruck und strich sich theatralisch eine blonde Strähne aus der Stirn, „hast du Glück, dass ich ebenfalls zur Einführungsveranstaltung gehe und dich mitnehmen werde.“

Endri atmete erleichtert auf. „Danke, das ist sehr nett von dir“, erklärte er und versuchte, dabei möglichst aufrichtig zu klingen. Er konnte den Typ auf Anhieb nicht leiden, wollte es sich aber nicht direkt am ersten Tag mit einem älteren Schüler verscherzen. Der Junge schien es zu spüren und kniff die Augen zusammen.

„Na, komm schon. Folge mir, du kleines Entlein!“, blaffte er und schritt mit solchem Elan an Endri vorbei, dass dieser fast ins Schwanken geriet. Er marschierte schnurstracks in den Flur, ohne sich noch mal nach ihm umzudrehen.

„Also, du bist auch wegen der Einführungsveranstaltung hier?“, rief Endri, als er versuchte, mit ihm Schritt zu halten.

„Klug erkannt.“

Endri hatte aufgeholt. „Wie heißt du denn?“

„Merik von Griselherz“, er betonte es auf eine Art und Weise, als müsste der Name Endri etwas sagen.

„Ich bin Endri Winter.“

„Was ist das denn für ein komischer Name?“

Endri, der Fragen zu seinem – zugegebenermaßen erfundenen – Namen gewöhnt war, ignorierte sie und fragte stattdessen zurück: „Bist du auch neu an der Schule?“

Merik schnaubte verächtlich. „Sehe ich etwa so aus?“

Endri wusste nicht, wie er diese offensichtlich rhetorische Frage beantworten sollte.

„Ähm ... also ...“

„Ich bin Botschafter“, schnitt Merik ihm das Gestammel ab. „Als aktuell ranghöchster Alchemist vertrete ich heute die Schüler der Erkentalschule. Mal abgesehen davon ist meine Mutter ...“ Er warf einen kurzen abschätzigen Blick auf Endri. „Ach, vergiss es.“

Endri wollte etwas erwidern, aber in dem Moment kamen sie an dem Raum an, in dem die Einführung stattfinden sollte. Die Tür stand offen, und die Veranstaltung hatte noch nicht begonnen. Der Raum machte den Eindruck eines überdimensionierten, altmodischen Klassenzimmers. Nur schien es, als hätte man die Aufgabe der Einrichtung jemandem anvertraut, der in seinem Leben noch nie ein modernes Klassenzimmer gesehen hatte. Verschnörkelte, antike Stühle mit kleinen Tischen, die eher in ein Theater gehört hätten, standen in versetzten Reihen hintereinander. Eine Vielzahl der Plätze war bereits besetzt. An den Wänden hingen alte Plakate aus allerhand verschiedenen Schulfächern. Manche waren so vergilbt, dass Endri nicht zuordnen konnte, ob es sich bei der Abbildung um ein Periodensystem oder einen menschlichen Körper handelte. Vorne im Raum standen eine altmodische Rolltafel und davor ein polierter ausladender Schreibtisch sowie ein kleines Rednerpult. Merik ging entschlossen auf die vorderste Reihe zu, und Endri schloss sich ihm kurzerhand an.

Dort saß ein hagerer dunkelhäutiger Junge mit kurz geschorenen Haaren. Er trug ein verwaschenes Sweatshirt mit Micky-Maus-Motiv, das um ihn herumschlackerte. Nervös rieb er seine Hände aneinander.

„Der Platz, auf dem du sitzt, ist für einen Schülerbotschafter reserviert", klärte Merik den Jungen auf. Der blickte erschrocken hoch, als wäre er aus einer Art Trance erwacht.

„Eh ... was?", fragte er.

„Rutsch rüber!", blaffte Merik ungeduldig. „Oder hältst du die Plätze für deine imaginären Disney-Freunde frei?"

„Oh, ja. Entschuldigung!", stammelte der Junge und rückte zwei Stühle weiter.

„Ich wusste nicht, dass der Platz reserviert war", klärte er Merik schüchtern auf. „Ich bin nur als Erster da gewesen und dachte, ich setze mich nach vorne, damit ich nichts verpasse."

„Aha", grunzte Merik desinteressiert und ließ sich auf den Stuhl fallen.

„Immerhin warst du früher dran als ich", sagte Endri zu dem Jungen, „ich wäre beinahe zu spät gekommen. Um ein Haar hätte ich nicht mal den Eingang gefunden!"

„Ich bin immer zu früh", erwiderte der Junge und zuckte mit seinen schmalen Schultern. „Aber den Eingang habe ich auch nicht direkt gefunden. Erst so ein alter Opi hat mir gezeigt, wo es ist … obwohl es ja eigentlich ganz offensichtlich war." Er senkte den Blick. „Ich war bestimmt der Einzige, der so doof war."

Merik quittierte sein Geständnis mit einem missbilligenden Schnauben. Endri ignorierte ihn.

„Nein, ich habe auch bei dem alten Mann geklingelt! Richtig verrückter Typ", er grinste den Jungen aufmunternd an.

Der war offensichtlich erleichtert über seine Antwort und grinste verhalten zurück. Dann stellte er sich als Lorean vor, indem er Endri seine schmale Hand hinstreckte.

„Was meinst du, wie die das machen, dass man das Haus zuerst überhaupt nicht finden kann?", fragte er dann.

„Vielleicht ist es eine optische Täuschung?", mutmaßte Endri.

Der sogenannte Botschafter gab ein erneutes Grunzen von sich. Als die beiden ihn erwartungsvoll ansahen, verdrehte er nur die Augen und nuschelte etwas von „Outsider-Trottel" und drehte sich weg.

„Ich war wirklich etwas verzweifelt", gab Endri vor Lorean zu. „Vor allem wurde mir davon gar nichts erzählt, als man mir die Einladung überreichte. Das wäre eine nicht ganz unwichtige Info gewesen."

„Ja, das stimmt. Die Frau und dieser General haben nicht gerade die ausführlichsten Informationen gegeben."

Merik, den die Unterhaltung bis dato offenkundig reichlich wenig interessiert hatte, wurde hellhörig und drehte sich mit einem Ruck wieder zu den beiden hin.

„Moment, wer hat euch eine Einladung überreicht?"

„Die kleine Frau Tinter zusammen mit diesem …", Lorean kam ins Stocken.

„General Karmesin", ergänzte Endri und deutete eine Salutation an.

„Was?!", platzte Merik heraus. „Karmesin war bei euch zu Hause?" Er sah sie fassungslos an. „Das glaub' ich ja nicht."

„Kennst du den?", fragte Endri vorsichtig.

„Natürlich! Jeder kennt den!", zischte Merik. „Er ist eine Legende! Diese verrückte Tinter ist im Recruitment-Team und besucht ständig solche Trottel wie euch. Aber Karmesin ist der Sicherheitsleiter des Rats der Fünf! Ich frage mich, was der bei euch wollte."

Lorean und Endri sahen ihn verwirrt an.

„Was ist denn dieser Rat ...", setzte Endri an, aber in diesem Augenblick betrat eine Gruppe von Erwachsenen den Raum. Sie wurde von einem hageren, glatzköpfigen Herrn, der eine rundliche Brille und eine altmodische Cordjacke trug, angeführt. Dahinter erkannte Endri Gertrud Tinter, die eine weitere Ausführung eines unschmeichelhaften Sofabezugs trug, diesmal in Knallorange. Mit ihr betrat General Karmesin den Raum, der nun anstelle eines Anzuges ein sehr sportliches Outfit trug. Es sah aus wie eine Mischung aus Designer-Jogginganzug und Kampfausrüstung und war so eng anliegend, dass sich seine darunterliegenden Muskelberge abzeichneten. Hinter Karmesin lief ein kleinwüchsiger Mann mit wirren, dünnen schulterlangen Haaren und eine schlanke blonde Frau in einem langen grünen Umhang.

Der Anführer der Truppe ging zu dem kleinen Pult und sah lächelnd in die Menge. „Herzlich willkommen zur Einführungsveranstaltung der Erkentalschule", begann er ohne Umschweife. Als Endri ihn genauer ansah, bemerkte er, dass der Mann älter war, als er angesichts seines energetischen Gangs vermutet hätte. Tiefe Furchen zogen sich durch sein Gesicht. Die Lippen waren schmal und blass, und unter den komplett weißen Augenbrauen blitzten wachsame Augen.

„Mein Name ist Berathraban Ripar. Und neben meiner Tätigkeit als Biologievertreter im Rat der Fünf bin ich stellvertretender Schulleiter der Erkentalschule. Es ist für mich eine besondere Ehre, euch heute mehr über unsere fantastische Einrichtung erzählen zu können."

Bei der Erwähnung des Rats der Fünf sah Endri fragend zu Merik, der seinen Blick stur nach vorne gerichtet hatte. Ripar stellte die anderen Personen im Raum vor, die sich seitlich von ihm aufgestellt hatten. Frau Tinter machte einen unbeholfenen Knicks, Karmesin nickte kaum merklich. Die Dame im Umhang, die Ripar als Rosalinda Vilanta vorstellte, blickte freundlich über die in dem Raum sitzenden Jugendlichen, während der kleine Mann mit den wirren Haaren, Donewin Ravus, überhaupt keinerlei Regung zeigte. Bei seinem Anblick lief Endri ein Schauer über den Rücken. Der Mann hatte durchdringende Augen, über denen Augenbrauen saßen, die wie kleine Teufelshörnchen geformt waren.

„Zudem ist unser Schülerbotschafter Merik von Griselherz vor Ort", Merik stand auf und sah mit einem ernsten Nicken in die Menge, „dem ihr Fragen stellen könnt, die wir Erwachsenen vielleicht nicht beantworten können – oder wollen", Ripar zwinkerte.

„Im ersten Teil werde ich euch heute eine kleine Einführung in die Grundpfeiler unserer Lernphilosophie geben", erklärte der Mann weiter. „Dann machen wir eine kleine Pause, nach der ich euch bitten möchte, euch einzeln in die vorgesehenen Räume zu begeben. Wir teilen gleich eine Liste aus, auf der ihr den entsprechenden Raum und euer genaues Zeitfenster findet. In dieser Zeit lernen wir euch dann etwas näher kennen."

Endri beobachtete, wie Papiere mit Namen, Zeiten und Raumnummern ausgeteilt wurden. Als der Stapel bei ihm angekommen war, sah er, dass er und Lorean ganz oben auf der Liste standen. Der reckte seinen Kopf, um auf das Papier sehen zu können. Als er erkannte, was darauf stand, wurde er kreidebleich.

„Oh nein, ich bin ja als Erster dran!"

„Ist doch super, dann hast du es schnell hinter dir", meinte Endri. „Ich bin direkt nach dir dran."

Merik hatte sich ihnen wieder zugewandt und zog amüsiert die Augenbrauen nach oben. Er wollte gerade den Mund aufmachen, als der Redner zu seinem nächsten Punkt kam.

„Grundsätzlich ist es unsere Philosophie, jedes individuelle Talent, so gut es geht, zu fördern", er machte eine längere Pause und sah sich im Raum um. „Talent existiert in den unterschiedlichsten Formen und Ausprägungen. Manche Talente sind offensichtlich, wie zum Beispiel das einer guten Fußballspielerin oder das eines begabten Malers. Andere Talente sind eher versteckt und zeigen sich nicht von allein oder nur in besonderen Situationen. Aus diesem Grund basiert unsere Institution auf dem Individualisierungskonzept. Das bedeutet, dass jeder von euch genau den Unterricht, das Training und die Betreuung bekommt, die er oder sie benötigt. Das ist unser Erfolgsprinzip, und jeder Schüler und jede Schülerin, die unsere Schule verlässt, wird herausgefunden haben, was ihn oder sie einzigartig macht."

Er erzählte weiter von philosophischen Hintergründen und Prinzipien. Er benutzte viele große Worte wie „leistungsheterogen" und „praxisorientiert", und Endri konnte sich unter den meisten Dingen nichts Richtiges vorstellen. An seiner alten Schule war es mit „individueller Förderung" nicht weit her, und Endri war sich sicher, dass Direktor Pflaum nicht einmal wusste, was das überhaupt war. In seiner Klasse waren fünfunddreißig

Schüler, und wenn man mal einen Tag krank war, musste man eigenständig die verpasste Präsentation nacharbeiten.

„Bei uns gibt es keine Schuljahre, sondern Stufen", erklärte Ripar weiter. „Diese Stufen sind als Schritte hin zu mehr Verantwortung zu sehen, haben aber keinen Einfluss darauf, an welchem Unterricht oder an welchen Projekten ihr teilnehmt. Unser Unterricht ist in Grundeinheiten und Zusatzprojekte gegliedert. In den Grundeinheiten bringen wir euch nicht nur Mathe und Deutsch bei, sondern all die Dinge, die euch das Leben später erleichtern sollen. Alles natürlich im Hinblick auf eure speziellen Talente, in denen wir euch fördern werden. Darüber hinaus könnt ihr zu jedem erdenklichen Thema so viele Projekte belegen, wie ihr möchtet. Eine Mindestanzahl dafür gibt es nicht. Konkret heißt das, wenn sich einer oder eine von euch für ein Thema interessiert, könnt ihr darüber lernen. Dabei ist es egal, ob es etwas Generelles wie Kunst, Technik, Botanik oder Schreinern ist oder etwas Bestimmtes wie eine Pinguinart – von denen es leider nicht mehr so viele gibt –, Geometrie, Kaffeerösten oder Töpfern. Es muss weder nützlich noch logisch sein. Jede Erfahrung wird euch weiterbringen. Jedes Wissen wird euch bereichern."

Endri hatte den letzten Worten mit offenem Mund zugehört. Was war das für eine Schule, in der man lernen konnte, was man wollte? Durfte sich so eine Einrichtung überhaupt Schule nennen?

In der Pause gingen Lorean und Endri zusammen auf den Flur, um sich ein wenig in der großen Halle umzusehen.

„Meinst du, es wird gleich einen Test geben?", fragte Lorean verunsichert.

„Was wollen die denn testen?"

„Na ja, ob man geeignet ist und genug Talent hat." Er warf

Endri einen ängstlichen Blick zu. „Ich glaube, dann wäre ich auf jeden Fall direkt raus!"

Endri sah ihn fragend an und ließ dann seinen Blick über die Menge schweifen. Es waren knapp zwanzig Jugendliche in der Halle. Einige sahen ein, zwei Jahre jünger aus, aber die meisten, schätzte Endri, waren in seinem Alter. An der Treppe blieb sein Blick an Merik hängen. Er war von einer Traube potenzieller Schüler umgeben. Als er Endris Blick bemerkte, sah der, wie er sich zu zwei anderen Jungs umdrehte und mit ihnen etwas besprach. Nach wenigen Augenblicken drehte er sich wieder in Endris Richtung und winkte.

„Hey, ihr beiden! Kommt mal rüber!", rief er. Er wies die anderen Schüler, bis auf die zwei Jungs, an, sie allein zu lassen.

Endri, der hoffte, Merik noch ein paar Fragen stellen zu können, ging zielstrebig auf die kleine Gruppe zu. Lorean eilte ihm hinterher.

„Was will der denn?", hauchte er Endri zu.

Als sie bei Merik angekommen waren, deutete er auf die Jungen neben sich: „Das sind Kasimir und Haru."

Haru war ein drahtiger, asiatisch aussehender Junge mit kurz geschorenen Haaren.

„Wir brauchen die Einführung eigentlich gar nicht", erklärte Kasimir den beiden ohne Umschweife. „Denn wir wissen das alles schon." Er hatte eine tiefe Stimme und war ein gutes Stück größer als die anderen. Er trug Sportshorts und einen kurzärmeligen Hoodie, dessen Kapuze er sich über den Kopf gezogen hatte. Er sah aus, als würde er sich bereit machen, im nächsten Moment einen Boxring zu betreten.

„Okay ...", murmelte Endri und sah unschlüssig zwischen den drei Angebern hin und her.

„Eigentlich", räusperte sich Merik, „waren wir eben am plaudern und dachten, ihr hättet vielleicht Lust auf eine exklusive Tour durch das Gebäude. Wir drei kennen es in- und auswendig – selbstverständlich auch die besonders geheimen Räume." Er grinste.

„Ist das denn erlaubt?", fragte Lorean skeptisch.

„Natürlich ist das erlaubt!" Merik lachte rau auf. „Ich bin schließlich Schülerbotschafter! Meint ihr, wir würden euch so etwas anbieten, wenn es verboten wäre?"

„Na ja, aber wir könnten ja was verpassen ...", murmelte Lorean.

„Meine Güte, keine Ahnung haben, aber trotzdem ein Streber sein", spottete Kasimir.

„Alle anderen Schüler würden sonst was geben für so ein Angebot", ergänzte Haru.

„Aber es wäre natürlich besser, wenn wir uns in den besonders interessanten Räumlichkeiten etwas leiser verhalten." Merik zwinkerte.

Als die beiden noch zögerten, hob er die Schultern und setzte hinzu: „Einmalige Gelegenheit. Sonst bekommen andere Schüler eben die Chance. Ich wollte es euch zuerst anbieten, weil ihr so aufgeweckt aussaht. Aber vielleicht habe ich mich getäuscht ..."

„Na gut", sagte Endri. Er wollte zwar keinen Ärger riskieren, war aber gleichzeitig zu neugierig, um abzulehnen.

Lorean öffnete den Mund, um zu protestieren, entschied sich aber, nach einem kurzen Blick auf die Jungs, die ihn auffordernd ansahen, dagegen und klappte ihn wieder zu.

Merik führte die Gruppe die große Treppe nach oben in eins der oberen Stockwerke. „Fängt man bei einer Tour nicht von vorne an?", fragte Lorean und wischte sich nervös die Hände an seinem Sweatshirt ab.

„Nicht bei meiner“, entgegnete Merik, ohne sich nach ihm umzusehen. Endri ging einen Schritt schneller, und als er auf gleicher Höhe mit Merik war, fragte er: „Was genau macht denn ein Sicherheitsleiter für diesen Rat der Fünf?“

„Warum will der das denn wissen?“, fragte Kasimir mit schriller Stimme.

„Anscheinend fährt Karmesin jetzt mit der Tinter herum und rekrutiert Outsider“, erklärte Merik.

„Rekrutierung? Aber das macht doch gar keinen Sinn!“, bemerkte Haru, der neben Lorean lief. „Hat dein Vater irgendwas in der Art erwähnt, Kasi?“

„Nee, seit dem Verschwinden erzählt er zu Hause überhaupt nichts mehr von der Arbeit.“

„Karmesin ist doch einer seiner besten Männer! Der schmeißt doch nicht den Job und wird so was.“

„Was für ein Verschwinden?“, fragte Endri dazwischen.

„Was du nicht alles wissen willst!“, blaffte Merik ihn an. „Das ist gänzlich unwichtig für dich, vertrau mir.“

Der Lärm der Eingangshalle war komplett verklungen, und sie bogen in einen langen Flur ein, der nur spärlich beleuchtet war.

„Aber mal im Ernst“, sagte Haru. „Vielleicht hat Karmesin doch was vermasselt?“

„Unmöglich!“, rief Kasimir.

„Was soll er vermasselt haben?“, fragte Endri wieder dazwischen.

„Oh Mann, du bist ja eine Pest!“, ätzte Merik und verdrehte die Augen. „Aber umso besser, dass wir bei unserem ersten Stopp der Führung angekommen sind. Eure Fragen könnt ihr euch für später aufheben.“ Er war vor einer schmalen Tür stehen geblieben und drehte sich zu seinen Zuhörern um. „In diesem Raum werden nur die absolut wichtigsten Meetings abgehalten, und dort befinden sich die neuesten Hightech-Gadgets. Selbst mir wurde dieser Raum nur unter absoluter Geheimhaltungspflicht gezeigt." Die Verwendung des Wortes „Hightech" war Endri nur von seiner Mutter oder anderen älteren Leuten gewohnt und verwunderte ihn ein wenig. Es fiel in dieselbe Kategorie wie Blu-ray-Player, USB und Facebook. Merik ging zur Seite und gab Kasimir mit einem Nicken ein Zeichen. Dieser trat nach vorne, drehte mit einem Knack den Türknauf und öffnete dann die Tür einen Spaltbreit.

„Hat er – hat er jetzt einfach die Tür aufgebrochen?!", stotterte Lorean. „Also, das muss doch Ärger geben!"

„Wollt ihr jetzt eine exklusive Tour oder nicht?", stichelte Merik. Endri reckte den Kopf, um durch den Türspalt sehen zu können, doch in dem Raum war es dunkel und er konnte nichts erkennen. Er wartete, dass Merik vorging, doch der deutete den beiden mit einer Handbewegung an, dass er ihnen den Vortritt ließ. Als Endri zögerte und protestieren wollte, schob Kasimir ihn kurzerhand durch die Tür. Der Kerl war unmenschlich stark und Endri hatte nicht den Hauch einer Chance. Bevor er sich umsehen konnte, stolperte Lorean neben ihm in den Raum und die Tür fiel mit einem lauten Knall ins Schloss.

Auf der anderen Seite der Tür ertönte Gelächter. Endri ließ sich sofort dagegenfallen und versuchte, sie aufzudrücken. „Das kommt von zu vielen Fragen!", rief Merik ihnen durch die Tür zu.

„Was soll das?", brüllte Endri zurück. „Lasst uns gefälligst wieder raus, ihr Idioten!"

„Keine Sorge, ihr verpasst schon nichts", versicherte ihm Merik. „Ihr könnt uns sogar dankbar sein, wir ersparen euch das Aussortieren." Sie hörten die drei auflachen.

„Hey! Was soll das heißen?“, wollte Endri wissen und hämmerte nochmals gegen das Holz. „Es reicht, ihr habt euren Spaß gehabt!“

Er hörte, dass Merik näher an die Tür herantrat.

„Oh nein, der Spaß fängt jetzt erst richtig an.“

Darauf folgten ein lautes metallisches Knirschen und weiteres Gelächter. Sie hörten, wie die Schritte sich rasch entfernten. Und dann war es still.

vier

Der Raum war stockfinster. Endri tastete sich an der Wand entlang und fand einen Lichtschalter. In der Mitte des Raumes leuchtete eine grelle LED auf. Immerhin konnten sie sich jetzt ein Bild von ihrer Situation machen. Endri starrte auf den kaputten Türknauf. Damit würden sie die Tür nicht mehr aufkriegen. Als er trotzdem sein Glück versuchte und daran rüttelte, nur um festzustellen, dass es vergebens war, brach Lorean angesichts dieser Erkenntnis in Panik aus.

„Oh nein, oh nein, oh nein", stöhnte er und drängte sich an Endri vorbei zur Tür. Er hämmerte dagegen und brüllte „Hallo!", aber es kam keine Antwort. Sein Lifetracker gab ein besorgniserregendes Piepen von sich und schlug ihm umgehend eine Atemübung zur Beruhigung vor. Lorean atmete ein paarmal tief durch und sah Endri niedergeschlagen an.

„Was machen wir denn jetzt?", fragte er mit zittriger Stimme.

„Irgendjemand wird uns sicherlich finden", beruhigte ihn Endri. Er war zwar selbst nicht davon überzeugt, wollte aber Lorean nicht weiter nervös machen.

„Wie soll uns denn bitte hier jemand finden?", fragte der mit schriller Stimme. „Wir sind am Ende dieses komischen Gebäudes in irgendeinem …", er blickte sich zum ersten Mal aufmerksam um, „Abstellraum! Wir sind in einem Abstellraum! Und in einer halben Stunde beginnen die Einzeltermine!"

Der Raum, in dem sie sich befanden, war gut drei Meter hoch

und bis oben hin vollgestellt mit Regalen und Kisten. Größtenteils handelte es sich wohl um Werkzeuge und Büromaterial. Das war kein gutes Omen, denn Endri bezweifelte, dass ausgerechnet heute jemand im Gebäude einen Locher benötigen würde. Solche Dinge benutzten die Leute seit Jahrzehnten nicht mehr.

„Oh Gott, wir verpassen alles! Und keiner wird uns finden! Und ich bin auch noch als Erster dran!", rief Lorean. Er stand verloren in der Mitte des Raumes und sah aus wie ein begossener Pudel.

Endri ließ sich auf eine der Kisten nieder und sah zu dem Jungen hinüber.

„Komm, setz dich erst mal", forderte er ihn auf. „Herumstehen bringt uns jetzt auch nicht weiter."

Lorean setzte sich ihm gegenüber. „Na gut", sagte er und ließ die Schultern sinken.

„Was es wohl mit diesem Vorfall auf sich hat, von dem sie gesprochen haben ...", murmelte Endri, dem das Gespräch der Jungs nicht aus dem Kopf gehen wollte, mehr zu sich selbst. „Da muss ja irgendwas Wichtiges passiert sein."

„Keine Ahnung!", sagte Lorean und fuhr sich verzweifelt mit den Händen über das Gesicht. „Ich habe gerade wirklich andere Sorgen. Wegen deiner ganzen komischen Fragen sitzen wir überhaupt erst hier!"

„Ach, das hatten die schon von Anfang an mit uns vor, ob ich Fragen gestellt hätte oder nicht", erklärte Endri. „Aber du hast recht. Es ist meine Schuld, dass wir hier sitzen. Ich hätte es eigentlich wissen müssen, dass so was passiert. Merik und seine Konsorten sind genau diese Art Jungs, die ich so langsam mal kennen sollte."

„Wie meinst du das?"

Da sie sonst nicht viel tun konnten, erzählte Endri ihm von dem Vorfall mit seinen Freunden und deren „Ausflug in den Teich", der ihm, zugegebenermaßen, nun doch zu Recht angelastet wurde.

„Ich finde, dass sie das verdient hatten", bestätigte ihm Lorean. „Aber krass, das mit dem Wind. Das ist mal eine Showeinlage. Hat es danach noch mal geklappt?"

„Nein, ehrlich gesagt, habe ich auch keine Ahnung, wie ich es überhaupt angestellt habe. Ich kann immer noch nicht ganz glauben, dass ich das gewesen sein soll und keine verirrte Windböe."

„Von einer Windböe, die drei Teenager meterweit durch die Luft wirbelt, habe ich zumindest noch nie gehört", grinste Lorean. „Aber schade, dass es nicht noch mal geklappt hat. So einen wie dich könnte ich gut gebrauchen, um ein paar Leuten mal gelegentlich eine Lektion zu erteilen." Lorean hatte das Gesicht abgewandt und schien sich gerade vorzustellen, was eine saftige Windböe alles für ihn anstellen könnte.

„Bei mir gab es auch einen Zwischenfall ...", murmelte er dann und wandte sich wieder Endri zu. „Aber nichts so Spektakuläres wie bei dir", fügte er hinzu. „Mir ist schon öfter mal das ein oder andere kleine Malheur passiert ... und vor ein paar Wochen gab es eine besonders ätzende Woche im Heim und ..."

„Im Heim?", fragte Endri verdutzt.

„Ja, ich wohne in einem der Kinderheime für Klimaflüchtlinge."

Das erklärte Loreans abgetragene Klamotten. Jetzt sah Endri den Disney-Pullover in einem anderen Licht. Seit Jahren kamen immer mehr Klimaflüchtlinge ins Land, viele davon waren Kinder. Aus der Not heraus hatte die Regierung ganze Stadtteile in Flüchtlingsdörfer umgebaut, und die Umstände, unter denen sie dort lebten, waren alles andere als luxuriös.

„Auf jeden Fall hatten wir eine richtige Scheißwoche. Wir gehen alle auf öffentliche Schulen, und immer, wenn die Ferien kurz bevorstehen, sind alle schlecht drauf. Die anderen Schüler dort freuen sich dann auf zu Hause, und wir wissen alle, dass wir den Sommer im Heim verbringen. Für uns ändert sich gar nichts, außer dass wir keine Hausaufgaben haben. Na ja … es gibt auf jeden Fall einen Jungen, der mich immer mal wieder nervt. An dem Tag hatten wir einen kleinen Streit beim Mittagessen, bei dem er mich plötzlich einfach gepackt hat und … Also er hat eine Zahnspange, besser gesagt, er hatte eine Zahnspange. Im Kampf bin ich wohl irgendwie drangekommen – frag mich nicht – und … na ja …"

„Und dann?"

Lorean nahm eins der Werkzeuge aus dem Regal neben sich und hielt es hoch. Es war eine rote, rostige Zange. Als Endri gerade nachfragen wollte, wie die Geschichte geendet hatte, fing die Zange an, sich zu verändern. Es sah aus, als würde man in Zeitlupe von oben einen Eimer Farbe über sie laufen lassen. Als die Zange komplett mit Gold überzogen war, gab Endri einen leisen Pfiff von sich.

„Du hast einem Jungen die Zahnspange vergoldet? Gibt Schlimmeres, oder?", lachte er.

Lorean hielt einen Finger hoch und sagte: „Und jetzt kommt der blöde Teil."

In dem Moment bebte die Zange in seiner Hand, färbte sich blau und zerfiel urplötzlich zu feinem Staub. Endri musste niesen.

„Was war das denn?", fragte er und wischte sich den Staub aus den Augen.

„Alles, was ich anfasse, wird nach wenigen Sekunden blau und zerfällt zu Staub. Ich habe noch nicht rausgefunden, warum oder wie ich es aufhalten kann."

„Das ist ja krass." Endri war immer noch dabei, sich den Staub, der sich überall im Raum verteilt hatte, von der Kleidung zu wischen.

„Ja, und nutzlos." Lorean war aufgestanden und trat mit dem Fuß frustriert gegen das Regal. Der blaue Staub rieselte in einer kleinen Wolke zu Boden. Dann sah er Endri verängstigt an. „Meinst du, ich werde aussortiert, wenn ich nicht aufhören kann, alles in Staub zu verwandeln?"

Endri dachte wieder an Meriks Kommentar vor der Tür. Er wollte ihm zwar keinen Glauben schenken, musste aber zugeben, dass er ihn selbst auch ein wenig verunsichert hatte.

„Also wenn du aussortiert wirst, werde ich doppelt sicher aussortiert. Ich weiß ja nicht mal richtig, was ich kann oder wie ich es kann."

Lorean warf einen Blick auf seinen Lifetracker, ein älteres Modell als das von Endri. „In zehn Minuten ist die Pause um. Vielleicht ist es ja das Beste, dass ich den Time-Slot verpasse. Am Ende wäre ich so nervös, dass ich wahrscheinlich direkt beim Eintreten die Türklinke zerbröseln würde."

Im nächsten Moment sahen die beiden sich an. Endri sprang als Erster auf und rief: „Das Schloss! Das ist doch aus Metall!"

„Ja! Oh Mann, ich Idiot! Da hätte ich auch gleich draufkommen können."

Lorean hastete zur Tür und zerlegte innerhalb weniger Sekunden das Schloss in feinstes Pulver. Kurz darauf standen die beiden allein auf dem verlassenen Flur.

„Meinst du, ich kriege Ärger dafür, dass ich das Schloss kaputt gemacht habe?", fragte er und sah betreten zur Tür, in der ein Loch klaffte.

„Praktisch gesehen, warst ja nicht du es, der das Schloss kaputt gemacht hat", erwiderte Endri. „Das war Kasimir. Von daher kann man eigentlich sagen, dass du die Türe repariert hast. Sonst wäre sie ja nicht mehr aufgegangen."

Lorean kicherte leise. „Das stimmt."

Sie liefen den Flur entlang, als sie hörten, wie sich aus einer anderen Richtung leise aufgeregte Stimmen näherten. Sie hielten inne und sahen sich panisch an. Wenn man sie hier oben alleine finden würde, gäbe es sicher Ärger. Sie hatten Inventar zerstört. Und es war garantiert egal, ob sie in dem Fall eine Wahl gehabt hatten oder nicht. Sie waren beide damit vertraut, wie solche Prozesse abliefen, und die anderen saßen mit Sicherheit unten in der Halle und taten so, als hätten sie mit alldem nichts zu tun.

Sie schlichen geräuschlos in einen der vielen Seitengänge und schoben sich hinter eine Ecke. Dann lehnten sie sich nebeneinander an die Wand und versuchten, leise zu atmen.

„Und wann werde ich versetzt?" Endri erkannte die Stimme sofort. Sie gehörte eindeutig zu General Karmesin.

„Direkt zu Beginn des neuen Schuljahres", antwortete ein zweiter Mann.

Die Stimmen kamen näher. Dann bot sich ihnen freie Sicht auf die Männer. Wenn diese sich jetzt nach rechts umsehen würden, wären Endri und Lorean ertappt. Neben Karmesin lief der größte Mann, den Endri jemals gesehen hatte. Er überragte den General, der selbst ein Hüne war, um einen Kopf. Dazu war er breit wie ein Ochse. Seine Arme waren so dick mit Muskeln bepackt, dass er sie gar nicht am Körper anlegen konnte. Er hatte einen breiten, ausladenden Gang, der ihn noch massiger wirken ließ. Endri bezweifelte, dass der Mann durch normale Türen passte, ohne sich zur Seite zu drehen. Neben ihm sah Karmesin aus wie ein Balletttänzer. Der Riese trug eine beige Hose, die ihm locker um die Hüften hing, und darüber ein weißes Leinenhemd, unter dem sich viele schwarze Tattoos abzeichneten. Schon waren die beiden Männer an dem Seitengang vorbeigelaufen.

„Muss das wirklich sein? Erst muss ich den Botschafter für diese Kinder spielen und jetzt das?“, beschwerte sich Karmesin bei dem anderen Mann.

„Ja, das muss sein“, antwortete der Riese streng. „Es gibt aktuell keine andere Möglichkeit.“

„Aber warum schickst du ausgerechnet mich in die Versenkung? Nicht, dass es mich überrascht, dass dieser ... dieser Schwachkopf die Lage nicht im Griff hat, aber ...“

„Ich wiederhole mich nur noch einmal“, unterbrach der Mann ihn barsch. „Ich brauche dich vor Ort, um ...“

Dann konnten sie nicht mehr hören, was als Nächstes gesagt wurde.

Endri und Lorean atmeten erleichtert auf. Als sie sicher waren, dass die beiden weit genug weg waren, rannten sie los. Wenige Minuten später kamen sie an der großen Treppe an. Möglichst lässig schritten sie die Stufen hinab, obwohl alle anderen die Eingangshalle bereits verlassen hatten.

Unten angekommen wandte sich Endri an Lorean und fragte mit leiser Stimme: „Was hatte das wohl zu bedeuten?“

„Keine Ahnung“, flüsterte Lorean zurück und zuckte mit den Schultern.

„Wen meinte er wohl mit ‚Schwachkopf‘?“

„So wie ich den einschätze, nennt er jede zweite Person einen Schwachkopf“, antwortete Lorean und kratzte sich am Kinn. „Ich frage mich eher, was mit ‚Versenkung‘ gemeint ist.“

„Na, hoffentlich irgendwo weit weg“, murmelte Endri, „ein Nachmittag mit dem Typen reicht mir ein Leben lang.“

Loreans Lifetracker gab ein kurzes Piepen von sich. Es war Punkt 13 Uhr.

Sie hasteten einen Gang entlang, an dem der Raum für die Einzelgespräche liegen musste, und während sie liefen, rief Endri: „Was ist eigentlich mit dem Jungen passiert, dem du die Zahnspange zerbröselt hast?"

„Er hat behauptet, ich hätte sie ihm gestohlen. Ich musste für die Kosten aufkommen und wochenlang Zeitungen austragen und Küchendienste machen."

„Wie bitte sollst du eine feste Zahnspange geklaut haben?", fragte Endri. „Haben sie gedacht, du bist plötzlich ein Kieferorthopäde, oder wie?"

Lorean warf ihm ein trauriges Lächeln zu. „Hat keiner nachgefragt."

„Ist vielleicht auch besser so."

Schlitternd kamen sie vor einem Raum zum Stehen, aus dessen Türe der wuschelige Kopf von Frau Tinter lugte. Als sie die beiden erblickte, rief sie munter in den Raum hinter sich: „Alles gut, der Junge ist da!" Dann wandte sie sich zu Lorean und Endri: „Da hatte wohl jemand eine spannende Pause!"

„Sie haben ja keine Ahnung!", schnaufte Endri. Dann setzte er sich keuchend auf die Bank, die vor dem Raum stand, während Lorean von Frau Tinter in den Raum geführt wurde. Er warf Endri einen letzten gequälten Blick zu und war verschwunden.

Neben Endri saßen zwei weitere Jugendliche auf der Bank. Ein schlaksiges Mädchen mit Pferdeschwanz und ein kräftiger Junge mit rundlichem, sommersprossenübersätem Gesicht. Das Mädchen starrte vor sich hin und rutschte ununterbrochen auf der Bank hin und her. Sie hatte nicht einmal aufgeblickt, als Endri sich gesetzt hatte. Der Junge aber wandte sich ihm direkt zu und verkündete ohne Umschweife:

„Ich muss eigentlich gar nicht da rein." Bevor Endri fragen

konnte, warum nicht, redete er weiter. „Meine Eltern sind beide wichtige Berater des Rats der Fünf. Deswegen wohnen wir auch hier in Berlin. Sobald ich in Erkental fertig bin, werde ich zurückkommen und ebenfalls Berater werden!“, erklärte er.

„Was genau ist denn der Rat der Fünf?“, versuchte es Endri nochmals mit einer Frage. Er hoffte, der Junge würde ihm mehr Auskunft geben, als Merik es getan hatte.

„Was ist das denn für eine Frage?“ Der Junge beäugte Endri skeptisch.

„Ich bin neu hier“, erklärte der und schenkte ihm ein entschuldigendes Lächeln.

Der Junge sah ihn erneut mit zusammengekniffenen Augen von oben bis unten an und sagte dann langsam: „Der Rat der Fünf entscheidet alles, was es zu entscheiden gibt.“

„Und was für Entscheidungen zum Beispiel?“

Der Junge seufzte. Er hatte wohl gehofft, dass das Gespräch eine andere Wendung nehmen würde. „Na … die wichtigen eben.“

Endri wollte etwas erwidern, als sich die Tür öffnete und Lorean hinaustrat.

Es waren maximal zehn Minuten vergangen und er hatte einen verunsicherten Gesichtsausdruck. Endri sah ihn erwartungsvoll an, aber Lorean hatte nur Zeit, kurz mit den Schultern zu zucken, als es im nächsten Moment aus dem Raum tönte: „Endri Winter, bitte!“

Mit Herzklopfen ging er durch die Tür.

fünf

In dem Raum stand ein einzelner Stuhl einem langen Tisch gegenüber, an dem drei Personen saßen. An der Wand hingen ein breiter Touchscreen und ein kleines Holzregal, in dem sich eine Reihe grauer Ordner befanden. Während Endri sich setzte, erkannte er in der Mitte Berathraban Ripar. Links von ihm saß der kleine, wirr aussehende Mann mit den gruseligen Augenbrauen, der von Ripar nochmals als Donewin Ravus vorgestellt wurde, und rechts von ihm saß Gertrud Tinter.

„Gertrud Tinter kennst du ja bereits", sagte Ripar. Sie warf ihm ein Lächeln zu und Endri bemerkte, wie seine Aufregung nachließ.

„Es ist keine große Sache", erklärte er dann. „Wir wollen dich und dein Talent lediglich ein bisschen näher kennenlernen."

Mit den Worten trat er hinter dem Tisch hervor und ging auf Endri zu.

„Darf ich?", fragte Ripar, und bevor Endri reagieren konnte, legte er ihm behutsam eine knochige Hand auf den Kopf. Endri wusste nicht, was es zu bedeuten hatte, hielt es aber für das Beste, still sitzen zu bleiben. Nach wenigen Sekunden nahm Ripar die Hand weg. Er nickte den anderen beiden fast unmerklich zu. Dann setzte er sich wieder und machte ein zufriedenes Gesicht.

„Gertrud hatte dich ja bereits informiert, dass du ein Alchemist bist", sagte er zu Endri. „Das bedeutet ..."

„Heißt das, alle Schüler hier sind ebenfalls Alchemisten?“, platzte Endri heraus und bereute es direkt, den Mann unterbrochen zu haben. „Entschuldigung, ich wollte … äh … Sie nicht unterbrechen. Ich habe nur so viele Fragen.“

„Fragen sind das Öl in der Maschine des Wissens“, sagte Ripar und schenkte ihm ein verständnisvolles Lächeln. „Ohne Fragen bleibt die Maschine irgendwann stehen.“

Gertrud Tinter zwinkerte Endri vergnügt zu, während Ravus ihn weiter ausdruckslos anstarrte.

„Die meisten neuen Schüler haben talentierte Eltern und kommen mit gewissen Vorkenntnissen zu uns“, erklärte ihm Ripar. „Du stellst sozusagen einen doppelten Sonderfall dar.“

Er stand auf und stellte sich an einen mobilen Touchscreen, der neben dem Tisch aufgestellt war.

„Aber fangen wir von vorne an“, beschloss er und malte mit dem Zeigefinger einen Kreis auf das Board, den er in fünf unterschiedlich große Stücke aufteilte.

„Nicht alle Schüler zählen zu den Alchemisten. Ganz im Gegenteil“, er deutete auf den Kreis. „Dieses Diagramm repräsentiert die fünf Talentzweige.“ Mit einem etwas behäbigen Fingertippen füllte er das größte Stück mit roter Farbe. „Die meisten unserer Schüler sind Physiker“, erläuterte er. „Dieses Talent basiert auf den klassischen Regeln der Physik, wie du sie aus der Schule kennst. Darüber hinaus hat es nicht viel mit Formeln oder Experimenten zu tun. Oftmals sind Physiker Ausnahmesportler mit erhöhten körperlichen Kräften. Die höheren Ränge haben zudem die vollständige Kontrolle über alles, was der Schwerkraft unterliegt.“ Endri dachte an Kasimir und wie er im Handumdrehen den Türknauf zerquetscht hatte.

„Ränge?“, unterbrach er Ripar erneut, dieses Mal aber mit ein wenig mehr Selbstbewusstsein. Der alte Mann nickte geduldig und erklärte: „Die Einteilung der Talente in Ränge dient zur groben Orientierung. Wir definieren eine Ausprägung zwischen Rang eins und sieben, wobei die einzelnen Stufen zumeist fließend ineinander übergehen."

Ripar schaute ihn aufmerksam an, als erwartete er eine weitere Frage. Als diese ausblieb, füllte er das nächst größere Tortenstück gelb aus.

„Gelb repräsentiert die Verwandler. Diese Menschen haben grundsätzlich einen besonderen Zugang zu allen Lebewesen und können in höheren Rängen auch deren Gestalt annehmen."

„So was wie Werwölfe?", fragte Endri und sah aus dem Augenwinkel, wie Donewin Ravus die exzentrischen Augenbrauen zusammenzog.

„Nicht ganz. Verwandler sind Experten darin, die Essenz anderer Lebewesen zu verstehen. Ein geübter Verwandler kann sich in jegliche Gestalt auf dieser Erde hineinversetzen und ist so in der Lage, deren Wesen und Erscheinung zu imitieren."

„Auch andere Menschen?", fragte Endri nervös.

„Das Verwandeln in Personen ist zwar nicht unmöglich, aber überaus kompliziert und darüber hinaus strengstens verboten."

Endri nickte andächtig. Es war eine gruselige Vorstellung, dass es Leute gab, die zu so etwas fähig sein sollten.

Ripar wandte sich wieder dem Touchscreen zu.

„Als Nächstes kommen die Biologen." Er füllte ein Stück, das nur wenig schmaler als das gelbe war, mit grüner Farbe aus.

„Ein besonders spannendes Talent. Du hast sicherlich schon einmal den Begriff ‚einen grünen Daumen haben' gehört? Das ist im Grunde die Vorstufe dieses Talents. Ein Biologe versteht das Wesen des Lebens an sich, bis hin zur kleinsten Zelle. Ein wahnsinnig nützliches Talent. Es bringt viele hervorragende Ärzte und Gemüsegärtner hervor." Er schenkte Endri ein amüsiertes Lächeln. Frau Tinter gluckste leise, Ravus schien den Witz nicht verstanden zu haben. Das nächste Stück des Kreises, deutlich kleiner als die letzten drei, füllte Ripar blau.

„Blau – die Farbe der Telepathen. Ein komplexes Talent, und ebenfalls sehr selten. Dieses Talent benötigt die längste Zeit, um Fortschritte zu erzielen. Telepathen können in anderen Menschen Stimmungsschwingungen erfassen und diese manipulieren. In seltenen Fällen können Telepathen auch Gedanken lesen und kontrollieren. Es handelt sich hier aber um ein äußerst seltenes Talent, welches den strengsten Auflagen unterliegt."

Er deutete auf Frau Tinter. „Gertruds kleine Stimmungshelfer hast du vielleicht schon mal zu spüren bekommen?"

Endri nickte stumm.

„Darüber hinaus würde sie natürlich niemals ohne wichtigen Grund ihre Fähigkeiten einsetzen. Unsere wichtigste Regel besagt: Jedes Talent darf nur eingesetzt werden, solange es andere Menschen in ihrer Freiheit und ihrer Sicherheit nicht einschränkt." Endri sah den Mann aufmerksam an und fragte sich, ob er hätte mitschreiben sollen.

Dann füllte Ripar das mit Abstand schmalste Stück grau aus. „So, und jetzt zum für dich wichtigsten Teil", er fing über seine Brille hinweg Endris Blick ein. „Das seltenste und gleichzeitig kniffligste Talent – die Alchemie."

Endris Herz begann zu pochen und er rutschte nervös auf seinem Stuhl hin und her. Er hing an Ripars Lippen.

„Ein Talent, das die Menschen seit Jahrtausenden fasziniert: die Kontrolle über die Elemente. Die vier Grundelemente sind dir sicherlich vertraut: Feuer, Wasser, Erde und Luft."

Endri dachte an Loreans Darbietung im Abstellraum. Er selbst war weit davon entfernt, irgendein Metall in ein anderes zu verwandeln – selbst wenn es danach zu Staub zerfiel.

„Deine unterbewusste Manipulation des Windes bei diesem unglücklichen Zwischenfall", Ripar grinste Endri schelmisch an, „deutet auf ein großes schlafendes Talent hin. In Erkental wird man alles dafür tun, dass du lernst, es zu kontrollieren und weiter auszubauen."

„Das heißt, ich kann bald Metall in Gold verwandeln?", fragte Endri mit Herzklopfen. Er hatte sich mit Alchemie im Internet auseinandergesetzt und hatte unter anderem herausgefunden, dass dies als eigentliches Ziel der Alchemisten galt.

„Nicht unbedingt", verpasste Ripar seiner Aufregung einen Dämpfer. „Es gibt keine einheitlichen Talente. Jeder Mensch besitzt seines in unterschiedlicher Ausprägung. Das heißt, zwei Schüler mit demselben Talent können damit theoretisch grundverschiedene Dinge anstellen."

Er stand auf und ging zu dem Regal mit den grauen Ordnern.

„Sofern du dich entscheidest, nach Erkental zu kommen, findest du hier drin alle Informationen, die du für den ersten Schultag benötigst."

Er überreichte Endri einen der dünnen grauen Ordner. „Wir haben keine Website, aber für weitere Fragen steht dort eine Telefonnummer."

„Gibt es keinen Test oder so etwas?", fragte Endri verunsichert.

„Ach was!", lachte Ripar. „Dazu würde es in deinem Fall wohl einer etwas wetterbeständigeren Umgebung bedürfen! Sonst noch eine Frage, der junge wissbegierige Herr?"

„Was genau ist dieser Rat der Fünf?", fragte Endri ohne Umschweife.

Ripar nickte anerkennend. „Der Rat der Fünf ist unsere höchste Instanz. Er gibt Regeln vor, steht weltweit mit Regierungen in Kontakt und kontrolliert den Einsatz der Talente in öffentlichen

Funktionen. Er besteht aus den fünf ranghöchsten Vertretern der jeweiligen Talentzweige." Er hob eine Hand und zählte mit den Fingern auf:

„Raimara von Hohensolrik für die Telepathen, Samara von Griselherz für die Alchemisten, Nahuel Millanir für die Physiker, meine Wenigkeit ist für die Biologen verantwortlich und Korbinian von Weißenwolf ist ...", er räusperte sich. „Korbinian ist der Vertreter der Verwandler."

Endri bemerkte, wie die Erwachsenen sich bei der Erwähnung der letzten Person nervöse Blicke zuwarfen. Dann war Meriks Mutter also so etwas wie eine Präsidentin, überlegte Endri. Kein Wunder, dass der Junge sich so aufführte.

Daraufhin schickte Ripar ihn mit der Bitte, noch einmal in dem großen Klassenzimmer Platz zu nehmen, aus dem Raum. Endri blickte sich ein letztes Mal ungläubig zu den Anwesenden um und kassierte dafür einen grimmigen Blick von Ravus und ein gehauchtes „Viel Erfolg!" von Frau Tinter.

Wie in Trance ging er zurück zu dem großen Raum. Er hatte so viele Informationen bekommen, dass die Gedanken in seinem Kopf rauschten. Eine neue Welt mit schier unendlichen Möglichkeiten tat sich vor ihm auf. Er würde in Alchemie unterrichtet werden? Wie sollte das gehen? Wie lernte man so etwas überhaupt?

Der Klassenraum war beinahe leer. Erleichtert erkannte er Lorean, der wieder auf seinem Platz in der ersten Reihe saß. Kasimir und Merik lehnten an einer der Fensterbänke und starrten auf ihre Smartphones. Die beiden hoben kurz den Blick, als Endri eintrat, verloren aber kein Wort. Er schritt schnell an den Jungen vorbei und ließ sich neben Lorean auf den Stuhl fallen.

„Und?", fragte Endri ihn. „Wie war es bei dir?"

„Irgendwie komisch", murmelte Lorean. „So richtig verstanden, was da drinnen abging, hab' ich nicht."

„Was ist denn passiert?"

„Also, zuerst hat mir der alte Mann, der uns den Vortrag gehalten hat, auf den Kopf getatscht. Dann hat er diesen gruseligen Ravus angeschaut und gesagt: ‚Nicht ganz eindeutig.' Was bitte meinte er damit?" Er verzog verständnislos das Gesicht. „Dann hat dieser Ravus gesagt, er würde gerne einen harmlosen Test machen. Wie der das gesagt hat! Als wollten sie irgendein komisches Experiment an mir verüben! " Er schüttelte sich.

„Ich hatte dir ja gesagt, dass sie Tests machen!"

„Na ja, auf jeden Fall durfte ich dann einen Sack mit Münzen inspizieren und erklären, wie viele verschiedene Metalle ich in dem Beutel finde. Zuerst habe ich gar nicht kapiert, was er von mir wollte, weil die Münzen alle gleich aussahen. Ich hab' dann aus Versehen vor Aufregung ein paar pulverisiert."

„Und dann?"

Lorean zuckte mit den Schultern. „Ravus hat nur genickt und die Münzen wieder eingepackt. Dann haben sie noch kurz diskutiert – ich hab' natürlich kein Wort verstanden –, und danach hat mir Ripar dieses Ding gegeben." Er hob einen grauen Ordner hoch, der genauso aussah wie der von Endri.

„Hast du nicht gefragt, warum du den Test machen solltest?"

„Bist du verrückt?", schnaubte Lorean. „Schon beim Anblick von diesen Teufelsbrauen ist mir vor Angst schlecht geworden."

In der Zwischenzeit waren zwei weitere Schüler in den Raum gekommen. Eine war das Mädchen mit dem Zopf, die neben Endri auf der Bank gewartet hatte, und der andere war Haru, der direkt auf Kasimir zusteuerte und sich zu ihm ans Fenster gesellte. Das Mädchen hatte den Blick fest auf den Boden gerichtet und schien sich selbst irgendwelche Dinge zuzumurmeln. Sie setzte sich mit einiger Entfernung in die hinterste Reihe.

„Also ich habe schon ein paar Fragen gehabt“, erklärte Endri. „Ich meine Alchemie und was alles … das hört sich doch alles erfunden an!“

Lorean schien in Gedanken versunken zu sein. „Hattest du keinen Test?“, fragte er dann.

„Nee“, erklärte Endri, „sie meinten irgendwas von wegen keine ‚wetterbeständigen Räumlichkeiten‘.“

Als Lorean etwas erwidern wollte, betrat Ripar in Begleitung von Karmesin den Raum. Er stellte sich vor die Gruppe und strahlte in die Runde. „Das ist ja eine richtig große Truppe geworden“, sagte er zufrieden.

Endri blickte sich erneut um. Von den anfänglich etwa zwanzig Schülern war nicht einmal mehr die Hälfte im Raum anwesend. Endri zählte rasch acht Köpfe, darunter auch Meriks Konsorten. Dazu kamen noch zwei weitere Mädchen und ein schmächtiger Junge, der um einiges jünger aussah als der Rest. Er bemerkte, dass der sommersprossige Bursche von eben fehlte. Wo waren er und die anderen hin? Hatte es wirklich Tests gegeben? Wenn ja, warum hatte er keinen machen müssen?

„Es ist uns eine Freude, euch einen Platz an der Erkentalschule anbieten zu dürfen. Besonders aufregend ist es auch für uns, zwei junge Alchemisten willkommen zu heißen, sofern diese sich denn für unsere Schule entscheiden“, er ließ seinen Blick einen Moment auf Endri und Lorean ruhen. „Wie viele von euch vielleicht wissen, ist das in den letzten Jahrzehnten doch eher zu einer Seltenheit geworden.“ Bei den Worten erhob sich ein leises Gemurmel. Endri sah kurz in Richtung Kasimir und Haru, die ihn mit aufgerissenen Augen anstarrten und dabei hektisch miteinander diskutierten. Merik lehnte weiterhin an der Fensterbank und hatte einen versteinerten Gesichtsausdruck.

Ripar räusperte sich einmal, und es wurde still.

„Weitere Details und Informationen zum Schulbeginn könnt ihr euren personalisierten Unterlagen entnehmen. Selbstverständlich ist in Erkental für eure Unterkunft gesorgt. Falls ihr ohne Begleitpersonen anreist, werdet ihr bei geeigneten Familien untergebracht. Erkental ist eine große, wunderbare Gemeinschaft."

Bei diesen Worten leuchteten Loreans Augen auf.

„Vor Ort werden euch alle relevanten Dinge sowie Bücher, inklusive etwaiger Trainingskleidung, gestellt. Es sei noch einmal betont, dass eure aktuellen Verhältnisse keine Rolle spielen. Es ist für jeden möglich, in Erkental zu leben und zu lernen."

Endri atmete angesichts dieser Informationen erleichtert auf. Er wusste, wie teuer Schulgebühren waren. Seine Mutter fing immer schon Monate vor einem neuen Schuljahr an, für die neue Lernsoftware zu sparen. Er machte sich trotzdem Gedanken darüber, wie er sie davon überzeugen konnte, Berlin zu verlassen. Für ihn stand bereits fest, dass er um jeden Preis nach Erkental ziehen wollte.

Er wurde aus seinen Überlegungen gerissen, als plötzlich mit einem Knall die Tür aufgeschlagen wurde. Ein rothaariger Mann kam mit wutverzerrtem Gesicht auf Ripar zugestürzt.

„Was soll das werden, Berathraban?", kreischte er. „Mein Sohn gehört nach Erkental!"

Karmesin hatte sich reflexartig vor Ripar geschoben, der beschwichtigend die Hände hob und den Mann ansah. „Heribert, du weißt doch, dass es keine Garantie gibt", sagte Ripar mit ruhiger Stimme.

„Das ist unmöglich!" Der Mann war außer sich. „Sonja und

ich sind beide ...", er geriet ins Stottern, „dann muss es Ferdinand auch sein! Du hast einen Fehler gemacht, ganz einfach!"

Ripar schüttelte langsam den Kopf. „Ich mache das seit fast einem Jahrhundert, Heribert. Und ich habe noch nie einen Fehler gemacht."

Endri hatte zwar vermutet, dass Ripar älter war, aber so alt? Das konnte unmöglich stimmen. Karmesin hatte sich in der Zwischenzeit dem verzweifelten Mann langsam genähert und schob ihn nun unauffällig zurück auf den Ausgang zu.

„Ich will, dass du ihn noch mal testest!", rief der Mann Ripar über Karmesin hinweg zu. „Du musst ihn noch mal testen!" Es klang jetzt eher nach einer Bitte als nach einer Forderung. Als die beiden an der Tür angelangt waren, schob Karmesin ihn behutsam in den Flur und schloss die Tür. Nach diesem kurzen Gezeter wurde es wieder still im Raum.

Ripar warf Karmesin einen dankbaren Blick zu und wandte sich wieder an die Schüler. „Es ist mir ein Anliegen, euch zu verdeutlichen, dass wir am liebsten jedem Kind einen Platz bei uns anbieten würden. Da die Schule aber nicht unendlich groß ist, müssen wir auf eine gewisse Grundveranlagung schauen. Ihr neun erfüllt diese Voraussetzung, und egal, ob ihr bis zum Schulende Rang drei oder sieben in eurem Talent erzielt, das Erreichen jedes Grades und jede kleinste Verbesserung der Fähigkeiten wird ein Erfolg sein."

Mit ein paar letzten Worten verabschiedete er sich von ihnen. „Ich hoffe, wir sehen uns in Erkental. Und für alle, die ihre erste Reise dorthin anbrechen: Einfach immer dem schlechten Wetter folgen."

Als Endri und Lorean gerade den Raum verlassen wollten, stürzten Kasimir und Haru auf sie zu.

„Hey, Leute, also wegen eben ...", stammelte Haru und fuhr

sich nervös über den geschorenen Kopf. „Ihr wisst schon – das war natürlich nicht so gemeint“, er blickte sich Hilfe suchend zu Kasimir um.

„Wir konnten ja ... wir konnten ja nicht wissen, dass ihr ...“, stotterte der. „Na, ihr wisst schon. Die meisten Outsider sind irgendwelche kleinen Gärtner oder ... solche Hundefreaks!“

„Genau!“, rief Haru. „Also, nichts für ungut, okay?“

„Ja, sorry, echt“, nuschelte Kasimir, als sie sich wieder umdrehten, um zu gehen. Haru wandte sich ihnen noch mal zu und rief über die Schulter: „Wir sehen uns dann in der Schule!“

Endri und Lorean starrten den beiden sprachlos hinterher.

„Ähm. Haben die sich gerade bei uns entschuldigt?“, sagte Lorean nach ein paar Augenblicken ungläubigen Schweigens. „Was ist denn in dieser Welt los?“

„Ich ... ich glaube schon“, sagte Endri langsam.

„Oh mein Gott!“, rief Lorean. „Sag mir nicht, dass ich mein Leben lang zu den Coolen gehört habe, ohne es zu wissen!“

sechs

Die nächsten Wochen vergingen wie im Flug. Nach der Einführungsveranstaltung hatte sich Endri auf eine lange Diskussion mit seiner Mutter eingestellt, um sie zu überzeugen, nach Erkental zu ziehen. Er wusste ja nicht einmal, wo genau dieser Ort lag. Zu seiner Überraschung musste er jedoch keinerlei Argumente liefern. Odelia war bereits restlos von dem Unterfangen überzeugt. Sie erklärte, ihr Gefühl sage ihr, dass sie es einfach tun müssten. Ein neues Kapitel, ein neuer Start. Es sei eine Chance, die man sich nicht entgehen lassen dürfe. Außerdem hielte sie nichts in Berlin. Sie hätten keine Verwandten und für Freunde sei ja immer zu wenig Zeit gewesen, und in Endris Fall wäre die Sache im Moment ja auch kompliziert. Damit hatte sie wohl recht: Selbst an seinem Geburtstag hatten sich die drei nicht blicken lassen. Allein vor einem viel zu großen Geburtstagsschokokuchen zu sitzen, war der letzte Nagel im Sarg ihrer Freundschaft gewesen.

Odelias Argumente klangen zwar einleuchtend, aber da sie nicht gerade für ihre Risikobereitschaft bekannt war, war Endri trotzdem von ihrer Entschiedenheit überrascht. Damit sie sich nicht doch noch umentschied, hinterfragte er ihren Beschluss nicht. Er wollte unbedingt nach Erkental. Alles an dem Ort und der dazugehörigen Schule klang aufregend. Und so hatten sie kurzerhand alles, was sie nicht brauchten – oder besser: alles, was nicht in ihr kleines rotes Auto passte –, verkauft oder verschenkt. Sie hatten zwei alte, verbeulte Koffer aus dem Keller gefischt und ihre Sachen gepackt. Frau Müller hatte die Nachricht über ihren spontanen Auszug wortlos hingenommen und war mit einem kurzen „undankbares Pack" und einem angedeuteten Spucken auf den Boden abgedampft.

Als sie das Auto einräumten, spürte Endri die Blicke vom Monzter im Nacken. Wie würden Leon und die anderen reagieren, wenn er nach den Ferien nicht mehr zurückkam? Würden sie ihn überhaupt vermissen? Er warf einen letzten Blick auf Leons Fenster. An den Bewegungen hinter dem Vorhang konnte er erkennen, dass Leon an seiner VR-Playstation spielte. Er wandte den Blick ab und beschloss, dass die drei ihm diesen Moment nicht auch noch ruinieren würden. Und so wanderten seine Gedanken Richtung Erkental. Wie es dort aussehen würde? Da die Reisesteuern in den letzten Jahren in Sphären geklettert waren, die sich kein normaler Mensch mehr leisten konnte, hatte er das unmittelbare Umland von Berlin noch nie verlassen.

In dem grauen Ordner hatte eine detaillierte Wegbeschreibung gelegen, denn ihnen wurde explizit davon abgeraten, für das letzte Stück der Strecke eine Navigationssoftware zu verwenden, also hatten sie dem Bordcomputer ihres Wagens – selbst bei älteren Modellen gehörte eine sprachgesteuerte Navigationssoftware zur Grundausstattung – mitgeteilt, dass sie „manuell" fahren würden. Bevor sie losfuhren, warfen sich Endri und Odelia verunsicherte Blicke zu. Sie waren beide noch nie ohne Software gefahren und beäugten argwöhnisch die große Karte, die Endri auf seinen Knien ausgebreitet hatte, auf der mehr oder weniger erkennbar eine Route eingezeichnet war. Sie würden einen kompletten Tag für die Strecke brauchen, die einmal quer durch Deutschland verlief. Während der ersten hundert Kilometer gerieten sie in wilde Spekulationen, wie es in Erkental aussehen würde. Während Endri sich ein Dorf, umgeben von großen, grünen Nadelbäumen vorstellte, malte Odelia sich einen Ort aus, an dem Häuser an steilen Hängen standen, unter denen ein tosender Fluss brauste.

Nachdem sie die voraussichtlich letzte Pause eingelegt hatten, verfielen beide in ein nachdenkliches Schweigen. Odelia, die unter normalen Umständen eine überaus geschwätzige Autofahrerin war, starrte gedankenverloren auf die Straße und lauschte dem Radio. Sie warf Endri oftmals kurze Blicke zu, um festzustellen, ob er nervös wurde. Der war die meiste Zeit damit beschäftigt, ebenfalls gedankenverloren aus dem Fenster zu schauen. Jetzt, wo sie so kurz davor waren, erschien ihm alles wie ein Traum – aber es war real! Er war drauf und dran, sein Zuhause, Berlin und die Hugo-Eckener-Gesamtschule hinter sich zu lassen, um ein neues Abenteuer zu beginnen. Mit einem neuen Zuhause, neuen Freunden und einer neuen Schule. Er würde lernen, Dinge zu tun, die er nie für möglich gehalten hätte. Und das alles, weil ihm ein dummer Streich gespielt worden war. Es war einfach zu gut, um wahr zu sein.

Als sie knappe acht Stunden unterwegs waren, bremste Odelia plötzlich abrupt ab. Endri, der bis dato der Straße nicht viel Aufmerksamkeit geschenkt hatte, blickte erschrocken auf. Vor ihnen war die Straße mit einem Mal zu Ende, und dahinter begann ein schmaler, steiniger Feldweg.

„Endri, hast du die Karte sicher richtig gelesen? Mussten wir vielleicht an der letzten Kreuzung doch rechts anstatt links?" Sie zerrte an der Karte und breitete sie mehr schlecht als recht auf dem Lenkrad aus. „Ich hätte es gleich wissen müssen! Es stand ein Sackgassenschild vor dieser Straße, aber ich dachte, es wäre ein Versehen. Diese Landstraßen werden ja nicht mehr oft kontrolliert, so wenige Leute wie hier langfahren."

„Ich bin mir sicher, dass wir richtig sind!" Endri sah noch einmal genauer in die Karte.

„Wer auch immer diese Wegbeschreibung gemacht hat, ist ja vielleicht lustig", motzte Odelia.

„Der Mann von der Einführungsveranstaltung hat am Ende gesagt, wir sollen einfach dem schlechten Wetter folgen", fiel Endri plötzlich ein.

„Und was genau soll das bedeuten?"

Er sah aus dem Fenster nach oben zum Himmel.

„Dahinten sieht es nach Regenwolken aus!", sagte er und deutete auf ein Stück Himmel vor ihnen, wo sich in einiger Entfernung schwarze Gewitterwolken aufgetürmt hatten. Ein wenig sah es sogar so aus, als würden die Wolken am Ende des Feldweges auf sie warten.

„Dem schlechten Wetter? Das ist ja nett."

„Es sind ja nur ganz kleine Wolken."

Odelia holte einmal tief Luft. „Dann mal los."

Das Auto rumpelte auf den Feldweg und sie folgten dem engen Pfad, der in Kurven neben einem kleinen Wald verlief. Zwischendurch begegnete ihnen eine Schafherde. Zuerst versuchten sie mit Hupen, die Tiere vom Weg zu vertreiben. Als das keinen Effekt zeigte, stiegen sie beide aus und scheuchten die Schafe nach und nach von ihrer Route. Dreimal waren sie gerade wieder im Auto, als erneut ein Schaf die Fortsetzung der Fahrt behinderte. Der ganze Prozess kostete sie eine halbe Stunde. Als sie die Herde hinter sich gelassen hatten, wurde der Himmel dunkel. Sie waren unter den Regenwolken angekommen, und bald fielen die ersten Regentropfen auf die Windschutzscheibe. Endri, der wusste, wie ungern seine Mutter bei Regen selbst über ordentlich asphaltierte Straßen Auto fuhr, sah sie besorgt an. Ihre Knöchel stachen weiß hervor, und sie lehnte sich so weit mit dem Oberkörper nach vorne, dass sie fast mit dem Kopf gegen die Windschutzscheibe stieß. Die kleinen Tropfen entwickelten sich zu einem prasselnden Regen. Grelle Blitze huschten über den Himmel. Von Zeit zu Zeit rüttelten so heftige Windböen am Fahrzeug, dass sie Sorge hatten, umzukippen. Der Regen war so kräftig geworden, dass sie nicht einmal mehr das Radio hören konnten. Als die Schlaglöcher im Weg so tief wurden, dass das Auto in einem stecken zu bleiben drohte, trat Odelia auf die Bremse. Sie sah Endri verzweifelt an. Auf ihrer Stirn hatten sich Schweißperlen gebildet.

„Ich sehe kaum einen Meter weit", beschwerte sie sich. „Stell dir mal vor, wir bleiben mit dem Auto hier liegen – wer soll uns dann bitte finden? Wir haben ja nicht einmal mehr 10G hier!" Um sie herum war es stockfinster, obwohl es Nachmittag war. Es war keine Lücke in den Wolken zu entdecken.

„Zurückfahren ist jetzt auch keine Option mehr", stellte Endri fest. Auch ihm war aufgefallen, dass weder sein Smartphone noch sein Lifetracker 10G-Empfang anzeigten. Seit er sich erinnern konnte, war dies noch nie passiert. Selbst in Tunneln oder Aufzügen hatte man in Berlin mindestens 9G-Empfang, denn die staatlichen Internetmasten standen überall in der Stadt verteilt. Bei dem Gedanken, zum ersten Mal von der Welt isoliert zu sein, wurde ihm etwas mulmig. Gleichzeitig fühlte er sich seltsam befreit, denn so konnte er nicht ständig nachschauen, was seine ehemaligen Freunde in Berlin so taten. Jetzt waren sie endlich nicht nur geografisch, sondern auch gedanklich meilenweit entfernt. Als er einen dünnen Bach erblickte, der mitten über den Weg floss, wurde seine Aufmerksamkeit wieder auf ihr Weiterkommen zurückgelenkt. Der Sturm war stärker geworden, der Regen peitschte gegen die Fenster und machte ohrenbetäubenden Lärm. Die Scheibenwischer des kleinen Wagens schlugen ununterbrochen auf der höchsten Stufe. Odelia gab vorsichtig Gas, und langsam rumpelten sie weiter durch den kleinen Fluss und über diverse niedrige Matschhügel. Die Vegetation neben dem Weg war dichter geworden, und kleine Äste und Zweige klatschten an die Scheibe und die Karosserie. Odelia starrte angestrengt durch die Windschutzscheibe, als sie erneut abrupt bremste und Endri in den Sicherheitsgurt geschleudert wurde.

Vor ihnen war aus dem Nichts ein Tannenwald aufgetaucht. Sie starrten ungläubig auf den schmalen Weg, der sich zwischen den Bäumen hindurchschlängelte.

„Und da müssen wir jetzt durch?", klagte Odelia. „Unser Auto ist zwar klein, aber das passt doch nie im Leben! Und das soll der Weg zu einer berühmten Schule sein? Das kann ich ja nicht glauben!"

Endri nickte nur stumm und zusammen holten sie ein paarmal tief Luft.

„Okay", sagte Odelia nach einer Weile entschlossen, „jetzt ist es ja auch egal", und fuhr in Zeitlupe zwischen den Bäumen hindurch. Der Wald war genauso finster, wie er von außen ausgesehen hatte. Die Äste schleiften an den Türen entlang und untermalten ihre Fahrt mit einem bedrohlichen Rauschen. Nach nur wenigen Metern tat sich etwas: Es wurde heller und heller. Und mit einem Mal war es so, als hätte jemand eine riesige Glühbirne angeknipst. Von dem tosenden Sturm war nichts mehr übrig.

Der dichte Wald war einer Wiese gewichen, die mit wilden Blumen und vereinzelten, kleinen Laubbäumen übersät war. Über ihnen strahlte blauer Himmel. Keine Wolke weit und breit. Kein Lüftchen bewegte sich. Endri kurbelte ungläubig das Fenster nach unten und streckte den Kopf hinaus. Warme, milde Luft umfing sein Gesicht.

Gemächlich folgten sie auf den letzten Kilometern der nun wieder breiteren Straße, die von verschiedenen Feldern und Blumenwiesen gesäumt war. Erkental lag am Rande eines wilden, von Felsformationen flankierten Flussbettes. Einer der Felsen hatte die Größe eines Hochhauses. Ein altes Steintor markierte den Eingang zum Tal, und an dem Torbogen hing ein gemaltes Schild mit einem durchgestrichenen Fahrzeug.

„Das heißt wohl ‚Autos verboten'", sagte Endri zu seiner Mutter. Das war keine große Überraschung. Seit vielen Jahren hatte man Autos aus den Innenstädten verbannt. Zu Anfang hatte es nur für Benzinmotoren gegolten, als aber immer mehr Menschen in die Städte zogen, wurden letztendlich sämtliche privaten Fahrzeuge verboten. Die einzigen Möglichkeiten, sich in den Metropolen fortzubewegen, waren die öffentlichen Verkehrsmittel sowie die unzähligen Elektrofahrzeuge, die nach dem Autoverbot wie eine Heuschreckenplage über die Städte hergefallen und an allen Ecken und Enden zu finden waren. Selbstverständlich konnte man auch mit dem Fahrrad fahren, allerdings war körperliche Anstrengung für die meisten Leute keine Option – und erst recht nicht während der vier Sommermonate, in denen es fast jeden Tag über 40 Grad war.

Ein weiteres Schild deutete mit einem großen „P" auf einen kleinen Kiesweg, der nach rechts abging. Nach wenigen Metern stießen sie auf einen Parkplatz, auf dem eine Reihe älterer Autos parkte. Es sah aus wie ein Filmschauplatz aus einem anderen Jahrzehnt. Viele der Modelle hatte Endri noch nie in Berlin gesehen, trotzdem fügte sich ihr kleines verbeultes Auto nahtlos in die Reihe ein.

Sie stellten das Auto ab und ließen ihr Gepäck im Kofferraum. Wieder am großen Steintor angekommen, folgten sie einem schmalen gepflasterten Weg ins Tal.

Wenige Meter hinter dem Eingang gaben ihre Lifetracker ein schrilles Geräusch von sich. Erschrocken sahen sie auf die erloschenen Anzeigen. Die Geräte waren beide ausgefallen.

„Ich dachte immer, die Dinger haben einen lebenslangen Akku", wunderte sich Odelia. Endri zuckte mit den Achseln.

„Vielleicht war das der Wetterumschwung."

„Möglich", überlegte Odelia und sah gedankenverloren auf das Gerät. Dann nahm sie es vom Handgelenk und steckte sich das Armband in die Hosentasche. „Ich konnte die Dinger eh noch nie leiden."

Endri grinste und verstaute seinen Tracker ebenfalls. Sie setzten ihren Weg fort und zuerst tauchten nur vereinzelte Häuser am Rand auf, aber bald sah es so aus, als würden sie mit jedem Meter enger zusammenrutschen. Ein Haus war schiefer als das andere. Sie lehnten aneinander wie betrunkene Freunde auf dem Weg von der Bar nach Hause. Wenn eines der Häuser am Ende wegbräche, würden die anderen wohl wie Dominosteine folgen, dachte Endri. Auf den ersten Blick sahen die Gebäude alle ähnlich aus, aber bei näherem Hinsehen bemerkte Endri, dass keines aussah wie das andere. Es war früher Abend, aber trotzdem taghell in Erkental. Bei den meisten Häusern waren die Fenster weit geöffnet, um die letzten Sonnenstrahlen hineinzulassen. Überall an den Seiten der grob gepflasterten Straße blühten bunte Blumen und Büsche. Manche Hauswände waren komplett mit Grünzeug bedeckt, und nur die geöffneten Fenster verrieten, dass es sich in der Tat um bewohnte Häuser handelte.

Über dem schmalen Weg waren zwischen den Hauswänden Girlanden gespannt, an denen das verrückteste Zeug hing. Manche waren komplett mit wilden, exotischen Blumen berankt, an anderen hingegen hingen Perlenschnüre, Edelsteine oder sonstige Dekorationen. Eine Girlande kombinierte verschiedene Gemüsesorten, auf einer anderen saß eine Reihe von farbigen Papageien, die einen Kanon zum Besten gaben. Jeder Vogel gab ein anderes Pfeifgeräusch von sich und so klang es wie ein lebendiges Xylofon, wenn man darunter hinwegging. Alle Stränge waren für sich genommen kleine Kunstwerke, aber die Girlande, die Endri am besten gefiel, wies ein wildes Sammelsurium aus skurrilen Gegenständen auf, unter anderem einen pinkfarbenen Regenschirm, ein Paar Turnschuhe und diversen Weihnachtsschmuck. Sogar ein alter Haartrockner hatte es an eine Girlande geschafft.

Zwischen den Häusern schlängelte sich ein wilder Bach entlang, der von vielen schmalen Brücken überspannt wurde. Als sie den letzten Übergang hinter sich gelassen hatten, tat sich vor ihnen ein weitläufiger Platz auf, der von Gebäuden gesäumt war, die auf einer Seite einen langen Schatten auf den Boden warfen. Auf den ersten Blick herrschte ein einziges Getümmel. In der Mitte des Platzes thronte ein gigantisches Bauwerk. Es war deutlich höher als der Rest der umliegenden Häuser. Die langen Säulen, auf denen es stand, sahen aus wie überdimensionierte Stelzen, und das Haus schwankte sachte im Wind. Der Eingang lag mehrere Meter über der Erde und breite Stufen liefen darauf zu. Auf der Treppe saß eine Gruppe von schwatzenden Jugendlichen. Anscheinend hatte fast jedes der kleinen Häuser um den Platz ein Café oder Restaurant im Erdgeschoss. Viele davon hatten ihre Stühle und Tische in der Mitte des Platzes aufgestellt, der den Eindruck einer großen Outdoor-Kantine erweckte. Die Möbel waren komplett durcheinandergewürfelt, und es schien egal zu sein, welcher Tisch zu welchem Laden gehörte. Es herrschte wildes Treiben, und fast jeder Sitzplatz war mit essenden, trinkenden und plaudernden Menschen belegt. Perplex blieben Endri und Odelia stehen und beobachteten das Geschehen. An einem der Tische in ihrer Nähe entdeckte Endri Berathraban Ripar. Als er seinen Blick bemerkte, stand er auf und rief: „Halloooo!"

Er kam schnellen Schrittes auf sie zu, stützte sich dabei aber auf einen eleganten Gehstock.

„Hallo Endri", begrüßte er ihn. „Und das muss deine Mutter Odelia sein! Es ist mir eine große Ehre, euch in unserem schönen Erkental begrüßen zu dürfen!", er machte eine ausladende Handbewegung über den Platz. „Ich hoffe, ihr hattet eine gute Anreise?"

„Na ja, also, eine gute Anreise ...", beantwortete Odelia seine Frage. „Gegen Ende dachte ich wirklich, unsere letzte Stunde hat geschlagen. Was für ein Mordssturm! Und dann diese Straße!"

Ripar lächelte wissend und fuhr sich über seinen stoppeligen Bart. „Dann sagen wir mal so: Ihr seid gut angekommen."

„War das mit dem Wetter ein Zufall?", wollte Endri wissen.

„Wenn es um Erkental geht, ist nichts Zufall."

„Das heißt, jemand hat diesen Sturm so gemacht?", fragte Endri weiter.

„Richtig. Man kann alles machen. Man muss nur wissen, wie."

Ripar deutete auf den Tisch, von dem er eben aufgestanden war.

„Möchtet ihr euch kurz etwas ausruhen und etwas trinken, bevor wir zu Gloria gehen?"

„Oh, sehr gern!", entgegnete Odelia. „Ist Gloria die Besitzerin von dem Gasthaus, das uns in dem Ordner genannt wurde?"

„Genau richtig. Glorias Bed and Breakfast", bestätigte er. „Ein hervorragendes Etablissement, wenn ich das so sagen darf."

Am Tisch saßen drei weitere Bewohner. Eine ältere Dame

namens Helgard Filibrun, die Besitzerin einer Bäckerei, Ajane Genda, die sich als Leiterin der Bibliothek vorstellte, und ein gewisser Ludwig Heese, der, wie sich herausstellte, Geschichtslehrer an der Erkentalschule war. Er trug ein altmodisches braunes Sakko und schenkte Endri ein freundliches Lächeln.

„Ist diese Wetterfront zur Abschreckung ungebetener Gäste gedacht?“, fragte Endri interessiert, als sie Platz genommen hatten. „Wie funktioniert das? Also, dass sie immer an derselben Stelle bleibt?“

„Genau kann ich dir das nicht erklären, dafür müssten wir unsere Meteorologin Runa Ribaldi fragen.“

„Sie haben eine eigene Meteorologin?“

„Natürlich, bei wem sollen wir denn sonst unser Wetter bestellen?“

Ein Kellner mit einem riesigen Tablett tauchte auf und verkündete: „Ein Gruß an die Neuankömmlinge“, und stellte einen Krug mit Wasser sowie eine ausladende Platte mit Essen vor ihnen ab. „Oh, da hat Lambert euch aber etwas Feines geschickt“, bemerkte die Bäckerin.

Endri nahm gierig einen Schluck Wasser und sah dann überrascht auf. „So ein Wasser habe ich noch nie getrunken!“

„Ja, das kommt aus unserer Erkentalquelle. Das feinste Mineralwasser, das es gibt!“

Dann machten Odelia und Endri sich über die Gemüseplatte her. Es waren Unmengen an verschiedenen Sorten, von denen Endri nur die Hälfte einordnen konnte. Und selbst die, die er erkannte, sahen aus, als wären sie in eine Schrumpfmaschine gefallen. Das Gemüse schmeckte so intensiv, dass Endri sich fragte, ob sie ihr ganzes Leben zuvor immer nur eine billige Kopie davon gegessen hatten. Jeder Bissen war köstlicher als alles, was er bisher probiert hatte.

„Was ist das für ein Gemüse?", fragte Odelia beeindruckt.

„Lambert nennt es ‚das komprimierte Gemüse'. Herkömmliche Gemüsesorten auf ein Viertel ihrer üblichen Größe gezüchtet. Alles daran ist kleiner als beim Original, nur der Geschmack – der ist gigantisch!", erklärte die Bibliothekarin Ajane Genda.

Sie aßen eine Weile schweigend und lauschten den Unterhaltungen der anderen. Als sie das Gefühl hatten, dass es unmöglich war, weiterzuessen, und Endri vor Müdigkeit der Kopf fast auf die Brust fiel, räusperte sich Ripar und stand auf.

„Oh, da ist aber jemand erledigt", schmunzelte er. „Dann, würde ich sagen, geht es ab zur neuen Bleibe!"

sieben

Das Gasthaus lag ein wenig außerhalb des Zentrums auf einem kleinen Hügel. Um zum Eingang zu gelangen, mussten sie eine lange steinerne Treppe hinaufsteigen. Endri dachte mit Schrecken daran, dass sie später noch ihr Gepäck dort hochbefördern mussten. Ripar erklomm mithilfe seines Gehstocks die Stufen mit einer überraschenden Leichtigkeit.

„Mein Stock ist aus Vigorio-Holz gemacht“, erklärte er, als ob er Endris Gedanken gelesen hätte. „Mein guter Freund Skarabert Ristenpar hat ihn damals für mich hergestellt. Das Holz, das er dafür verwendet hat, speichert Energie und gibt sie in den Momenten ab, in denen ich sie benötige.“

„So einen könnte ich auch gebrauchen“, keuchte Odelia, von dem Anstieg völlig außer Atem.

„Leider ist die Produktion … eingestellt“, hüstelte Ripar.

Schweigend stiegen sie die restlichen Stufen den Hügel hinauf. Als sie oben angekommen waren, verschwanden die letzten Sonnenstrahlen hinter dem Gebäude des Gasthauses. Es sah aus, als wäre es aus mindestens fünf verschiedenen Häusern, die man nicht einmal in derselben Nachbarschaft vermuten würde, zusammengesetzt. Der Haupteingang wurde von einer großen überdachten Veranda gesäumt, die von mehreren schmuckvollen Säulen getragen wurde, an denen Efeu rankte. Dahinter ragte ein kleines gemauertes Türmchen mit Bogenfenstern hervor. Auf der anderen Seite war, etwas nach hinten versetzt, ein Glaskasten mit modernen, bodentiefen Fenstern zu erkennen. Und rechts von der Veranda sah ein Anbau aus wie eine winzige Kathedrale, die mit verschnörkelten Rankenornamenten verziert war. Das Haus hatte offenbar von vorne bis hinten kein erkennbares Konzept, sah aber einladend aus. Ripar ging auf die Tür zu und klopfte dreimal fest mit seinem Energiestock daran. Es rumpelte im Haus. Bevor sie erkennen konnten, wer ihnen die Türe geöffnet hatte, stürmte ein gigantisches, sabberndes Wollknäuel auf sie zu. Es stieß Endri zu Boden und schien gewillt, jeden Teil von seinem Körper mit Speichel zu bedecken. Der Überfallene brauchte einen Augenblick, um zu begreifen, dass es sich um einen Hund handelte. Und zwar um den größten, den er jemals gesehen hatte. Sein Fell war cremeweiß und struppig. Hinter dem Hund tauchte eine kleine, schmale Frau auf.

„Ab mit dir ins Haus!", rief sie dem Hund zu. Der gehorchte und trottete langsam zurück auf die Veranda, wo er sich mit einem Plumps hinfallen ließ. „Huch, entschuldigt bitte", begrüßte sie die Ankömmlinge. „Günter Jaeckel, einer unserer Gäste, hat seinen Hund ... oder ist er es ...?"

Sie drehte sich stirnrunzelnd zu dem Tier um, das brav auf der Veranda lag und sie beobachtete.

„Ich glaube, es ist wirklich sein Hund", sagte Ripar.

„Wie dem auch sei – willkommen, willkommen!", rief sie dann. „Ich bin Gloria."

Sie war die zierlichste Frau, die Endri je gesehen hatte. Mit der richtigen Kleidung würde sie in einer Horde von Zweitklässlern nicht auffallen. Sie hatte ihr schwarzes Haar in einem zerfransten Dutt hochgesteckt, und ihre schmalen Lippen waren mit dunkelrotem Lippenstift bemalt. Sie hatte eine lange Nase und sah ein bisschen aus, wie Endri sich eine Hexe aus einem Kinderbuch vorstellte – aber eben im Miniaturformat.

Ripar verabschiedete sich bei allen mit den Worten „Wir sehen uns auf dem Fest morgen!", und Gloria zog ihre Gäste hinter sich ins Haus.

„Ihr müsst schrecklich müde sein", sagte sie mit einem Blick auf die beiden. „Ich erkläre euch alles Weitere morgen. Jetzt gibt es erst mal einen warmen Kakao, und dann zeige ich euch die Zimmer." Bei dem Stichwort Kakao war ein schwebendes Tablett hinter ihr aufgetaucht, auf dem zwei dampfende Tassen standen.

Odelia und Endri machten große Augen, als sie es sahen.

„Eine nützliche Gabe", sagte Gloria mit einem Lächeln. „In dieser Familie sind wir zwar nicht die athletischsten Physiker, dafür", sie tippte sich an die Schläfe, „haben wir starke Gedanken und sind Experten in Telekinese."

Bei den Worten flog das Tablett ihnen direkt vor die Nase.

„Greift zu", sagte sie. „Marius macht den besten Kakao. Danach werdet ihr schlafen wie auf Wolken!"

Die Eingangshalle war geräumig und mehrere Treppen führten in die verschiedenen Bereiche. Sie stiegen gemeinsam ein paar breite Stufen nach oben, die in den Hauptbereich führten. Im ersten Stock angekommen war Endri von den vielen Fluren überrascht, die von dem Treppenabsatz abgingen. Fünf Korridore verliefen sternförmig durch das obere Stockwerk. In den Fluren reihte sich Tür an Tür. Von außen hatte das Haus zwar zusammengewürfelt, aber nicht so groß ausgesehen. An einigen Ecken standen Wegweiser mit Aufschriften wie „Fruchtsalat", „Wohlriechende Natur" oder „Kuschelige Tierwelt". Als Gloria ihre fragenden Blicke bemerkte, erklärte sie:

„Es besteht ab und an für Gäste die Gefahr, sich zu verlaufen." Die beiden sahen sich verdutzt an. Wie solche Wegweiser einem weiterhelfen sollten, blieb fragwürdig.

„Zuerst bringen wir mal die werte Frau Mutter unter. Ich habe euch besonders schöne Zimmer rausgesucht."

Sie gingen Richtung „Fruchtsalat". Als Endri sich fasziniert im Flur umsah, erklärte sich ihm der Name des Wegweisers, zumindest teilweise. An einem der Türschilder stand „Horngurke" und ein anderes Zimmer hieß „Zickiger Granatapfel". Auf der Hälfte des Flures blieb Gloria vor einem Zimmer namens „Schlaftrunkene Kumquat" stehen. Als Gloria gerade die Tür aufschließen wollte, fiel Odelia ein:

„Wir haben unsere Koffer ja noch im Auto!" Sie sah sich zu Endri um. „Das haben wir jetzt komplett vergessen. Wie sollen wir denn bei der Dunkelheit den Weg zurückfinden?"

„Keine Sorge!", versicherte Gloria. „Darum habe ich mich höchstpersönlich gekümmert. Das gehört hier zum Service."

„Aber ...", Odelia sah sie verständnislos an. „Das Auto war doch abgeschlossen!"

„Ach, war es das?", Gloria lächelte verschmitzt und öffnete die Tür.

Vor ihnen lag ein helles, freundliches Zimmer. Es kam einem herkömmlichen Hotelzimmer nahe, nur dass in der Mitte des Raumes ein riesiger Baum stand, an dem Früchte hingen.

„Die Kumquats sind selbstverständlich essbar und sorgen für einen hervorragenden, ruhigen Schlaf", erklärte Gloria stolz und deutete auf den Baum. „Allerdings sollte man besser nie mehr als zwei davon essen."

Auf dem Bett lag Odelias Koffer. Odelia war zu müde, um sich weiter darüber zu wundern, und verabschiedete sich mit einem Gähnen. Heute würde sie definitiv keine Kumquat benötigen.

Endris Zimmer befand sich in einem der anderen Flure und trug den Namen „Frische Wiese". Als Gloria die Tür öffnete, stieg ihm der Duft von Gras entgegen. Der Boden des Raums bestand aus echtem grünen Gras und es roch, als wäre es gerade eben gemäht worden. Der Rest der Einrichtung ähnelte dem Zimmer seiner Mutter. Ein großes Holzbett stand in der Mitte des Rasens und auf der Decke lag sein verbeulter Koffer. An der Wand befanden sich eine Kommode sowie ein kleiner Schreibtisch. Der dazugehörige Stuhl war mit Moos gepolstert. Auch Endri hatte nicht mehr die Kraft, sich an diesem Tag noch über irgendetwas zu wundern. Todmüde fiel er ins Bett und träumte in der Nacht von saftigen grünen Wiesen.

Am nächsten Morgen brauchte Endri eine geschlagene halbe Stunde, um den Weg zum Frühstück zu finden. Er war dem Geruch nach frischem Porridge gefolgt, der ihn in einen Blumengarten führte, in dem sich eine seltsam geformte, gelbe Blume als Quelle des Geruchs herausstellte. Danach war er verloren durch etliche Flure gestiefelt, bis ihm ein haariger Mann im Bademantel begegnet war, der ihm den Weg erklärte.

Als Endri dann dem Schild „Kulinarik" folgte, führte ihn ein schmaler Aufstieg nach oben. Dort kam er an den Anfang eines verglasten Flures, der in den Wald hinter dem Gebäude hineinführte. Endri blickte auf seine Füße. Der Boden war ebenfalls aus Glas, und er konnte unter sich die Bäume und Pflanzen auf dem Waldboden erkennen. Am Ende des Durchgangs gelangte er in eine Art Wintergarten, der wie ein modernes Baumhaus zwischen den Baumkronen hing. Der Raum war zu allen Seiten verglast, und in der Mitte stand eine riesige Kücheninsel. Auf ihr mussten sich mehr Lebensmittel türmen, als es Einwohner in Erkental geben konnte. Ein kleinerer, dickbäuchiger Mann mit Kochschürze flitzte durch die Küche auf Endri zu.

„Willkommen in der Kulinarik!", rief er und breitete die Arme aus. „Ich bin Marius und für das leibliche Wohl unserer Gäste zuständig."

Sonst war niemand in der Küche, und als Endri einen Blick auf die Uhr an der Wand warf, stellte er erschrocken fest, dass es schon nach zehn war. Für gewöhnlich hatte ihn morgens sein Lifetracker geweckt.

„Ich bin vielleicht schon etwas spät fürs Frühstück", begann er.

„Ach papperlapapp!", rief der Koch. „Es ist niemals zu spät für Frühstück!"

Er drückte Endri auf einen der Hochstühle, die an der langen Theke standen. In Windeseile hatte Marius vor ihm ein Festmahl aufgetischt. Neben Dutzenden frischer Früchte und selbst gemachtem Müsli gab es die köstlichsten Pancakes, die Endri jemals gegessen hatte. Der Stapel war mit einer fluffigen Creme, Sirup und Nüssen dekoriert.

„Und, was hast du so vor, an deinem ersten Tag in Erkental?", fragte Marius, während er ihm vergnügt beim Essen zusah.

Endri berichtete, dass er sich nach dem Frühstück etwas im Haus umsehen wolle.

„Eine gute Idee", nickte Marius. „Es gibt auch viel zu entdecken hier. Nur von dem ‚Kuriose Knabbereien'-Flur würde ich etwas Abstand halten. Da sind uns schon mal Gäste ... abhandengekommen."

Er wischte sich verlegen die Hände an der Schürze ab. „Oh, und wenn du meine Tochter Alara findest, sag ihr bitte, sie solle sich demnächst mal zu mir in die Küche bewegen. Wir haben viel zu tun für heute Abend! Sie sitzt wahrscheinlich mal wieder irgendwo in einer Ecke und hat die Nase in einem ihrer Bücher."

Endri wusste nicht, wie er in dem riesigen, verwinkelten Haus ein Mädchen finden sollte, das er noch nie gesehen hatte, trotzdem nickte er und versicherte Marius, dass er die Nachricht überbringen werde.

„Was ist denn eigentlich heute Abend?“, fragte Endri nach.

„Na das Fest natürlich! Hat Ripar euch noch nichts davon erzählt? Wir sind die vierte Station – die wichtigste Station, will ich meinen –, das Dessert!“

Marius erklärte ihm, dass es sich um „Das längste Abendessen von Erkental“ handele, das langjährige Tradition habe. An diesem Abend werde an fünf verschiedenen Orten ein Abendessen veranstaltet. Alle Bewohner im Dorf seien eingeladen, und an jedem der Plätze würden heute meterlang Tische aneinandergereiht, an denen die Leute sitzen, trinken, essen und feiern könnten. Marius berichtete, dass seit jeher der erste Stopp, der Aperitif, auf dem Marktplatz stattfinde. Dann gehe es weiter zur Vorspeise bei der alten Mühle am Fluss, und danach folge die Hauptspeise im Säulengang des Rathauses, in dem die Bürger sich einmal im Monat zu einer Versammlung trafen. Der vierte Stopp, der Nachtisch, würde bei ihnen im Garten des B&B serviert werden. Zu guter Letzt gebe es oben auf dem Berg auf dem Burgplatz ein leuchtendes Feuerwerk. Endri machte bei der Ankündigung große Augen. Er hatte noch nie ein Feuerwerk gesehen, denn diese waren seit Jahren in Deutschland verboten.

„Ravus hat ein geräuschloses, rauchloses Feuerwerk erfunden“, erklärte Marius stolz, „so verschreckt es nicht die Tiere im Wald und hinterlässt keinen Schmutz.“

Satt und zufrieden verließ Endri schließlich die Küche und versuchte, sich zu orientieren. An jeder Ecke führten kleine Türen, Durchgänge und Treppen in diverse Winkel des Hauses. Mal war es eine Wendeltreppe, die in ein oberes Stockwerk führte, mal eine schmale Tür, durch die man in eines der vielen Zimmer und in die Anbauten gelangte. Die Wegweiser waren bitternötig. Allerdings wusste Endri mit den meisten ausgeschilderten Orten wenig anzufangen. Was sollte er sich unter dem „Runden Raumtraum" oder der „Wilden Nussigkeit" vorstellen? Als er einen Wegweiser zur Bibliothek sah, beschloss er, dort seine Erkundungstour zu beginnen. Zum einen war es einer der wenigen Namen, mit denen er etwas anfangen konnte, und zum anderen war es der sinnvollste Ort, um nach einer Person zu suchen, die gerne Bücher las.

Endri folgte einer schmalen, sich schier unendlich windenden hölzernen Treppe, deren Stufen mit weichem Teppich überzogen waren. Über dem Aufgang befand sich eine farbig verglaste Kuppel, durch die die Sonne bunte Strahlen auf die Stufen warf. Da sich die Treppe in einer engen Spirale nach oben wand und die Farben wild durcheinanderblitzten, wurde ihm fast ein wenig schwindelig. Oben angekommen erblickte er direkt neben dem Aufgang mehrere bequem aussehende Sessel und kleine Tische, auf denen, neben einer Reihe grüner Lampen, uralte Computer standen. Fasziniert betrachtete Endri die zentimeterdicken Bildschirme.

Der Lesebereich wurde von riesigen, deckenhohen Bücherregalen eingerahmt, vor denen alle paar Meter eine kleine geschwungene Treppe mit Handlauf stand. Der Raum war absolut still und verströmte den typischen Geruch nach alten Büchern. Der Boden war mit einem dicken dunkelroten Teppich ausgelegt, der jegliches Geräusch von Schritten aufsaugte. Endri blickte sich aufmerksam um. Hier war Alara auf jeden Fall nicht. Er beschloss, sich trotzdem ein wenig umzusehen. Die schiere Menge faszinierte ihn. So viele Bücher an einem Ort hatte er noch nie gesehen. In der Schulbücherei standen lediglich ein paar ärmliche Metallregale, auf denen sich ein paar zerlesene Exemplare tummelten. Gedruckte Bücher waren – außer in gewissen Kreisen – als umständlich und rückständig verpönt. Er schritt bedächtig die Reihen entlang. Die Bücher waren akribisch sortiert und jedes Regal hatte ein kleines Schild mit geschwungener Schrift, auf dem Genre und Anfangsbuchstaben der Autoren standen. Immer wieder griff er in eines der Regale, zog ein Buch hervor und blätterte etwas darin. Manche waren in fremden Sprachen geschrieben, von denen Endri nicht einmal die Buchstaben lesen konnte. Als er am Ende des Raumes angekommen war, machte das letzte Regal einen kunstvollen Bogen, den er beim Betreten der Bibliothek gar nicht wahrgenommen hatte. Hinter dem Regal war ein kleiner Durchgangsbogen, der von einem schweren grünen Samtvorhang verdeckt war. Er steckte zuerst vorsichtig den Kopf zwischen die Stoffbahnen. Als er sah, dass sich dahinter ein weiterer Raum befand, ging er leise hindurch.

Das Zimmer war schmal, und an der südlichen Seite hatte es ein großes Erkerfenster, durch das die Sonne schien. Vor dem Fenster befand sich eine gezimmerte Bank, auf der ein riesiger Kissenberg lag. Als Endri auf die Bank zusteuerte, entdeckte er Beine, die aus der Nische herauslugten. Er ging langsamer. Erst als er wenige Meter vor dem Fenster war, eröffnete sich ihm der Blick auf ein kleines dunkelhaariges Mädchen. Sie saß im Schneidersitz auf der Bank und war so vertieft in ihr Buch, dass sie ihn beim Eintreten nicht gehört hatte. Endri verharrte unentschlossen auf der Stelle und während er sie ansah, erkannte er, dass das Buch, in dem sie las, einige Zentimeter vor ihrem Gesicht schwebte. Es blätterte sogar wie von selbst die Seiten um, ohne dass das Mädchen einen Finger bewegte. Nachdem er das Schauspiel ein paar Minuten beobachtet hatte, räusperte er sich lautstark. Sie schreckte mit einem kurzen, quietschenden Laut auf, und als sie sich dem Eindringling zuwandte, schwirrte das Buch in einem Bogen in die Höhe, hing geöffnet einen Meter über ihrem Kopf und zitterte. Ein bisschen sah es so aus, als machte es sich bereit, Endri jeden Augenblick anzugreifen. Schnell hob er die Hände und sagte: „Entschuldigung, ich wollte dich nicht erschrecken."

Sie musterte ihn kurz und entspannte sich. Das Buch hörte auf zu zittern und schwebte geschlossen in ihren Schoß.

„Schon okay", seufzte sie, „Ich kriege nie was mit, wenn ich lese." Sie sah ihn aufmerksam aus großen braunen Augen, die mit langen dichten Wimpern umrandet waren, an.

„Bist du einer unserer Gäste?"

„Ja, sozusagen", sagte er. „Ich bin Endri. Meine Mutter und ich sind gestern hergezogen. Uns wurde angeboten, fürs Erste hier zu wohnen, bis wir eine Bleibe gefunden haben." Er sah sie ein wenig verunsichert an, da er nicht wusste, wie sie die Neuigkeiten über neue Mitbewohner auffassen würde.

„Du bist Alara, oder?", fragte er dann.

Sie nickte. „Na, da habt ihr euch ja genau den richtigen Tag ausgesucht, um anzukommen." In ihrem Tonfall lag ein wenig Ironie.

„Eh ... ja, du meinst das Fest, oder?", fragte Endri, der nicht sicher war, wie die Aussage gemeint war. „Apropos Fest: Ich soll dir von deinem Vater ausrichten, dass er deine Hilfe in der Küche benötigt. Wegen der Vorbereitungen."

Sie seufzte genervt. „Mann, dieses bescheuerte Fest. Jedes Mal wird so ein Riesenaufwand betrieben."

„Was genau hat das Fest eigentlich für eine Bedeutung? Ist das eine Art Erntedank oder so was?"

„Bedeutung?", sie lachte einmal trocken auf. „Wenn wir für jedes Fest, das hier veranstaltet wird, eine Geschichte bräuchten, hätten wir ein Problem. Wir haben ständig irgendwelche Feste. Einfach der Feste wegen."

Endri nickte verständnisvoll, fand aber die Vorstellung von allerhand sinnlosen Festen gar nicht so übel. Dann fiel ihm etwas ein.

„Am Eingang hingen solche verrückten Girlanden. Haben die was mit dem Fest zu tun oder hängen die immer da?“, fragte er.

„Die Girlanden werden traditionell zum Start der neuen Unterstufe von den Schülern der Orientierung gemacht. Jeder entwirft dann so eine Girlande“, informierte sie ihn ohne große Begeisterung.

„Orientierung?“

„Die Phase vor der Unterstufe“, erklärte Alara. „In der Zeit entwickelt man für gewöhnlich sein Talent.“

„Also haben die Girlanden was mit dem Talent des jeweiligen Schülers zu tun?“

Alara nickte. „Genau. Die originellste kriegt sogar einen Preis am Ende des Festes.“

„Die originellste?“, fragte Endri. „Und wer entscheidet das?“

„Das Festkomitee.“

„Oh, das ist spannend! Ich hoffe, die Girlande mit dem pinken Regenschirm und dem Haartrockner gewinnt.“

Alaras Augen leuchteten auf. „Wirklich? Nicht die mit den Papageien?“, fragte sie dann skeptisch.

„Nee, da hatte ich die ganze Zeit Angst, dass sie mir auf den Kopf kacken“, lachte Endri.

„Das ist definitiv schon vorgekommen“, kicherte Alara und nickte. „Die mit dem Regenschirm ist meine“, fügte sie etwas leiser hinzu.

Endri sah sie ein wenig verlegen an. „Das ist ja ein Zufall! Das heißt, du kommst jetzt auch in die Unterstufe?“

„Genau.“

„Dann kommen wir ja vielleicht in dieselbe Klasse!“

„Klasse?“, Alara schüttelte den Kopf. „So was gibt es an der Erkentalschule nicht. Die Schüler sind in Stufen unterteilt, die aber eigentlich auch nicht wirklich etwas zu bedeuten haben. Wenn du etwas besonders gut kannst, darfst du zum Beispiel auch an den Projekten der Mittelstufe teilnehmen und so weiter. Hat dir das noch keiner erklärt?“

„Doch“, sagte Endri und sah auf seine Füße. „Die Vorstellung ist nur etwas schwer. So ganz ohne Klassengemeinschaft.“

„Im weitesten Sinne hast du das schon“, erklärte Alara. „In deinem Talentzweig wirst du immer mit denselben Schülern unterrichtet.“ Dann warf sie ihm einen prüfenden Blick zu. „In welchem Zweig bist du eigentlich?“

„Was soll das denn sein?“

„Na, dein Talentzweig. Was bist du?“

„Ach so! Bei der Einführung wurde mir gesagt, dass ich zu den Alchemisten gehöre.“

Alaras Gesichtsausdruck veränderte sich schlagartig. Sie riss die Augen auf. „Wirklich?!“

„Eh … ja“, antwortete Endri zögernd. „Es machen alle ein ganz schönes Theater darum.“

Alara stieß einen Pfiff aus. „Aber hallo! Von allen Talenten gibt es von den Alchemisten die wenigsten. Meistens maximal ein oder zwei Schüler alle paar Jahre, wenn überhaupt!“, erläuterte sie und stand dabei auf. „Die meisten sind Verwandler oder Physiker.“

„Oh …“, Endri war von der Antwort verunsichert. „Du bist dann bei den Physikern, nehme ich an?“, fragte er dann, um das Thema zu wechseln.

„Ja, also quasi …“, sie räusperte sich, als wäre ihr die Frage unangenehm. Dann verschränkte sie die Arme und warf Endri einen weiteren prüfenden Blick zu.

„Wie hast du mich eigentlich so schnell gefunden? Die meisten Leute verlaufen sich erst mal, weil sie Schildern wie dem zum ‚Traumraum' folgen. Dann sieht man die manchmal tagelang nicht. Es gab sogar Gäste, die ich nur bei der Ankunft und bei der Abreise gesehen habe."

Endri wurde rot. „Ich habe mich ehrlich gesagt auf dem Weg zum Frühstück schon unten im ‚Absurden Duftgarten' verlaufen. Ich wollte dem Geruch in die Küche folgen, und eine der Pflanzen hat ungelogen nach frischem Porridge gerochen!"

„Ah ja, die Frühstückstulpe! Da musst du aufpassen, die riecht jeden Morgen nach etwas anderem", kicherte Alara. „Aber immerhin hast du nicht an der Betörenden Petunie gerochen. Da ist schon so mancher in Ohnmacht gefallen."

„Dieses Haus ist das sonderbarste, in dem ich jemals war", stellte Endri fest. „Wie kommt es eigentlich, dass das Haus so zusammengewürfelt ist? Und was hat es mit all diesen eigenartigen Zimmern auf sich?"

„Du wirst feststellen, dass die meisten Häuser in Erkental nicht unbedingt praktisch sind", sagte Alara. „Meine Mutter hat mir erzählt, dass Erkental im letzten Jahrhundert mehrere Male fast komplett von Orkanen zerstört wurde. Und man hat wohl jedes Mal beschlossen, die Häuser zu recyceln, anstatt alles neu zu bauen, und da, wo Lücken waren, hat man einfach etwas Neues oder eben Altes angebaut. Nur die Burg ist immer verschont geblieben."

Endri war die über dem Dorf thronende eindrucksvolle Burg bereits am Vorabend aufgefallen. „Wer wohnt denn in dieser Burg?", fragte er.

„Die von Griselherzens. Glaub mir, diese wichtigen Persönlichkeiten wirst du noch früh genug kennenlernen." In ihrem Tonfall lag wieder ein Hauch Sarkasmus.

„Oh, keine Sorge, Merik habe ich schon kennenlernen dürfen“, sagte Endri verbittert.

„Ich schätze, er hat nicht gerade den besten Eindruck hinterlassen?“

„Nicht den besten“, bestätigte Endri. Seine Lippen waren zu einer schmalen Linie zusammengepresst.

Für einen Moment schwiegen sie beide. Wahrscheinlich dachte Alara dasselbe.

„Was unser Haus betrifft“, fuhr sie fort, „ist bei den letzten Umbauarbeiten leider der Architekt verstorben. Dann hat zwar sein Nachfolger, Loris Winkelmann, übernommen, aber irgendwie sind in der Zwischenzeit ein paar Pläne verloren gegangen. Wir entdecken immer noch ab und zu Ecken im Haus, von denen bis dahin keiner gewusst hat.“

Endri machte die Vorstellung, dass es in dem Haus, in dem er wohnte, irgendwelche versteckten Räume geben könnte, ganz nervös. Er war an die kleine Zweizimmerwohnung, die er sich mit seiner Mutter geteilt hatte, gewöhnt. Und da hatte es außer zu wenig Platz und den gelegentlich verschluderten Sachen seiner Mutter rein gar nichts zu entdecken gegeben.

Alara zuckte gelangweilt mit den Schultern. „Bis jetzt war noch nichts Bahnbrechendes dabei. Nur ein paar dunkle Abstellräume oder mal ein Gang, der ins Nichts führte.“

Dann hatte sie plötzlich einen Einfall und sah Endri mit leuchtenden Augen an.

„Du interessierst dich nicht zufällig für Baukunst? Das Haus bietet sich nämlich super für eine Tour an. Ich habe mithilfe von Architekturbüchern die Bauepochen der Bauelemente herausgefunden und einiges über sie gelesen. Ich könnte dich herumführen.“

Endri war von ihrem plötzlichen Elan etwas überrumpelt.

„Eh … ja klar, gerne“, stotterte er, dabei wusste er nicht so recht, ob er wirklich gerne etwas über die verschiedenen Bauepochen lernen wollte.

Alara war hingegen überaus begeistert von der Idee.

„Jetzt gehe ich erst mal gucken, was mein Vater von mir möchte, und dann können wir vielleicht sogar heute noch mit einer Epoche starten!“

Endri fragte sich, wie eine Jugendliche in ihrem Alter so viel Begeisterung für Architektur aufbringen konnte. Leon, Gerrit und Jonas hätten sie lauthals ausgelacht, aber Endri beschloss, dem Ganzen eine Chance zu geben. Nur vielleicht nicht direkt heute.

acht

Endri war Alara in die Baumhausküche gefolgt und hatte mit Entsetzen festgestellt, dass seine Mutter darin zugange war.

„Ma, was machst du denn da?“, fragte er entgeistert und blickte sich panisch in dem Raum um. Wusste man, dass sie hier allein war?

„Ich helfe selbstverständlich unseren Gastgebern bei der Vorbereitung, wonach sieht es denn aus?“

Sie begrüßte Alara mit einem Lächeln. „Du musst Alara sein. Ich habe deinem Vater angeboten, eine Auswahl meiner Törtchenspezialitäten für den heutigen Abend zuzubereiten. Er lässt dich übrigens wissen, dass du gerne im Garten bei der Aufstellung der Tische helfen kannst, wenn es dir in der Küche zu langweilig wird.“

Dann warf sie einen Blick auf Endri. „In der Zwischenzeit kann Endri mir ja beim Backen behilflich sein.“

Sie zwinkerte und lächelte enthusiastisch. Endri, der wusste, in welchem Zustand sich ihre Küche zu Hause in Berlin jedes Mal befand, wenn seine Mutter auch nur einen Toast machte, zuckte zusammen. Das wäre es dann, nach dem Abend würde man sie hinauswerfen. In Marius’ Küche türmten sich zwar die Lebensmittel, aber der Boden und die Oberflächen glänzten vor Sauberkeit.

„Ich werde direkt heute mal eine Kostprobe meiner italienischen Creme-Törtchen machen!“ Die Wangen seiner Mutter waren rot vor Aufregung. Sie liebte Backen. Leider war das Nebenprodukt dieser Leidenschaft eine mit benutztem Geschirr vollgestellte, vollgekleckerte und mit Mehl bedeckte Küche. Hätte er nicht bei Leon einmal dessen Mutter beim Backen zugesehen, die nirgends auch nur einen Krümel Mehl hinterlassen hatte, hätte er bis heute gedacht, dass das die einzige Art war, Törtchen zu produzieren.

Endri überwachte im Backprozess jeden Schritt und zwischen „Wo ist jetzt noch der Spachtel?“ und „Hatte ich den Zucker schon hinzugefügt?“ räumte und wischte er, wo er konnte. Am Ende war das Ergebnis eine durchaus repräsentable Kücheninsel sowie eine Auswahl an köstlichem Gebäck mit unterschiedlichen Füllungen. Es gab Tiramisu-Törtchen, Mini-Donuts mit Erdbeerfüllung, Schokotaler mit flüssigem Schokokern und Heidelbeer-Tartelettes. Endri klopfte sich einen Rest Mehl von der Hose und sagte:

„Ma, das sieht alles super aus!“

„Meinst du, es reicht?“, fragte sie und schaute skeptisch über ihr Gebäck. „Die Zitronenwirbel fehlen. Es würde besser aussehen, wenn die dabei wären. Hätte ich bloß die Schüssel nicht fallen gelassen!“ Sie blickte bekümmert auf den Tisch vor ihr.

„Keiner weiß, dass es die hätte geben sollen“, munterte Endri sie auf.

Er fragte sich, warum sie plötzlich so kritisch mit sich war. Zu Hause hatte sie immer nach Lust und Laune gebacken, und es gab eben das, was nicht auf dem Boden gelandet war oder im Ofen vergessen wurde. Vielleicht lag es daran, dass sie in Berlin die meiste ihrer Energie in die Arbeit gesteckt hatte, die sie hier in ihr Hobby investieren konnte. Nur die Sache mit der Ordnung war noch ausbaufähig.

Nach der Backorgie beschlossen Endri und Odelia, den Ort

zu erkunden. Der Weg in den Ortskern schlängelte sich durch schmale Gassen, die mit groben Kopfsteinen gepflastert waren. An den Häuserwänden rankte eine Vielzahl von wilden Gewächsen und Blumen. Der Ort war eine perfekte Mischung aus Häusern und Gärten. Viele der Pflanzen sahen exotisch aus und erinnerten Endri eher an einen Urwald als an eine Stadt aus Stein und Glas. Die enge Straße wand sich mal auf, mal ab durch den Ort, und hinter jeder Ecke erwartete sie eine neue Welt aus ulkigen Gebäuden und bezaubernden Pflanzen.

Als sie am Fluss ankamen, entdeckten sie, dass die Bewohner an beiden Ufern einen kleinen Markt veranstalteten. Stände mit diversen Attraktionen säumten den Wegesrand. Endri und seine Mutter kamen nur langsam vorwärts, denn überall gab es etwas zu sehen. An einem Tisch bot eine ältere Dame, deren Dutt größer als ihr Kopf war, Glaskugeln an, die wie Glühbirnen leuchteten. Endri konnte nirgends ein Stromkabel oder ein Fach für Batterien erkennen. Die Dame erklärte, dass eine einzige dieser Kugeln einen Raum eine Woche lang auf wohlige Temperaturen erwärmen könne, wenn man sie für einen Tag in die Sonne gelegt hatte. Sie nannte sie „tragbare Heizungen". Daneben bot ein Mann in einem langen grünen Umhang merkwürdige kleine Holzwürfel mit Schließen in allen Größen und Formen an. Sie ergaben für Endri zunächst wenig Sinn, denn sie hatten offensichtlich keinerlei Öffnung. Nach Aussage des Mannes fraßen die Dosen Geheimnisse auf und verwahrten sie sicher auf immer und ewig. Vor einer anderen Dame standen Kräutertöpfe, die mit einem einzigen Tropfen Wasser jahrelang nachsprossen. Es gab Eiswürfel, die niemals schmolzen, Edelsteine, die schlechte Laune vertrieben, und an einem Stand saß eine Reihe eigenartiger struppiger Vögel auf Stangen, die einem Schild zufolge „zuverlässige Piepmatze mit Erinnerungsfunktion" sein sollten. Aber nicht nur die Stände und die angebotenen Dinge waren kurios, auch die Standbetreiber und Besucher des Marktes waren es. Einige unterschieden sich nicht großartig von den Leuten, die Endri aus Berlin kannte, aber andere sahen aus, als wären sie das Ensemble eines komischen Theaterstücks. Der Mann mit den Vögeln hatte einen rauschenden Bart und buschige Augenbrauen, die seine Augen fast komplett verdeckten. In seinem Gesicht war definitiv mehr Haar als Haut zu sehen. Er sprach nicht viel, vermittelte aber trotz alledem einen freundlichen, vertrauenerweckenden Eindruck. Jetzt, wo sein Lifetracker kaputt war, konnte ein zuverlässiger Wecker nicht schaden, und als Endri den Mann fragte, was denn einer seiner Vögel kosten würde, legte der den Kopf schief und sah Endri fragend mit großen Augen an. Zumindest war das der Blick, den dieser unter den Brauen vermutete. Als der Mann nicht antwortete, beugte sich eine neben ihnen stehende Frau vor und erklärte:

„In Erkental gibt es keine Preise. Wir verschenken unsere Dinge stets mit dem Versprechen, dass jeder das gibt, was seine Fähigkeiten ihm erlauben zu geben. Mal abgesehen davon wäre unser Günter wahrscheinlich einer der Letzten, der Verwendung für irgendeine Art von Zahlungsmitteln hätte." Sie beugte sich nach vorne und flüsterte hinter vorgehaltener Hand: „Außerdem treiben die Piepmatze mich in den Wahnsinn."

Odelia schüttelte ungläubig den Kopf. „Aber woher weiß man denn dann den Preis von irgendwas? Man kann doch sicherlich kein Haus gegen einen Kürbis tauschen?"

Während Endri die Idee grandios fand, kam bei Odelia die Buchhalterin durch. Sie kannte nur ein Prinzip und zwar, dass für eine erbrachte Leistung eine Bezahlung erfolgen musste. Sonst waren die Seiten nicht ausgeglichen. Die Frau schmunzelte.

„Ja, ich kann durchaus verstehen, dass es ungewöhnlich klingt. Aber Erkental funktioniert seit Hunderten von Jahren so. Und wir haben stets alles, was wir benötigen."

„Aber wie funktioniert das?", hakte Odelia nach. „Das ist doch kein stabiles System."

„Nun ja", antwortete die Dame, „wir haben alle ein Dach über dem Kopf, Nahrungsmittel, so viel wir essen können, und falls jemand mal krank ist, kümmert sich Ripar um sie oder ihn."

„Ripar? Der Mann, der uns gestern begrüßt hat?"

Die Dame nickte eifrig. „Er ist einer unserer ranghöchsten Biologen. Er kann nur durch Handauflegen in die Körper der Menschen hineinschauen und sie lesen wie ein Buch."

„Es gibt wohl einiges, woran wir uns noch gewöhnen müssen", stellte Odelia fest und bedankte sich bei der Dame für die Erklärung.

Endri trug stolz seinen neuen gefiederten Wecker zum Gasthaus und platzierte ihn auf einer passenden Stange, die ihm der haarige Mann mitgegeben hatte. Mit wenigen Worten hatte er ihm erklärt, dass der Vogel als Nahrung lediglich gelegentlich einen Tropfen Kürbiskernöl benötige, von dem er ihm ebenfalls eine kleine Flasche in die Hand gedrückt hatte.

Am frühen Abend begann das Fest auf dem Marktplatz. Anstelle der am Vortag hier stehenden Tische und Stühle hatte man Stehtische mit farbigen Schirmen aufgestellt, an denen sich schwatzende und lachende Menschen tummelten. Kinder und Hunde liefen ihre Runden durch die Menge, und in einer Ecke spielte leise Musik. Zwischen den Tischen schwebte gemächlich eine Reihe von Tabletts mit bunten Getränken und kleinen Häppchen auf und ab. Endri und Odelia standen mit Ripar an einem Tisch, der ihnen den Stadtarchitekten Loris Winkelmann vorstellte.

„Sobald ihr richtig in Erkental angekommen seid, richten wir euch eine ordentliche Bleibe ein!“, verkündete der. „Ich werde sie für euch höchstpersönlich entwerfen!“

Odelia sah den Architekten schüchtern an. „Das ist ein sehr verlockendes Angebot“, antwortete sie. „Aber wir können uns sicher kein eigenes Heim leisten. Schon gar nicht von einem bekannten Architekten!“

Loris Winkelmann winkte den Einwand ab. „Ach, Quatsch! Jeder in Erkental bekommt eine passende Bleibe. Ich bestehe darauf!“

„Das ist wirklich nett von Ihnen, aber wir können unmöglich gerade ein Haus kaufen und ...“

„Bitte nennt mich Loris!“, warf der Architekt ein. „Für Förmlichkeiten gibt es doch gar keinen Anlass. Und für ein Dach über dem Kopf muss in Erkental niemand etwas zahlen.“

Odelia und Endri sahen sich überrascht an.

„Das ist wirklich ein merkwürdiger Ort“, sagte Endri. „Niemand möchte für irgendetwas Geld haben und jetzt sollen auch noch die Häuser umsonst sein?“

„Und wem gehören dann die Immobilien?“, hakte Odelia nach.

Loris sah sie verwundert an. „Na, denen, die aktuell darin wohnen.“

Jetzt war Odelia die, die verständnislos dreinsah.

„Und was für eine Garantie gibt es, dass man dort sein Leben lang wohnen kann? Gibt es da nichts Schriftliches?“

„Also, erst einmal: Die wenigsten Menschen hier wohnen ein Leben lang im selben Haus, sieht doch bei den meisten das Leben mit zwanzig ganz anders aus als das mit achtzig Jahren. Findest du das nicht auch?“

Odelia kratzte sich nachdenklich am Kinn. „Das ist ein interessanter Gedanke.“

„Ja?“, fragte der Architekt und strahlte sie an. „Dann erzähle ich dir noch ein bisschen mehr darüber.“ Mit den Worten legte er Endris Mutter behutsam einen Arm um die Schulter und die beiden bummelten schwatzend durch die Tischreihen.

Endri sah ihnen nach, bis plötzlich jemand von hinten an seine Schulter tippte. Überrascht drehte er sich um und erkannte Lorean.

„Hey!“, rief Endri erfreut und die beiden begrüßten sich kurz.

„Erkental ist das Beste, was mir je passiert ist!“, teilte Lorean ihm umgehend freudestrahlend mit. „Ich bin direkt nach dem Einführungstag hergezogen. Ich wollte keinen Tag länger mehr im Heim bleiben!“ Er deutete auf eine ältere Dame, die etwas weiter weg von ihnen stand. „Das ist meine Gastmutter Adelheid“, erklärte er. „Sie redet nicht viel, aber sie ist sehr nett, und sie kocht hervorragend! Nichts im Vergleich zu diesem Fraß, den sie uns im Heim vorgesetzt haben!“

Die ältere Dame lächelte ihnen zu. Um ihre Beine herum sausten drei kleine flauschige Hundewesen, denen sie abwechselnd den Kopf tätschelte.

Nach einer Weile bewegte sich die Menge gemächlich in einer kleinen Wanderung zur Mühle, die unweit einer der Brücken am Fluss stand. Auf dem Weg stieß Odelia mit einem Lächeln auf dem Gesicht zu den anderen zurück.

Leise plätscherte das Wasser im Hintergrund, als sie an der Mühle ankamen, wo auf einer großen Grünfläche bereits viele niedrige Sitzbänke aufgestellt waren, auf denen gehäkelte runde Kissen lagen. Auf den hölzernen Tischen standen kunstvoll geschwungene Gefäße und Servierplatten, die aussahen, als würden sie aus den Oberflächen herauswachsen. Selbst das Besteck und die kleinen Becher waren aus aufwendig bearbeitetem Holz hergestellt.

Als sie sich gesetzt hatten, schwärmte Lorean weiter.

„Es ist ein Traum, Endri!", verkündete er. „Wobei ich mir nicht einmal im Traum so einen schönen Ort hätte ausdenken können. Warst du schon beim See? Da ist ein echter Wasserfall! Und dort kann man baden! Hast du so etwas schon mal gehört? Und du musst unbedingt bei Lambert Weißwurzel ein Eis essen! Ich sage dir, das ist das beste Eis, das ich jemals gegessen habe! Er hat total verrückte Geschmäcker dort! Zum Beispiel Schokolade-Saure-Gummibärchen oder Erdnuss-Karamell-Kartoffelchips. Eis mit Chips-Geschmack! Wenn ich es nicht besser wüsste, würde ich sagen, das ist die beste Erfindung der Welt."

Lorean erzählte ohne Punkt und Komma weiter von dem, was er in Erkental bereits alles unternommen und verköstigt hatte. Währenddessen wurden kleine, aus grünen Blättern gewickelte Röllchen serviert. Zuerst dachte Endri, dass es sich unmöglich um etwas Essbares handeln konnte, beim ersten Bissen aber wurde ihm klar, dass es nicht nur essbar, sondern ebenfalls ungemein köstlich war. Das Blatt schmeckte zart und nussig, und innen war eine rötliche würzige Creme. Nach der zwölften Rolle hörte er auf zu zählen, wie viele er aß.

Zum Hauptgang ging es hinüber in den Säulengang des Rathauses. Dort waren lange Tische mit bestickten weißen Decken und edlen Kerzenständern aufgestellt. In den Säulendurchgängen hatte man dünne weiße Vorhänge aufgehängt, die sanft im Wind flatterten.

Zusammen mit Lorean blieben sie zunächst in einem der Durchgänge stehen.

Lorean berichtete gerade von seinem eigenen Zimmer, das für ihn einen unvorstellbaren Luxus bedeutete, als eine Gruppe Jugendlicher in ihrem Blickfeld auftauchte. In der Mitte stolzierte ein Mädchen mit hellroten lockigen Haaren. Sie trug ein schimmerndes Kleid und überragte ihre Begleiter beinahe um einen Kopf. Sie kam auf Endri und Lorean zu und blieb vor ihnen stehen.

„Ihr seid die zwei Alchemisten aus Berlin, nehme ich an?", fragte sie ohne Umschweife. Die beiden nickten etwas verdattert und stellten sich vor.

„Endri?", sie sah ihn aufmerksam an. „Du bist doch der mit der Windböe."

„Eh ... was? Ich meine, ja. Woher weißt du das denn?", stutzte Endri.

„Solche Dinge sprechen sich eben rum", schmunzelte sie. Bei dem Wort „sprechen" deutete sie Anführungszeichen in der Luft an. „Bin gespannt, was du noch so draufhast."

„Und wie heißt du?", fragte Endri, denn ihren Namen hatte sie nicht genannt.

Sie schien ein wenig irritiert von der Frage.

„Nehemia." Mit Nachdruck fügte sie hinzu: „Von Hohensolrik."

Ein paar Meter weiter stand ein Schüler und sog lautstark die Luft ein. Etwas zögerlich trat er auf die kleine Gruppe zu.

„Du bist die Enkelin von Raimara", hauchte er. „Kann sie wirklich Gedanken lesen?"

Nehemia schenkte ihm ein generöses Lächeln und wandte sich wieder an Endri und Lorean. „Meine Großmutter ist Telepathin im Rat der Fünf", erklärte sie. „Schon seit über siebzig Jahren."

„Wow!", rief Lorean begeistert. „Dann ist sie ja so was wie eine Königin!"

„Könnte man sagen." Ihre Reaktion zeigte, dass sie diese Aussage nicht zum ersten Mal hörte. Dann beäugte sie nochmals Endri und Lorean.

„Na, ich schätze, wir sehen uns am Montag." Mit diesen Worten drehte sie sich um und tänzelte mit schwingendem Kleid und der ganzen Entourage weiter.

Die beiden Jungs starrten sich ein paar Momente sprachlos an.

„Boah, Endri, das Mädchen mit der krassen Großmutter kannte sogar deinen Namen“, staunte Lorean. „Das ist, als wäre man plötzlich berühmt!“

Endri sah der Gruppe nach. Er befürchtete, dass seine Berühmtheit nicht lange Bestand haben würde. Immerhin wusste er nicht, wie er das, wofür er berühmt war, überhaupt angestellt hatte. Geschweige denn, wie er es jemals wiederholen sollte.

Der Hauptgang bestand aus mehr Essen, als irgendjemand guten Gewissens zu sich nehmen sollte. Das Festmahl im Säulengang setzte sich aus vielen kleinen Gängen zusammen, die nach und nach auf silbernen Tellern zu den Besuchern schwebten. Jeder Gang war schwerer zu identifizieren als der vorherige. Endri konnte viele bekannte Geschmacksrichtungen erkennen, aber keine der Formen, die auf seinen Tellern lagen, ähnelten ansatzweise den Dingen, denen er den Geschmack zuordnen würde. So schmeckte etwas nach Möhre, das in winzigen kleinen Kügelchen auf einer Scheibe salziger Kokosnuss lag. Und ein Schüsselchen bunter Obstsalat stellte sich als würziger Kartoffelauflauf heraus.

Während des Essens hörte er, wie ein Mann mit einem großen Hut Loreans Gastmutter Adelheid ansprach.

„Wirklich schlimm das mit Korbinian! Ich habe gehört, sie wollen diesen verrückten Jeras Bestiar zu seinem Nachfolger ernennen.“

Bei der Nennung des Namens horchte Endri auf. Es war der Verwandler des Rats der Fünf, den Ripar am Einführungstag erwähnt hatte.

Adelheid nickte nur und schenkte dem Mann ein zögerliches Lächeln.

„Das habe ich auch gehört", schaltete sich Ludwig Heese in die Unterhaltung ein. Der Geschichtslehrer mit dem kantigen Gesicht und dem gekringelten Schnurrbart, den Endri schon am Vorabend kennengelernt hatte, trug auch an diesem Abend ein kariertes, altmodisches Sakko mit Ellenbogenflicken. „Sein Sohn Kjell geht auf die Schule hier", ergänzte er mit einem vielsagenden Gesichtsausdruck.

„Na, das kann ja was werden!", bemerkte der Mann mit Hut.

„Habt ihr auch gehört, dass sämtlichen Zeugen die Erinnerungen an den Vorfall der Entführung von Korbinian fehlen?", mischte sich eine Dame am Tisch in das Gespräch.

„Ja", bestätigte Ludwig Heese und zwirbelte nachdenklich an seinem Schnurrbart. „Sehr merkwürdig."

Die Frau beugte sich etwas weiter vor und senkte die Stimme, sodass Endri sich konzentrieren musste, um zu verstehen, was sie sagte. „Meint ihr, es könnte das Werk eines Telepathen gewesen sein?", raunte sie.

„So ein Quatsch, Hetty!", prustete der Mann mit Hut, dessen Wangen vor Erregung rot angelaufen waren.

„Und was ist deine Erklärung, Anton?"

„Ich habe keine", gab der zu, „aber es war sicherlich kein Telepath, zumindest keiner, von dem Raimara Kenntnis hat."

„Ich sage ja seit Jahren, dass sie zu alt ist für den Job!", schimpfte der Geschichtslehrer. „Mich würde es nicht wundern, wenn das ein oder andere an ihr vorbeigeht."

„Wie dem auch sei", versuchte Hetty die hitzige Diskussion etwas zu beruhigen. „Selbst wenn es einen Telepathen geben sollte, von dem Raimara nichts weiß, wäre es sehr unwahrscheinlich, dass dieser jemand solche Fähigkeiten besitzt. Das

Gedächtnis mehrerer ranghoher Kräfte zu löschen ist jenseits von dem, zu dem ein nichtausgebildeter Telepath fähig wäre."

„Da stimme ich dir zu."

„Danke, Ludwig", sie nickte dem Lehrer zu. „Dann hätten wir das Thema ja geklärt."

Adelheid sah aus, als hätte sie die komplette Unterhaltung nicht mitbekommen, und lächelte Endri freudig zu, als sie seinen Blick bemerkte.

Für das Dessert ging es zu Gloria und Marius ins Gasthaus auf dem kleinen Hügel. Endri stieg neben Adelheid die Stufen hoch. Er musste darauf achten, nicht zwischendurch auf eins der Wollknäuel zu steigen, die ihnen zwischen den Beinen herumwuselten. Adelheid hatte sie ohne ausschweifenden Kommentar mit Gurpi, Lurpi und Wurpi bekannt gemacht. Es waren die ersten Worte von ihr an diesem Abend.

„Ist diesem Korbinian etwas zugestoßen?", fragte Endri die alte Dame vorsichtig.

Sie schaute Endri mit großen glänzenden Augen an und nickte. „Verschwunden", bestätigte sie. Er erinnerte sich plötzlich an den Gesprächswechsel zwischen Merik und Haru in Berlin, die in Bezug auf Karmesin ebenfalls von einem Verschwinden gesprochen hatten. Handelte es sich um den gleichen Vorfall?

„Und wohin ist er verschwunden?", wollte Endri wissen.

Sie sah ihn verwirrt an. Dann sagte sie den längsten Satz, den er bisher von ihr an dem gesamten Abend gehört hatte:

„Wenn wir das wüssten, wäre er nicht verschwunden. Dann wäre er woanders."

Endri beschloss, sich weitere Fragen für später aufzuheben. Adelheid war offensichtlich nicht die richtige Person für solche Auskünfte.

Am Gasthaus wurde die Menge nicht von einem, sondern

direkt von zwei riesigen Hunden begrüßt. Die beiden Tiere geleiteten sie um das Haus herum und unter der Glasbrücke hindurch auf eine Lichtung. Zwischen den Bäumen waren Hunderte von Lichtern und Lampions aufgehängt und überall standen kleine runde Tische auf dem Waldboden. Auf zwei langen Tafeln waren große Etageren aufgestellt, auf denen sich Dutzende Miniaturdesserts präsentierten. In einer Ecke stand eine gigantische silberne Kaffeemaschine, die unaufhaltsam Dampf ausstieß und einen angenehmen Geruch über die Lichtung legte.

Sie setzten sich an einen Tisch mit Alaras Familie, Lorean und Adelheid sowie der Bäckerin Helgard Filibrun, die sie ebenfalls am Vorabend schon kennengelernt hatten. Adelheids Flauschbälle hatten sich sofort getrollt und hopsten und flogen nun auf den größeren Hunden herum, als wären diese gigantische Stofftiere.

Odelias Gebäck hatte es ebenfalls auf die Etageren geschafft und Endri konnte ihr den Stolz darüber im Gesicht ansehen. Als dann die Bäckerin eine ihrer Heidelbeer-Tartelettes probierte und genüsslich seufzte, konnte sie sich ihr breites Grinsen nicht verkneifen.

„Die sind ja vorzüglich!“, schmatzte Helgard. „Marius, hast du die gebacken? Das passt gar nicht zu dir, so etwas Feines!“

Marius lachte laut auf. „War mir klar, dass du das sofort schmeckst!“

„Sie schmecken dir?“, fragte Odelia nervös. „Das freut mich sehr. Ich habe Marius etwas ausgeholfen heute und ein paar Kleinigkeiten gebacken.“

„Welche sind noch von dir?“, erkundigte Helgard sich ohne Umschweife. Odelia zeigte verhalten auf die restlichen Teilchen, und die Bäckerin verputzte sie umgehend.

„Köstlich!“, rief sie dann und leckte sich die Mundwinkel. „Einfach alle köstlich! Du möchtest nicht zufällig bei mir in der Bäckerei als Konditorin anfangen?“

Odelia war überrumpelt und starrte sie mit offenem Mund an. „Du meinst ... so richtig als Konditorin? Als Beruf?“

„Selbstverständlich! Hier in Erkental machen wir die Jobs, die uns die größte Freude bereiten. Und nach dieser wunderbaren Kostprobe würde ich meinen, dass das Zubereiten von kleinen Köstlichkeiten für dich die passende Aufgabe ist. Und umso wichtiger – wir alle kommen in den Genuss deiner Backkünste!“

Nach ein paar Sekunden, in denen Odelia Helgard nur sprachlos angestarrt hatte, stieß Endri ihr einen Ellenbogen in die Seite.

„Das wäre fantastisch!“, brachte sie dann hervor. „Aber ich habe doch gar keine Ausbildung als Konditorin!“

„Wofür brauchst du eine Ausbildung? Dich nicht backen zu lassen, wäre doch für uns alle ein Verlust!“

Endri beschloss, Helgard Filibrun in einer ruhigen Minute wegen der chaotischen Backweise seiner Mutter vorzuwarnen. Wenn es um das Endergebnis ging, konnte er ihr aber natürlich nur zustimmen.

Beflügelt von dem unverhofften Jobangebot gingen sie nach dem Dessert – es war schon tiefe Nacht – zum Anwesen der Griselherzens. Man konnte entweder über eine schier endlose Treppe nach oben gelangen – für diese Möglichkeit entschieden sich nur wenige – oder man nahm eine etwas skurrile Seilbahn. Runde geflochtene Körbe, in denen mehrere Personen Platz hatten, glitten an dicken Seilen den Berghang hinauf und hinunter. Die Gondeln hatten etwas von einem überdimensionierten Baumhausaufzug.

Oben angekommen hatte man Aussicht über das komplette

Erkental. Auf der anderen Seite der Stadt sah Endri ein großes Gebäude, auf dem einige Fahnen gehisst waren. Das musste die Schule sein. Er schlenderte eine Weile auf dem Platz umher und beobachtete Merik, der in einer Traube von Jugendlichen stand und augenscheinlich eine spannende Geschichte erzählte. Lorean stand ebenfalls bei den Zuhörern und klebte widerwillig an den Lippen des Jungen. Endri schnappte im Vorbeigehen nur Satzfetzen auf: „... ja, und dann hatte meine Mutter gar keine andere Wahl, als ..." Er war schon vorübergegangen, als er die Menge aufschreien hörte. Anscheinend hatte Meriks Geschichte eine spannende Wendung genommen.

Etwas abseits saß Alara auf einem Stück der Mauer und hatte ein dünnes Buch vor der Nase.

„Das ist eine Zwingermauer", begrüßte sie ihn, als er vor ihr stehen blieb, und deutete auf ihre Sitzgelegenheit. „Sie heißt so, weil sie vor der eigentlichen Ringmauer steht und etwas niedriger ist. Wenn Feinde die Zwingermauer überwinden, sitzen sie vor der Ringmauer fest und sind ein leichtes Ziel. Wie im Zwinger."

„Warum brauchen die hier so weit oben überhaupt eine Mauer?", fragte Endri und sah sich auf dem Plateau um.

„Jede gute Burg hat eine Mauer", klärte Alara ihn auf, als wäre es das Selbstverständlichste der Welt.

„Willst du nicht mit zu den anderen kommen?", erkundigte sich Endri.

„Und Merik zuhören, wie er immer wieder dieselbe Story von seiner Mutter erzählt? Nein, danke."

Er nickte verständnisvoll und sah zu der Gruppe. Er entdeckte Haru etwas abseits davon, und als sich ihre Blicke trafen, hob der kurz die Hand und warf ihm ein hilfloses Lächeln zu. Endri wandte die Augen ab und sah Alara fragend an.

„Warum verhalten sich die anderen so komisch mir gegenüber?“

„Ich dachte, das hätten wir schon geklärt“, schnaufte sie. „Du bist ein Alchemist.“

„Ja und?“, er setzte sich zu ihr auf die Mauer und zog die Knie an. „Ich meine, dass es selten ist und so weiter habe ich mitbekommen, aber es fühlt sich fast so an, als hätten die anderen Angst vor mir.“

„Bei Alchemisten …“, setzte sie an und hielt inne. Ihr schien das Thema unangenehm zu sein.

„Es gibt nur so wenige von euch“, fuhr sie fort, „Physiker oder Verwandler gibt es wie Sand am Meer. Vor allem in den niederen Rängen. Alchemisten, selbst die weniger talentierten, sind selten und dementsprechend wertvoll.“

„Aber das erklärt trotzdem nicht, warum manche Leute mich behandeln, als wäre ich irgendein König.“

Sie schürzte die Lippen. „Ich nehme an, die meisten denken bereits daran, dass du irgendwann mal ein Team brauchst und …“

„Was für ein Team soll ich brauchen?“

„Die meisten Alchemisten gehen mit einem Team auf Mission“, sagte Alara, als wäre es eine alltägliche Tatsache. „Meriks Mutter Samara zum Beispiel hat eine riesige Entourage von über zehn Leuten, die mit ihr reist.“

„Und was, wenn ich gar nicht auf so eine komische Mission gehen möchte?“

Sie sah ihn mit hochgezogenen Augenbrauen an. „Warum sollte jemand das nicht wollen? Die Missionen sind eine Riesenehre! Die Aufgaben kommen meist direkt vom Rat der Fünf!“

„Dieser Korbinian, der verschwunden ist, der war auch Mitglied im Rat, richtig?“, unterbrach er sie.

Alara sah ihn überrascht an. „Ach, das hast du schon mitbekommen, was?“

Endri nickte. „Ja, aber nur am Rande. Was ist denn passiert?“

Alara zuckte mit den Achseln.

„Das weiß keiner so richtig.“

Endri fuhr sich nachdenklich mit der Hand durch die Haare. „Gibt es denn gar keine Spur oder irgendeinen Hinweis auf sein Verschwinden?“

Alara schüttelte den Kopf. „Selbst wenn es das gäbe, wüssten wir ganz sicher nichts davon. Das Ganze ist irgendwie top-secret.“

„In Berlin haben sich Merik und seine Kumpels darüber unterhalten, und sie haben in dem Zusammenhang diesen General Karmesin erwähnt“, überlegte Endri laut. „Und als wir dann aus dem Abstellraum ...“

„Warum wart ihr in einem Abstellraum?“, fragte Alara verdutzt.

„Ähm, nicht so wichtig“, murmelte Endri. Er wollte ihr auf keinen Fall erzählen, dass er auf einen der ältesten Tricks der Welt hereingefallen war. „Auf jeden Fall haben wir Karmesin belauscht, als er von irgendeiner Mission gesprochen hat.“

„Karmesin ist der Sicherheitsleiter des Rats der Fünf“, sagte Alara. „Seine Mission wird wahrscheinlich sein, Korbinian zu finden.“

„Und warum hatte er dann Zeit dafür, mich mit Gertrud Tinter zusammen bei mir zu Hause zu besuchen?“

Sie runzelte die Stirn. „Das ist in der Tat komisch. Normalerweise jettet er auf irgendwelchen Missionen überall auf der Welt herum. Ich habe ihn auch noch nie hier in Erkental gesehen.“

„Na, hoffen wir mal, dass das so bleibt“, antwortete Endri und verzog das Gesicht. „Der Typ ist mir nicht geheuer.“

Wenig später wurde der Junge namens Kjell als Gewinner des Girlanden-Wettbewerbs bekannt gegeben.

„Schade, dass du nicht gewonnen hast“, sagte Endri zu Alara. „Ich fand dein Sammelsurium sehr originell.“

Alara schürzte die Lippen. „Im Kanon pfeifende Papageien sind eben doch spannender als Haartrockner.“

Das Fest endete mit dem lautlosen Feuerwerk. Endri sah andächtig in den Himmel und bewunderte die leuchtenden Farben und Formen. Es war alles fast zu schön, um wahr zu sein.

neun

Mit der neuen Woche begann auch die Schule in Erkental. Endris Weckervogel weckte ihn zuverlässig mit einem Krächzen, das entfernte Ähnlichkeit mit einem alten Popsong von Taylor Swift hatte, den Endri aus dem Radio kannte. Er schlüpfte rasch in seine Schuluniform, bestehend aus einer dunkelblauen Faltenhose, einem hellblauen Hemd und einem passenden Blazer. Wie in dem grauen Ordner erwähnt, hatte er sich die Sachen einfach bei einem kleinen Schneiderladen in Erkental abholen können. Nach einem gigantischen Obstsalat-Granola-Frühstück à la Marius gingen Endri und Alara zusammen zum Schulgebäude. Es lag knappe zehn Gehminuten entfernt, und auf dem Weg begegneten ihnen allerlei Bewohner, die den beiden fröhlich viel Spaß für den ersten Schultag wünschten.

Als sie am Schulgebäude ankamen, strömten die Schüler auf den großen Eingang zu. Die Schule war ein riesiges Gebäude, das offensichtlich ebenfalls über mehrere Epochen und Jahre hinweg vergrößert und renoviert worden war. Das Hauptgebäude machte einen altehrwürdigen Eindruck. Es hatte einen ausladenden Hauptteil, auf dessen Dach zwischen vielen verschiedenen Schornsteinen eine große verzierte Kuppel prangte. Der linke Flügel endete in einem großen verschnörkelten Glaspavillon, der rechte war beinahe so groß wie das Hauptgebäude und setzte sich aus allerlei Säulen und Vorsprüngen zusammen. Auf allen Dächern wehte eine Fahne, auf die ein Kreis aus fünf

Farben gemalt war: Grün, Grau, Rot, Blau und Gelb. Anders als bei dem Diagramm von Ripar waren jedoch alle Stücke des Kreises gleich groß. Endri fiel auf, dass die Schüler um ihn herum viele unterschiedliche Uniformen trugen. Keine sah so aus wie seine. Die meisten trugen Kleidung, wie er sie an Karmesin gesehen hatte: eng anliegende Sportbekleidung, die an diversen Stellen verstärkt war. Manche der Träger sahen aus wie Miniatur-Samuraikrieger. Ein Mädchen, das vor ihm lief, trug über Jeans und T-Shirt ein dunkelgrünes Cape, in das schier unendlich viele Taschen eingenäht waren.

„Was ist das denn für eine Verkleidung?“, raunte Endri Alara zu.

„Das sind die Umhänge der Biologen. Die Taschen sind voll mit irgendwelchen Kräutern, Pulvern und so einem Zeug. Wir nennen sie auch gerne mal ‚die wandelnden Apothekerschränke‘.“

„Die wandelnden was?“

Alara sah ihn ungläubig an. „Habt ihr etwa keine Apotheken da bei euch gehabt? Wo bekommt ihr denn eure Medizin her?“

Endri schüttelte den Kopf. „Der Lifetracker bemerkt, sobald man krank wird, und dann bekommt man automatisch Medikamente nach Hause geschickt“, erklärte er.

Alara kratzte sich nachdenklich am Kopf. „Praktisch. Aber irgendwie auch gruselig. Dieses Ding weiß ja mehr über dich als du selbst.“ Sie warf einen prüfenden Blick auf Endris Handgelenk.

„Oh, ich trage es nicht mehr“, sagte der. „Seit wir in Erkental sind, ist der Akku irgendwie leer.“

„Hast du jetzt keine Angst, unbemerkt krank zu werden?“

Endri grinste. „Nee, ehrlich gesagt bin ich froh, es endlich los zu sein. Es hat mir ständig Reminder geschickt. Endlich kein ‚Gehe heute noch fünftausend Schritte' oder ‚Iss heute zweihundert Gramm grünes Gemüse' mehr."

„Darauf hätte ich auch keine Lust", lachte Alara.

In der Eingangshalle wanden sich zwei gigantische Treppen in die oberen Stockwerke. Weiter oben konnte Endri Dutzende dunkle Türen erkennen, die zu den Klassenräumen führen mussten.

Die Aula, in der der erste Schultag für alle Schüler mit einer Versammlung beginnen sollte, befand sich direkt unter der Kuppel des Hauptgebäudes und war von Tageslicht durchflutet. Endri legte den Kopf in den Nacken, um die verzierte Kuppel zu bestaunen. Sie war mit Pastellfarben bemalt und tauchte den Raum in ein gedämpftes Licht.

„Ahhh!" Endri war beim Eintreten stehen geblieben und ein Schüler hinter ihm wäre um ein Haar in ihn hineingestolpert.

„Entschuldigung!", nuschelte er und drehte sich zu dem Geschädigten um. Ein blasser Junge mit wirren lockigen Haaren und Sommersprossen lächelte ihn verständnisvoll an.

„Kein Problem. Ich hab' beim ersten Mal auch so geguckt. Ist ein ziemlich krasses Gebäude, oder?" Er rieb kurz die Hände aneinander. „Ich bin Wynn." Er streckte ihm feierlich die angewärmte Hand entgegen.

„Äh, hallo. Ich bin Endri." Er sah sich kurz nach Alara um, aber die stand schwatzend mit einem anderen Mädchen einige Meter entfernt. Er wandte sich wieder dem Jungen zu, dessen Kleidung aussah, als wäre sie mehrere Jahre lang nicht sonderlich geschont worden. Seine Hose hatte große Risse über den Knien und sein Pullover war fleckig und mindestens zwei Nummern zu klein, denn die Ärmel endeten zehn Zentimeter über seinen Handgelenken.

„Du bist einer der Neuen, oder?", fragte Wynn.

„Ja, wir wohnen erst seit einer Woche hier."

„Oh, spannend. Bist du von weit weg hergezogen?"

Endri wusste nicht, was für den Jungen einen Ort als „weit weg" qualifizierte. „Wir sind aus Berlin hergezogen", antwortete er.

„Oh, Wahnsinn!", jauchzte Wynn. „Ich war noch nie in einer Großstadt! Ich würde alles geben, um mal einen Städtetrip zu machen! Aber meine Eltern bestehen immer darauf, dass wir in den Ferien in irgendein Waldstück fahren und Natur erleben." Beim letzten Wort setzte er Anführungszeichen in der Luft.

Er blickte Endri mit leuchtenden Augen an.

„Stimmt es, dass man einen ganzen Tag braucht, um vom einen bis zum anderen Ende von Berlin zu laufen? Und wohnen wirklich in manchen Hochhäusern Tausende von Menschen? Das scheint mir ein bisschen viel, weißt du."

Er schwatzte munter weiter und zog Endri dabei durch die Stuhlreihen der Aula. Die vordersten waren für die Unterstufe vorgesehen. Als sie sich setzten, entdeckte Endri vor sich Lorean, der die gleiche Art von Uniform wie er selbst trug. Endri versuchte, möglichst leise nach ihm zu rufen. „Hey, Lorean!"

Der drehte sich überrascht um. Als er Endri erblickte, setzte er ein heiteres Lächeln auf und winkte ihm übermütig zu.

„Ist der auch aus Berlin?", fragte Wynn mit einem Blick auf Lorean. „Ihr beide müsst mir alles darüber erzählen, okay?" Er wurde von Minute zu Minute aufgedrehter. „Ich habe gehört, dass wir der größte Unterstufenjahrgang seit Jahren sind", wechselte er das Thema. „Sie mussten sogar extra noch Lehrer einstellen!"

Eine Reihe weiter winkte Alara Endri zu. Als nicht nur er, sondern auch Wynn den Gruß erwiderte, wurde sie rot und sah schnell in eine andere Richtung.

Auf Wynns Gesicht hatte sich ein Grinsen ausgebreitet, das allerdings verschwand, als im nächsten Moment eine Gruppe von Schülern an ihnen vorbeischlenderte. In der Mitte lief Nehemia. Sie war in ein graues enges Kleid gehüllt und trug ihre Haare in einem Pferdeschwanz, aus dem sich einige Locken gelöst hatten. Als ihr Blick an Endri vorbeihuschte, schenkte sie ihm ein schmales Lächeln.

„Du kennst Nehemia von Hohensolrik?", flüsterte Wynn aufgeregt. „Mann, kaum eine Woche hier, schon kennst du die Berühmtheiten!" Als sie an ihnen vorbeiging, zog Nehemia beim Anblick von Endri kurz die Augenbrauen hoch und wandte sich dann mit einem gehässigen Lächeln an Wynn: „Na, Mäuserich, den Sommer im Wald überlebt, ohne dass dich eine Eule gefressen hat?"

Wynn sprang von seinem Stuhl auf. Er wollte offenbar etwas erwidern, aber sein Blick huschte über die Menge und er zögerte. Dann war die Gruppe schon außer Hörweite. Mit einem Seufzer ließ er sich zurück auf den Stuhl fallen. „Nächstes Mal kriegt die eine Antwort von mir!", murrte er. Endri sah ihn fragend an.

„Mein Nachname ist Meuser", erklärte Wynn. „Und aus irgendeinem Grund findet Nehemia es lustig, dass meine Familie im Wald wohnt und wir alle Verwandler sind. Keine besonders guten, muss ich dazusagen."

„Ach so, aber heißt das, du kannst wirklich …?"

„Nein. So ein Schwachsinn", motzte Wynn aufgebracht. „In der Unterstufe ist nicht ein einziger Verwandler, der bereits eine Metamorphose fertiggebracht hat." Er senkte die Stimme und raunte: „Mal abgesehen von dem bekloppten Kjell. Aber der war die Hälfte der Zeit eh nicht da." Er kratzte sich am Kinn. „Eine Maus ist übrigens gar nicht so einfach. Eigentlich müsste ich es als Kompliment sehen."

„Wie meinst du das?“

„Also, je extremer die Körpergröße eines Tieres, desto schwieriger die Verwandlung. Hunde sind zum Beispiel relativ einfach, aber Vögel oder Elefanten schaffen nur die wenigsten Verwandler. Aber so was wissen die …“, er deutete mit dem Finger auf die Gruppe, die sich einige Reihen weiter vorne hingesetzt hatte, und hob die Stimme, „… natürlich nicht, weil sie sich nicht dazu herablassen, mal etwas über Verwandler zu lernen.“

Er lehnte sich in seinem Stuhl zurück und fügte etwas leiser hinzu: „Wir sind nicht gerade die Beliebtesten, weißt du?“

Er warf einen kurzen Blick auf Endris Uniform. „Egal, ich lasse mir den Tag nicht verderben von denen!“, fuhr Wynn in seinem fröhlichen Tonfall fort. „Ich bin so gespannt, welchen Lehrer ich bekomme. Es gibt zwei Verwandlungslehrer, und angeblich hat die Schule sogar einen dritten eingestellt. Aber mir wäre es am liebsten, wenn Arthur Kaplan mein Lehrer wird. Der kann sich in einen Tiger verwandeln! Ziemlich cool, oder?“ Er redete ohne Punkt und Komma weiter. „Diesen Helmar Varg finde ich merkwürdig. Es gibt ein Gerücht über ihn, dass er mal einen Schüler in eine Box gesperrt hat, aus der man nur herauskam, wenn man sich verwandelte. Kannst du dir das vorstellen? So was dürfte doch gar nicht erlaubt sein!“ Wynn schüttelte aufgebracht den Kopf.

„Kennst du auch die anderen Lehrer?“, fragte Endri dazwischen, bevor Wynn weiterreden konnte. „Also auch aus den anderen Talentzweigen?“

„Na ja“, er zuckte mit den Schultern. „Bei euch zum Beispiel gibt's ja nur einen Lehrer.“

„Wie meinst du das ‚bei euch‘?“

„Na, deine Uniform.“ Wynn sah ihn an, als hätte er das Offensichtlichste der Welt angesprochen. „Was sonst? Hast du noch nicht bemerkt, dass nur wenige Schüler in dem Aufzug herumlaufen? Donewin Ravus liebt formelle Kleidung. Alchemie ist echt cool und so, aber um den Ravus beneide ich dich wirklich nicht. Der ist echt unheimlich. Der hat so einen leeren Blick – und diese komischen Augenbrauen!" Er schüttelte sich ein wenig, als wäre ihm kalt.

„Ravus ist mein Lehrer?", rief Endri erschrocken und senkte dann schnell wieder die Stimme. „Wie wird so einer denn bitte Lehrer? Der redet doch nicht mal! Oh, und ich wette, der gibt nur schlechte Noten!"

„Noten?"

Endri sah ihn verdutzt an. Das war das Letzte, was er als Gegenfrage erwartet hatte.

„Ja, Noten! Wie soll Schule sonst funktionieren?"

Wynn runzelte die Stirn. „So etwas gibt es bei uns nicht."

„Und wie weiß man, ob man was gut gemacht hat oder nicht? Oder ob man etwas wiederholen muss?"

„Warum sollte man etwas wiederholen, was man schon gelernt hat?"

„Na, wenn man es eben nicht verstanden hat."

Wynn schien seinen Gedanken nicht folgen zu können. „Jeder versteht eben so viel, wie er kann. Manche eben mehr, manche weniger."

„Und wie weiß man, wer der Beste in einem Fach ist?"

Wynn setzte ein ratloses Gesicht auf. „Wozu muss man das denn wissen?" Er rieb sich das Kinn. „Wenn du ein Angeber sein willst, kannst du Teil von einer Daijsen-Mannschaft werden. Aber das ist nicht so einfach."

„Was ist denn Daijsen?"

Wynn grinste ihn an. „Oh, das kann man nicht erklären. Das muss man gesehen haben."

„Okay." Endri beschloss, es vorerst dabei zu belassen. „Und, äh … warum trägst du eigentlich keine Uniform?" Er konnte sich den Blick auf Wynns abgetragene, viel zu kleine Klamotten nicht verkneifen.

„Die Verwandler haben keine Uniform", sagte Wynn und lächelte schief. „Da geht zu viel kaputt."

Inzwischen hatten sich die Reihen gefüllt. Endri ließ einen Blick über die vielen unbekannten Gesichter schweifen. Jetzt, wo er wusste, was es mit der Kleidung auf sich hatte, konnte er schnell das Mengenverhältnis erkennen. Die allermeisten Schüler trugen Sportbekleidung in Rottönen oder normale Kleidung. Bei vielen war Letztere allerdings in einem besseren Zustand als bei Wynn. Eine Handvoll Schüler trug lange, grüne Umhänge, wie er ihn bei dem Mädchen in der Eingangshalle gesehen hatte. Sie waren voller kleiner Taschen und reichten bei manchen bis zum Boden. In den Reihen vor sich konnte er nur einen weiteren Schüler mit dunkelblauem Blazer und Hemd erkennen – und zwar Lorean. Waren sie wirklich nur zu zweit?

Dann betrat eine Frau mit kinnlangen schneeweißen Haaren die Bühne, und augenblicklich wurde es still im Saal. Sie trug ein feierliches tiefblaues Gewand mit ausladenden glockenförmigen Armen, die bis zum Boden hingen. Sie verharrte kurze Zeit am Rednerpult und sah lächelnd in die Menge.

„Ein herzliches Willkommen in der Erkentalschule", sprach sie langsam mit warmer Stimme.

„Für alle, dich mich noch nicht kennen: Mein Name ist Fastrada Piril und ich bin die Schulleiterin. Ich freue mich, euch alle zu einem neuen Schuljahr begrüßen zu dürfen, besonders herzlich heiße ich aber jene willkommen, die neu an der Schule sind. Viele von euch kommen direkt aus der Orientierung und haben bereits erfolgreich ihr Talent entwickelt. Ein besonderes

Willkommen geht jedoch an alle, die neu in unserer Welt angekommen sind. Es steht euch eine aufregende Zeit bevor!"

Endri fühlte sich beobachtet, aber als er sich langsam nach links und rechts umsah, waren alle Blicke nach vorne gerichtet. Nur Wynn neben ihm grinste ihn aufgeregt an und formte mit den Lippen das Wort „Berlin".

„Und obgleich jeder Neuanfang ein Grund zum Feiern ist, gibt es dieses Jahr vieles, worauf wir besonders stolz sein können", fuhr Fastrada Piril fort. „Zunächst ist dies der größte Schülerjahrgang, den die Erkentalschule jemals zum Beginn eines Schuljahres begrüßen durfte." Sie machte eine kurze Pause, in der das Publikum Applaus spenden konnte. „Wir begrüßen dieses Jahr neunundvierzig neue Schülerinnen und Schüler an unserer Schule."

Wieder gab es Applaus. Endri, dessen alte Schule über hundertfünfzig Schüler pro Jahrgang gefasst hatte, kam diese Zahl niedrig vor.

„Aus diesem Grund", sprach Schulleiterin Piril weiter, „haben wir auch zwei neue Lehrkräfte eingestellt, die euch mit ihrem Talent, Wissen und Elan unterstützen werden. Zu den Vorstellungen kommen wir gleich", ergänzte sie.

„Da wir dieses Jahr insbesondere viele neue Physiker begrüßen können, unter anderem fünf Schüler, die von der Runkelbergschule zu uns gewechselt sind, weihen wir zudem ein neues Trainingsgelände ein. Unser geschätzter Architekt Loris Winkelmann hat es extra für herausfordernde Schulungen entworfen. Es wird euch während der Schulführung im Anschluss gezeigt werden."

Wynn blies beeindruckt ein wenig Luft durch die Unterlippe. „Schade, dass wir keine Physiker sind", sagte er leise zu Endri.

„So, nun genug mit dem Eigenlob", Piril schenkte der Menge

ein amüsiertes Lächeln. „Wie jedes Jahr stellen wir euch die Fachleiter der Talentzweige vor. Natürlich werden alle Lehrer ihr Nötigstes tun, um euch zu unterstützen, aber bitte seht die Fachleiter vielmehr als eure persönlichen Berater zu eurem Talent und als Vertrauenspersonen an."

Die Schulleiterin warf einen Blick auf ihre rechte Seite, und eine groß gewachsene dunkelhaarige Frau in einem edlen blauen Gewand betrat die Bühne.

„Wilma Bartolomei", stellte Piril die Dame vor, „unsere Telepathin, an unserer Schule seit über fünfzehn Jahren und Inhaberin des fünften Ranges. Wilma wird in diesem Jahr fünf neue Schüler betreuen."

Die nächste Lehrerin war die blonde Frau, die Endri bereits in Berlin gesehen hatte. Sie trug den gleichen grünen langen Umhang wie damals und hatte ein freundliches Lächeln aufgesetzt.

„Doktor Rosalinda Vilanta. Sie ist Lehrerin der Biologie und Inhaberin des sechsten Ranges. Sie wird acht neue Schüler betreuen. Für all die, die sich bereits vor der Mittelstufe auf Heilungen spezialisieren wollen – ihr könnt natürlich auf die fachliche Unterstützung unseres erfahrenen Kollegen Berathraban Ripar zählen."

Endri erinnerte sich an den kleinen Mann im Sakko aus der Einführungsveranstaltung.

Dann betrat ein junger, braun gebrannter Mann mit kurzen Haaren die Bühne. Neben ihm hielt Wynn hörbar die Luft an.

„Unser erster Neuzugang, Roan Cerberus. Unser neuer Verwandlungslehrer. Roan ist aktuell dem Rang sechs zugeordnet, aber in so jungen Jahren ist durchaus noch ein Aufstieg in Rang sieben möglich. Also ein vielversprechender Neuzugang für uns alle! Er wird selbstverständlich auf die Unterstützung der

Kollegen Arthur Kaplan und Helmar Varg zählen können. Seine Klasse umfasst dieses Jahr vierzehn neue Verwandlungsschüler."

Wynn sah aus, als könnte er sich nicht entscheiden, ob er glücklich oder traurig über die Verkündung seines neuen Lehrers war. In jedem Fall war er aufgeregt und wippte auf dem Stuhl. „Der sieht cool aus, oder? Sieht er nicht cool aus?", flüsterte er Endri zu. „Ich finde er sieht cool aus", bestätigte Wynn sich die Frage selber, bevor Endri antworten konnte. Dann zog er eine Banane aus der Tasche und fing an, sie zu schälen.

„So viel Aufregung macht mich hungrig", erklärte er.

Ein athletischer Mann in enger Sportbekleidung betrat die Bühne. Er war klein und drahtig und hatte kurz geschorene Haare. Er trug weite, fließende rote Kleidung, und seine Erscheinung erinnerte Endri an einen tibetanischen Mönch.

„Kane Takeru, einer unserer Physiklehrer", stellte Piril den Mann vor. „Er wird vorerst unsere größte Klasse von neunzehn Schülern betreuen." Dann machte sie eine kurze Pause und sah verheißungsvoll in die Menge.

Endri hörte, wie Wynn neben ihm schmatzend das letzte Stück Banane vertilgte.

„In diesem Zusammenhang", sprach sie weiter, „ist es mir eine Ehre, euch unseren zweiten Neuzugang vorzustellen." Wynn schluckte und sah gebannt auf die Bühne.

Dann betrat eine der Personen die Bildfläche, die Endri am wenigsten erwartet hätte: General Ardrick Karmesin. Er trug seinen dunkelroten Trainingsanzug und sah neben dem drahtigen Takeru wie ein Bodybuilder aus. Er schenkte der Menge, die zur Hälfte vor Begeisterung aufgestanden war und tobte und zur anderen Hälfte sprachlos in ihren Stühlen verharrte, ein gequältes Lächeln. Wynn war ebenfalls aufgesprungen und jubelte mit der Bananenschale in der Hand.

„Wie viele von euch wissen“, tönte die Stimme der Schulleiterin, und die Menge verstummte, „ist Ardrick Karmesin im Besitz des siebten Ranges der Physiker. Nach seiner Zusammenarbeit mit dem Rat der Fünf und vielen erfolgreichen Missionen hat er sich dazu bereit erklärt, dieses Schuljahr mit unseren vielversprechendsten Talenten zu arbeiten. Im Zuge dieser Neuerung sind die fünf Physikschüler der Runkelbergschule zu uns gewechselt, um von unserem neuen Experten zu profitieren.“ Wieder ging ein Raunen durch die Menge, und die Direktorin musste ihre Stimme heben, um gegen das Gemurmel anzukommen.

„Für diese Gruppe werden wir spezielle Auswahlverfahren abhalten, die zu gegebener Zeit in den normalen praktischen Physikunterricht integriert werden. Bis dahin wird General Karmesin sich mit unserer Lernphilosophie bekannt machen und die anderen Lehrer unterstützen.“ Takeru verzog das Gesicht, als fühlte er sich bei den Worten persönlich beleidigt.

Die Schulleiterin machte eine Pause, bis die Unruhe unter den Schülern nachgelassen hatte. Karmesin sah nicht aus, als würde er die Freude der Menge über seinen neuen Posten teilen. Endri bemerkte, wie die ausgelassene Stimmung im Saal spürbar angespannt wurde. Er warf Wynn einen verwirrten Blick zu. „Was kommt denn jetzt?“

Der senkte den Kopf und flüsterte: „Am Ende wird die Anzahl der neuen Alchemisten genannt. Das ist immer das Aushängeschild der Schule.“

Die Schulleiterin hob die Arme und ihr weit geschnittenes Kleid flatterte an den Ärmeln. „Und nun zu einer richtigen Sensation“, setzte sie an, „denn die Erkentalschule kann sich eine weitere Stufe in Folge freuen, Schüler der Alchemie aufzunehmen. Letzte Runde waren es bereits zwei Schüler und dieses Jahr freuen wir uns, zwei weitere Schüler in unsere Reihen aufnehmen zu können. Mit vier Schülern in der Ausbildung haben wir damit den größten Alchemistenzweig seit fünfunddreißig Jahren! Das ist für eine Schule wie die Erkentalschule, die als eine der wenigen Institutionen in Europa alle fünf Talentzweige ausbildet, ein besonderer Erfolg. Denn während sich viele Schulen auf einzelne Talente spezialisiert haben, glauben wir an der Erkentalschule daran, dass Schüler auch und vielleicht gerade aus unterschiedlichen Zweigen voneinander lernen und profitieren können."

Der Applaus, der sich von den hinteren Reihen aus bis vorne ausbreitete, war etwas gediegener als der tosende Beifall, den Karmesin geerntet hatte, und als die Schulleiterin erneut die Hände hob, verstummte die Menge augenblicklich. Ein kleiner, dürrer Mann mit zerzaustem Haar betrat die Bühne. Natürlich erkannte Endri ihn sofort. Ravus' Augenbrauen sahen, sofern es möglich war, noch teuflischer aus als beim letzten Mal. Er machte schnelle lange Schritte auf die Direktorin zu. Er war einen Kopf kleiner als sie, strahlte aber eine verbitterte Selbstsicherheit aus, die ihm eine andere Art Größe verlieh.

„Donewin Ravus, unser Lehrer für Alchemie, Inhaber des fünften Ranges und seit dreizehn Jahren an unserer Schule. Er wird unsere zwei neuen Schüler der Unterstufe zusammen mit der Mittelstufe unterrichten."

Ravus sah ausdruckslos in die Menge und verbeugte sich knapp, als der Applaus einsetzte.

Endri rutschte nervös auf seinem Stuhl hin und her. Er sollte zusammen mit Schülern aus der Mittelstufe unterrichtet werden?

„Ältere Schüler?", murmelte Endri zu sich selbst. „Wie soll das denn gehen?"

Wynn sah ihn ratlos an. „Was hat denn das Alter mit dem Lernen zu tun?"

„Ich meine ... sind die nicht schon viel besser als wir?“

„Möglich, aber das ist doch gerade das Praktische! Dann kannst du von denen lernen! In den anderen Fächern vermischt es sich sowieso über die verschiedenen Stufen hinweg. Da gewöhnst du dich dran. In den Talentzweigen geht das nur oft nicht, weil es sonst zu viele wären.“

Endri beunruhigte die Vorstellung, mit älteren Schülern in einer Klasse zu sein. Da er noch so wenig von seinem Talent, geschweige denn davon verstand, wie es anzuwenden war, hatte er gehofft, diese Sorge wenigstens in einer Klasse voller Anfänger teilen zu können. Und dazu kam noch der unsympathische Lehrer, der es ihm beibringen sollte. Er hoffte, dass Ravus lediglich einen schlechten ersten – und zweiten – Eindruck machte. Seine Mutter hatte ihm immer eingetrichtert, Menschen nicht schon nach der ersten Begegnung zu bewerten. Er hoffte inständig, dass sie dieses Mal damit recht behalten sollte.

Die Lehrer hatten die Bühne verlassen, und die Schulleiterin hatte sich wieder den Schülern zugewandt.

„Bevor ich euch in die Führungen entlasse, möchte ich euch noch ein paar abschließende Worte mitgeben“, sagte sie. „Hier an der Erkentalschule gibt es keine schlechten Schüler. Es gibt lediglich Schüler, die entweder viele verschiedene Dinge gut können, oder Schüler, die Spezialisten in etwas sind. Und egal, zu welcher Gruppe ihr auch gehört, ihr seid alle gleichermaßen wertvoll. Lernt das, was ihr wollt, so viel ihr wollt und wie ihr es wollt. Lernt praktisch oder theoretisch. Lernt alleine oder miteinander. Aber vor allem lernt voneinander, denn dort liegt für gewöhnlich das beste Wissen.“

Mit diesen Worten beendete sie die Versammlung und entließ die Schüler in ihren ersten Schultag.

zehn

Für die Schulführung wurden die neuen Schüler nach ihren Talentzweigen in Gruppen aufgeteilt. Jede Gruppe wurde von einem Oberstufenschüler des jeweiligen Zweiges durch die wichtigsten Räume geführt. Da der Alchemistenzweig nur so wenige Schüler beinhaltete, wurden sie den Physikern zugeteilt. Kasimir und Haru waren ebenfalls in dieser Gruppe. Als die beiden Endri erblickten, kamen sie auf ihn zu.

„Hey, Mann, Endri!", brüllte Kasimir lauter, als es nötig gewesen wäre, und stieß ihm spielerisch eine Faust gegen die Schulter. „Voll gut, dich hier zu sehen!"

Endri sah ihn etwas verdutzt an.

Der Oberstufenschüler, der ihnen für die Führung zugeteilt worden war, unterzog Kasimir einem prüfenden Blick. Er hatte sich als Hedlef vorgestellt und er trug die typische Bekleidung der Physiker. Er war zwar nicht so muskulös wie Karmesin, aber unter dem Stoff ließ sich ein drahtiger Körper erkennen.

„Dich hab' ich in Erkental noch nie gesehen", stellte er fest.

Kasimir plusterte sich etwas auf. „Mein Vater ist ja auch Nahuel Millanir. Ich bin in Berlin auf eine Privatschule gegangen."

Hedlef machte große Augen. „Wirklich? Millanir, ja?"

Kasimir nickte stolz.

„Und dein Rang?"

„Drei."

Hedlef nickte zufrieden. „Nicht schlecht", bemerkte er. „Aber auch kein Wunder, bei dem Vater. Lass uns mal zu Mittag essen gehen."

Kasimir schien den Vorschlag ganz hervorragend zu finden und nickte eifrig.

Endri hatte den beiden interessiert zugehört. Das klang mehr nach einem Gespräch unter Geschäftsleuten als nach einem jugendlichen Kennenlernen am ersten Schultag.

Kasimir sah sein fragendes Gesicht und raunte ihm zu: „Man muss früh anfangen, sich mit den richtigen Leuten zu umgeben. Dann hat man es später leichter."

Endri dachte an das Gespräch mit Alara auf der Burg zurück. „Ist es nicht ein bisschen früh, sich um so etwas zu kümmern?", fragte er ihn leise, da er vermutete, dass er auf die späteren Missionen anspielte.

„Mein Vater hat einen seiner besten Teamkollegen auch in der Unterstufe kennengelernt. Das schafft eine gute Basis an Vertrauen für später."

Kasimir hatte Hedlef wieder ins Gespräch verwickelt, als Lorean Endri aufgeregt ins Ohr raunte: „Oh Mann, oh Mann, ich fass' es nicht! Endlich gehöre ich mal nicht zu den Losern!" Wie auf Kommando ließ er einen hochnäsigen Blick über die Menge schweifen. „Jetzt sperrt uns sicherlich keiner mehr in irgendwelche Abstellkammern." Sie hörten Fußgetrappel hinter sich und sahen sich erstaunt um. Im nächsten Moment kam Alara keuchend vor ihnen zum Stehen.

„Wo hast du denn gesteckt?", fragte Endri besorgt. „Bist du nicht mit uns aus der Aula rausgekommen?"

„Ich ... äh ... hab' den Anschluss verloren", teilte sie ihnen im Flüsterton mit. „Und musste den Weg alleine herlaufen."

Lorean sah sie überrascht an. „Und dafür hast du fünfzehn Minuten gebraucht?"

„Na ja …“, sie sah verlegen auf den Boden. „In der Eingangshalle gibt es eine barocke Kolossalordnung, das sind über zwei Geschosse verlaufende Säulen und …“

„Okay, wir verstehen!“, bremste Endri die Erklärung, und dann begann die Führung.

Die Schülergruppe wurde durch die große Eingangshalle in einen älteren Teil der Schule geleitet.

„Wir gehen zuerst zur Bibliothek“, erklärte Hedlef.

„Schüler ab der Unterstufe haben nur in Begleitung eines Erwachsenen oder eines Physikers mit Mindestrang vier Zugang zu ihr. Ab der Oberstufe können alle Schüler die Bibliothek auch alleine aufsuchen. Betreten allerdings auf eigene Gefahr.“ Bei den letzten Worten grinste er die Gruppe schelmisch an.

Endri fragte sich, was an einer Schulbibliothek so gefährlich sein sollte und warum ausgerechnet Physiker sie betreten durften. Mit Ausnahme von Alara, vermutete er, waren unter ihnen nicht unbedingt die größten Leseratten zu finden.

Sie gingen einen dunklen steinernen Gang entlang. Es fühlte sich an, als würde Hedlef sie immer tiefer nach unten in irgendwelche Katakomben lotsen. Dann sah Endri am Ende des Gangs einen Bogen, durch den Licht fiel. Plötzlich stoppte der Schüler vor ihm abrupt ab. Endri schlingerte kurz und wäre beinahe durch den Torbogen gefallen, der den Eingang der Bibliothek markierte. Als er die Balance wiedergefunden hatte, blieb ihm vor Staunen der Mund offen stehen. Vor seinen Füßen befand sich ein gigantischer Raum, der sich weit in alle Richtungen erstreckte. Er wusste nicht, wo er zuerst hinsehen sollte. Der Raum vor ihm hatte weder Wände noch Fußböden, stattdessen hingen Hunderte von seltsamen Hängebrücken in der Luft. Beim näheren Hinsehen erkannte er, dass die Stege komplett aus Büchern zusammengesetzt waren. Sie hingen zu Tausenden an langen Ketten von der Decke, die aussahen wie überdimensionierte Kronleuchter. Gab es überhaupt eine Decke? Endri legte den Kopf in den Nacken, konnte aber kein Ende erkennen. Die Bücher hingen vom Himmel. Es war taghell in der Halle, als hätte man eine zweite Sonne in das Gewölbe gehängt. Dabei war er so sicher gewesen, dass sie die ganze Zeit bergab gelaufen waren. Und das Verrückteste war: Zwischen den Hängebrücken und Büchergirlanden schwebten Menschen herum! Sie hatten stapelweise Bücher dabei, die sie entweder auf einer Hand balancierten oder die, wie er es bei Alara gesehen hatte, brav neben oder hinter ihnen herschwebten.

Alara, die Endris erstaunten Blicken gefolgt war, erklärte ihm leise:

„Das sind die Bibliothekare." Sie zeigte auf die umherschwirrenden Gestalten. „Ajane Genda ist die Hauptbibliothekarin, und die anderen sind entweder fortgeschrittene Physik-Schüler oder Alumni."

Endri nickte abwesend. Er konnte den Blick nicht von den fliegenden Leuten nehmen, die geschickt zwischen den Büchern hin und her schwebten und dabei Stapel von einem zum anderen Ort – wenn man denn Ort sagen konnte – räumten und sortierten.

„Wer braucht überhaupt die ganzen ollen Bücher?", rief Haru aus der Menge. „Steht doch alles im Internet." Kasimir lachte laut auf und gab seinem Freund für den Kommentar ein High-Five.

Hedlef schüttelte genervt den Kopf. „Ihr Kinder von außen denkt, dass jegliche Information durch Magie im Internet erscheint." Er warf Haru einen strengen Blick zu. „Soll ich dir mal was erklären? Menschen laden Informationen ins Internet. Und Menschen wissen nicht alles. Im Gegenteil, sie wissen sogar sehr, sehr wenig. Und wer versichert dir, dass das, was du dort findest, auch der Wahrheit entspricht? Im Internet kann jeder lügen und damit davonkommen. Deswegen vertrauen wir in Erkental allein den Büchern."

„Aber in Büchern kann man auch lügen", entgegnete Haru.

„Ja, das stimmt. Es ist aber deutlich schwieriger, damit davonzukommen. Denn bei Büchern weiß man für gewöhnlich, wer darin lügt."

Haru schnaubte einmal und verschränkte dann beleidigt die Arme.

„Und wie kommt man an die Bücher?", meldete sich Endri zu Wort, der mit Lorean und Alara weiter hinten in der Gruppe stand.

„Es gibt zwei Möglichkeiten", erklärte der Oberstufenschüler, der seine Frage gehört hatte. „Entweder man fragt einen der Bibliothekare oder man geht selbst." Er zeigte auf die schwankende Bücherbrücke vor ihnen. Endri hatte zwar keine Höhenangst, aber die Brücken sahen nicht besonders vertrauenerweckend aus. Sie wirkten extrem wackelig. Zudem hatten sie an Stellen, an denen offenbar Bände entnommen worden waren, mal größere, mal kleinere Löcher. Und Geländer gab es nicht. Man konnte sich höchstens an den hinunterhängenden Büchergirlanden festhalten, wenn man ins Schwanken geriet.

„Tatsächlich", sagte Hedlef mit einem Schmunzeln im Gesicht und wandte sich an die Gruppe, „ist es so etwas wie ein inoffizieller Physiker-Aufnahmetest, am ersten Tag ein Buch selbst aus der Bibliothek zu entnehmen."

Lorean neben Endri schluckte hörbar. Dabei ging Endri davon aus, dass „Physiker-Test" bedeutete, dass dies nicht für Alchemisten galt.

„Ihr dürft selbstverständlich die Bibliothekare nach dem aktuellen Standort des Buches fragen", erklärte Hedlef. „Nur ihre Hilfe beim Auffinden dürft ihr nicht in Anspruch nehmen. Und natürlich solltet ihr, wenn möglich, nicht in die Tiefe fallen", setzte er dann grinsend hinzu.

„Wir müssen den Test aber nicht machen, oder?", rief Lorean Hedlef besorgt zu.

Der schüttelte den Kopf. „Das ist nur ein Test für Physiker."

„Und was, wenn man den Test nicht besteht?", fragte eine Schülerin vorsichtig.

„Sagen wir mal so: Die meisten von euch sollten mit Rang drei in der Lage sein, den Test zu bestehen. Ist das nicht der Fall, wäre es vielleicht angebracht, dass ihr nicht am Test teilnehmt. Den Test nicht zu bestehen ist aber – sagen wir mal – kein besonders guter Start."

Alara war bei diesen Worten blass geworden und hatte sich hinter Endri und Lorean gedrängt.

„So, wer möchte anfangen?", fragte Hedlef auffordernd in die Runde. „Erstes Buch: ‚Die Entstehung der Arten – Darwin'."

Ohne ein Wort zu verlieren, schlenderte ein groß gewachsener Junge mit dunklem Teint und schwarzen Haaren seelenruhig auf den Eingang zu. Endri bemerkte, wie vor allem die Mädchen um ihn herum dem Freiwilligen schmachtende Blicke hinterherwarfen.

„Das ist Yasin", sagte Alara. „Er ist ein richtiges Ekel, aber seine Körperbeherrschung ist schon jetzt jenseits von Rang vier."

Am Durchgang blieb Yasin kurz stehen und schenkte der Menge ein selbstbewusstes Lächeln. Dann rannte er ohne Vorwarnung schnurstracks über die erste Brücke. Die schlingerte etwas in der Luft, aber er balancierte wie ein geübter Turner mit forschen Schritten über die Bücherplanken. In der Mitte des Raumes kam er zum Stehen und hielt Ausschau nach einer schwebenden Bibliothekarin. Er erblickte jemanden etwas weiter unten im Gewölbe. Kurzerhand ließ er sich in die Tiefe fallen. Die Gruppe hielt die Luft an. Im nächsten Moment hatte Yasin sich an einer der vielen Ketten festgehalten. Rasch kletterte er an den Büchern entlang und lehnte sich dann so weit in den Raum, dass er eine der Angestellten mit dem Finger berühren konnte. Sie waren zu weit weg, um zu verstehen, was sie sprachen. Nach wenigen Sekunden entfernte sich Yasin wieder von ihr. Er schwang sich von einer Kette zur nächsten, bis er an einem gigantischen Gebilde mit Dutzenden von Bücher-strängen angekommen war. Kurzzeitig verschwand er im Inneren des Büchermonstrums und kam dann mit einem dicken Schmöker in der linken Hand wieder hinaus. Sofort grölten einige der Schüler ihm begeistert zu. Mit wenigen eleganten Sätzen war er auf der nächsten Brücke und rannte wieder auf den Durchgang zu, in dem sie standen. Er wurde lauthals gefeiert, als er den angeforderten Titel hochhielt. Der Oberstufenschüler nahm das Buch entgegen und warf einen kurzen bestätigenden Blick darauf.

„War ein Klacks", lächelte Yasin. „Eine gute Übung für die nächsten Daijsen-Auswahlen." Endri erinnerte sich an Wynns Worte. Egal, um was für eine Sportart es sich handelte, Yasin war sicherlich eine gute Wahl.

„Du hast gute Chancen für einen Unterstufler", bestätigte Hedlef. Dann wandte er sich wieder der Gruppe zu.

„Der Nächste oder die Nächste", forderte er, „Einstein – ‚Das Relativitätsprinzip'."

Kasimir streckte die Brust raus und trat vor. Hedlef nickte ihm kurz respektvoll zu und winkte ihn in den Raum.

Kasimir bewegte sich nicht so elegant wie Yasin. Bedächtig setzte er einen Fuß vor den anderen und kam so nur langsam vorwärts. Auch er erspähte schnell eine Bibliothekarin in seiner Nähe. Nicht ganz so eindrucksvoll ließ er sich auf der Brücke nieder und brüllte ihr durch den Raum etwas zu. Sie hob kurz den Kopf und deutete mit dem Finger auf die Brücke direkt unter ihm. Kasimir rutschte an den Rand und ließ sich Stück für Stück an dem Steg hinuntergleiten, bis er sich nur noch mit den Händen festhielt. Dann gab er einen einwandfreien Klimmzug zum Besten. Die Meute applaudierte für die kleine Showeinlage. Mit einem Satz ließ er sich auf den Weg unter sich fallen und hielt wenig später das gewünschte Buch in den Händen. Als er wieder zurück war, rief der Oberstufenschüler ohne Umschweife:

„Nächster! Vielleicht diesmal eine der Damen?"

Endri sah sich zu Alara um.

„Na, für dich sollte das doch eine Kleinigkeit sein. Mit schwebenden Büchern kennst du dich doch aus."

Yasin, der sich zu Kasimir gestellt hatte, lachte schallend auf.

„Die kleine Murmel fällt doch auf den ersten Metern in die Tiefe!"

Endri sah verwirrt zwischen beiden hin und her.

„Sie ist keine richtige Physikerin", erklärte Yasin so laut, dass es die ganze Gruppe hören konnte. „Genau wie ihre Mutter. Alles, was sie können, ist ödes Herumschwebenlassen."

Alara war knallrot geworden, und ihre Augen wurden glasig. Mit einem Ruck drehte sie sich um und rannte zwischen den anderen Schülern zurück in den Gang.

Endri beschloss nach einem kurzen Augenblick, ihr hinterherzulaufen.

„Du verpasst doch jetzt die anderen!", rief Lorean ihm nach, aber da war Endri Alara schon gefolgt und außer Hörweite.

Als er an eine Gabelung kam, an die er sich nicht erinnern konnte, blieb er kurz stehen und horchte. Aus einem der Flure hörte er etwas. Nachdem er ihn ein paar Meter entlanggelaufen war, konnte er platschende Schritte ausmachen und wenig später Alaras Keuchen.

„Hey, Alara! Warte!", rief er.

Sie warf einen Blick nach hinten und blieb dann schwer atmend und nach vorne gebeugt stehen. So wie sie schnaufte, hätte sie es vermutlich sowieso nicht viel weiter geschafft.

„Warum bist du weggelaufen?", fragte er. „Es kann dir doch egal sein, was dieser Angeber von dir denkt! Ich finde es megacool, dass du Sachen schweben lassen kannst. Das ist doch viel besser, als so ein Kletteraffe zu sein."

Alara schenkte ihm ein trauriges Lächeln.

„Ich wusste, dass so etwas passiert! Physiker definieren sich einzig und allein über ihre körperlichen Leistungen", schluchzte sie.

„Aber dafür können die nichts schweben lassen!"

Sie warf Endri einen gequälten Blick zu. „Telekinese entwickelt sich ab Rang vier."

„Na, das heißt doch, dass du besser bist als die", versuchte es Endri, aber Alara unterbrach ihn.

„Wenn sich die Telekinese als Erstes entwickelt, bedeutet das in den meisten Fällen, dass es auch dabei bleibt. Das heißt, ich werde niemals solche Dinge fertigbringen wie Yasin oder Kasimir. Und erfahrungsgemäß können normale Physiker die Telekinese später auch noch ausweiten. Ich kann vielleicht jetzt Bücher schweben lassen, aber Yasin wird bald ohne Probleme Lastwagen durch die Luft schleudern können."

„Aber es muss nicht sein, dass es so bleibt, oder?"

Sie zuckte mit den Schultern. „Ich kenne niemanden wie mich, bei dem es anders war. Ich bin einfach ein Loser. Dabei ist es mein größter Traum, einmal in der Bibliothek hier zu arbeiten. Aber ohne selbst schweben zu können, ist das unmöglich."

„Ich wette, du kennst in jedem Fall mehr Bücher als alle anderen zusammen."

Sie lächelte schüchtern. „Ja, das kann gut sein."

Endri schaffte es, Alara neuen Mut zuzusprechen, und für den Rest der Führung schlossen sie sich der Gruppe wieder an. Nach einem kurzen: „Na, genug geweint, kleine Murmel?", seitens Yasins war das Thema fürs Erste abgeschlossen.

Es folgte eine Runde durch die anderen Räumlichkeiten. In einem der Türme befanden sich gemütliche runde Entspannungszimmer, die als Ruhe- oder Meditationsort genutzt wurden. Es gab eine große Kantine und diverse Aufenthaltsräume, die mit ausladenden Sofas und Spielgeräten ausgestattet waren.

Danach zeigte ihnen der Oberstufenschüler das Außengelände. Es gab einen großen Garten, in dem sich allerlei Gewächshäuser und Kräuterbeete befanden. Ein gigantischer Baum überschattete einen großen Teil der Wiese. An den Ästen hingen lange blaue Blütenstränge, die bis zum Boden reichten. Der Stamm war so breit wie ein Auto, und unter dem Blütenvorhang standen mehrere Sitzgelegenheiten. Es sah aus wie ein Klassenraum für Kobolde.

„Was ist das für ein Baum?", erkundigte sich Endri.

„Meines Wissens ist es eine Kreuzung aus Sumpfzypresse und Blauregen", teilte ihm Hedlef mit. „Ein talentierter Biologe hat ihn vor über hundert Jahren gepflanzt."

„So einen schönen Baum habe ich noch nie gesehen", staunte Alara und strich fasziniert mit den Fingern durch die Blütenstränge. Der Baum verströmte einen sanften, blumigen Duft.

Sie gingen weiter zum Trainingsgelände der Physiker. Die

Fläche war vollgestellt mit allerlei Hindernissen. Endri dachte an die kleinen Hindernisparcours, die für gewöhnlich in Trampolinparks standen. Dieses Gelände war die übernatürliche Version davon. Ein Hindernis spannte sich sogar über den Fluss, der an ihm vorbeirauschte.

„Es ist euch erlaubt – ja, ihr seid sogar dazu angehalten –, das Gelände so oft zu betreten, wie ihr wollt", teilte Hedlef den Physikern mit. „Merkt euch nur eins: auf dem Parcours keine Heldentaten – und keine Fehler!"

Mit einem kurzen Blick auf Alara fügte er hinzu: „Das gilt natürlich nur für die, die körperlich dazu befähigt sind. Der Rest hält sich besser fern. Es gab schon die ein oder anderen Knochenbrüche bei Nicht-Physikern, die sich testen wollten."

Sie machten einen Bogen und kamen hinter der Schule zu einem riesigen runden Feld, das vollständig von einer Mauer umsäumt war. An den Seiten standen jeweils zwei bogenförmige steile Tribünen. Auf den ersten Blick ergab das Gebilde für Endri keinen Sinn, und er konnte auch nicht erkennen, was sich hinter der Mauer befand.

„Das ist das Daijsen-Feld", erklärte Hedlef. „Wir haben aktuell drei Teams an der Schule. Um euch für eine Ersatzposition oder ein mögliches neues Team zu qualifizieren, benötigt ihr vor allem als Unterstufler viel Mut oder viel Talent. Aber am besten beides." Dann setzte er einen strengen Gesichtsausdruck auf. „Es ist zu keinem Zeitpunkt gestattet, das Feld zu betreten, außer den offiziellen Spielern zu den Trainingszeiten und natürlich zu den Turnieren."

„Wann beginnen denn die Auswahlen?", interessierte sich Kasimir.

„Im September", klärte ihn Yasin knapp auf, der sich offensichtlich mit dem Thema beschäftigt hatte.

„Und kann sich jeder bewerben?“, wollte ein anderer Schüler wissen.

Yasin warf ihm einen abschätzigen Blick zu.

„Ja“, bestätigte Hedlef. „Aber als Kapitän einer Mannschaft“, er räusperte sich kurz, um seinen Worten Nachdruck zu verleihen, „kann ich euch sagen, dass die Plätze schwer zu kriegen sind! Als Physiker müsst ihr vor allem vielseitig sein. Eine einzige Stärke wird euch bei Daijsen nicht weit bringen. Es erfordert nicht nur körperliche Fähigkeiten, sondern auch Strategie und Kreativität.“

Die Gruppe schwieg einen Moment andächtig.

„Können nur Physiker das Spiel spielen?“, fragte Endri.

„Traditionell machen Physiker den Großteil der Aufstellung aus“, erklärte Hedlef. „In einer sehr guten Mannschaft – wie meiner – ist aber jedes Talent in einer Mindestbesetzung von einem Spieler vertreten. Mit Ausnahme der Telepathen.“

„Warum keine Telepathen?“, fragte Endri weiter.

Hedlef zuckte mit den Achseln. „Die Entscheidung wurde lange vor meiner Zeit getroffen.“ Er wandte sich noch mal an die gesamte Gruppe.

„Damit ist die Führung zu Ende. Macht keinen Blödsinn und vielleicht sehe ich ja den ein oder anderen von euch bei den Daijsen-Auswahlen Ende September.“

elf

Nach der Führung studierten Endri und Lorean die ausgehängten Stundenpläne. In den ersten Wochen stand es den Schülern frei, eine Reihe an verschiedenen Fächern und Projekten auszuprobieren. Danach wählte man seine Favoriten, in denen man weiterhin unterrichtet werden wollte. Für alle gab es Pflichtfächer wie Biologie, Mathematik oder „Talentkunde“, in dem die erste Unterrichtseinheit damit anfing, dass Jeras Bestiar, der neue Verwandlungsvertreter im Rat der Fünf, ihnen die Grundlagen der Verwandlung erklärte. Er verwandelte sich in Sekundenschnelle zuerst in einen Komodowaran und dann in ein Zwergseidenäffchen, das bei den Schülern deutlich beliebter war als die Riesenechse. Darüber hinaus hatten sie wöchentlich theoretischen und praktischen Unterricht in ihren Talentzweigen.

Direkt am Montagnachmittag sollte Endris und Loreans erste praktische Alchemiestunde stattfinden. Die beiden warteten in der Eingangshalle auf einen älteren Schüler, der sie für die erste Stunde zum Unterrichtsraum begleiten sollte. Lorean wandte sich an Endri.

„Ich hoffe, der Schüler, der uns abholt, ist nicht dieser ...“

„Dieser wer?“, wurde er von einer vertrauten Stimme unterbrochen. Merik kam die Treppe hinunter und blieb vor ihnen stehen.

„Na, Sprache verschlagen?“, fauchte er Lorean an, der blass

um die Nase geworden war. „Das ist doch mal ein Zufall, jetzt komme ich innerhalb nur weniger Wochen zweimal zu dem Vergnügen, euch den richtigen Weg zu zeigen."

Während Endri und Lorean in ihren Blazern wie kleine Schuljungen aussahen, wäre Merik in dem Aufzug reif für jeden roten Teppich gewesen.

„Pah! Den richtigen Weg!", grunzte Endri.

Lorean zuckte bei den Worten zusammen.

„Ach, stellt euch nicht so an. Ich habe euch lediglich für eine kurze Zeit etwas deplatziert", grinste Merik.

„Deplatziert?", platzte Lorean heraus und schreckte vor seiner eigenen hohen Stimme zurück. „Du hast uns in einen Abstellraum gesperrt. Deinetwegen hätten wir beinahe unsere Einzelgespräche mit Ripar verpasst!"

„Na ja", sagte der blonde Schönling und zuckte mit den Schultern. „Da wusste ich noch nicht, dass ausgerechnet ihr beiden Alchemisten seid. Wobei ich immer noch das Gefühl habe, dass ihr kleine Outsider-Trottel seid."

„Du könntest dich wenigstens dafür entschuldigen", sagte Endri.

„Meine Güte!", rief Merik. „Ihr habt es doch augenscheinlich überlebt, oder?"

„Trotzdem." Endri verschränkte die Arme.

„Na gut. Ent-schul-di-gung", formulierte Merik wenig motiviert.

Lorean nahm die Entschuldigung eifrig an, aber Endri zog nur kurz die Augenbrauen nach oben. Ein wenig hatte er gehofft, dass er sich nicht entschuldigen würde, denn er plante nicht, in naher Zukunft Merik seinen kleinen Streich so einfach zu verzeihen.

Von der Aula aus gingen sie einen langen, breiten Flur entlang, an dessen Wänden sich unzählige Türen und Pforten mit weiteren Fluren dahinter abzeichneten. Hedlef hatte ihnen erklärt, dass es viele Räume gab, die für die Unterstufen strengstens verboten waren. Er hatte jedem von ihnen am Vormittag eine Karte der Schule gegeben, auf der viele Zimmer und sogar ganze Flure mit einem roten Warndreieck gekennzeichnet waren.

Merik führte sie im Zickzack durch lange Flure ans andere Ende der Schule bis zu einem Gang mit dicken Steinwänden. Lorean hatte währenddessen hektisch auf seiner Karte den Weg eingezeichnet. Während Endri ihn am Anfang dafür belächelt hatte, war er nun froh darüber. Er bezweifelte, dass sie den Raum ohne Wegbeschreibung alleine wiederfinden würden.

Sie kamen zu einem Raum, der mehr Ähnlichkeit mit einem Verteidigungsturm einer Burg hatte als mit einem Klassenzimmer. Die steinernen Wände reichten meterweit in die Höhe, und es gab nur kleine schmale Fenster, die wie Schießscharten aussahen. Zudem war der Raum – bis auf einen großen langen Steintisch in der Mitte – leer.

An einer der Wände lehnte ein weiteres Mädchen, das Endri noch nirgends gesehen hatte. Sie hatte schulterlanges, feuerrotes Haar, das ihr tief ins Gesicht fiel. Sie hob nicht einmal den Blick, als sie eintraten.

„Das ist Vivi“, sagte Merik und deutete auf das Mädchen. Die hob jetzt doch kurz den Kopf und antwortete gereizt: „Es heißt Vivecca!“ Sie hatte eine dunkle, rauchige Stimme.

„’tschuldigung, Vivecca“, äffte er sie nach und nahm mit einem Satz auf der Tischplatte Platz.

Auf dem Tisch standen vier gleich große gläserne Gefäße. Im ersten befanden sich mehrere Kieselsteine, das zweite war bis zur Hälfte mit Wasser gefüllt, im dritten glomm schwach ein wenig Glut, und das letzte war leer.

Ravus ließ auf sich warten, und Endri lauschte, wie Merik und Vivecca sich leise unterhielten.

„Und, wo treiben sich deine Eltern so herum?“, fragte Merik und schlug lässig die Beine übereinander.

„Irgendwo in Südostasien“, erwiderte sie.

„Und was gibt's da aktuell?“

„Seebeben, soweit ich weiß.“

„Ah.“ Merik nickte fachmännisch. „Die gibt's da öfter mal.“

Vivecca schielte zwischen ihren Haaren hindurch.

„Wenn sie wieder da sind, kannst du gerne mal zum Abendessen vorbeikommen – dann können sie dir davon erzählen.“

Viveccas Gesichtsfarbe hatte sich ihrer Haarfarbe angepasst, als Merik ihr ein selbstgefälliges Lächeln schenkte.

Endri schüttelte kurz den Kopf. Wie sie so einen Idioten wie Merik mögen konnte, konnte er nicht nachvollziehen.

Eilige Schritte hallten im Flur, die die Ankunft des Lehrers ankündigten. Rasch sprang Merik vom Tisch, Vivecca stieß sich von der Wand ab und stellte sich ebenfalls an den Tisch.

Ravus betrat den Raum. Trotz seiner kurzen Beine machte er unnatürlich lange Schritte, sodass es aussah, als würde er versuchen, mit einer unsichtbaren größeren Person Schritt zu halten.

Er stellte sich vor den Tisch und blickte kurz in die kleine Runde.

„Erde“, begann er ohne Umschweife, „ist das schwerfälligste Element. Es bedarf einer gewissen Sturheit seitens des Alchemisten, um es dazu zu bringen, seine Form zu verändern. Dabei gilt die Regel: Stein und weitestgehend anorganische Erde – also Erde, die wenig Lebewesen wie Bakterien enthält – sind am überzeugungswilligsten. Darauf folgen Leichtmetalle, Schwermetalle, und wie ihr euch vorstellen könnt, stellen Edelmetalle eine besondere Herausforderung dar, da sie chemisch am stabilsten und damit am starrsinnigsten sind."

Lorean hatte seinen Schreibblock hervorgeholt und schrieb akribisch mit. Ravus machte eine lässige Handbewegung und die Kieselsteine im Glas zerfielen zu Staub. Eine weitere Bewegung und sie formten ein Geäst aus silbrigen Fäden.

Fasziniert blickten Endri und Lorean auf das Gebilde. Die anderen Schüler waren weniger beeindruckt und schienen vertraut mit derartigen Darbietungen zu sein.

Ravus trat einen Schritt zur Seite und deutete auf das Wassergefäß. „Wasser ist ein wenig komplizierter, doch hat man es einmal auf seiner Seite, ist es sehr kooperativ." Ein kurzes Fingerschnippen und die Flüssigkeit im Glas begann zu sprudeln. „Der einzige Trick bei Wasser ist, seine Aufmerksamkeit zu bekommen. Ist es einmal in Bewegung, und dazu noch in großen Massen, ist das jedoch äußerst schwierig." Ein weiterer Schritt brachte den Lehrer vor das Gefäß mit der Glut. „Feuer ist noch widerspenstiger", erklärte er. „Ein verspieltes Element, das gerne macht, was es will. Vor allem, wenn man am wenigsten damit rechnet." Er zwinkerte Vivecca fast unmerklich zu, die direkt so rot anlief, dass ihre Wangen eins mit ihrer Haarfarbe wurden. Dann ging Ravus zum letzten Gefäß und hielt es hoch.

„Luft ist das unfügsamste der Elemente", verkündete er. „Es ist am schwersten zu fassen, ist dafür aber, sofern einmal überzeugt, ein treu ergebener Partner, auf den man sich verlassen kann."

Er verschränkte die Hände hinter seinem Rücken und rief: „Bestandsaufnahme!" Er wandte sich zu Merik und Vivecca. „Ihr beiden startet und zeigt den Neuen mal, was ihr so draufhabt!"

Während Endri überhaupt nicht verstand, was gemeint war, trat Merik wie auf Kommando vor eins der Gefäße. Im Gesicht des Jungen konnte Endri dessen Konzentration sehen. Im nächsten Moment fing das Wasser im Glas an, sich in einer kleinen Spirale zu drehen, als würde es einen Abfluss hinabsickern. Endri und Lorean klatschten aufgeregt. Merik warf ihnen einen genervten Blick zu, und sie hörten sofort wieder auf. Die Glut im nächsten Gefäß ließ er schnell in einer kleinen Flamme auflodern und die Steine ohne die geringste Berührung des Glases zu Sand zerfallen. Vor dem Glas mit der Luft hielt er einen kurzen Moment inne und trat dann vom Tisch weg.

„Luft ist – wie gesagt – ein eigensinniges Element“, erklärte Ravus trocken. „Es werden viele von euch, wenn überhaupt, nur in geringen Maßen zu beeinflussen lernen, deswegen rate ich euch, euren Fokus nicht auf dieses Element zu richten.“

Bei den Worten stieß Lorean Endri kurz in die Seite und warf ihm einen bedeutsamen Blick zu.

Endri fühlte sich unwohl. Luft war am schwersten zu beeinflussen? Müsste das nicht heißen, dass er die anderen Elemente mit links manipulieren können sollte? Er hatte die letzten Wochen an allem probiert, was er finden konnte, aber nichts hatte sich im Geringsten geregt. Kein Stückchen Erde, kein glimmendes Streichholz, kein Glas mit Wasser.

Das Mädchen mit dem roten Haarvorhang hatte offenbar eine besondere Begabung für Feuer, denn sie formte aus der Glut einen richtigen Feuerball, der wild gegen die Seiten des Glases prallte. Die Steine zitterten fast unmerklich, und das Wasser warf ein paar Blasen. Auch sie hielt kurz vor der Luft inne und trat dann wieder zurück.

Als Lorean dran war, scheiterte er erwartungsgemäß an allen Gläsern, außer dem mit den Steinchen. Nach wenigen Sekunden hatte er den ersten Stein mit einer blauen Schicht überzogen, wonach der, ebenfalls erwartungsgemäß, im Glas zusammengefallen war. Vivecca, die bis dato wenig Interesse an den Geschehnissen gezeigt hatte, hatte sich einen Moment nach vorne gebeugt und sich das Pulver fasziniert angesehen.

Ravus trat vor und brachte mit einem einzigen Blick den Stein wieder in seine ursprüngliche Form.

Als Endri an der Reihe war, war ihm speiübel.

Er trat vor die einzelnen Gläser und versuchte, sich auf das jeweilige Element zu konzentrieren. Gedanklich schrie er das Wasser an: „Los! Mach irgendwas! Sprudel!“, doch nichts geschah. Das Gleiche wiederholte sich bei Feuer und Erde. Beim letzten Glas bemerkte er, wie die anderen um ihn herum erwartungsvoll den Atem anhielten. Endri warf einen kurzen Blick in die Runde. Alle Augen waren auf ihn gerichtet. Nur Ravus hatte einen gelangweilten Gesichtsausdruck, und Endri war nicht sicher, ob er überhaupt zuschaute. Er kniff die Augen zusammen und starrte auf das leere Glas. Er versuchte, die Gefühle der Enttäuschung und Wut in sich wachzurufen, aber alles, was er fühlte, war Panik. Kleine Schweißperlen bildeten sich auf seiner Stirn.

Keine Reaktion.

Nach einer Weile ließ er mit einem Seufzer die Schultern hängen.

„Was ’ne Semmel“, flüsterte Merik hinter ihm spöttisch.

Endri blickte sich erstaunt zu ihm um. In Berlin beleidigten sich die Jugendlichen mit durchaus schlimmeren Wörtern. Ihn als Brötchen zu beschimpfen, schien ihm im Vergleich schon ziemlich dürftig.

Als Merik seinen verdatterten Blick bemerkte, schenkte er ihm ein kühles Lächeln, aber keine Erklärung.

Ohne auf Endris Scheitern einzugehen, trat Ravus vor die Gruppe.

„Das war's für heute", sagte er. „Das hier ist euer Trainingsraum. Nutzt ihn, so viel ihr könnt. Solange ihr nicht in der Lage seid, mindestens zwei der Elemente nach euren Wünschen in den Gläsern zu manipulieren, wird euer Unterricht in diesem Raum stattfinden. Merik und Vivecca", er richtete seinen Blick auf die beiden Mittelstufler: „Wir sehen uns am Freitag auf dem Außentrainingsgelände."

Er war bereits zur Ausgangstür getreten und hatte ihnen den Rücken zugekehrt, als er sich nochmals zu der Gruppe umdrehte. „Ein Element ist ein glücklicher Zufall, zwei bedeuten Kontrolle", erklärte er. „Ohne Kontrolle aber hat alles Weitere keinen Sinn."

Dann trat er aus der schweren Tür und verschwand. Merik war ihm dicht auf den Fersen. Er wandte sich zu Endri um und warf ihm ein kurzes herablassendes Lächeln zu.

„Herr Ravus, ich hätte da noch ...", setzte er dem Lehrer nach und war ebenfalls verschwunden.

„Was sollte das denn mit der Semmel?", raunte Endri Lorean zu, als er sicher war, dass Merik außer Hörweite war.

„Vielleicht weil Brötchen nicht viel können oder so?"

Endri schüttelte den Kopf. „Irgendwie kommt mir das zu nett vor."

Vivecca, die knapp hinter ihnen gelaufen war, räusperte sich hörbar. Beide drehten sich zu ihr um, und sie hob kurz den Blick. Endri konnte unter ihrem Haarvorhang ein blitzendes grünes Auge erspähen.

„Ein Semel – von den Schülern gerne Semmel genannt – ist jemand, der ein singuläres Auftreten eines Talents zeigt und dann nie wieder", erklärte sie. „Es sind also quasi talentfreie

Menschen, die einen schönen Zufall erlebt haben. Es ist der lateinische Begriff für ‚einmal'", fügte sie selbstgefällig hinzu, „denn je mehr Zeit nach einem Zwischenfall vergeht, desto geringer werden die Chancen, dass man das Talent ein weiteres Mal einsetzen kann."

Endri sah sie mit offenem Mund an.

„Das heißt, es kann sein, dass ich nie lernen werde, mein Talent zu verwenden?"

Vivecca zuckte die Schultern. „Unwahrscheinlich, aber es kommt vor." Damit drehte sie sich von ihnen weg und lief den Korridor entlang.

Die anderen hatten den Flur ebenfalls verlassen und Endri blieb mit Lorean, der ihn bekümmert ansah, alleine zurück. Er fuhr sich mit beiden Händen über das Gesicht und blickte sich schockiert um.

„Das heißt, es kann sein, dass ich einer von diesen Semeln bin, und bis jetzt hat es keiner in Erwägung gezogen, mir das mitzuteilen?", rief er aufgebracht. „Meine Mutter hat ihren Job gekündigt, damit wir hierherziehen konnten!"

„Sie meinte doch, dass es unwahrscheinlich ist", sagte Lorean, der mit der Situation sichtlich überfordert war.

„Trotzdem!", Endri ließ sich entmutigt gegen die kühle Mauer sinken. „Allein die Möglichkeit hätte man mal erwähnen können! Und was ist, wenn ich einer davon bin? Was dann?", er sah Lorean verzweifelt an. „Bleiben wir dann hier, und ich gehe weiter zur Erkentalschule, wo alle irgendeine Art von Talent haben, und ich bin mittendrin der größte Loser?"

Lorean sah ihn ratlos an und hockte sich neben ihn.

„Es ist doch erst die erste Woche", beschwichtigte er ihn. „Ich kann ja auch immer noch nur Pulverisieren."

Er versuchte, ein fröhliches Gesicht zu machen. „Im schlimmsten Fall sind wir also immerhin zusammen die größten Loser hier."

Es war ein geringer Trost. Dass Lorean beim Eintragen des Weges zum Klassenzimmer anscheinend einen Fehler gemacht hatte, war ebenfalls kein guter Start. Die beiden irrten eine geschlagene Stunde in den verwinkelten Korridoren herum, die alle gleich aussahen, bis ihnen eine Lehrerin begegnete, die ihnen den Weg zurück zur Eingangshalle zeigte.

zwölf

Der nächste Unterricht gestaltete sich ähnlich. Keiner der neuen Alchemie-Unterstufler konnte Fortschritte vorweisen und die Stimmung unter den Schülern war greifbar angespannt. Ravus kommentierte ihre mageren Leistungen entweder einsilbig oder blieb gänzlich wortlos. Bemerkungen gab es ohnehin genug seitens Merik, der sich sichtlich über ihre Misserfolge freute.

Um auf andere Gedanken zu kommen, gingen Endri und Lorean nach der Stunde zum Außengelände, um dort beim Training der Physiker zuzusehen.

Insbesondere die Stunden der Oberstufe waren als Unterhaltung für Zuschauer beliebt. Mit etwas Glück konnte man sogar von Zeit zu Zeit einen schwebenden Schüler beobachten.

Kane Takeru leitete die Stunde und hatte die Klasse zu Anfang in einer Art Formation aufgestellt. Soeben hatte er eine Begrüßung ausgesprochen, als Karmesin das Feld betrat. Der trug einen aufwendig gearbeiteten Trainingsanzug, der ihn mehr wie einen Krieger als einen Lehrer aussehen ließ.

Die Schüler wandten ihre Aufmerksamkeit sofort dem ehemaligen General zu. Takeru sah sichtlich genervt zu seinem neuen Kollegen.

„Was machst du hier?“, fragte er Karmesin gereizt. „Dein Spezialtraining beginnt doch erst in ein paar Wochen.“ Dabei hatte er das Wort „Spezialtraining“ regelrecht ausgespuckt.

„Ich weiß, aber ich muss schließlich schon mal schauen, auf welchen Grundlagen ich hier aufbauen kann." Karmesins Antwort klang wie eine Beleidigung und wurde von einem schiefen Grinsen untermalt.

„Was bildest du dir eigentlich ein?", herrschte Takeru ihn an. Karmesin errötete leicht.

„Das fragt mich einer, der sein ganzes Leben Lehrer gewesen ist und nicht einen Einsatz vorzuweisen hat?", antwortete er trocken.

Takeru kniff die Lippen zusammen und schüttelte den Kopf. „Was Fastrada mit einem wie dir will, werde ich nie verstehen. Außerdem, die Schulphilosophie ..."

„Philosophie hin oder her", grunzte Karmesin. „Ich soll die Schüler unterrichten, die bei dir nicht ausreichend gefordert werden. Ich denke, das haben alle verstanden." Er sah aufmerksam in die Gesichter der Schüler vor ihm.

Takeru sah aus, als wäre er kurz vor dem Explodieren. Dann holte er einmal tief Luft und schien sich wieder im Griff zu haben.

„Dann bitte", seufzte er und kniff die Lippen zusammen. Als Karmesin sich daranmachte, den Platz neben ihm einzunehmen, schüttelte er vehement den Kopf.

„Oh nein, du setzt dich auf die Bank!", sagte Takeru. „Bis Fastrada beschließt, dass du bereit bist, hältst du dich aus meinem Unterricht raus!"

Karmesin verzog das Gesicht. „Der Zeitpunkt kommt sicher schneller, als du denkst", zischte er und schritt erhobenen Hauptes zu den Zuschauerbänken.

Takeru drehte sich wieder zu seinen Schülern.

„Stellt euch mit genügend Abstand zur nächsten Person und findet für einen kurzen Moment eure Mitte", seine Stimme schallte laut, aber trotzdem sanft über den Platz.

„Findet die Kraft, die in euch wohnt, und beginnt, sie langsam wie ein Feuer anzufachen." Die Schüler standen kerzengerade und atmeten still.

Endri und Lorean konnten sehen, wie Karmesin die Augen verdrehte und sich dann mit einem Seufzer auf einer der Bänke niederließ. Als die kurze Meditation zu Ende war, änderte sich der Tonfall von Takeru und er wurde forscher.

„Übungssequenz A bitte!", donnerte es über die Schüler.

Die begannen, sich in fließenden Bewegungen in verschiedene Positionen zu begeben. Es war eine einstudierte Choreografie. Alle führten im selben Moment die gleichen Bewegungen aus, die von kleinen Handkreisen bis hin zu akrobatischen Kunststücken reichten. Bei dem ein oder anderen klappte nicht alles fehlerfrei, in der Masse sah es dennoch eindrucksvoll aus. Sie glitten von einer Pose in die nächste. Hedlef, der ihnen die Schulführung gegeben hatte, stand vorne und erntete des Öfteren ein lobendes Wort seitens Takeru. Zwischendurch warf der Lehrer verschiedene Gegenstände auf das Feld, die in die Übungen integriert wurden. Das reichte von dünnen Stäben bis hin zu glänzenden Bällen, die aussahen wie Bowlingkugeln. So hielt sich ein Schüler im Handstand und ließ dabei über seinen Fußsohlen eine Kugel schweben. Er machte ein paar Handstandliegestütze und der Ball hüpfte im Takt. Einige der Schüler hielten sich nur auf einzelnen Fingern in dieser Position, und Endri hätte schwören können, dass einer der Jungen für eine Sekunde komplett den Boden verlassen hatte.

Immer wieder rief Takeru neue Übungssequenzen aus, die schneller und schneller aufeinanderfolgten. Ein paar Schüler hatten lange farbige Bänder, die sie blitzschnell um sich herum fliegen ließen, sodass das Schauspiel mit bloßem Auge wie ein bunter Wirbelwind aussah.

Zum Ende der Stunde durften die Schüler experimentieren. An einer Stelle im Boden waren breite Trampolinnetze eingelassen. Dort sprangen sie einer nach dem anderen hinein und führten zirkusreife Kunststücke auf. Bei dieser Vorstellung hatte sich Karmesin lautstark seufzend aufgerichtet und war vom Feld gestampft. Der Unterricht bei ihm würde mit Sicherheit anders aussehen.

„Wenn Physiker Lifetracker trügen, würden die bestimmt die verrücktesten Sachen anzeigen", amüsierte sich Lorean nach der Stunde. „Apropos Lifetracker", er sah Endri plötzlich ernst an. „Meinst du, das ist schlimm, dass wir sie nicht mehr tragen?"

„Warum sollten wir sie tragen, wenn sie kaputt sind?", fragte Endri zurück. „Mich stört eher, dass der Internetempfang hier so schlecht ist."

Sein Smartphone war seit ihrer Anreise in Erkental nahezu nutzlos geworden. Nach einigen Versuchen, das schneckenlahme Gerät zu bedienen, war er so genervt davon, dass er es nicht einmal mehr bei sich trug. Das Internet war so langsam, dass keine App und kein Streamingdienst richtig funktionierten.

Das Gute war, dass hier die Leute so dicht beieinander wohnten, dass für gewöhnlich jeder Gesprächspartner innerhalb von wenigen Minuten persönlich zu erreichen war, und so war der Verlust der Technik einigermaßen zu verkraften.

„Na ja, aber wir sind gesetzlich verpflichtet, den Tracker an mindestens zehn Tagen im Monat zu tragen, sonst ..."

„Sonst was? Was soll schon passieren? Es sieht mir nicht so aus, als würden wir hier eine Krankenversicherung brauchen. Dieser Ripar-Typ von der Einführung ist doch so was wie ein Super-Doktor."

„Fühlt sich trotzdem komisch an."

„Das stimmt", nickte Endri und grinste. „Aber gut komisch."

Daraufhin schenkte Lorean ihm ein gequältes Lächeln.

Am Ende des Monats war Endri jeden Tag im Trainingsraum gewesen, aber die Besuche blieben frustrierend ergebnislos. Er wusste nicht einmal, wo er überhaupt anfangen sollte. Mit Schrecken erwartete er die Alchemiestunden, die jedes Mal gleich abliefen. Sie trafen sich immer zu Beginn der Woche in dem steinernen Raum für die „Bestandsaufnahme", wie Ravus sie nannte. Nach drei Wochen schwor Lorean, dass in seinem Wasser kleine Wellen auftauchten, die aber außer ihm niemand sehen konnte. Endri hingegen hatte nicht einmal ein einziges Element bezwungen.

Die Kommentare von Merik waren Stunde um Stunde fieser geworden, bis er wie Ravus komplett in Schweigen verfiel, was fast noch unerträglicher war als seine ständigen Seitenhiebe.

Jeden Mittwoch fand die Theoriestunde statt, die Endri eher wie eine Chemiestunde vorkam. Ravus erläuterte die Elemente mit ihren lateinischen Vokabeln im Detail. Darüber hinaus wurden berühmte Alchemisten und Ereignisse besprochen, aber weiter brachte Endri das Wissen leider nicht. Besonders Lorean zeigte sich in diesen Stunden äußerst motiviert und hatte offensichtlich Talent dafür, sich die lateinischen Namen und Jahreszahlen zu merken. Freitags war die Stunde, in der die fortgeschrittenen Schüler mit Ravus ihre Talente an Elementen übten, die nicht von einem Glas ummantelt waren. Von Zeit zu Zeit schnappten sie auf den Fluren Gespräche auf, in denen andere Schüler sich über die praktischen Alchemiestunden unterhielten. Den Gerüchten zufolge hatte Vivecca in einer Woche einen gigantischen Feuerball heraufbeschworen und damit um ein Haar das Trainingsgelände der Physiker abgefackelt.

Als Endri eines Samstagmorgens im Herbst auf dem Bett in seinem Wiesenzimmer lag, träumte er wieder von der Montagsstunde bei Ravus. So langsam war er sich sicher, dass er ein Semel sein musste. Es waren jetzt fast zwei Monate vergangen. Der restliche Unterricht verlief gut, und er hatte sich für eine Reihe von Zusatzprojekten eingetragen, die sich mit kunterbunten Themen wie Astrologie, Philosophie oder Dingen wie Nähen oder Kochen beschäftigten. Selbst Grundfächer wie Mathematik bereiteten ihm an der Erkentalschule mehr Vergnügen als in Berlin. Der Lehrer, Balduin Druke, erklärte zu Anfang ein mathematisches Konzept, und den Rest der Stunde verbrachten die Schüler damit, Übungsaufgaben zu lösen, bei denen sie sich gegenseitig unterstützten. Der Schüler, der seine Aufgabe am schnellsten löste und anschließend den meisten anderen helfen konnte, bekam einen von Helgard Filibruns Keksen geschenkt. Und die waren die schnelle Rechnerei durchaus wert. Seit mehreren Wochen gewann Wynn jede Stunde den Keks. Wen man an Endris alter Schule einen Streber genannt hätte, der war in Erkental ein cleverer Vielfraß.

Bis jetzt hatte sich niemand zu Endris talentfreier Phase geäußert, aber er wusste, dass die Schüler hinter seinem Rücken darüber sprachen. Nehemia, die ihn zu Anfang auf den Gängen immer gegrüßt hatte, schenkte ihm nur noch wenig Aufmerksamkeit. Langsam, aber sicher glaubten sie wohl alle nicht mehr daran, dass er sein Talent finden würde. Endri überlegte, wie er es seiner Mutter erklären sollte. Ob man sie beide deswegen aus Erkental verbannen würde? Ob sie ihre Stelle in der Bäckerei behalten durfte? Er hatte es die ganze Zeit nicht übers Herz gebracht, Odelia von seinen wöchentlichen Misserfolgen zu berichten. Nicht dass er nicht die Gelegenheit dazu gehabt hätte. Sie saßen jeden Abend zusammen und erzählten sich von ihrem

Tag. Gloria und Marius leisteten ihnen oft Gesellschaft und sie tauschten Geschichten aus Erkental gegen Geschichten aus Berlin. Die Erinnerungen an ihre Zeit in der Großstadt rückten immer weiter in die Ferne. Endri und Odelia hatten sich beide an Erkental gewöhnt und konnten sich ein anderes Leben nicht mehr vorstellen. Besonders Odelia berichtete voller Freude von ihren Tagen in der Bäckerei, die gefüllt waren mit fantastischen Backkreationen und liebenswerten Kunden. Unmöglich konnte Endri ihr erzählen, dass dies bald ein Ende haben könnte.

Er wurde durch ein Klopfen an der Tür aus seinen Gedanken gerissen. Alara stand davor, und hinter ihrem Kopf schwebte eine Armada von dicken Büchern. Endri hatte vergessen, dass er ihr für die Architekturtour zugesagt hatte, die sie seit Wochen mit ihm unternehmen wollte. Er selbst hatte wenig Lust gehabt, das Haus zu erkunden, nachdem man ihn in der zweiten Woche bewusstlos im Gewächshaus gefunden hatte. Er hatte sich die Frühstückstulpe näher ansehen wollen und war leider zu dicht an der Betörenden Petunie vorbeigelaufen. Danach hatte sich seine Begeisterung für Erkundungstouren in Grenzen gehalten. Unter normalen Umständen hätte er versucht, aus der Nummer herauszukommen, aber heute war er so frustriert, dass ihm jede Ablenkung recht war.

Bevor es losging, stärkten sie sich in der Küche mit einem Frühstück aus gebackenen Pfannkuchenrollen mit Bananenschokoladenfüllung. Alara begann ihre Tour direkt dort, indem sie Endri erklärte, dass die Einrichtung im sogenannten Bauhaus-Stil gehalten war.

„Es passt eigentlich gar nicht zum Rest des Hauses“, stellte sie fest, „aber Papa hat so was in einem Film gesehen und wollte unbedingt eine moderne Küche mit viel Licht haben. Also hat Loris Winkelmann sie ihm so gebaut.“

Vom moderneren Teil des Hauses führte sie ihn in den Bereich, der von außen mit vielen kleinen Säulen und Ornamenten verziert war. In dem Flügel befanden sich die älteren Zimmer und ein großer Gemeinschaftsraum.

„Das ist der viktorianische Teil", erklärte Alara, „hier befinden sich alle großen Wohnräume." Sie passierten ein rosafarbenes Teezimmer, ein blaues Spielzimmer und ein grünes Lesezimmer. Jeder Raum war mit gemütlichen antiken Sofas und Sesseln ausgestattet. Im Teezimmer wurden die Sitzgarnituren von niedrigen Sofatischen ergänzt, auf denen elegantes Geschirr und Etageren standen.

„Papa liebt englische Teepartys", sagte Alara, „eigentlich wie alles, was mit Süßspeisen zu tun hat. So wie ich."

Beim letzten Satz winkelte sie aus Spaß ihren Kopf so an, dass ihr kleines Doppelkinn zum Vorschein kam, und Endri musste laut loslachen.

Auch das blaue Zimmer wirkte wie aus einem vorigen Jahrhundert. Dort standen viele gepolsterte Stühle, zwischen denen mal ein Schach-, mal ein Backgammon- oder ein Kartenspieltisch stand. In der Ecke brannte ein kleines Feuer im Kamin, und ein großer Schallplattenspieler thronte auf einem Regal.

Das Lesezimmer sah ähnlich aus wie der Vorraum der Bibliothek. Die Sessel jedoch waren einander kommunikativ zugewandt, während sie oben einzeln an kleinen Tischen standen.

„Hier ist der Raum, in dem man Unterhaltungslektüren liest", sagte Alara. „Oben ist es besser für wissenschaftliche Texte oder Recherchen."

„Was ist das da?", fragte Endri und deutete auf eine silberne Klappe, die in der Wand eingelassen war.

„Der Bücheraufzug." Sie hob die Klappe an. Dahinter befand sich ein schmaler Schacht, der in das obere Stockwerk führte.

„Wir befinden uns direkt unter der großen Bibliothek“, informierte sie Endri. „Meine Großmutter kannte jeden Ort von jedem Buch. Wenn ein Gast hier unten saß und einen bestimmten Titel lesen wollte, konnte meine Großmutter das Buch einfach durch den Schacht herholen.“

„Ich dachte, man muss den Gegenstand sehen, den man schweben lässt?“, fragte Endri verwundert.

„Meine Großmutter konnte die Bücher vor ihrem inneren Auge sehen. Das ging natürlich nur, wenn die sich auch wirklich an dem richtigen Ort befanden. Bis jetzt kenne ich aber niemanden, der diesen Trick so gut beherrscht wie sie.“

„Das muss praktisch gewesen sein“, überlegte Endri, „nie wieder für irgendwas aufstehen zu müssen.“

Alara lächelte. „Du würdest dich wundern, wie schwierig es ist, sich exakt an einen Ort zu erinnern, wo du etwas abgelegt hast. Selbst wenn man sich zu hundert Prozent sicher ist, ist es meistens woanders.“

„Das brauchst du mir nicht zu erzählen. Ich bin in einem Haus aufgewachsen, in dem die Gegenstände ständig ihren Platz gewechselt haben.“

„Na, dann weißt du ja, was ich meine“, grinste Alara. Dann führte sie ihn zurück in das untere Stockwerk.

„Wir gehen jetzt zur Wilden Nussigkeit, die sich im Atrium befindet“, erklärte sie. „Dieses Bauelement geht auf das Römische Reich zurück, wo das Atrium oftmals als Lebensmittelpunkt gedient hat. Es ist meist rechteckig und befindet sich in der Mitte des Hauses. Unseres ist zudem ein Freiluftatrium, und so können hier etliche Pflanzen gedeihen.“ Als Endri einen Schritt in den Raum machen wollte, hielt Alara ihn zurück.

„Vorsicht“, riet sie ihm. „Die Nussbäume sind etwas … charakterstark.“

Endri musste schnell feststellen, was damit gemeint war. Die Bäume warfen im Sekundentakt schwere Nüsse von ihren Ästen.

„Au!", rief Endri, als er die erste auf den Kopf bekam. „Was ist denn hier los?"

Alara lachte. „Unsere Nussplantage. Leider sind die Bäume etwas, nun ja, ungestüm. Die Nüsse sind dafür köstlich! Wir gehen ab und zu mit einem Helm und einem Korb bewaffnet hier ein paar Minuten auf und ab. Dann haben wir immer eine schöne Ausbeute."

„Was sind das für Bäume, die ständig Nüsse abwerfen? Au!" Er hatte wieder eine Nuss abbekommen. „Der Baum hat auf mich gezielt!", rief er empört.

„Ja, vor allem die Haselnussbäume sind mit Vorsicht zu genießen."

Alara duckte sich geschickt vor den nussigen Wurfgeschossen. „Ristenpar hat sie damals gepflanzt", fügte sie erklärend hinzu, „aber das war sehr weit vor meiner Zeit. Er hatte ein Faible für verrückte Pflanzen."

Endri schaffte es gerade noch, sich zu ducken, um einer riesigen Walnuss auszuweichen, die nun neben ihm auf den Boden prallte.

„Was ist das für ein Typ, der sich solche Bäume überlegt? Die sind ja gemeingefährlich!"

„Skarabert Ristenpar war schon immer etwas komisch. Aber seit ein paar Jahren ist er richtig verrückt. Verlässt kaum noch sein Haus. Dabei könnten wir ihn echt mal wieder hier gebrauchen. Die meisten der Pflanzen sind von ihm gezüchtet, und einige werden langsam richtig anstrengend. Der Zickige Granatapfel zum Beispiel ist so biestig geworden, dass wir dort niemanden mehr übernachten lassen können."

„Kann das denn sonst keiner von den Biologen?"

„Ristenpar ist seit Jahrzehnten der einzige Biologe im siebten Rang. Die Pflanzen, die er entwirft – oder besser gesagt entworfen hat –, sind so kompliziert, dass sich sonst keiner rantraut."

„Au!", Endri hatte wieder eine Nuss abbekommen und rieb sich den Kopf. „Könnt ihr ihn nicht einfach fragen?"

Alara schüttelte den Kopf. „Meine Mutter meinte, man kann nicht mehr richtig mit ihm reden. Er ist ein alter Griesgram und führt nur noch Gespräche mit seiner Schildkröte."

„Schade", sagte Endri und wehrte mit der Hand die nächste im Anflug befindliche Haselnuss ab.

Der folgende Stopp war der Runde Raumtraum, den Alara als Beispiel für den Art déco beschrieb. Endri wurde beim Betreten direkt schwindelig. Jeder Meter der runden Wand war mit einer anderen Tapete beklebt. Ein abenteuerliches Muster reihte sich an das nächste. Von der Decke hing ein bunter Vorhang, der ihn an ein umgedrehtes Zirkuszelt erinnerte. Überall waren großflächige organische Muster und kleine Spiegel angebracht. Selbst die Tür war von innen mit Stoff bezogen und verschwamm im geschlossenen Zustand vor seinen Augen mit den anderen Wänden zu einem großen Ganzen.

„Hiermit kann man sich schon etwas länger beschäftigen", erklärte Alara. „Jegliches Muster aus der Epoche ist hier zu finden. Nicht eines fehlt. Es ist wie ein kleines Museum", schwärmte sie.

„Ja, wie ein betrunkenes Museum", stellte Endri fest und drehte sich einmal um die eigene Achse. Er hatte die Orientierung verloren und konnte nicht mehr sagen, was eine richtige Wand und was ein Spiegelbild war. Und die Tür konnte er erst recht nicht mehr finden.

„Wie kommt man hier wieder raus?", fragte er beunruhigt.

„Am goldenen Pfauenschwanz die dritte Tapete links“, erläuterte Alara. Er folgte ihrer Beschreibung und brauchte trotzdem ein paar Sekunden, bis vor seinen Augen die Türklinke auftauchte.

„Das ist ja wie bei ‚Alice im Wunderland‘.“

„Könnte man sagen“, grinste Alara. „Meine Mutter geht jeden Abend einmal rein, um verlorene Gäste einzusammeln.“ Mit einem Blick auf Endris entsetztes Gesicht fügte sie schnell hinzu: „Nicht, dass wir die Leute nicht vorwarnen würden!“

Wieder auf dem Flur bemerkte Endri den abgeschlossenen Durchgang mit dem Schild „Kuriose Knabbereien“.

„Was gibt es denn Gefährliches in diesem Flur? Marius meinte, ich sollte da besser nicht reingehen.“

Alara schaute betreten in den Flur.

„Also, in dem Flur sind die Zimmer, die für Leute mit Haustieren gedacht waren“, erklärte sie langsam. „Die Einrichtung ist vollständig essbar und kann angeknabbert werden. Leider hat ein Gast vor ein paar Jahren dort seine Krokodileier vergessen, und die Krokodile sind geschlüpft.“

Sie sah Endri ein wenig verlegen an.

„Es ist uns, äh, bis jetzt nicht gelungen, alle einzufangen. Die verstecken sich irgendwie unterm Teppich oder so. Auf jeden Fall wurden ein paar Gäste, na ja, angeknabbert. Was wirklich ironisch ist. Aber leider nicht so lustig, deswegen vermieten wir die Zimmer nicht.“

„Kann keiner der Verwandler die Krokodile einfangen?“, fragte Endri.

„Doch schon. Aber jedes Mal, wenn wir denken, wir hätten alle gefangen, taucht doch wieder eins auf.“

„Na, ich möchte lieber nicht angeknabbert werden“, stellte er fest. Sie beschlossen, dass es Zeit für eine Pause war, und ließen sich von Marius eine Reihe Minisandwiches im Teezimmer servieren. Erst am Abend fiel Endri die bevorstehende Alchemiestunde wieder ein.

dreizehn

Als der August sich langsam dem Ende zuneigte, lagen bei Endri die Nerven blank. In der letzten Montagsstunde hatte Merik sich mit einem gehusteten „Semmel" von ihm verabschiedet, während die anderen ihn mitleidig angesehen hatten. Ravus schien sein Versagen nicht im Geringsten zu interessieren, denn er quittierte Endris Leistungen jedes Mal mit einem gleichgültigen Blick.

So langsam fragte sich Endri, warum Ravus Lehrer war. Er brachte ihm offensichtlich nichts bei. Und ohne Anhaltspunkte, was er überhaupt üben sollte, kam er zwischen den Unterrichtseinheiten mit seinem Training nicht weiter.

Als an diesem Montag die Schüler am Ende der Stunde den Raum verließen, hielt Ravus Endri an der Schulter zurück.

„Du bleibst hier", sagte er.

Endri schluckte. Der Moment war gekommen. Der Lehrer war unzweifelhaft zu dem Schluss gelangt, dass er ein Semel war. Würde er ihn jetzt vom Unterricht ausschließen?

Ravus verschränkte die Arme, sah Endri ausdruckslos an und schwieg.

Nach einigen sehr, sehr langen Sekunden räusperte er sich. „Ich weiß nicht, was ich noch mit dir machen soll", erklärte er.

Endri ließ den Kopf hängen. Jetzt war es also vorbei.

„Du musst an deiner Einstellung arbeiten. Dabei kann ich dir nicht helfen."

Endri nickte stumm. Vor seinem inneren Auge sah er sich bereits mit seiner Mutter die Koffer packen.

„Gertrud Tinter ist diese Woche für ein paar Tage in Erkental. Ich möchte, dass du dich mal mit ihr unterhältst."

Endri sah überrascht auf. „Wieso ...", begann er, aber Ravus hatte ihm schon wieder den Rücken zugewandt und machte sich daran, die Gläser auf dem Tisch zu reinigen.

Gertrud Tinter hatte ein kleines Büro im Ostflügel der Schule, in dem sich auch der Meditationsturm befand. Warum sollte er ausgerechnet mit einer Telepathin über seine mangelnden Fortschritte im Alchemieunterricht sprechen? Handhabte sie neben der Rekrutierung etwa auch die Schulverweise?

Vor der Tür atmete er tief ein, hob die Hand zum Klopfen, doch er zögerte.

Er wollte nicht, dass alles vorbei war. Es durfte nicht vorbei sein.

„Sind wir heute etwas unschlüssig?", hörte er eine vertraute Stimme aus dem Raum.

Natürlich, eine Telepathin brauchte weder Ohren noch Augen, um zu wissen, wer sich vor der Tür befand.

Tinters Büro war überraschend schlicht eingerichtet, was man anhand ihres Kleidungsstils nicht vermutet hätte (heute eine hellgrüne Toga mit bunten gestickten Kolibris auf den Schultern).

„Womit kann ich dir helfen, mein Lieber?", fragte sie und kam hinter dem Schreibtisch hervor.

„Ich ... ähm ... weiß nicht."

„Nein?", sie zog die Augenbrauen hoch.

„Also, vielleicht doch", sagte er. „Ich bin ... ich habe ..."

„Zweifel", beendete sie seinen Satz. „Du hast Zweifel. Ja, ja, lästige Gesellen sind das. Tauchen immer dann auf, wenn man sie am wenigsten braucht, hm?"

„Eh, ja, schätze ich."

„Das kriegen wir in den Griff."

„Und meinen Sie, dass mir das helfen wird, mein Talent einzusetzen?", Endri nahm all seinen Mut für die nächste Frage zusammen. „Könnte meine fehlende Kraft nicht daran liegen, dass ich ein Semel bin?"

„Was für ein Blödsinn", wehrte Tinter mit einem Schnauben die Frage ab. „Wer hat dir denn so etwas erzählt?"

Sie trat neben ihm an die Tür. „Komm mal mit", forderte sie ihn auf. „Mir ist gerade eine hervorragende Idee gekommen."

Sie führte ihn zu einem kreisrunden Raum, der gänzlich mit bunten Matten und Kissen ausgelegt war. Die Fenster waren mit dicken Tüchern verhangen, sodass kein Tageslicht hineinfiel. In allen Ecken standen Laternen, in denen Kerzenlicht flackerte. Auf einem der Kissen saß ein Mädchen und hatte ihnen den Rücken zugewandt.

„Charlotte", rief Tinter ihr zu, als sie den Raum betraten. „Ich habe eine Aufgabe für dich."

„Was ...", wollte Endri wissen, aber Tinter unterbrach ihn: „Charlotte arbeitet gerade an ihrer Meditations-Maximierung. Da kommst du genau richtig", sie schenkte ihm ein geschäftsmäßiges Lächeln.

Charlotte kam auf sie zu und Endri erkannte, dass es das Mädchen mit dem Pferdeschwanz war, das er auf dem Einführungstag in Berlin gesehen hatte. Sie schien ihn nicht wiederzuerkennen und sah ihn schüchtern an.

„Ich lasse euch allein", sagte Tinter. „Falls etwas ist, denkt an Hagebuttenmarmelade. Dann komme ich, so schnell ich kann."

Sie verließ den Raum und die beiden standen sich für einen Moment unsicher gegenüber.

„Tinter ist ziemlich busy", erklärte Charlotte, „Sie hat eigentlich keine Zeit, kommt aber trotzdem alle paar Wochen nach Erkental, um mich zu betreuen."

Endri sah sie fragend an und Charlotte sah verlegen auf ihre Fußspitzen. „Du musst wissen, meine Telepathie hat in den letzten Monaten blitzartig Fortschritte gemacht, und das hat zu gewissen Problemen geführt."

„Inwiefern?", wollte Endri wissen. „Also falls du das erzählen magst", fügte er schnell hinzu.

„Ich weiß nicht so recht, wie ich es beschreiben soll. Plötzlich ist alles so ein wildes Durcheinander ... überall diese Emotionen! Vor allem in der Schule ist es für mich oft unerträglich. Ich verbringe manchmal mehr Zeit hier alleine im Meditationsraum als im Unterricht."

„Du kannst die Emotionen der Menschen spüren?"

Charlotte nickte. „Ja, und wenn sie ganz intensiv sind, sogar aus meterweiter Entfernung."

„Ganz schön cool."

„Und ganz schön lästig." Dann sah sie ihn aufmerksam an. „Jetzt musst du mir aber noch erklären, warum du hier bist."

Endri seufzte, beschloss aber, ihr die Wahrheit zu sagen.

„Ich habe ein wenig ... äh ... Schwierigkeiten, was mein Selbstbewusstsein angeht. Und anscheinend kann man mit Selbstzweifeln nicht gut lernen."

Sie nickte und ließ sich elegant im Schneidersitz auf eins der Kissen sinken.

„Setz dich mir gegenüber und gib mir eine Hand", forderte sie ihn auf.

Endri zuckte mit den Schultern und tat wie ihm geheißen. Merkwürdiger konnte dieser Tag ja nicht mehr werden.

Sie griff nach seiner Hand und schloss die Augen.

„Jetzt denk noch mal darüber nach, was du erreichen möchtest, und ich versuche, dir ein paar positive Vibes zu schicken. Ich weiß aber nicht, ob es klappt. Bisher hatte ich noch nicht die Gelegenheit, es an jemandem auszuprobieren."

Endri wollte gerade fragen, ob dabei etwas schiefgehen könnte, als ihn ein seltsam wohliges Gefühl überkam. Es breitete sich von seiner Brust her aus und hüllte ihn ein. Er fühlte sich leicht und unbeschwert. Warum hatte er sich überhaupt solche Sorgen gemacht? Es war alles sonnenklar. Er war ein Alchemist und er hatte die Macht über die Elemente. Wie konnte er jemals daran gezweifelt haben?

Als sie seine Hand losließ, blickte er sie erschrocken an.

„Wow", hauchte er.

Charlotte schenkte ihm ein zufriedenes Grinsen.

Wenig später rauschte Tinter in den Raum. Sie war stehend nicht viel größer als die beiden auf ihren Kissen. Sie tätschelte ihnen die Köpfe und sagte: „Ihr wart erfolgreich, wie ich spüre. Hervorragend! Zwei Fliegen mit einer Klappe!"

„Und meinen Sie, dass es etwas bringt?", fragte Endri.

„Es gibt nur einen Weg, das herauszufinden", zwinkerte Tinter. „Charlotte", sie wandte sich dem Mädchen zu, „wir arbeiten heute noch etwas an deiner Abschirmtechnik."

Am nächsten Tag hatten Endri und Alara es sich nach dem Mittagessen mit einer Tasse Tee auf einer der Bänke unter dem Blauregen gemütlich gemacht. Endri berichtete ihr von seiner Begegnung im Meditationsraum, als sie Besuch von Merik bekamen, der Yasin und Kasimir im Schlepptau hatte. Die beiden Physiker kamen gerade vom Training. Mit nackten Oberkörpern stellten sie ihre glänzenden Muskeln zur Schau. Endri beeindruckte das wenig.

„Na, wen haben wir denn da?", begrüßte Merik sie. „Ihr gebt wirklich ein passendes Paar ab. Eine nichtsnutzige Physikerin und eine Alchemiesemmel." Er wandte sich zu den beiden neben sich. „Ich hatte es von Anfang an gespürt", erklärte er ihnen, „dass der da ein Outsider-Trottel ist."

Die anderen beiden kicherten. Kasimir bereute es offenbar doch nicht mehr, ihn in den Abstellraum gesperrt zu haben.

Endri stand auf und sah Merik in die Augen.

„Was willst du?", fragte er ihn, denn er hatte die Spielchen des älteren Schülers satt. Merik verzog das Gesicht.

„Was ich will? Ich will dir mitteilen, dass wir solche nichtsnutzigen Leute von außen hier in Erkental nicht gebrauchen können!"

„Ja!", stimmte ihm Yasin zu. „Wir haben schon genug eigene Taugenichtse." Sein Blick ruhte auf Alara, die im selben Moment knallrot anlief.

Endri zuckte bei Yasins Kommentar zusammen und das heiße Teewasser schwappte bedenklich in seinem Becher. Er funkelte die beiden wütend an.

„Auf eure Meinung können wir verzichten", sagte er dann und bemühte sich mit aller Kraft, das aufgeregte Zittern in seiner Stimme zu verbergen.

Merik kam einen Schritt näher und fixierte ihn.

„Übrigens", sagte er mit einem bösartigen Grinsen, „das Gebäck von deiner Mutter schmeckt scheußlich. Die Filibrun hat sie eh nur aus Mitleid in der Bäckerei eingestellt."

Dann ging alles so schnell, dass am Ende keiner mehr sagen konnte, was genau passiert war. Merik schrie plötzlich wie am Spieß und schlug wild auf seine Kleidung ein, die mit einem Mal komplett in heißes Teewasser getaucht war. Endri warf einen ungläubigen Blick in seine Tasse, die bis auf den letzten Tropfen leer war, und wandte sich dann panisch an Alara.

„Habe ich das geschüttet oder ist das Wasser von alleine aus der Tasse gesprungen?!", rief er.

„Woher soll ich das wissen?“, schrie sie zurück, um gegen Meriks Gebrüll anzukommen.

„Wenn ich es geschüttet hätte, wüsste ich das doch!“, antwortete Endri, während Merik, tobend und wütend, damit beschäftigt war, seine getränkte Kleidung abzuwerfen. Yasin und Kasimir standen regungslos mit großen Augen daneben. Sie konnten von Glück reden, dass sie den Tee nicht abbekommen hatten.

„Ich muss es direkt noch mal probieren“, sagte Endri mit Herzklopfen. Merik hatte sein nasses T-Shirt ausgezogen und sah zwischen den beiden gebräunten Muskelprotzen regelrecht armselig aus.

„Gib mir mal deine Tasse“, sagte Endri zu Alara.

Als die drei bemerkten, was er vorhatte, traten sie reflexartig einen Schritt nach hinten.

Endri starrte konzentriert auf den Tee in seiner Hand, in der im nächsten Moment eine kleine Miniaturwelle entstand. Nichts Bahnbrechendes – eine Ameise hätte darauf surfen können. Aber in diesem Moment war es der größte Erfolg, den er sich vorstellen konnte. Merik sah ihn ungläubig an. Dann verwandelte sich sein Ausdruck in ein selbstgefälliges Lächeln.

„Jetzt schuldest du mir wohl ein Dankeschön.“

„Wie bitte?“, fragte Endri entgeistert.

„Na, das war doch mein Plan. Dich ein bisschen aufzubringen, damit du endlich mal deine Fähigkeiten einsetzen kannst. Und siehe da – es hat geklappt!“

„Nicht dein Ernst!“, rief Endri zornig. „Das war ganz sicher nicht dein Plan!“

„Woher willst du das wissen?“, fragte Merik.

„Zu so komplexen Plänen bist du gar nicht fähig“, sagte Alara trocken. „Außerdem bist du nicht gerade der hilfsbereite Typ.“

Meriks Gesicht verfinsterte sich.

„Ich bin Schülerbotschafter! Natürlich bin ich hilfsbereit. Und mal abgesehen davon ändert das nichts an der Tatsache, dass Endri seit Monaten nichts auf die Kette kriegt. Und jetzt, da ich mich so aufopfernd einschalte", er deutete auf seine durchnässte Kleidung auf dem Boden, „gibt es die ersten Erfolge. Das ist fraglos kein Zufall."

„Ja, das stimmt wohl", gab Endri zu. Seine Stimme war mit Sarkasmus getränkt. „Ich verspreche dir, dich in meiner nächsten Dankesrede zu erwähnen."

Darauf hatte Merik nichts zu entgegnen, wandte sich mit einem Schnauben ab und bedeutete den anderen beiden, ihm zu folgen.

Als die drei hinter der nächsten Ecke verschwunden waren, sprang Alara auf und hüpfte ein paarmal auf und ab, bis sie in ein heftiges Schnaufen verfiel und wieder auf der Bank zusammensackte.

Endri ließ sich mit einem Seufzer neben sie fallen und spürte, wie die letzten Wochen voller Zweifel und Angst wie schwere Steine von ihm abfielen.

Nach seiner Meditationseinheit mit Charlotte und der erfolgreichen Tee-Attacke auf Merik war Endri in der nächsten Montagsstunde bei Ravus selbstbewusst wie nie zuvor. Der Vorfall hatte sich zum Glück nicht herumgesprochen. Der einen Hälfte der Beteiligten war das Ergebnis zu peinlich, und die andere Hälfte wollte ihr Glück nicht auf die Probe stellen.

Als Endri an der Reihe war, spürte er die Blicke der anderen im Rücken. Merik hatte sich betont gelangweilt abgewandt. Er hoffte wohl, dass Endris Leistung eine Ausnahme gewesen war. Auch Vivecca schenkte ihm wenig Aufmerksamkeit und kaute gedankenverloren auf einer Haarsträhne. Ihre geringen Erwartungen waren Endri mehr als recht. Alles, was über völliges Scheitern seinerseits hinausgehen würde, wäre ein Erfolg. Von diesen Gedanken beflügelt trat Endri auf die Gefäße zu. Direkt beim ersten Versuch blubberte es in seinem Wasserglas hörbar auf. Mit einem überraschten Grinsen wandte er sich zu den anderen, die perplex auf die Flüssigkeit starrten. Er freute sich über Meriks zorniges Gesicht und schenkte ihm ein extrafreundliches Lächeln. Ravus nickte nur und wies ihn kommentarlos zum nächsten Glas. Enttäuscht über die zurückhaltende Reaktion des Lehrers, konzentrierte Endri sich auf das nächste Gefäß. Die Steine zerfielen fast augenblicklich zu feinem Kiesel, und als er am Feuerglas angekommen war, hatten sich die anderen in einem Ring dicht um ihn gestellt und beobachteten gebannt das Geschehen. Ein drittes Element zu bezwingen war für einen Unterstufler im ersten Jahr möglich, aber schwierig. Bis jetzt war es, und das hatten sie sich mehr als einmal anhören müssen, nur Merik gelungen. Als die Glut sich nicht bewegte, stießen die anwesenden Schüler kaum merklich einen erleichterten Seufzer aus.

Endri wandte sich dem letzten Glas zu.

„Das brauchst du gar nicht erst zu probieren“, knurrte Merik, aber in seiner Stimme schwang ein Hauch von Unsicherheit mit.

Endri ignorierte ihn und fokussierte sich auf das Element. Er konnte fühlen, wie seine Willensstärke gegen die der Luft ankämpfte. Er war kurz vor dem Aufgeben, als er zu Merik sah, der selbstgefällig die Arme verschränkt hatte. Er wollte es dem hochnäsigen Ekelpaket zeigen. Er packte all seine Abscheu für ihn in einen letzten, verzweifelten Impuls. Und plötzlich bildete sich für wenige Sekunden ein Minitornado in dem Glas.

Die Schüler um ihn herum gaben erstaunte „Ah“- und „Oh“-Laute von sich. Ravus nickte knapp: „Schön.“

Endri glaubte, sich zu erinnern, dass er nie vorher jemanden ausdrücklich gelobt hatte. Lorean und Vivecca klatschten begeistert in die Hände. Merik hatte es die Sprache verschlagen. Als er wieder zu sich kam, verwandelte sich sein Gesicht in eine wütende Grimasse.

„Das sollte euch allen eine Lehre sein", begann Ravus in seinem gewohnt emotionslosen Tonfall. „Alchemie ist kein geradliniger Lernprozess. Die Besten können innerhalb kürzester Zeit zu den Schlechtesten werden und umgekehrt."

Er hatte bei diesen Worten zwar niemanden direkt angesehen, aber Endri war sich sicher, dass sie für Merik bestimmt waren, der mit verschränkten Armen wieder an der Wand lehnte.

„Nur wer das Wesen der Elemente versteht und dabei seine eigenen Emotionen kontrolliert einsetzen kann, hat das Potenzial, ein außergewöhnlicher Alchemist zu werden."

Er ließ seinen Blick über die Schüler schweifen.

„Die Voraussetzungen sind für euch alle gleich. Also, seid fleißig."

Am Ende der Stunde hielt der Lehrer Endri wieder zurück.

„Du hast also mit Tinter gesprochen", stellte er fest.

„Ja. Sie, ähm, hat mir etwas mentale Unterstützung organisiert", gab Endri zu.

„Dagegen ist nichts einzuwenden. Jeder braucht mal Unterstützung."

Endri räusperte sich. Ihm war ein Gedanke gekommen.

„Warum sind Sie eigentlich immer so ...", er stockte.

„So kühl?", vervollständigte Ravus die Frage.

Endri sah verlegen auf den Boden und verfluchte seine Neugierde.

„Mit Emotionen ist das so eine Sache, wie du sicher schon festgestellt hast", erklärte der Lehrer. „Sie zu haben, ist einfach.

Sie zu kontrollieren, ist dagegen eine Herausforderung. Darin liegt die große Kunst, die einen guten von einem exzellenten Alchemisten unterscheidet."

Endri warf ihm einen verunsicherten Blick zu. Er verstand nicht, was die Antwort mit seiner Frage zu tun hatte.

„Ein guter Alchemist hat stets die Hoheit über seine Gefühle", führte Ravus seine Antwort aus. „So kann ich zum Beispiel zuverlässiger eingreifen, falls doch mal etwas während des Unterrichts schiefläuft."

Endri sah ihn verblüfft an. „Ist das wirklich notwendig?"

„Endri, Emotionen sind unser Kapital", sagte Ravus streng. „Aber ein starker Alchemist, der die Kontrolle über sie verliert, ist so ziemlich das Gefährlichste, was du dir vorstellen kannst."

„Ist das schon mal vorgekommen?"

„Ja, und nicht nur einmal. Du hast dich vielleicht am Anfang über die vielen Gebäude hier gewundert, die aussehen, als wären sie Dutzende Male neu zusammengesetzt worden. Das haben die Bewohner nicht aus Spaß gemacht. In den letzten hundert Jahren wurde Erkental zweimal fast dem Erdboden gleichgemacht, weil diverse Alchemisten die Kontrolle verloren hatten."

Endri schluckte. „Haben Sie einen solchen Vorfall miterlebt? Kannten Sie die Person?"

Ravus nickte und sah mit einem Mal todmüde aus. „In meiner Schulzeit. Sein Name war Raverkan und er hat sich nach dem Unfall für lange Zeit zurückgezogen. Dem armen Teufel konnte damals niemand helfen." Gedankenversunken sah er aus einem der schmalen Fenster. „Du gehst jetzt besser", sagte er.

Endri verließ, in Gedanken mit dem seltsamen Namen beschäftigt, das Turmzimmer.

Endris neu gewonnene Fähigkeiten sprachen sich schnell herum und überall auf den Fluren kamen Schüler auf ihn zu, um ihn zu beglückwünschen. Auch jene, die ihn zwischenzeitlich ignoriert hatten, kannten nun plötzlich wieder seinen Namen. Alara und Lorean war Endris neue Aufmerksamkeit sichtlich unangenehm, und sie ergriffen häufig die Flucht, wenn mal wieder jemand auf Endri zugesteuert kam. Wynn hingegen genoss Endris Ruhm und stand ihm stolz zur Seite, während Endri die Glückwünsche einsammelte. Als Wynn dann aber begann, den Leuten anzubieten, dass Endri ihnen Autogramme ausstellen könnte, musste dieser ihn bremsen.

„Was? Warum?", hatte Wynn im ernsten Tonfall gefragt. „Wenn du später mal ein berühmter Alchemist bist, sind sie vielleicht dankbar dafür!"

An einem der folgenden Nachmittage war Endri wie üblich von einer kleinen Traube Schüler umringt, als er plötzlich Charlotte im Flur entdeckte. Ihre Blicke trafen sich, und sie tauschten ein schüchternes Lächeln aus. Als er jedoch in ihre Richtung steuern wollte, war sie bereits im nächsten Gang verschwunden.

„Wer ist das denn?", fragte Wynn sichtlich interessiert.

„Ach, niemand", nuschelte Endri.

„Aha!", rief Wynn aufgeregt. „Das hört sich aber nicht so an!"

Endri wurde rot. „Sie hat mir nur bei meinem Training geholfen, das ist alles."

„Ja, sicher", schmunzelte Wynn, „das ist alles."

Endri ging nicht weiter auf Wynns Andeutungen ein und zog ihn den Flur entlang Richtung Biologieunterricht.

Die erfolgreiche Montagsstunde qualifizierte Endri zum ersten Mal dafür, an der Freitagsstunde auf dem Außengelände teilzunehmen. Dort wurde sein Höhenflug etwas gedämpft. Einen freien Luftzug oder einen am Boden liegenden Stein von sich zu überzeugen, stellte sich als größere Schwierigkeit heraus. Als es ihm am Ende der Stunde endlich gelang, einen Kieselstein zu bewegen, verlor er sofort die Kontrolle. Der Stein traf Lorean an der Schläfe, woraufhin dieser mit drei Stichen von Ripar genäht werden musste. Endri war meilenweit von dem entfernt, was die anderen bereits mit ihrem Talent bewerkstelligen konnten. Aber das war nun nicht mehr so wichtig. Er war kein Semel. Sie würden in Erkental bleiben können, und alles andere war vorerst unwichtig.

vierzehn

Die Daijsen-Auswahlen waren Ende September für gewöhnlich das größte Gesprächsthema in der Schule. Eine Woche lang konnte man sich jeden Nachmittag am Trainingsgelände der Physiker einfinden, um sich den Teamkapitänen vorzustellen. Die Zuschauerplätze am Rand waren bis zum letzten Platz mit Schülern gefüllt, denn jeder wollte dabei sein, wenn neue Spieler ausgesucht wurden – und natürlich umso mehr, wenn Bewerber an der Prüfung scheiterten. Die Auserwählten wurden immer am Folgetag auf einer großen Tafel in der Eingangshalle verkündet.

Am Mittwochnachmittag war über die Hälfte der Plätze in den Teams vergeben. Aus der Unterstufe hatten es bisher nur Yasin, Haru, Kasimir und ein Junge namens Kjell geschafft.

Endri war nach der theoretischen Alchemiestunde zum Feld gelaufen und saß mit Lorean und Vivecca auf einer der Bänke am Rand. Merik war schon seit zwei Jahren Teil von Hedlefs Team und hielt sich, mit Ausnahme von Vivecca, für gewöhnlich von seinen Alchemiemitschülern fern.

Als die letzten Freiwilligen für den Tag getestet waren und die Truppe sich an den Aufbruch machte, kam ihnen Antonia entgegengelaufen. Ihr dunkles Haar war in zwei eng anliegenden Zöpfen geflochten, und sie trug eine der Anstecknadeln, die sie als Teamkapitänin kennzeichnete.

„Hey, ihr Alchemisten!“, rief sie. „Wartet mal!“

Die Gruppe blieb stehen und sah sie aufmerksam an.

„Wie ihr wisst, gibt es aktuell nur ein einziges Team mit einem Alchemisten in der Aufstellung. Die haben natürlich einen Megavorteil. Möchte sich nicht einer von euch bewerben?"

Eins der grünen Augen von Vivecca schielte aus dem roten Haarvorhang hervor.

„Ist Feuer immer noch verboten?"

„Ja, immer noch."

„Langweilig!", stöhnte Vivecca. „Na, dann bin ich schon mal raus."

„Und ihr beiden?", fragte sie an Lorean und Endri gewandt.

Sie waren offensichtlich ihre zweite Wahl. Obwohl insbesondere Endri sich in den vorangegangenen Wochen verbessert hatte, konnte er es ihr nicht verübeln.

„Wie viele Plätze gibt es denn?", fragte Endri.

„Norins Team hat heute den letzten Platz vergeben. Wir sind zwar auch schon gut besetzt, aber für einen Alchemisten hätten wir noch einen Platz."

„Also könnte nur einer von uns dabei sein."

„Richtig."

„Dann möchte ich lieber nicht", sagte Endri entschieden.

Lorean nickte zustimmend.

„Das wäre doof, wenn nur einer von uns es schaffen kann", befürwortete er Endris Entscheidung.

Das Mädchen mit den Zöpfen hob ratlos die Schultern.

„Na, wie ihr meint. Ihr könnt es euch ja noch bis Freitag überlegen. Falls ihr doch kommt, fragt nach mir."

Als Endri zwei Tage später mit Wynn auf dem Weg zur Kantine war, kam Vivecca ihnen entgegen. Normalerweise ging sie schnurstracks an allen Leuten im Flur vorbei, denn sie sah unter ihrem Haarvorhang selten mehr als den Fußboden vor sich. An dem Tag hielt sie überraschend vor Endri inne und sah ihn einäugig an. „Na, wie lief's?", fragte sie interessiert.

„Wie lief was?", lautete Endris verdutzte Gegenfrage.

„Hast du dich nicht heute für Daijsen beworben?"

„Was? Wer sagt das denn?"

Vivecca sah ihn fragend an und pustete sich eine leuchtende Haarsträhne aus dem Gesicht, um ihn aus beiden Augen anzusehen.

„Na, ich dachte nur, weil Lorean gerade unten bei Antonia ist und ..."

Endri klappte der Mund auf. Für ein paar Sekunden war er sprachlos.

„Er macht was?!", schnaubte er schließlich und rannte, ohne eine Antwort abzuwarten, den Flur entlang. Wynn war ihm dicht auf den Fersen.

Endri kam knapp vor dem Fenster zum Stehen und sah, dass Lorean unten vor einer kleinen Gruppe von Zuschauern stand. Neben ihm lagen mehrere übereinandergeschichtete Steine und er war gerade dabei zu präsentieren, wie er den unförmigen Haufen zu Pulverstaub zerfallen ließ.

„Hattet ihr nicht gesagt, dass ihr lieber nicht antreten wollt, wenn nur einer von euch den Platz bekommen kann?", fragte Wynn verwirrt.

Endri antworte nicht, sondern hastete den Flur entlang Richtung Außengelände. Er warf einen kurzen Blick auf die große Uhr, die an der Schulmauer angebracht war. Es war kurz vor vier und die Auswahlen waren fast zu Ende.

Unten angekommen schlitterte er weiter bis direkt vor Antonias Füße.

„Ich möchte mich doch noch bewerben", keuchte er, ohne nachzudenken. Er würdigte Lorean keines Blickes.

„Wir sind eigentlich durch mit den Auswahlen“, sagte Antonia und sah kurz auf die große Schuluhr. Dann musterte sie Endri nachdenklich. „Aber da du ein Alchemist bist, verlängern wir heute ausnahmsweise. Setz dich auf die Bank, wir rufen dich gleich auf.“

„Danke“, sagte Endri und nahm auf der Zuschauerbank Platz.

Dort überkamen ihn Zweifel. Was machte er hier? Er wusste nicht einmal, was in dem Spiel passierte, geschweige denn, wie sein Talent hineinpassen sollte. Waren seine Fähigkeiten überhaupt gut genug für Daijsen? Er hatte in den letzten Freitagsstunden immer mal wieder kleinere Kunststücke vollbracht, aber sie waren allesamt überschaubar gewesen. Und warum zum Teufel war Lorean ihm so in den Rücken gefallen? Er hatte einfach kein Talent dafür, sich Freunde auszusuchen.

Lorean stellte seine besten Erde-Tricks zur Schau, und Endri wurde mulmig zumute. Seine anfängliche Wut flaute allmählich ab und es drängten sich ihm immer mehr Bedenken auf. Was, wenn er am Ende gegen Lorean verlor und den Platz nicht bekam? Würde er sich komplett blamieren? Gerade als er daran dachte, aufzustehen und sich davonzuschleichen, wurde er aufgerufen.

„Schön, dass du dich doch noch umentschieden hast“, begrüßte Antonia ihn. „Dann zeig mal, was du draufhast!“

Endri hatte keine Zeit, etwas zu erwidern, denn ohne Vorwarnung kam eines der Teammitglieder auf ihn zugestürmt. Es sah aus, als würde er ihn attackieren wollen. Endri starrte den Jungen, der in Windeseile näher kam, erschrocken an und war wie angewurzelt. Als der Zusammenstoß unvermeidlich erschien, kniff Endri die Augen zusammen. Er hörte ein überraschtes „Uff“ und beobachtete, wie der Junge stolperte und mit erhobenen Armen und dem Gesicht nach vorne ins Gras flog. Er schlitterte ein paar Meter und blieb dann stöhnend liegen.

Antonia und die anderen um ihn herum klatschten aufgeregt. „Coole Idee mit dem Luftfrisbee!"

Endri sah Antonia zuerst verwundert an und strich sich dann mit verlegenem Stolz durch die Haare. Ein derartiger Trick war ihm in den Freitagsstunden nicht gelungen, und er versuchte, seine Überraschung darüber zu verbergen. Der metallische Geschmack in seinem Mund, den er damals am Schultor schon einmal wahrgenommen hatte, war zurück.

„Okay, die Defensive haben wir", sagte Antonia zufrieden, „dann zeig jetzt mal, wie gut der Angriff funktioniert."

Sie gingen an das Ufer des Flusses, der an dem Gelände vorbeifloss.

„Tu alles, damit Haru die andere Seite nicht erreicht", lautete Antonias Auftrag.

Haru reagierte sofort und rannte auf das Ufer zu. Mit einem Sprung war er im Wasser. Obwohl die Strömung stark war, schwamm er mit kräftigen Zügen und war nach wenigen Augenblicken schon in der Mitte angekommen. Endri wurde nervös. Das Umlenken der Luft hatte ihn erhebliche Kraft gekostet und Wasser war nicht gerade seine Paradedisziplin.

Er versuchte, sich auf den Fluss zu fokussieren. Das Element war für ihn schwerer greifbar als Luft und seine Konzentration hatte abgenommen. Die Luft schien für ihn ständig abrufbereit zu sein, er konnte fühlen, wie sie sich um ihn herum bewegte und gewissermaßen die Ohren nach ihm spitzte, so als würde sie fragen: „Was machen wir jetzt?" Wasser hingegen war in ständiger Bewegung und schien seine Anwesenheit zu ignorieren. Es lief oder plätscherte vor sich hin, und immer, wenn er es fassen wollte, schien es zu plappern: „Ich bin unterwegs, ich habe ein Ziel, ich lasse mich nicht aufhalten."

Er versuchte, dem Element zu vermitteln, dass Haru das andere

Ufer nicht erreichen durfte. Nichts geschah. Als der Schwimmer bereits mit einer Hand nach dem Ufer griff, hielt Endri die Luft an. Mit einem letzten Versuch schrie er dem Wasser in seinen Gedanken „Stopp! Stopp!" zu. Da sah er, wie Harus Hand sich krampfartig an das Schilf klammerte, als würde ihn jemand an den Füßen nach unten ziehen. Er stieß einen kurzen Schrei aus und wurde von etwas Unsichtbarem unter die Oberfläche gezogen. Nach wenigen Sekunden tauchte sein wild herumwirbelnder Kopf wieder auf. Sein Gesichtsausdruck war panisch. Er wurde erneut in die Tiefe gezogen. Als er nach dreißig Sekunden nicht wieder aufgetaucht war, räusperte sich Antonia.

„Ähm, ich glaube, das reicht", sagte sie.

Endri starrte weiter hochkonzentriert auf das Wasser. Antonias Stimme klang, als würde sie durch einen Wattebausch hindurch sprechen.

„Das reicht!", rief sie lauter und packte ihn grob an der Schulter.

Endri verlor seine Konzentration und blickte erschrocken auf. Im nächsten Moment tauchte ein nach Luft schnappender Haru aus dem Wasser auf. Er schleppte sich ans Ufer und zog sich an Land, wo er schwer atmend liegen blieb. Endri sackten die Knie weg und er stützte sich auf den Händen ab. Er zitterte am ganzen Körper und sein Mund war staubtrocken. Der Geschmack in seinem Mund war diesmal noch intensiver und er musste mehrmals schlucken, um ihn loszuwerden.

„Okay, das war jetzt vielleicht ein wenig zu viel des Guten, aber darauf kann man aufbauen", verkündete Antonia. „Gut gemacht!"

Endri wollte sich aufraffen und sich bei Haru entschuldigen, aber der winkte ab. „Nicht schlecht", hustete er und blieb auf dem Rücken liegen, bis er wieder zu Atem kam.

Die Auswahlergebnisse ließen bis Montag auf sich warten. Bereits vor der ersten Stunde stand eine Traube von aufgeregten Schülern um die Tafel herum.

Endri betrat in Begleitung von Alara und Wynn die Eingangshalle. Als die Schüler die beiden bemerkten, stoben sie auseinander, um Endri einen Weg zur Tafel zu ermöglichen.

Er ließ seine Augen über die Tafel gleiten, bis er beim letzten Platz angekommen war. Und da stand sein Name: Endri Winter. Er hatte es in Antonias Daijsen-Team geschafft!

Stürmisch kamen Alara und Wynn auf ihn zu und klopften ihm auf die Schultern.

„Mega!", rief Wynn aufgeregt. „Jetzt bin ich mit einem Daijsen-Spieler befreundet!"

„Herzlichen Glückwunsch, Endri!" Alaras Glückwünsche waren etwas verhaltener als die von Wynn.

Endri selbst konnte sich nicht entscheiden, ob er sich darüber freuen sollte oder nicht. Er wusste nicht einmal, wie das Spiel überhaupt funktionierte, und jetzt war er Mitglied einer Mannschaft.

Er blickte sich suchend um. An einem der Treppenaufgänge stand Lorean und sah ihnen mit zusammengekniffenen Augen zu. Als er Endris Blick bemerkte, drehte er ihm mit einem Ruck den Rücken zu und rannte die Treppenstufen hinauf.

Beim Mittagessen hielt Lorean sich beleidigt von ihnen fern und hatte sich, zu Endris Entsetzen, zu Merik und den anderen gesellt.

„Jetzt ist er eingeschnappt", murrte Endri zu Alara und Wynn gewandt. „Aber wenn er sich nicht entschuldigt, hat er eben Pech gehabt."

„Na ja, du könntest dich ja auch entschuldigen", warf Alara ein.

„Ich soll mich entschuldigen? Er hat doch unsere Abmachung gebrochen, nicht ich!"

„Na ja", sagte Wynn zögerlich, „eigentlich hast du die Abmachung ja genauso gebrochen."

„Wie bitte?!", rief Endri aufgebracht. „Er ist einfach heimlich zu den Auswahlen gegangen! Ich habe lediglich nachgezogen. Dass ich die Position bekomme, konnte ich ja nicht wissen!"

Alara zog die Augenbrauen hoch.

„Wirklich? Das konntest du nicht wissen?", fragte sie. „War dir nicht klar, dass die Sache entschieden ist, sobald du die Lufttricks machst?"

„Ich wusste ja nicht einmal, ob es klappt!", verteidigte er sich. „Und das ändert ja nichts daran, dass er die Abmachung gebrochen hat", entschied er resolut. „Soll er doch mit den Blödmännern da rumhängen. Mir doch egal."

Wynn und Alara warfen sich skeptische Blicke zu, äußerten sich aber nicht mehr zu dem Thema.

Das erste Daijsen-Training fand wenige Tage nach den Auswahlen statt. Die Spiele starteten im Frühling, und sie hatten nur ein paar Monate, um sich als Team vorzubereiten. Sie würden zuerst gegen Norins und dann gegen Hedlefs Team antreten. Der Kapitän des Siegerteams suchte sich anschließend aus allen Spielern eine Mannschaft zusammen, die am Ende des Jahres als Schulauswahl gegen die Runkelbergschule antreten würde.

Antonia wartete am Spielfeldrand auf ihn. Sie hatte Endri mitgeteilt, sie wolle ihm zunächst eine Einzelstunde geben, um ihm die Grundlagen des Spiels zu erklären. Während Endri auf sie zuschritt, begutachtete er eingehend die merkwürdige Konstruktion vor sich. Das Daijsen-Feld erinnerte ihn an eine altmodische Arena, in der Pferderennen stattfanden. Endri konnte nicht erkennen, was sich hinter der Mauer befand, aber er vermutete, dass es sich dabei nicht um einen Sandspielplatz handelte.

„So, was weißt du denn schon alles über Daijsen?", begrüßte Antonia ihn mit einer Frage.

Endri sah peinlich berührt zu Boden. In seiner Kurzschlussreaktion über Loreans heimliche Teilnahme am Auswahlverfahren hatte er versäumt, sich überhaupt mit dem Ablauf des Spiels vertraut zu machen.

„Nicht viel", gab er zu.

Antonia zuckte mit den Schultern. „Auch kein Problem. Dann mal von vorne. Kennst du dich ein wenig mit American Football aus?" Endri sah sie erschrocken an, und als Antonia sein Gesicht sah, lachte sie laut auf.

„Nein, keine Sorge, es ist natürlich kein richtiger Football, aber es geht auch beim Daijsen darum, einen Ball von einem Ort zum anderen über das Spielfeld zu transportieren, ohne dass die gegnerische Mannschaft ihn abnimmt."

Sie gingen ein paar Schritte auf das Spielfeld zu. Endri konnte zwischen zwei Mauern eine ringförmige Bahn erkennen, die mit dichtem halbhohem Gras bewachsen war.

„Die Runde in der ersten Zone ist achthundert Meter lang", erläuterte Antonia. „Die Runden werden kleiner, dafür aber schwieriger. Zone zwei ist sechshundert Meter lang, Zone drei vierhundert und so weiter. Die letzte Zone müssen die Spieler lediglich überqueren und zurückkommen – was sich einfacher anhört, als es ist. Jede Zone bedeutet eine neue Runde. Ziel jeder Runde ist es, als Team einen Ball, der sich auf der gegenüberliegenden Seite des Kreises befindet, zu ergattern und dann über den restlichen Halbkreis wieder zum Ausgangspunkt zu befördern. Die Teams starten in entgegengesetzte Richtungen, sie treffen also früher oder später aufeinander. Jeder erfolgreiche Touchdown gibt Punkte; in der ersten Zone zehn Punkte, dann zwanzig Punkte, dreißig und so weiter. Darüber hinaus bringt jeder gewonnene Zweikampf ebenfalls Punkte. Je mehr Gegner man besiegt, desto mehr Punkte erhält man."

„Zweikampf?", fragte Endri besorgt.

Antonia sah ihn amüsiert an. „Na ja, du musst den Ball ja meistens entweder verteidigen oder erkämpfen. Dabei geht es aber nicht um stumpfes Tackling oder so was. Es gilt, kreativ zu sein. Der Spieler mit dem überzeugendsten Einsatz seines Talents bekommt am Ende des Turniers zusätzlich noch einmal zehn Punkte. Es lohnt sich also, über den Tellerrand zu schauen", sie zwinkerte.

Sie deutete auf die Tribünen, die in zwei steilen Bögen um das Feld herum aufgebaut waren.

„Von dort aus hat man den Überblick, aber fürs Erste erkunden wir das Spielfeld mal von hier", erklärte sie. „In dieser Stufe haben wir ein richtig gutes."

„Diese Stufe? Ändern die sich etwa auch noch?"

„Ja. Alle zwei Jahre wird das Spielfeld umgebaut. Und bis auf den internationalen Daijsen-Vorstand weiß niemand, wie. Spannend, oder?"

Endri schüttelte den Kopf. Dieses Spiel wurde von Minute zu Minute komplizierter.

Antonia schritt zum Rand des Feldes, an dem eine komplex aussehende Maschine stand. Es gab eine Vielzahl von verschiedenen Hebeln und Kurbeln. Zielstrebig betätigte sie zwei Griffe nacheinander. Endri sah fasziniert dabei zu, wie die vorderste Mauer, mitsamt dem gräsernen Spielfeldring, langsam im Boden versank. Als sie vollständig verschwunden war, zog Antonia an einem weiteren Hebel und es tauchte eine dritte Mauer mit einer kleineren Runde aus der Erde auf. Das komplette Spielfeld war mechanisch! Antonia bemerkte seinen ungläubigen Blick und lachte.

„Ganz schön beeindruckend, was?"

Die Mauern hatten jeweils kleine Türen, die auf das dahinterliegende Feld führten. Sie stiefelten zusammen zur neu erschienenen Mauer, die ein wenig höher war als die erste. Sie war gerade so hoch, dass Endri nicht erkennen konnte, was sich dahinter verbarg. Antonia öffnete die Tür, und als er den ersten Fuß auf den Untergrund setzte, rutschte er prompt aus. Er schlingerte mit den Beinen und versuchte, sich am Rand der Mauer festzuhalten. Es half nichts, und er landete mit einem Knall auf dem Hintern. Spiegelglattes Eis bedeckte die Oberfläche.

„Au!", rief er. „Hättest du mich nicht vorwarnen können?"

„Och nee", kicherte Antonia, „so war es für mich lustiger."

Sie hielt ihm eine Hand hin und half ihm aufzustehen.

Sie gingen zurück und dann wiederholte sich die Prozedur. Antonia betätigte ein paar Hebel und die Mauer versank im Boden. Dahinter tauchte erneut eine auf, wieder etwas höher als die vorige. Bevor Endri diesmal die Füße hineinsetzte, warf er einen absichernden Blick auf den Boden. Die dritte Zone sah aus wie ein zerlöchertes Minenfeld. Überall um ihn herum befanden sich riesige Löcher und Hügel in der Erde. Vereinzelte vertrocknete Pflanzen waren zu sehen.

„Eine richtige Herausforderung für uns Biologen", erklärte Antonia die Runde. „Gerade noch so viel Leben in den Pflanzen und im Boden, dass sie nicht komplett tot sind."

Endri musste bei jedem Schritt darauf achten, nicht in eins der tiefen Löcher zu fallen oder an einem der dornigen Büsche hängen zu bleiben.

Er sah sich besorgt um. „Verletzen sich die Leute auch manchmal?"

„Richtig ernsthafte Verletzungen gibt es selten“, erklärte sie, „aber bis jetzt hat Ripar noch jeden wieder zusammenflicken können.“

Mit einem mulmigen Gefühl folgte Endri ihr wieder zum Hebelautomaten. Was hatte er sich nur dabei gedacht, sich als Spieler zu bewerben?

Das Auftauchen der vierten Zone verschlug ihm die Sprache. Eine dicke Glaswand umhüllte ein gigantisches Wasserbecken. Die Flüssigkeit darin war dunkel und bedrohlich. Es sah eher aus wie ein Aquarium für Haie als wie ein Schwimmbecken.

„Da müssen wir aber jetzt nicht rein, oder?“, fragte Endri. Er hatte schon beim Anblick des tiefen Beckens schwitzige Hände bekommen.

„Na, kein Seepferdchen gemacht?“, grinste sie. „Aber keine Sorge, Angucken reicht in dem Fall. Wir gehen direkt zur nächsten Zone. Die ist sowieso am wichtigsten für dich.“

Endri wusste nicht, ob „wichtig“ etwas Gutes oder Schlechtes bedeutete.

„Also durch die vierte Runde muss man schwimmen?“, fragte er.

„Schwimmen. Springen. Fliegen. Oder eben kreativ sein“, erklärte sie. „So“, wieder betätigte sie eine Abfolge der Hebel, „und jetzt wird es noch mal richtig gemütlich.“

Der fünfte und letzte Ring stellte sich als tiefes Loch heraus.

„Hier gucken wir nur rein“, warnte sie Endri, der bei dem Blick auf den schwarzen Abgrund vor ihm nichts Gutes ahnte.

Er beugte sich vor und schaute in eine Art düsteren Wald aus schmalen Steinsäulen. Die meisten ragten aus mehreren Metern Tiefe bis zum Rand in die Höhe.

„Was bitte ist das?“, fragte er Antonia erschrocken.

Sie lachte. „Verstehst du jetzt, warum für diese Runde insbesondere ein Alchemist gut zu gebrauchen ist? Außer natürlich, jemand möchte riskieren, ohne Hilfe über die hohen Pfeiler zu balancieren."

Die Säulen standen so weit auseinander, dass es fast unmöglich erschien, von einer zur nächsten zu gelangen.

„Hat das schon mal jemand gemacht?", erkundigte sich Endri entgeistert. „Das ist ja lebensgefährlich!"

„Zwangsläufig", bestätigte sie.

Endri betrachtete die Folterkammer vor sich. „Wer hat sich denn so was ausgedacht?", murmelte er mehr zu sich selber.

„Tatsächlich ein Physiker aus Japan", antwortete Antonia auf seine Frage. „Daijsen bedeutet auf Japanisch ‚Kreise'."

Antonia führte ihn zurück zum Anfang des Spielfeldes.

„Also: Ziel ist es, den Ball in seinen Besitz zu bekommen und damit den Rest der Strecke bis zum Ausgangspunkt zu laufen?", fragte Endri auf dem Weg.

„Ja und nein – nur der Ball muss in der Endzone ankommen, nicht der Spieler."

„Gibt es auch irgendwas, das verboten ist?"

„Erlaubt ist alles, was du mit deinem Talent anstellen kannst und was nicht absichtlich anderen Spielern schwerere Körperverletzungen zufügt. Außer Feuer. Feuer ist strengstens verboten. Leider. Damit gab es wohl in der Vergangenheit viel zu viele Unfälle."

Endri schluckte. Das hieß wohl im Umkehrschluss, dass es des Öfteren Unfälle gab, auch ohne den Einsatz von Feuer.

Sie verließen das Spielfeld und nahmen auf einer der Tribünen Platz. Von dort konnten die Zuschauer in alle Ringe sehen und das Geschehen beobachten.

„Pass auf, jetzt erkläre ich dir kurz den Spielablauf", sagte Antonia, „alles Weitere wirst du verstehen, sobald du mal bei einem Probespiel dabei warst. Manche Dinge muss man einfach erlebt haben“, sie zwinkerte.

Endri sah sie erwartungsvoll an.

„Also, wie gesagt“, sagte Antonia, „jede Zone ist eine Runde. Vor Beginn einer Runde wählt der Kapitän maximal drei Spieler aus seinem Team für die jeweilige Zone aus. Welche er auswählt, ist ihm überlassen. Ein Team besteht aus sieben festen und zwei Ersatzspielern.“

„Das sind ja gar nicht mal so viele“, stellte Endri fest.

„Richtig. Und du weißt ja selber, dass einem bei manchen Dingen schnell die Kraft verloren geht. Deswegen muss man sich genau überlegen, wie viele und welche Spieler man in welcher Runde einsetzt. Manchmal sind die Zweikämpfe so hart, dass der Spieler erst mal ein paar Runden aussetzen muss, manchmal danach auch komplett ausfällt.“

„Und wie entscheidet man, wen und wie viele man einsetzt pro Runde?“

„Es ist ein bisschen wie beim Schach. Man muss sich jeden Zug gut überlegen, und meistens werden erst mal die Bauern geopfert. Also keine Sorge“, sagte sie mit einem Zwinkern, „Leute wie dich sparen wir uns bis zum Schluss auf.“

fünfzehn

Die letzten Herbsttage in Erkental waren zwar meist sonnig, aber kalt. Endri war nach wie vor wütend über Loreans Vertrauensbruch und ging ihm möglichst aus dem Weg. Oft half er nach der Schule seiner Mutter in der Bäckerei aus. Helgard Filibrun war so begeistert von Endris Organisationstalent – wobei es im direkten Vergleich mit Odelia nicht schwer war zu glänzen –, dass sie ihn ständig zum Dank Törtchen kosten ließ. Als Wynn das mitbekam, bestand er darauf, Endri regelmäßig zu begleiten, um so selbst ein Törtchen abzustauben.

Auch an diesem Nachmittag waren sie unterwegs zur Bäckerei, Wynn schwärmte den ganzen Weg dorthin von Odelias Kreationen und überlegte, welche er heute verspeisen wollte.

„Oder vielleicht doch den Zitronenwirbel", überlegte er laut und rieb sich die behandschuhten Hände. „Letztes Mal hatte ich schon die Schokobombe."

Odelia hatte den Gebäckstücken allesamt Namen verpasst und sie hatten schnell Berühmtheit in Erkental erlangt.

„Weißt du was?", sagte Wynn so entschlossen, als hätte er gerade eine wichtige Lebensentscheidung getroffen. „Ich werde heute einfach beide essen."

Als sie zur Tür reinkamen, strömte ihnen die warme, duftende Luft der Bäckerei entgegen. Es war ein kleines Geschäft und der meiste Platz wurde von einer riesigen gläsernen Theke eingenommen. Dort standen auf diversen Etageren und spiegelnden Regalen Unmengen buntes Gebäck, Eclairs und Teilchen, Gläser mit Keksen und Schüsseln mit Cremes. An einer Seite der Theke standen kunstvoll gedrehte silberne Bäumchen, an deren Ästen Brezeln und Donuts hingen. Daneben führte eine breite Doppeltür in das eigentliche Café, in dem viele kleine runde Tische standen. Rundherum befanden sich schmale Regale an der Wand, in denen Hunderte von verschiedenen Kaffeetassen standen. Theoretisch konnte man an 365 Tagen im Jahr aus einer anderen Tasse trinken. Direkt neben der Tür befand sich die gigantische silberne Kaffeemaschine, die sich Marius stets für das Erkentalfest auslieh. Endri warf einen verstohlenen Blick in den Raum. Charlotte war gerade dabei, einen Espresso an der Maschine zuzubereiten. Als sie aufsah, trafen sich ihre Blicke. Endri sah sich nach Wynn um, der jedoch schon vollends damit beschäftigt war, mit Odelia über seine Auswahl zu diskutieren. Er gab sich einen Ruck und ging auf Charlotte zu.

„Hey", begrüßte er sie zaghaft.

„Hey." Ihre dunklen Haare waren wie immer zu einem ordentlichen Pferdeschwanz zusammengebunden. Ihre grünen Augen leuchteten Endri entgegen.

„Hätte nicht gedacht, dass ich dich mal hier im Café treffe", sagte er mit einem schüchternen Lächeln.

„Ich auch nicht", grinste sie zurück. „Wie du habe auch ich einen unkonventionellen Rat von meiner Lehrerin bekommen."

„Inwiefern?"

„Na ja, ich habe dir ja erzählt, dass ich oft im Meditationsraum bin, weil es mir in der Schule manchmal etwas zu viel ist. Viele Emotionen, laute Gedanken und so. Tinter hat mir jetzt die Aufgabe gegeben, an einem öffentlichen Ort meine Abschirmfähigkeiten zu testen. Du kennst sie ja, sie hält nichts von Abschotten. Ihre Devise lautet: Übung macht den Meister. Auch wenn es mir aktuell, ehrlich gesagt, schwerfällt."

„Du sollst deine was testen?", fragte Endri ratlos.

„Meine Abschirmtechnik. Wenn ich mal nicht spüren möchte, wie es jemandem geht oder was die Leute so denken."

„Du hörst, was die Leute denken?", unterbrach Endri sie erschrocken. Wenn das stimmte, war er in der peinlichsten Situation seines Lebens gelandet.

„Nein, nein!", lachte sie auf. „Ich kann aktuell nur Fragmente von sehr starken Wünschen wahrnehmen. Also wenn jemand superhungrig ist, kann ich ‚Hunger' ausmachen. Das ist aber schon alles."

Endri war vorerst beruhigt. „Das ist aber trotzdem krass", stellte er fest. „Aber das hörst du doch hier im Café bestimmt öfter als in der Schule."

„Würde man denken!", sagte sie. „Jugendliche haben aber noch viel penetrantere Gedankengänge, das kannst du mir glauben. Erwachsene, die eine Vorliebe für Süßes haben, sind so ziemlich die ruhigsten Gesellen, die ich kenne."

„Na, dann müsste Wynn ja genau in der Mitte liegen", feixte Endri mit einem Blick auf seinen Freund, der umringt von Gebäckstücken an einem Tisch saß.

„Gibt es noch was von den Tiramisu-Wölkchen?", rief der Odelia mit vollem Mund zu.

„Wie wär's mal mit was Neuem?", fragte Odelia ihn mit einem Zwinkern. Wynn machte große Augen.

„Was mit Schokolade?"

„Und Erdbeeren. Ich nenne es ‚das Erdbeer-Schoko-Haus'."

Dann hielt sie ein Gebäck hoch. Es war ein Miniaturhaus aus Schokolade, das Dach war mit Erdbeeren geziegelt und die

Fenster und Türen waren aus Erdbeercreme. Wynn verleibte es sich schneller ein, als Endri gucken konnte.

„Vorzüglich!", rief er mit vollem Mund und streckte einen Daumen nach oben. Er war ohne Zweifel Odelias größter Fan.

Helgard Filibrun trat hinter der Theke hervor und begrüßte die beiden. Wynns Gesicht war voller Erdbeercreme, und sie reichte ihm ein Stofftaschentuch aus einer ihrer vielen Taschen.

Er bedankte sich bei der alten Dame und machte sich dann über das nächste süße Teilchen her.

Als Endri sich wieder Charlotte zuwenden wollte, betrat ein sichtlich aufgewühlter Ludwig Heese die Bäckerei.

„Habt ihr es schon gehört?!", rief er aufgeregt.

Helgard trat beunruhigt hinter der Theke hervor, und die anwesenden Gäste wandten sich ihm zu.

„Kane Takeru, der Physiklehrer, ist seit gestern verschwunden!"

„Wie, verschwunden?", fragte Helgard nervös. „Kann es nicht sein, dass er einfach verreist ist?"

Heese schüttelte den Kopf. „Er ist heute nicht zu seiner Trainingsstunde erschienen, und keiner der Lehrer weiß etwas von einer Reise."

„Das ist in der Tat merkwürdig", murmelte Odelia. „Wann wurde er denn das letzte Mal gesehen?"

„Karmesin meinte, dass er immer mittwochs einen Marathon durch den Wald läuft."

„Vielleicht ist ihm etwas passiert? Er könnte doch über eine Wurzel gestolpert sein", schlug Odelia vor.

Heese grunzte. „Takeru und gestolpert? Da kennst du ihn aber schlecht. So ein Mann stolpert nicht. Außerdem hat Karmesin seine Laufstrecke bereits kontrolliert, keine Spur von ihm."

„Karmesin hat die Strecke kontrolliert?", platzte Endri heraus und klang dabei argwöhnischer, als er es beabsichtigt hatte.

„Wie ist das denn gemeint? Er wird ja wohl gewissenhaft gesucht haben", sagte Helgard mit Nachdruck.

„Ja, das ist keine schöne Unterstellung", bemerkte Odelia und warf Endri einen strengen Blick zu.

„Was für einen Grund könnte er denn haben, einfach so zu verschwinden?", fragte Hortensia Kapillus, die Haarstylistin, die aufgeregt hinzugetreten war. Ihr Salon hieß „Vom Föhn verweht", und Endri wusste, dass seine Mutter ab und an dort vorbeischaute. Hortensia zählte zu den Verwandlern, und während man in ihrem Salon die Haare gemacht bekam, massierte einem Rudolf, ihr trainiertes Wasserschwein, den Rücken. Dementsprechend beliebt war der Salon, denn Rudolf hatte großes Talent als Masseur.

„Was, wenn er nicht verschwunden ist, sondern entführt wurde?"

Diese Vermutung entfachte ein wildes Gemurmel im Café.

Während Wynn sich schon wieder seinen Teilchen zugewandt hatte, schnappte Endri in dem Durcheinander ein paar Ausrufe auf:

„Ausgerechnet ein Lehrer."

„Kein Motiv."

„Wer macht denn so was?"

„Unheimlich!"

Als sie auf dem Weg nach Hause waren, hielt Wynn sich den Bauch. „Oh, ich glaube, diesmal war es echt eines zu viel", klagte er.

„Nicht nur eins", bestätigte Endri. „Schon komisch mit Takeru, oder?"

Wynn sah sich um und senkte dann die Stimme.

„Mehr als komisch. Warum sollte er einfach so verschwinden?"

„Vielleicht ist ihm ja anderweitig etwas zugestoßen", Endri setzte bei dem letzten Wort Gänsefüßchen in die Luft.

„Du meinst, jemand hat ihm was angetan? Wer sollte so etwas tun?"

„Jemand, der davon einen Vorteil hat, dass Takeru weg vom Fenster ist."

„Wer bitte soll denn einen Vorteil davon haben?"

„Na, jemand, der seine Position haben will."

Wynn sah Endri nachdenklich an.

„Du meinst nicht im Ernst, dass Karmesin etwas damit zu tun haben könnte? Er war immerhin der Sicherheitsleiter des Rats der Fünf. Was für ein Motiv sollte der haben, einen anderen Lehrer wegen einer Stelle auszuschalten, die er sowieso bekommen hätte?"

„Hätte er das?", fragte Endri. „Fakt ist, aus irgendeinem Grund ist er nicht mehr Sicherheitsleiter. Und weißt du, was ich noch denke?", fragte er und blieb stehen. „Karmesin war doch auch in das Verschwinden von Korbinian irgendwie involviert! Vielleicht hängt das ja zusammen!"

„Na ja, er war involviert, weil das als Sicherheitsleiter nun mal seine Aufgabe ist", sagte Wynn und ging weiter.

Endri stiefelte ihm aufgeregt hinterher. „Seine Aufgabe war, dass unter seiner Aufsicht jemand verschwindet? Sehr logisch."

„Haha, du weißt, was ich meine. Außerdem weiß ja keiner mehr, was wirklich passiert ist."

„Und was, wenn doch? Vielleicht behaupten einfach nur alle, dass sie nichts mehr wissen."

Wynn schüttelte entschlossen den Kopf. „Unmöglich. Wenn Raimara dir in den Kopf guckt und du dich doch an etwas erinnern kannst, würde sie es sehen."

„Und wenn vorher ein anderer Telepath seine Finger im Spiel hatte?“, fragte Endri, der sich an das Gespräch am Abend des Erkentalfests erinnerte.

Wieder schüttelte Wynn den Kopf. „Auch unmöglich. So einen mächtigen Telepathen gibt es außer Raimara nicht.“

Endri starrte nachdenklich vor sich hin.

„Irgendwas ergibt hier aber keinen Sinn.“

„Das mag sein“, stöhnte Wynn, „aber können wir die Verschwörungstheorien vielleicht auf ein anderes Mal verschieben? Ich glaube, mir wird schlecht.“ Er war mit einem Mal blass um die Nase und hielt sich den Bauch.

„Immerhin haben wir jetzt den Beweis“, schmunzelte Endri, „auch du kannst nicht unendlich viel essen.“

Das Dorf organisierte Suchaktionen nach Takeru durch die umliegenden Wälder. Insbesondere die Verwandler waren dabei eine große Hilfe, denn sie konnten dank ihrer Fähigkeiten in kürzester Zeit weite Bereiche effektiv durchforsten.

Als es Wynn wieder besser ging, beteiligten sich Endri und er ebenfalls an der Suche. Die Bäume standen so nah beieinander, dass es unter den dichten Kronen am Waldboden stockdunkel war. Sie trugen kleine Lampen am Kopf und wanderten durch ein Gebiet, das mit dicken, verschlungenen Wurzeln überzogen war. Sie waren darauf konzentriert, nicht zu stolpern, als Wynn ein Rascheln hörte. Es kam aus einem tiefen, mit kräftigen Wurzeln umrahmten Loch. Abrupt hielt er inne. Endri, der hinter ihm gelaufen war, rempelte ihn an, und beide purzelten zu Boden. Als Endri sich aufrichten wollte, zog Wynn ihn wieder in die Hocke und legte einen Finger auf den Mund. Sie lauschten.

Das Geräusch kam definitiv aus dem Loch vor ihnen. Und es musste etwas Großes sein. Sie setzten langsam einen Fuß vor den anderen. Ein Schnaufen kam aus dem Loch.

„Er ist bestimmt da hineingefallen!", flüsterte Endri, als sie näher heranschlichen. Wynn rümpfte die Nase.

„Der Geruch passt nicht. Es sei denn, er hat seit Wochen nicht geduscht."

„Warte mal, das ist also kein Mensch da unten in dem Loch?"

Endri trat reflexartig einen Schritt zurück. Das Rascheln wurde lauter.

„Okay, es hat bemerkt, dass wir da sind", murmelte Wynn.

„Es?!", raunte Endri besorgt. „Was ist es?"

„Irgendein Tier", sagte Wynn, „aber es hört sich verletzt an."

„Sollten wir nicht jemanden rufen?"

Auf das nächste Rascheln folgte ein leises Quieken. Sie standen jetzt direkt am Rand und beugten sich zaghaft vor, um in die Tiefe sehen zu können. Plötzlich kniete Wynn sich nieder und steckte seinen Kopf in das Loch. Endri sog überrascht die Luft ein und hielt den Atem an. War Wynn verrückt geworden? Er wusste, dass insbesondere verletzte Tiere, die darüber hinaus keine Fluchtmöglichkeiten hatten, oft die gefährlichsten waren.

Er hörte, wie Wynn entzückt „Oh!" rief, und sah, wie er sich dann komplett ins Schwarze hinabließ. Nach ein paar Sekunden und viele kleine Quieklaute später steckte er den Kopf aus dem Loch. Seine blonden Locken standen ihm zu allen Seiten ab.

„Es ist ein Schwein!", rief er aufgeregt. „Ein kleines süßes Schwein!"

Dann kam er schwankend aus dem Loch hervor. Er trug ein rundes dunkles Fellpaket auf dem Arm. Es sah nicht aus wie die Schweine, die Endri kannte. Es war kugelrund und völlig mit lockigem dunklem Haar ummantelt. Es hatte mehr Ähnlichkeit mit einem übergewichtigen Pudel.

„Ist sie nicht süß", rief Wynn. „Sie hat sich ein Beinchen gebrochen bei dem Sturz ins Loch!"

„Woher weißt du, dass es eine Sie ist?"

„Hab' es im Gefühl."

„Und was hast du jetzt vor?", fragte Endri.

Wynn drückte das wuschelige Paket an seine Brust.

„Sie mitnehmen! Was denn sonst?" Er warf einen mitfühlenden Blick auf das Tierchen in seinem Arm. „Ich nenne sie Stella", verkündete er.

Zurück am Treffpunkt stellte sich heraus, dass die anderen Gruppen ebenfalls erfolglos geblieben waren. Keine Spur von Takeru.

Roan Cerberus warf einen Blick auf Wynn, der liebevoll Stella auf dem Arm hielt.

„Wie ich sehe, seid ihr nicht mit leeren Händen wiedergekommen", stellte er fest. „Wie seid ihr denn an ein Lockiges Riesenferkel geraten?"

„Sie ist verwundet", erklärte Wynn, „wir haben sie in einem Wurzelloch gefunden. Sie muss wohl dort hineingefallen sein und kam alleine nicht wieder raus."

Cerberus machte ein skeptisches Gesicht.

„Du weißt, dass die Lockigen Riesenschweine für ihr aggressives Temperament bekannt sind? Denen geht man normalerweise besser aus dem Weg."

Wynn nickte. „Aber sie ist ja noch ein Baby!"

„Das wird sie aber bald nicht mehr sein. Am besten gibst du sie zu Helmar Varg, der päppelt des Öfteren verletzte Waldbewohner auf."

Wynn schüttelte vehement den Kopf.

„Ich behalte Stella auf jeden Fall so lange, bis sie wieder gesund ist", sagte er und schmiegte das quiekende Fellknäuel an sich.

sechzehn

Die Winterferien standen kurz bevor, und Endri und Lorean weigerten sich weiterhin, miteinander zu sprechen. Wynn und Alara waren von der Situation sichtlich genervt und versuchten seit Wochen, die beiden für ein Gespräch zusammenzubringen. In Sachen Sturheit stand der eine dem anderen jedoch kein bisschen nach, und all ihre Versuche blieben erfolglos. In der Zwischenzeit kümmerte sich Wynn mit Hingabe um Stella, deren Bein geheilt war und deren Größe sich innerhalb weniger Wochen verdreifacht hatte. Ihr Kopf reichte Wynn inzwischen bis zum Oberschenkel, und sie folgte ihm auf Schritt und Tritt – selbst zur Schule. Als ein Schüler ihr eines Mittags nichts von seinem Bananenbrot abgeben wollte, bekam sie einen Wutanfall und verwüstete die Kantine. Wynn hatte zwar protestiert, doch für Stella wurde daraufhin Haus- beziehungsweise Schulverbot verhängt. Wenn er morgens das Haus verließ, veranstaltete sie jedes Mal ein herzzerreißendes Quiekkonzert. Dafür lief er an den Wochenenden mit ihr durch das Dorf und präsentierte mit Stolz, welche Tricks er ihr beigebracht hatte. Der beliebteste war eine Rolle, die sie allerdings nur für ein besonders saftiges Stück Bananenbrot zum Besten gab.

Am letzten Schultag vor den Ferien rief man die Schüler für eine Versammlung in der Aula zusammen. Es sollte eine Ansprache der Schulleiterin geben. Alle spekulierten darauf, dass man ihnen endlich Informationen zum Verbleib des verschwundenen Physiklehrers geben würde. Takeru war nicht wieder aufgetaucht, und die Gerüchte in den Fluren hatten wahnwitzige Ausmaße angenommen. Von einer Entführung durch Aliens, einem kriminellen Doppelleben bis hin zu einem tätlichen Übergriff einer verrückten Ex-Freundin war alles dabei. Endri hielt an seiner Karmesin-Theorie fest, allerdings gab es keinerlei Hinweise, die diese Vermutung bestätigten.

Die gläserne Kuppel der Aula war mit einer dünnen Schicht Pulverschnee bedeckt, die den Raum in ein gedämpftes Licht tauchte. Endri saß mit Alara und Wynn hinten im Raum und beobachtete, wie Lorean mit anderen Schülern die Aula betrat. Er hatte sich Meriks Entourage angeschlossen und schritt zwischen Nehemia, Yasin und Kasimir den Gang entlang.

Endri lehnte sich zurück und verschränkte die Arme.

„Jetzt hat er, was er wollte“, zischte er. „Er wollte ja immer zu den Coolen gehören.“

„Ich dachte, wir wären die Coolen?“, sagte Wynn und machte ein gespielt verblüfftes Gesicht. Alara lachte auf und stieß ihm einen Ellenbogen in die Seite.

„Du bist so ein Idiot“, kicherte sie.

Fastrada Piril betrat die Bühne und die drei verstummten.

„Wir haben ein aufregendes erstes Halbjahr hinter uns“, begann die Schulleiterin ihre Ansprache.

„Leider können wir nicht nur von guten Dingen berichten. Wie ihr alle bereits wisst, ist unser Lehrer Kane Takeru seit Wochen spurlos verschwunden. Haltet bitte weiterhin die Augen offen und gebt jeden Hinweis weiter.“

Ein wildes Gemurmel breitete sich im Raum aus und Piril musste sich mehrmals laut räuspern, um die Aufmerksamkeit wiederzuerlangen.

„Unter diesen Umständen haben wir Glück im Unglück, dass unser neuer Lehrer der ehemalige Sicherheitsleiter des Rats der Fünf ist. General Karmesin hat sich bereit erklärt, nicht nur die Leitung der Suche nach Takeru zu übernehmen, sondern auch dessen Klassen."

„Klassen?", flüsterte Alara erschrocken. „Warum macht Hetty das nicht?"

„Hetty Altug wird ihre Mittelstufe behalten, und General Karmesin übernimmt die Oberstufe. Die Unterstufe wird zwischen den beiden aufgeteilt. General Karmesin wird, wie angekündigt, dort die fortgeschrittenen Schüler übernehmen", führte Piril weiter aus.

Alara atmete erleichtert auf. Das bedeutete mit ziemlicher Sicherheit, dass sie nicht von ihm unterrichtet werden würde.

„Um die Einstufungen vorzunehmen, wird die Unterstufe nach den Winterferien ein paar Wochen gemeinsam von den beiden trainiert."

Alaras erleichterter Gesichtsausdruck fror bei den letzten Worten der Schulleiterin ein.

„Ich glaube, ich bin dann krank", murmelte sie.

Endri schenkte ihr einen mitfühlenden Blick. „Sind ja nur ein paar Wochen."

„Jede Stunde mit dem ist eine zu viel."

Nach dieser mehr als unbefriedigenden Ansprache entließ die Schulleiterin sie in die Winterferien. Einige der Schüler – wie Haru und Kasimir –, die bei entfernten Verwandten wohnten, verließen Erkental und fuhren zu ihren Familien. Der Großteil der Schüler blieb vor Ort und redete aufgeregt über die kommenden zwei Wochen, denn Winterferien in Erkental bedeuteten für gewöhnlich eine Menge Spaß.

In den nächsten Wochen rieselte, dank Meteorologin Runa

Ribaldi, konstant Neuschnee auf Erkental. Alles war von einer fluffigen weißen Schicht bedeckt. Auf dem Marktplatz hatte man kleine Hütten mit heißen Lampen aufgestellt, unter denen sich die Bewohner warmen Tee und Raclette einverleibten. In einer steilen Straße im Ort hatte Runa eine Eisbahn angelegt. Dort rasten die jüngeren Kinder auf kleinen Schlitten den Berg hinab. Für die Erwachsenen waren die Hänge rings um das Dorf zu Skipisten umfunktioniert worden.

Das Weihnachtsfest fand auf dem Marktplatz statt. In den vielen kleinen Hütten bereiteten die Bewohner ein Festmahl zu. Man konnte sich nur schwer zwischen Käsefondue, Spießen, Bratkartoffeln, Schupfnudeln und Flammkuchen entscheiden. Auf den Stufen vor dem Rathaus hatten die Bürger eine kleine Bühne aufgebaut. Darauf stapelten sich Unmengen an bunten Päckchen. Jeder gab am Anfang des Abends ein eingepacktes Geschenk ab und erhielt im Laufe des Festes per Los ein anderes Präsent zurück. Niemand wusste, mit wessen Mitbringsel er nach Hause gehen würde, und so waren alle gespannt, was sie bekommen würden. Verschenkt werden durfte alles, solange es selbst gemacht war. Endris Mutter hatte eine große Kiste mit diversen Leckereien zur Verfügung gestellt, und Endri hatte mithilfe von Ravus eine Schneekugel aus echtem Schnee angefertigt.

Endri und Odelia waren gerade dabei, einen Teller mit gebratenen Kartoffeltalern zu verspeisen, als Loris Winkelmann sich zu ihnen gesellte.

„Mein Angebot für das Haus steht noch“, begrüßte er sie.

Odelia verschluckte sich fast an ihren Kartoffeln. „Oh, vielen Dank, das wissen wir sehr zu schätzen“, hüstelte sie.

„Aber?“, fragte er und sah ein wenig enttäuscht aus.

Sie sah sich Hilfe suchend um. „Na ja.“

„Wir fühlen uns eigentlich sehr wohl bei Gloria und Marius", sprang Endri in die Bresche. Ihre beiden aktuellen Gastgeber standen ein paar Meter weiter, und Gloria kam beim Klang ihres Namens auf sie zugeeilt.

„Loris, was schwatzt du meinen Lieblingsgästen ein Haus auf, das sie gar nicht möchten!"

„Ich dachte ja nur", verteidigte sich Loris.

Odelia war sichtlich hin- und hergerissen, wem sie es in dem Gespräch recht machen wollte.

„Ein Haus von dir wäre sicherlich toll", sagte sie mit Blick auf Loris, „aber bei Gloria und Marius ist so viel Platz und ..."

„... und wir möchten euch auch ungern wieder abgeben", plapperte Gloria dazwischen.

Loris zuckte betreten mit den Schultern. „Na gut, ich dachte ja nur. Ihr hättet ein schönes kleines Häuschen verdient. Ich hatte schon ein paar Ideen im Kopf, die ich euch präsentieren könnte. Ein französischer Balkon zum Beispiel, wo wir, ich meine ihr mit Blick auf das Dorf dein köstliches Gebäck genießen könntet."

„Wenn du sie kennenlernen möchtest, kannst du sie auch einfach auf einen Kaffee einladen", grinste Gloria und sah zwischen Odelia und dem Architekten hin und her.

Die beiden liefen knallrot an.

„Äh, also ...", stotterte Loris.

„Ich trinke gerne Kaffee", murmelte Odelia und warf ihm einen schüchternen Blick zu.

„Was für ein Zufall!", rief Loris begeistert. „Ich auch!"

Endri hatte der Situation sprachlos beigewohnt. Er hatte seine Mutter noch nie flirten sehen, wenn man es denn so nennen durfte.

Die beiden schafften es, sich zu einem kleinen Date zu verabreden. Ab diesem Zeitpunkt war seine Mutter in einer Art Trance. Sie schwebte regelrecht durch die Gegend und bekam das Grinsen nicht mehr aus dem Gesicht. Endri hoffte inständig, dass es mit den beiden klappte. Wenn jemand einen netten Freund verdient hatte, fand er, dann war es seine Mutter.

Am Ende des Abends verließen die beiden das Fest mit einer großen Topfpflanze, die mit ihren Blättern ein fröhliches Weihnachtslied klimpern konnte, und einem „Staubsaugerfrettchen". Das Frettchen kam mit einem Zettel, der es als den Schrecken der Wollmäuse bezeichnete. Über das Geschenk hatte sich insbesondere Gloria gefreut, denn sie hasste Staubsaugen. Wäre der Spender des Geschenks nicht anonym, hätte sie direkt glatt mehrere davon bestellt.

In den Ferien vermisste Endri Loreans Gesellschaft besonders schmerzlich. Wynn verbrachte die meiste Zeit mit seinem Schwein Stella, und Alara verschmähte jegliche Aktivität, die etwas mit Schnee zu tun hatte. Während Endri am liebsten jede Stunde draußen verbracht hätte, saß sie umringt von Büchern in ihrer Lieblingsecke. Charlotte war über die Ferien bei ihrer Großmutter in Frankreich und konnte ihm ebenfalls keine Gesellschaft leisten.

Etliche Male hatte Endri Lorean im Dorf gesehen und mit dem Gedanken gespielt, einen Schritt auf ihn zuzugehen. Aber er brachte es dann doch nicht fertig, über seinen Schatten zu springen. Er hatte zwar eingesehen, dass der Streit zum Teil seine Schuld war, hielt aber an der Meinung fest, dass Lorean sich als Erster entschuldigen sollte.

Als die Schule wieder begann, fasste Endri den Entschluss, seinem Freund eine Chance zu geben. Er wollte ihn auf ein Gespräch einladen, und wenn er einsichtig war, würde er ihm verzeihen. Endri überlegte gerade, wie er ihn am besten darauf ansprechen sollte, als Wynn ihn mit einer Frage aus seinen Gedanken riss.

„Hast du Alara heute schon gesehen?"

Es war der erste Tag nach den Winterferien, und sie waren auf dem Weg in die Kantine. Sie trafen sich immer zu dritt zur Pause, und Alara war bisher nicht aufgetaucht.

„Sie hätte auch eigentlich mit mir das Statistikprojekt gehabt, war aber nicht da", sagte Wynn beunruhigt. „Wir wollten heute in der Klasse ein Experiment durchführen, das wir zusammen vorbereitet haben."

„Sie ist heute Morgen ganz normal mit mir zur Schule gelaufen", überlegte Endri. „Meinst du, sie schwänzt wirklich wegen Karmesin den Unterricht? Sie meinte doch vor den Ferien, dass sie nicht kommt, wenn er den Physikunterricht übernimmt."

„Aber ich kann nicht glauben, dass sie mich deswegen in Statistik einfach so hängen lassen würde."

Endri nickte nachdenklich. „Das stimmt, das sieht ihr eigentlich gar nicht ähnlich."

„Wo kann sie nur hingegangen sein?"

Plötzlich sah Wynn Endri aufgebracht an. „Was, wenn sie auch entführt wurde?", hauchte er und schlug sich eine Hand vor den Mund.

Endri sah ihn ungläubig an. „Wer sollte denn so was machen?"

„Weiß ich doch nicht! Aber hast du eine Idee, wo sie sein könnte?"

„Lass uns erst mal ein paar Leute fragen, vielleicht hat jemand sie gesehen", bestimmte Endri.

Systematisch gingen sie durch den großen Pausenraum, um die anderen Schüler zu fragen.

Endri machte widerwillig einen Stopp bei Merik, der mit Yasin, Nehemia, Kasimir und Lorean an einem Tisch saß.

„Ah, der große Alchemist!“, begrüßte Merik ihn mit einem hämischen Grinsen. „Und jetzt auch noch Daijsen-Spieler! Ich freue mich schon sehr auf unser erstes Turnier.“

„Hat einer von euch Alara gesehen?“, fragte Endri in die Runde und ging nicht auf Meriks Sticheleien ein.

„Ist das kleine Päckchen abhandengekommen?“, spottete Yasin und lachte über seinen eigenen Witz.

„Warum hängst du eigentlich immer mit den beiden Losern rum?“, raunte ihm Nehemia zu. „Du könntest auch bei uns sitzen, weißt du?“

„Danke, aber die beiden sind meine Freunde“, sagte Endri knapp, „und eine davon suchen wir gerade.“

Nehemia zuckte die Schultern. „War ja nur ein Angebot.“

„Ist was mit ihr?“, fragte Lorean vorsichtig.

Yasin schlug lässig die Beine übereinander. „Die sitzt doch bestimmt wieder irgendwo und liest ein Buch.“

„Wir haben sie seit heute Morgen nicht gesehen“, erläuterte Endri.

„Heute Vormittag war die Auswahl mit Karmesin und Hetty“, berichtete Kasimir. „Schätze, das ist nicht so gut gelaufen für sie. Danach hab’ ich sie nicht mehr gesehen.“

Endri sah ihn verwundert an. „Damit hatte sie aber eh gerechnet. Ich kann mir nicht vorstellen, dass sie das so aus der Bahn geworfen hat.“

Kasimir zuckte mit den Schultern. „Mehr weiß ich nicht.“

Er wollte erneut nachhaken, als Wynn vom Eingang rüberrief: „Ich habe eine Idee, wo sie sein könnte!“

Lorean war aufgesprungen und folgte Endri zum Eingang.

„Ich helfe euch beim Suchen“, erklärte er. Wynn nickte ihm dankbar zu, während Endri die Lippen zusammenkniff. Jetzt war nicht die Zeit, eine Diskussion zu starten.

Die drei rannten durch die Gänge, und Wynn führte sie durch den unterirdischen Korridor zur schwebenden Bibliothek.

„Nur so eine Vermutung“, erklärte er, als sie eilig den Gang hinabstiefelten.

Sie blieben im Eingang stehen. Sie waren weder befugt, die Bibliothek zu betreten, noch wäre einer von ihnen in der Lage, über die Bücherbrücken zu balancieren.

Wynn spähte aufmerksam in den Raum und hielt dann abrupt inne.

„Ich sehe sie!“, rief er. „Da hinten unter dem großen Bücherzelt!“ Die anderen beiden konnten die Gestalt nur erahnen.

„Wie ist sie da wohl hingekommen?“, fragte Endri. „Ist sie wirklich meterweit über die durchlöcherten Bücherhängebrücken gestiegen?“

„Wie ist sie hier überhaupt unbemerkt reingekommen?“, erwiderte Lorean.

„Und wo sind all die Bibliothekare hin?“ Wynn klang beinahe hysterisch und sah sich nervös um. Weit und breit war keine Menschenseele zu sehen. „Ich gehe zu ihr“, beschloss er dann mit deutlich festerer Stimme.

Innerhalb weniger Sekunden hatte er die Schuhe ausgezogen und war dabei, einen nackten Fuß auf die erste Brücke zu setzen.

„Bist du verrückt?“, rief Endri ihm zu, aber Wynn hatte bereits den zweiten Fuß auf dem Steg. Langsam schlich er sich in Richtung Alara.

Lorean und Endri sahen sich verblüfft an.

„Was ist denn in den gefahren?“, stöhnte Lorean. „Wir hätten doch jemanden rufen können!“

Endri beobachtete seinen Freund auf den Büchern.

„Ich glaube, er ist anderweitig motiviert.“

„Wie meinst du das?“

Endri grinste und formte einen Kussmund mit seinen Lippen.

Lorean machte große Augen. Sie verfolgten, wie Wynn behutsam seinen Weg fortsetzte. Als Alara ihn bemerkte, stand sie auf und ging ihm langsam auf der schwankenden Brücke entgegen. Es sah aus wie ein bühnenreifes Theaterstück. Als sie endlich beieinander angekommen waren, lagen sie sich in den Armen, und Endri und Lorean konnten erkennen, wie Alara sich schluchzend an Wynns Schulter drückte. Die Brücke unter ihnen schwankte bedrohlich.

„Jetzt wird mir einiges klar“, kicherte Lorean.

Endri grinste ihn an und vergaß in dem Moment, dass er eigentlich sauer auf seinen Freund war.

„Du ...“, setzte Lorean an, „wegen der Daijsen-Auswahl ... Ich wollte dir echt davon erzählen, aber es ging alles so schnell. Antonia hat mich aufs Feld geschleppt und ...“

Endri winkte ab. Er hatte in den letzten Wochen in seinem Kopf so viele Versionen dieses Gesprächs geführt, dass er das Thema leid war. „Ist schon okay. Bei mir war es ja genauso spontan. Und wenn ich mir das so ansehe, sollten wir uns wirklich wieder vertragen“, lachte Endri erleichtert und deutete auf Wynn und Alara, die es irgendwie schafften, auf ihrem Weg über die schmalen Brücken Händchen zu halten. „Mit denen kann man jetzt bestimmt nichts mehr anfangen.“

Sie waren schon fast wieder am Eingang angekommen. Wynn warf seinen Freunden einen triumphierenden Blick zu, weshalb er das fehlende Buch vor ihm in der Brücke nicht bemerkte und geradewegs in das Loch stapfte. Ihm entfuhr ein kurzer Schrei, als sein rechtes Bein bis zum Oberschenkel in die Lücke rutschte.

„Wo verdammt noch mal sind denn die Bibliothekare?“, kreischte Lorean aufgebracht. „Sind die noch in den Ferien?“

Endri ließ seinen Blick panisch durch den gigantischen Raum schweifen. Weit und breit keine schwebende Person, die ihnen zu Hilfe hätte kommen können.

Wynn war in der Zwischenzeit bis zur Hüfte in das Loch gerutscht und klammerte sich mit den Armen an die Brücke.

„Vielleicht kann er sich selbst hochziehen, solange nicht ...“

In dem Moment lockerte sich eins der Bücher, an denen sich Wynn festhielt, und fiel taumelnd in die Tiefe. Er rutschte bis zu den Schultern hinunter und schrie erschrocken auf. Alara versuchte, ihn an den Armen hochzuziehen, hatte aber nicht genug Kraft.

„Wir müssen zu ihm!“, rief Endri, aber Lorean hielt ihn zurück. „Wenn wir jetzt auch noch auf die Brücke steigen, löst sich vielleicht noch ein Buch! Dann fällt nicht nur er, sondern im schlimmsten Fall fallen wir alle!“, sagte er, und Endri musste ihm zwangsläufig recht geben.

Alara lehnte sich mit ihrem vollen Gewicht nach hinten, um Wynn so aus dem Loch zu ziehen. Zentimeter für Zentimeter kämpfte er sich mit ihrer Hilfe nach oben. Endri beobachtete Alaras angestrengtes Gesicht. Sie presste die Lippen zusammen und war knallrot angelaufen. Dann riss sie erschrocken die Augen auf. Ihre Hände rutschten ab. Sie mussten schweißnass sein, und Wynn konnte sich nicht länger daran festhalten. Es gab einen Ruck, er schnellte zurück – und fiel.

„Ahhhhh!“, gellte Wynns Schrei durch die Halle. Lorean kippte fassungslos gegen die Wand, Endri presste die Augenlider zusammen. Doch Wynns Schrei wurde nicht wie erwartet leiser, je tiefer er fiel. Überrascht machte Endri die Augen wieder einen Schlitz auf und schielte auf die dramatische Szene.

Wynn hing wie eine Marionette knapp unter der Brücke in der Luft. Alara hatte einen hochroten Kopf und fixierte Wynn angestrengt. Sie schien alle Kraft, die sie hatte, zu mobilisieren. Wynn schwebte. Alara ließ ihn schweben. Mithilfe unbeholfener schwimmender Bewegungen von Wynn gelang es ihr schließlich, ihn in Richtung Ausgang zu befördern. Endri und Lorean traten ihm entgegen und zerrten ihn mit vereinten Kräften in den Durchgang.

„Was war das?“, fragte Endri, als sie alle wieder zu Atem gekommen waren.

Wynn, der mit Abstand den größten Schreck hinter sich hatte, streckte sich auf dem Steinboden aus. „Unglaublich!“, keuchte er. „Das war einfach unglaublich.“ Es klang eher so, als hätte er eine Achterbahn hinter sich als einen Fast-Sturz ins Ungewisse. Da Wynn keine bleibenden Schäden zu haben schien, lenkten sie ihre Aufmerksamkeit auf Alara.

„Hast du schon jemals so etwas Schweres schweben lassen?“, wollte Lorean direkt wissen. Er war immer noch kreidebleich.

Alara schüttelte den Kopf, der wieder eine normale Farbe angenommen hatte. „Niemals mehr als eine Flasche Wasser.“

„Was soll das bitte heißen, so schwer?“, motzte Wynn. „Wie bist du überhaupt unbemerkt so weit in die Bibliothek gekommen?“, fragte er an Alara gewandt. „Und vor allem: Warum warst du überhaupt da?“

Alara sah betreten auf ihre Hände.

„Nach dem Training wollte ich einfach niemanden sehen. Und ich wusste, dass die Bibliothekare nach den Winterferien alle im Archiv sind, um die jährliche Inventur vorzubereiten. Ich bin einfach so losgelaufen und auf einmal war ich dort hinten und wusste nicht mehr, wie ich zurückkommen sollte.“

Wynn richtete sich mühsam auf. „Jetzt erzähl mal, was passiert ist.“

Alara seufzte. „Lasst uns woanders hingehen.“

Durch ihre Suchaktion hatten sie alle mindestens einen Pflichtkurs versäumt, aber das war ihnen in dem Moment egal. Sie wanderten zusammen zu einem der kleineren Aufenthaltsräume und ließen sich auf einem der großen braunen Ledersofas nieder. Es war so durchgesessen, dass man darin tief versank.

Nach einer Weile des Schweigens wandte sich Alara ihnen zu und begann zu erzählen:

„Karmesin und Hetty haben heute zum ersten Mal die Unterstufe zusammen unterrichtet. Gleich zu Beginn haben sie angekündigt, dass sie die Klasse so schnell wie möglich aufteilen wollen. Glaubt mir, ich hatte keine großen Erwartungen." Sie machte eine Pause, während die anderen ihr aufmunternd zunickten.

„Aber?", brachte Endri die Geschichte wieder in Gang.

„Aber dann hat Karmesin darauf bestanden, dass wir einen Bestandstest machen und ... und ... Es war schrecklich!", sie gab ein paar Schluchzer von sich und berichtete dann weiter: „Hetty musste ihm davon erzählt haben, dass ich keine normale Physikerin bin, aber er hat mich trotzdem alle Tests machen lassen. Es war einfach nur peinlich!"

„Was für ein Ekelpaket!", rief Wynn aufgebracht.

„Immerhin ist es jetzt vorbei und du kannst bei Hetty trainieren", sagte Lorean.

Alara schüttelte den Kopf und presste die Lippen zusammen. Sie unterdrückte einen Schluchzer.

„Das Schlimmste kommt ja noch! Am Ende der Stunde haben sie mir gesagt, dass sie mich beide nicht in ihrem Unterricht gebrauchen können. Karmesin hat regelrecht angewidert geguckt, und Hetty meinte, dass sie aufgrund des Lehrermangels keine Zeit für reine Telekinese hätte. Und sie haben angedeutet, dass es sich bei mir eh nicht lohnen würde." Die letzten

Sätze brachte sie nur abgehackt hervor, denn sie wurden von einzelnen Schluchzern unterbrochen.

Die anderen sahen sich entsetzt an.

„Das können sie doch nicht machen!"

„Du solltest mit der Schulleiterin sprechen!"

„Und was soll die mir sagen?", fragte Alara mit dünner Stimme. „Am Ende darf ich noch zugucken oder so was. Am liebsten würde ich einfach gar nicht mehr in die Schule gehen."

Wynn schüttelte entschieden den Kopf. „Das kommt nicht infrage. Ich werde auf jeden Fall zur Schulleiterin gehen. Die können dich doch nicht einfach nicht unterrichten! Vor allen Dingen jetzt nicht, wo du sogar einen Menschen hast schweben lassen! Das ist doch fast schon Stufe-fünf-Niveau!"

„Karmesin sagt, Telekinese ist nur Spielerei. Und Hetty ist selbst kein großes Talent darin. Selbst wenn sie wollte, wäre sie wahrscheinlich keine große Hilfe."

Wynn raufte sich die Haare. „Also gibst du dich jetzt damit zufrieden, oder was?! Lehrer müssen alle Schüler unterrichten! Stell dir mal vor, Ravus hätte bei Endri einfach so aufgegeben!"

„Ja, das stimmt", pflichtete Endri ihm bei, „bei mir dachten ja auch alle, ich hätte keine Chance."

Alara schniefte. „Bei dir ist das was anderes. Eine Physikerin mehr oder weniger interessiert niemanden."

Wynn strich ihr behutsam über den Arm. „So ein Quatsch. Uns interessiert es."

Sie schenkte ihm ein gequältes Lächeln.

Als sie den Raum nach einiger Zeit wieder verließen, um es wenigstens zur letzten Stunde des Tages zu schaffen, kam Lorean auf Endri zu.

„Du, also, ich wollte dir noch sagen, dass ich froh bin, dass du es ins Team geschafft hast."

Endri sah ihn überrascht an. „Wirklich?“

„Ja klar, wenigstens einer von uns. Ich hoffe, ihr tretet diesem arroganten Hedlef richtig in den Hintern!“

siebzehn

Mit dem Schulbeginn hatte auch das Daijsen-Training wieder begonnen, und Antonias Mannschaft trainierte wöchentlich für das anstehende Turnier. Während des Trainings war das Betreten des Spielfelds für alle anderen Schüler verboten, damit niemand ihre Strategie ausspionieren konnte. Obwohl Endri zu Anfang skeptisch gewesen war, machte ihm das Training Spaß. Mit Haru zusammen war er der Jüngste im Team und musste das Meiste lernen. Hunderte Male übten sie Defensive und Angriffe in den unterschiedlichen Zonen. Nur in das Schwimmbecken weigerte Endri sich, einen Fuß zu setzen.

„Ihr müsst auf jede Situation vorbereitet sein", unterwies Antonia sie, „denn bei Daijsen ist alles möglich."

Beim Training und während der Alchemiestunden bemerkte Endri, wie seine Kontrolle über die Elemente stärker und sicherer wurde. Die Fähigkeit, Luft zu manipulieren, verschaffte ihm nach wie vor Anerkennung. Er musste jedoch darauf achten, sich dabei nicht zu verausgaben, denn er war bereits mehrfach fast ohnmächtig geworden. Zudem war das Ausmaß seines Einflusses auf das Element bei Weitem nicht so groß wie das von Merik oder Vivecca auf andere. Die beiden brachten riesige Hügel zum Beben, erschufen gigantische Feuerwände und erzeugten tosende Strudel im Fluss, die er nur bestaunen konnte.

Nachdem Endri sein erstes Training nach den Ferien absolviert hatte, traf er sich mit den anderen im gläsernen Pavillon zum

Mittagessen. In der Mitte des Raumes war ein mächtiges Büfett aufgebaut, auf dem sich jeden Tag etliche Schüsseln, Töpfe und Platten mit Essen türmten. Rundherum waren verschiedene Sitzgelegenheiten aufgestellt. Je nach Laune konnten die Schüler sich auf hängende Schaukelbänke, in große gemütliche Sessel oder auf lange Holzbänke setzen. Darüber hinaus gab es zwei runde Tische, die sich konstant um sich selber drehten, wie auf einem Kinderspielplatz. Sie waren für die Physiker als Übung gedacht, während des Essens das Gleichgewicht zu bewahren. Von diesen Tischen hielten sich die anderen Schüler in der Regel fern, denn bei der Nahrungsaufnahme Kreise zu fahren, hatte sich für die meisten als nicht besonders erstrebenswertes Erlebnis erwiesen. Beim Bau des gläsernen Pavillons waren die vorhandenen Bäume stehen gelassen worden. Dicke Stämme, gesäumt von weichen Moosflächen, die ebenfalls als beliebte Sitzgelegenheiten dienten, verliehen der Kantine eine Atmosphäre wie bei einem Picknick.

Endri saß mit Lorean, Wynn und Alara an einem der hängenden Tische. Alara war ein Stück zu klein für die Schaukel, und ihre Beine baumelten in der Luft.

Wynn war, wie versprochen, mit ihr zur Schulleiterin gegangen, um mit dieser über Alaras Unterrichtsausschluss zu sprechen, aber Fastrada Piril konnte an der Entscheidung der beiden Lehrer nicht rütteln.

„Unter normalen Umständen wäre so etwas für die Erkentalschule selbstverständlich undenkbar, aber mit Takerus Abwesenheit …", hatte sie es begründet. Auch die Aussage der Freunde, dass Alaras Telekinese weit fortgeschritten war, konnte sie nicht umstimmen. Marius und Gloria waren bei Weitem nicht so empört wie ihre Freunde und freuten sich über die Extrazeit, die Alara im Gasthaus verbringen konnte.

„Und wie war dein Training?“, fragte Lorean vorsichtig, der neben Endri saß. Der konnte sich vorstellen, wie viel Überwindung Lorean diese Frage gekostet haben musste.

„Keine Ahnung, ehrlich gesagt“, antwortete er. „Das Spiel ist so verwirrend. Ich weiß nicht, ob ich Fortschritte mache oder nicht. Aber immerhin bin ich die letzten beiden Trainingseinheiten kein Mal ohnmächtig geworden!“

„Woohoo!“, lachte Wynn laut und gab Endri ein High-Five über den Tisch hinweg. „Und das erste Match ist gegen Norins Team“, fügte er hinzu, „die haben keinen Alchemisten, also solltet ihr im Vorteil sein.“

„Nur wenn Antonia ihre Leute clever genug einsetzt“, warf Alara ein. „Der größte Teil von Daijsen ist die Strategie. Wenn man am Anfang zu viele Fehler macht, bringt einem auch der Alchemist hintenraus nichts mehr.“

Endris Blick huschte zwischen seinen Freunden hin und her.

„Meint ihr, ich werde direkt beim ersten Mal eingesetzt?“

„Na klar“, rief Wynn, „davon kannst du ausgehen.“

Endri schluckte. Ihm war der Appetit plötzlich vergangen.

„Was meint ihr, was es eigentlich mit diesen verbotenen Gängen auf sich hat?“, fragte Lorean, um das Thema zu wechseln.

„Ein paar Flure sind nur für Lehrer“, sagte Wynn. „Und ich habe letztens gehört, dass Karmesin einen kompletten Bereich für sich beansprucht hat.“

Lorean wippte auf seiner Schaukel. „Was er da wohl treibt?“

„Er hat einen privaten Bereich? Wozu braucht ein normaler Lehrer so was?“, murmelte Endri und stocherte in seinem Püree. „Irgendwas ist doch komisch an dem Typ.“

„Normal ist der nicht, so viel steht fest“, stimmte ihm Alara verbittert zu, deren Erinnerungen an das Auswahltraining noch allzu frisch waren.

„Ich sage euch, der führt was im Schilde", sagte Endri.

Wynn warf ihm einen argwöhnischen Blick zu.

„Jetzt fang nicht wieder mit deiner Verschwörungstheorie an."

„Was für eine Theorie?", wollte Alara wissen.

Endri räusperte sich und senkte die Stimme. Die anderen lehnten sich vor, um besser hören zu können.

„Also", begann er, „Folgendes ist uns bekannt: Karmesin war bis vor Kurzem der Sicherheitsleiter des Rats der Fünf. Dann verschwindet unter seiner Aufsicht eines der Mitglieder, und angeblich kann sich niemand an den Vorfall erinnern."

„Nicht nur angeblich!", fiel ihm Wynn ins Wort.

Endri fuhr unbeirrt fort. „Also: Keiner kann sich erinnern, was passiert ist. Trotzdem gibt Karmesin seine außerordentlich gute Stelle auf – aber jemand, der nichts falsch gemacht hat, gibt doch so eine Position nicht auf."

Lorean sah aufgeregt in die Runde und nickte eifrig. „Und wir haben in Berlin ein komisches Gespräch mit ihm und so einem Riesentypen belauscht. Wir konnten es damals nicht richtig einordnen, aber es war schon sehr verdächtig."

„Ja, damals hatte es sich noch so angehört, als würde Karmesin auf irgendeine Mission gehen."

„Und dann kommt er hierher und wird Lehrer", stellte Lorean fest. „Ausgerechnet der! Das ist doch alles mehr als dubios."

Wynn räusperte sich. „Und was soll das mit dem Verschwinden von Takeru zu tun haben?

„Weil Takeru genau der Lehrer war, den er offenbar nicht ausstehen konnte", erinnerte ihn Endri. „Und er wollte außerdem seine Klassen übernehmen."

„Woher willst du das wissen?"

„Na, du hast ihn doch beim Training gehört. Er hat Takeru

gedroht, dass der Zeitpunkt, an dem er dessen Schüler übernimmt, bald komme."

„Ach, das war doch bestimmt nur so dahingesagt."

„Also, meinst du", fasste Alara zusammen, „Karmesin hat sich hier nur eingeschleust, weil er – nachdem er mitgeholfen hat, Korbinian zu entführen – auch Takeru verschwinden lassen wollte, um Oberstufenlehrer zu werden? Das ist doch Irrsinn!"

Wenn sie es so formulierte, klang es selbst für Endri mehr als unwahrscheinlich.

„Könnte doch sein", murmelte er wenig überzeugend.

„Also, jetzt mal von vorne", meldete sich Wynn zu Wort. „Was, wenn er nach dem Vorfall mit Korbinian einfach gekündigt hat, weil es ihm zu viel wurde? Wäre ja nicht der Erste, der sich zur Ruhe setzt."

„Und wie erklärst du dir dann den Auftrag, den der Riese in Berlin Karmesin gegeben hat?" Lorean war aufgesprungen und tigerte vor ihnen hin und her.

Alara zuckte mit den Schultern. „Vielleicht habt ihr euch verhört."

Endri stocherte weiter in seinem Essen herum. „Oder Erkental ist sein Auftrag", überlegte er. „Karmesin hat bei dem Gespräch was von einem ‚Ort in der Versenkung' gesagt. Damit könnte er doch Erkental gemeint haben."

„Was war das denn für ein Typ, der sich mit Karmesin unterhalten hat?", wollte Alara wissen.

„Keine Ahnung. Aber er sah sehr, sehr seltsam aus", sagte Lorean.

Endri blickte von seinem Teller auf. „Da kann ich nur zustimmen! Gruseliger Typ."

„Und sein Auftrag soll es sein, hier als Lehrer zu arbeiten?

Das kann ja nicht sein." Alara lehnte sich zurück und machte ein nachdenkliches Gesicht. „Zu schade, dass sich niemand an die Sache mit Korbinian erinnern kann …"

Endri ließ sich zurück in die Schaukel fallen, die einige Male hin und her wippte. Wynn sah ihn mit hochgezogenen Augenbrauen an. „Du glaubst immer noch, dass diese Erinnerungslücken das Werk von einem Telepathen sind?"

Lorean, der Endris Theorie dazu noch nicht gehört hatte, hob aufgeregt einen Finger. „Das könnte sein!"

„Ich sage es noch mal", gab Wynn mit einem belehrenden Ton von sich, „es gibt außer Raimara keinen Telepathen, der mal eben ein komplettes Geschehen aus den Köpfen löschen kann."

„Und wie sonst erklärst du dir, dass sich niemand daran erinnern kann?", fragte Lorean.

„Vielleicht haben alle einen gezielten Stoß auf den Kopf erhalten."

„Das wiederum könnte Karmesin gelungen sein!", schaltete sich Alara ein.

„Und da kommen wir zur ersten Frage zurück", motzte Wynn, „warum sollte er das überhaupt getan haben?" Er stand auf und sah in die Runde. „Will jemand Nachtisch? So viel Denken macht mich hungrig."

Wenig später kam er mit einem voll beladenen Tablett zurück und stellte es zwischen ihnen auf dem Tisch ab. Es gab Gläser gefüllt mit fluffiger Creme und Früchten sowie quadratische Stücke Bananenschokoladentorte. Wie immer packte Wynn eine großzügige Portion davon ein, die er nach der Schule an Stella verfütterte. Sie war weiter gewachsen und reichte Wynn jetzt bis zum Bauchnabel. Er hatte sie aus seinem Schlafzimmer ausquartieren müssen, und nun schlief sie vor seinem Fenster auf einem gigantischen Kissen, das Wynns Mutter für sie angefertigt hatte.

Als sie alles vertilgt hatten, seufzte Endri „Es wäre einfach zu gut, wenn wir sehen könnten, was Karmesin in seinen privaten Gemächern so treibt."

Wynn sah ihn mit schokoverschmiertem Mund an.

„Dann lass es uns herausfinden. Ein für alle Mal, und dann ist Schluss mit dem Thema. Ich kann es nämlich nicht mehr hören."

„Wie, rausfinden?", fragte Lorean, und seine Stimme überschlug sich fast. „Für Schüler ist der Zugang zu den Lehrerfluren verboten!"

„Dann müssen wir es eben clever anstellen", grinste Wynn.

Sie beschlossen, dass Endri und Wynn die Mission alleine übernehmen sollten. Lorean hatte schon beim Zuhören Schweißausbrüche bekommen, und Alara musste zugeben, dass sie selbst unter großer Anstrengung nicht leise irgendeinen Flur entlangschleichen konnte.

Noch am selben Nachmittag bewegten sich Endri und Wynn unauffällig von der Eingangshalle in den Ostflügel Richtung Lehrerflur.

Auf der Karte, die man den Schülern am ersten Schultag ausgeteilt hatte, waren die meisten der Flure und Räume mit einem roten Kreuz gekennzeichnet. Der Lehrerflur hatte direkt mehrere Kreuze, damit es keine Missverständnisse gab.

Als sie in der Nähe dieses Bereichs ankamen, standen sie vor der ersten verschlossenen Tür.

Endri stöhnte auf. „Das ist ja schneller zu Ende als gedacht."

Wynn hielt ihm einen erhobenen Finger vor die Nase. Endri starrte mit Unverständnis darauf und beobachtete dann, wie der Nagel länger und spitzer wurde. Er verwandelte sich vor seinen Augen zu einer richtigen Kralle.

„Was zum Teufel ...?“, fragte er und starrte auf den Finger.

Wynn grinste. „Ich kann mich zwar nicht in eine Maus verwandeln, aber ich kann ganz gute Tricks von anderen Tieren abschauen.“

Er drehte ein Ohr zur Tür, das auf einmal nicht mehr aussah wie ein menschliches Ohr, sondern einen kleinen Fellüberzug bekommen hatte und nach oben spitz zulief. Er drückte es an die Tür und fummelte dabei mit der langen Kralle im Schloss herum. Mit einem Klick sprang die Tür auf. Die Operation sah geübt aus. Endri stand sprachlos vor ihm.

„Na, das ist ja mal nützlich!“, prustete er dann los.

„So habe ich mich schon öfter in das Zimmer von meinem Bruder geschlichen.“

„Auf jeden Fall sehr praktisch“, grinste Endri.

Sie kicherten eine Weile und liefen dann leise den Gang entlang. Wynns tierische Körperteile hatten wieder ihre normale Form angenommen. Neben ihm fühlte sich Endri trotzdem wie ein Trampel, denn Wynn machte nicht das kleinste Geräusch auf dem Fußboden. Sie kamen zur nächsten Tür, an der ein Schild hing, das sie drauf hinwies, dass sie sich dem Lehrerflur näherten.

Wieder vollführte Wynn seinen Trick, der dieses Mal etwas länger dauerte, da die Tür mehrere Schlösser hatte.

Hinter der Tür befand sich ein enger, mittelalterlicher Bogengang. Die schmalen dunklen Türen in den Wänden waren mit dicken schwarzen Nägeln behauen. Trotz der Nachmittagssonne, die durch die alten Fenster fiel, war es düster im Flur. Als Endri gerade einen näheren Blick auf eines der metallenen Schilder werfen wollte, die an den Türen hingen, zog Wynn ihn mit einem Ruck hinter eine der vielen breiten Säulen. Er warf ihm einen panischen Blick zu und hielt sich einen Finger vor die Lippen.

Sie drückten sich schweigend mit dem Rücken gegen die Wand. Dann hörte auch Endri die Schritte. Rosalinda Vilanta eilte den Gang entlang. Sie ging so schnell, dass ihr dunkelgrüner Mantel wie ein Cape hinter ihr herschwebte. Sie blickte nicht zurück, und als sie ein schweres „Rumms" von der zufallenden Tür hörten, atmeten sie erleichtert auf.

Sie tappten weiter, und Wynn transformierte seine Ohren wieder in fellbesetzte Katzenohren, die bei jedem kleinsten Geräusch zuckten. Als sie das Ende des Flurs erreicht hatten, hielt er inne.

„Ich glaube, ich höre Karmesin", flüsterte er und deutete auf eine der Türen. „Ich erkenne seinen Gang. Es hört sich an, als würde er in seinem Zimmer nervös auf und ab laufen."

Auf Zehenspitzen schlichen sie zu der Tür, und Wynn legte eins seiner behaarten Ohren an das Holz.

„Jetzt seufzt er und setzt sich", berichtete er flüsternd, ohne das Ohr vom Türblatt zu nehmen. „Ah, jetzt wird es interessant! Er gibt eine Nummer in sein Smartphone ein!"

„Sagt er was?", fragte Endri ungeduldig.

„Jetzt ist er am Telefon! Ich kann zwar keine Worte verstehen, aber der Mann auf der anderen Seite hat eine extrem tiefe Stimme."

Wynn drückte die Ohren dichter an die Tür.

„Moment, jetzt redet Karmesin." Er lauschte eine Weile. Dann weiteten sich seine Augen und er blickte Endri mit aufgerissenen Augen an.

„Ich glaube, er kommt gleich raus!", raunte er und packte Endri am Arm. Sie rannten um die Ecke und konnten sich gerade noch unter ein breites Fensterbrett ducken, als Karmesin mit Schwung die Tür aufstieß und in den Flur stampfte.

Er war fast an ihnen vorbeigerauscht, als er plötzlich in der

Bewegung stoppte. Die beiden hielten den Atem an und kauerten sich noch dichter unter den Vorsprung. Ein kurzer Moment der Stille folgte. Dann zerrte Karmesin einen nach dem anderen unter dem Brett hervor.

„Was treibt ihr hier, ihr kleinen Scheißer?“ Er hatte beide am Kragen gepackt und ihre Füße schlingerten wild in der Luft. „Ihr habt hier nichts verloren.“

„Wir ... wir haben uns ... verlaufen“, würgte Endri hervor, und Wynn neben ihm versuchte, bejahend zu nicken.

„Ach so, ihr habt euch durch eine verschlossene Tür verlaufen?“, fragte Karmesin und sah genervt auf seine Uhr. „Ich habe keine Zeit für so was“, knirschte er und setzte die beiden wieder ab.

Daraufhin schleppte er sie zum Büro der Schulleiterin, das sich am Ende des Flures hinter einer großen Doppeltür befand. Auf dem Weg dorthin probierten die beiden es nochmals mit ihrer „Wir haben uns verlaufen“-Ausrede, aber Karmesin quittierte ihre Versuche mit eisernem Schweigen und einem verbissenen Gesichtsausdruck.

Endri war noch nie im Büro der Schulleiterin gewesen und während er und Wynn niedergeschlagen auf zwei Stühlen Platz nahmen und mit dem Schlimmsten rechneten, huschten seine Augen über die Einrichtung. Fastrada Pirils Büro war ein großer eckiger Raum. In einer Ecke brannte ein kleines Feuer im Kamin und in die Außenwand war eine lange Fensterfront eingelassen. Vor den Fenstern waren schmale Regale angebracht, auf denen Hunderte Kakteen in allen Größen und Formen standen. Die säuberlich aufgereihten Pflanzen verliehen dem Raum die seltsame Atmosphäre eines Kunstmuseums, das man mit einem Gewächshaus kombiniert hatte.

„Die beiden habe ich im Lehrerflur entdeckt“, erklärte Karmesin grimmig.

Obwohl Karmesin ihnen Angst einjagte und die Situation alles andere als lustig war, fiel es schwer, die Direktorin ernst zu nehmen, die vor ihrer Kakteensammlung hin und her schritt. Sie blieb stehen und sah die beiden streng an.

„Wir haben nicht viele Regeln hier", sagte sie, „aber die, die wir haben, sollten eingehalten werden."

„Werden wir jetzt suspendiert?", fragte Wynn kleinlaut.

„Selbstverständlich nicht", sagte Piril, „da müsstet ihr weitaus Schlimmeres anstellen."

Karmesin stand schweigend mit verschränkten Armen im Türrahmen. Er hatte ein Leuchten in den Augen, und Endri vermutete, dass ihm die Situation gefiel.

„Ihr werdet dafür die nächsten drei Monate nicht an den schulischen Freizeitangeboten teilnehmen. Das heißt: keine Spiele, keine Veranstaltungen."

Endri konnte im Augenwinkel sehen, wie Karmesin bei der Verkündung ein enttäuschtes Gesicht machte. Er hatte wohl auf eine schlimmere Strafe gehofft.

„Gilt das auch für das Daijsen-Turnier?", fragte Endri besorgt.

„Ja, gilt es."

„Aber ich bin Teil eines Teams!", rief er aufgebracht. „Wir haben nächsten Monat ein Match."

„Tja, dann muss das Team wohl ohne deine Leistung auskommen", antwortete Piril, und damit war das Gespräch beendet.

Nachdem sie vor die Tür geschickt worden waren, hörten sie, wie Karmesin sich bei ihr beschwerte. „Nur drei Monate? Das ist doch keine Strafe!"

Rasch sahen die beiden zu, dass sie davonkamen, ehe Piril es sich noch mal anders überlegte.

In der Eingangshalle wurden Endri und Wynn von Alaras und Loreans sorgenvollen Gesichtern erwartet.

„Ich brauche jetzt erst mal was Süßes“, murmelte Wynn, bevor die anderen etwas sagen konnten.

Schweigend liefen sie den Weg zum Marktplatz hinab. Die Freunde sahen Wynn sprachlos dabei zu, wie er sich bei Odelia ein ganzes Tablett mit Gebäck bestellte. Dann trug er es kommentarlos zu Lambert Weißwurzel, um es mit Eiskugeln zu garnieren. Obwohl Alara und Lorean nicht wussten, was passiert war, war auch ihnen in dem Moment klar, dass die Lage ernst war.

Sie setzten sich auf die breiten Stufen vor dem Rathaus. Alara war die Erste, die zwischen Wynns Schmatzgeräuschen etwas sagte.

„Nun erzählt schon, was ist passiert?“

In knappen Worten berichtete Endri, wie sie in den Flur gelangt waren, kurz an Karmesins Tür gelauscht hatten und dann erwischt worden waren. Als er an dem Teil angelangte, als Karmesin sie aus ihrem Versteck gezogen hatte, zuckten Lorean und Alara unwillkürlich zusammen.

„Und was hat er gesagt, als er in seinem Zimmer war?“, fragte Lorean und sah die beiden ungeduldig an. Endri zuckte mit den Schultern. Bis jetzt war für Wynn keine Zeit gewesen zu berichten, was er gehört hatte.

Der wischte sich den Mund ab, lehnte sich nach vorne und senkte die Stimme:

„Es war nur ein kurzes Telefonat, aber ...“, begann er verheißungsvoll.

„Aber? Nun sag schon!“, stöhnte Lorean aufgeregt.

„Aber er hat eine Sache gesagt, die sehr verdächtig war.“

„Und die wäre?“

Wynn beugte sich noch weiter vor. „Dass er jemanden im Auge hat.“

„Wen hat er im Auge? Was meint er damit?“

„Die Rede war von einer weiblichen Person, wenn ich es richtig gehört habe.“

„Er will noch jemanden entführen!“, rief Lorean. „Diesmal eine Frau!“

„Bestimmt Hetty!“, überlegte Endri.

Alara sah skeptisch zwischen den beiden hin und her. „Was für ein Motiv sollte er haben, noch eine Physiklehrerin zu entführen? Er ist doch schon Lehrer.“

„Vielleicht will er der Einzige sein, um die Schüler zu indoktrinieren?“, grübelte Lorean.

Alara lachte lauthals auf. „Und mit was soll er sie indoktrinieren, du Genie?“

„Mit ... na ja“, er rang um Worte, „mit gefährlichem Gedankengut. Wie man das eben so macht.“

Alara schüttelte den Kopf. „Also, das kann es nicht sein. So wie ich Karmesin einschätze, könnten ihm die Schüler nicht egaler sein. Ganz zu schweigen von dem, was sie denken.“

„Offensichtlich hat er entweder einen Komplizen oder einen Auftraggeber, mit dem er am Telefon war“, schaltete sich Wynn schmatzend in die Diskussion ein. „Vielleicht hat diese Person ein Motiv für die Entführungen.“

„Das ist gut möglich“, überlegte Endri. „Aber wir haben einfach zu wenig Informationen über diesen Unbekannten mit der tiefen Stimme.“

„Wir müssen jetzt geduldig sein und warten, bis Karmesin etwas Verdächtiges unternimmt.“ Wynn leckte sich die Schokolade von den Mundwinkeln. Dann sah er in die Runde. „Wollte eigentlich einer von euch was abhaben?“

achtzehn

Als Endri Antonia von seiner Strafe berichtete, wurde sie fuchsteufelswild.

„Das kann nicht dein Ernst sein!“, motzte sie. „Du warst ein wichtiger Teil meiner Strategie!“

Sie ging sogar noch einmal zur Schulleiterin, um sie davon zu überzeugen, wegen Endris Vergehen nicht gleich das ganze Team zu bestrafen. Aber Piril blieb hart.

Odelia hingegen hatte Mühe, ihre Erleichterung über das Verbot zu verbergen. Bei Endris Erzählungen aus dem Training waren ihre meistgenutzten Kommentare: „Das ist doch kein Schulsport“ und „Wer denkt sich denn so etwas aus?“

Das Allerschlimmste aber blieb, dass es Endri und Wynn nicht gestattet war, dem Spiel zuzuschauen, geschweige denn sich in der Nähe des Spielfeldes aufzuhalten.

Am Morgen vor dem Spiel saß Endri in einem der Sessel im gläsernen Durchgang zur Kantine. Er blickte geistesabwesend aus dem Fenster, wo eine Gruppe von Physikern ein morgendliches Training absolvierte. Seit Karmesin die Klassen übernommen hatte, sah man immer häufiger Schüler außerhalb der regulären Zeiten trainieren. Der General hatte nämlich bereits einige der ehemaligen „Auserwählten“ zu Hetty Altug zurückgeschickt, weil sie seinen Erwartungen nicht entsprachen. Karmesins Unterstufenklasse belief sich aktuell auf sieben Schüler, darunter Yasin und Kasimir, Tendenz sinkend.

Er bemerkte erst spät, dass Wynn sich zu ihm gesellt hatte und ebenfalls die Trainierenden draußen beobachtete.

„Ich habe eine Idee, wie wir trotzdem was vom Spiel mitbekommen“, raunte er Endri zu.

Der sah ihn misstrauisch an. „Schon wieder eine deiner glorreichen Ideen?“

„Hey!“, protestierte er. „Das mit dem Lehrerflur war genauso deine Idee! Außerdem hast du mit dem Thema überhaupt erst angefangen!“

„Ja, ja, sorry. Ich bin nur genervt, weil ich nicht am Spiel teilnehmen kann. Wobei ich eigentlich auch erleichtert sein sollte. So kann ich mich zumindest nicht blamieren.“

Wynn klopfte ihm mitfühlend auf die Schulter. „Das kann ich verstehen. Aber trotzdem müssen wir dieses Spiel irgendwie sehen. Allein schon, damit du eins gesehen hast, bevor du bei einem antreten musst. Immerhin den Vorteil müssen wir dir verschaffen.“

Endri nickte. „Das wäre nicht schlecht.“

Wynn weihte ihn in seinen Plan ein.

Eine Stunde vor Beginn des Turniers schlichen die beiden aus einem der Nebeneingänge des Gebäudes, der zum hinteren Teil des Außengeländes führte. Der Weg verlief am Meditationsturm vorbei, wo ihnen – ganz so wie der Zufall es wollte – Charlotte begegnete.

Endri blieb stehen und sah sie überrascht an.

„Du bist nicht beim Daijsen-Spiel?“, fragte er sie.

„Oh nein, da ist mir definitiv zu viel los. Aber was ist mit euch? Bist du nicht sogar im Team?“

Endri wurde rot. „Ähm, ja, also ... Die Sache ist die ...“

Wynn räusperte sich. „Er darf aufgrund einer klitzekleinen Ordnungswidrigkeit nicht teilnehmen“, erklärte er ihr.

„Soso", grinste sie, „was hast du angestellt?"

Wynn deutete auf seine Uhr, und Endri sah Charlotte entschuldigend an.

„Ich erzähle dir alles beim nächsten Mal im Café, okay? Wir müssen jetzt leider los. Wir … äh … müssen noch was Wichtiges erledigen."

Als sie weiterhasteten, stieß Wynn ihm in die Seite.

„Nächstes Mal im Café, soso", feixte er.

Endri stieß ihn aus Reflex so heftig zurück, dass sein Freund gegen die Wand rempelte.

„Ey!", rief Wynn empört und rieb sich die Schulter. „Vorsicht! Ohne mich funktioniert der Plan nicht!"

Der Großteil des Daijsen-Platzes lag auf dem Schulgelände. Nur der hinterste Teil reichte ein Stück weit in den Schwarzwald hinein und man konnte ihn selbst von den Tribünen aus nicht einsehen. Als sie am Ende des Feldes ankamen, ragte vor ihnen die steinerne Rückseite einer der Tribünen in den Himmel. Wynn führte Endri zwischen den Bäumen hindurch.

„Genau genommen ist der Wald kein offizielles Schulgelände", erklärte er Endri, „dementsprechend nehmen wir nicht an einer Schulaktivität teil, sondern beobachten sie von einer neutralen Position aus."

„Ich weiß ja nicht, ob die Definition bei Piril so standhalten würde", zweifelte Endri.

„Darauf kommt es nur an, wenn wir gesehen werden. Und das ist bei den dichten Bäumen quasi unmöglich."

Wynn zog sich die Schuhe aus. Jetzt überzogen sich seine Hände und Füße mit orangenfarbenen Haaren und wurden zu langen, kraftvollen Pranken.

„Cool", staunte Endri. „Aber warum bitte alles in Orange?"

„Hab' eine Doku über Orang-Utans gesehen", grinste Wynn.

„Und wie soll ich nach oben kommen?“, fragte Endri den Halbaffen.

„Ich trage dich auf dem Rücken!“

Endri sah ihn erschrocken an.

„Keine Sorge, du wiegst ja fast nix“, zwinkerte Wynn.

Endri war ein gutes Stück kleiner als Wynn, der, ähnlich wie sein Schwein Stella, in den letzten Monaten einen ordentlichen Schuss gemacht hatte. Seiner Schwäche für Süßes hatte er zudem nicht gerade die zierlichste Figur zu verdanken.

Endri seufzte. „Okay. Aber nicht, dass wir runterfallen und noch mal erwischt werden. Das nächste Spiel will ich nicht auch noch verpassen.“

„Ehrlich gesagt: Wenn wir runterfallen, haben wir andere Sorgen, als erwischt zu werden“, sagte Wynn. Es sollte unbeschwert klingen, aber beim Blick auf die Bäume, die so hoch waren wie die Hochhäuser in Berlin, bewirkte es bei Endri eher das Gegenteil.

„Du bist mein Verderben, weißt du das?“, murmelte er.

Wynn sah ihn mit gespielter Empörung an. „Was? Du bist mein Verderben! Ich mache das schließlich alles nur für dich!“

Dann deutete er auf einen Baumstamm vor ihnen. „Der ist perfekt“, erklärte er. „Der steht optimal. Verdeckt, dass man uns nicht sehen kann, bietet aber trotzdem eine passable Sicht auf das Spielfeld.“

Während Endri sich mental auf die bevorstehende Kletterei vorbereitete und Wynn damit beschäftigt war, seinen Körper weiter für die bevorstehende Klettertour zu optimieren, knackte es hinter ihnen im Unterholz.

Beide drehten sich in Zeitlupe in Richtung des Geräuschs. Zu dem Knacken kam ein lautes Schnaufen, das langsam näher kam. Dann tauchten zwei Ohren hinter einem Gebüsch auf.

„Vielleicht ist es Stella?", flüsterte Endri hoffnungsvoll.

„Die würde sich nicht anschleichen", presste Wynn zwischen den geschlossenen Lippen hervor.

Das Schnaufen wurde schneller. Sie hörten Hufe scharren.

„Jetzt wäre ein guter Moment, Reißaus zu nehmen!", brüllte Wynn und lief mit einem Satz los.

Endri war ihm auf den Fersen, aber das Riesenschwein war näher, als sie angenommen hatten. Ein kurzer Blick über die Schulter verriet Endri, dass nur wenige Meter zwischen ihnen und dem Ungetüm lagen. Es war ein deutlich größeres Exemplar als Stella, und seine wilden Augen deuteten an, dass es nicht zum Spielen gekommen war. In letzter Sekunde bugsierte Wynn Endri mit einem langen orangenfarbenen Fellarm auf den nächstgelegenen Baum.

Da saßen sie und beobachteten, wie das wild gewordene Riesenschwein um den Stamm herumtrabte. Ab und zu grunzte es aggressiv und schmiss sich mit der Körperseite gegen den Baum. Jedes Mal wackelten sie bedrohlich, aber Wynns Affengriff hielt sie bombenfest.

„Essen die Menschen?", fragte Endri nervös und klammerte sich an seinen teilweise haarigen Freund.

„Nein, Lockige Riesenschweine sind Vegetarier."

„Und warum schaut es uns an, als wären wir sein Mittagessen?"

„Sie, ähm, sind, glaube ich, einfach nicht so gut auf Menschen zu sprechen. Schmeißen sie gerne mal durch die Gegend und so."

„Na, dann ist ja alles gut."

„Seit Korbinian weg ist, sind die Schweine sehr reizbar", fügte Wynn hinzu und deutete auf das Exemplar unter ihnen.

„Kann sich denn keiner der anderen hochrangigen Verwandler darum kümmern? Die Viecher sind doch gemeingefährlich!"

„Doch, doch ... theoretisch gäbe es genug von ihnen. Aber leider sind die meisten von denen nicht sehr, wie soll ich sagen, klar im Kopf. Viele von ihnen sind mehr Tier als Mensch. Wenn du weißt, was ich meine."

„Was? Das hat aber vorher noch nie jemand erwähnt", bemerkte Endri erstaunt.

„Na ja, über so was wird nicht gerne gesprochen, schätze ich. Aber irgendwo kann ich diejenigen auch verstehen. Wenn ich die Wahl hätte, wäre ich wahrscheinlich auch lieber ein Adler oder ein Panther. Das bringt deutlich weniger Probleme mit sich."

Endri nickte nachdenklich. „Da ist auf jeden Fall etwas dran."

Als wüsste das wild gewordene Riesenschwein, dass die beiden wegen des Spiels im Wald waren, blieb es genauso lange unter ihnen sitzen, bis sie den lauten Gong hörten, der das Ende des Spiels verkündete. Es schreckte mit einem Grunzen von dem Geräusch auf und trabte langsam in den Wald zurück.

Außer ein paar Kratzern von den Ästen, einem Schrecken und einem verpassten Daijsen-Spiel hatten sie keinen Schaden davongetragen.

Sie liefen zum Schultor und warteten dort sehnsüchtig auf Alara und Lorean, die ihnen den Ausgang des Spiels mitteilen sollten. Wynn entdeckte sie schon von Weitem und kniff die Augen zusammen.

„Also, allzu fröhlich sehen die nicht aus", teilte er Endri mit.

Als die beiden vor ihnen standen, blickten sie in zwei unschlüssige Gesichter.

„Und, wie ist es ausgegangen?", fragte Endri nervös.

Lorean räusperte sich. „Also, ihr habt echt ein ziemlich spannendes Spiel verpasst", erklärte er. „Margund ist so heftig mit dem Kopf aufgeschlagen, dass sie bis zum Ende bewusstlos war. Dafür hat aber Gerrik alles gegeben und sich gegen zwei Gegner durchgesetzt! Und Rudolph aus Norins Team hat sich in der letzten Runde den Arm gebrochen!“

„Solche Details könnt ihr nächstes Mal bitte auslassen“, nörgelte Endri, der den Gedanken daran, wie gefährlich das Spiel sein konnte, gerne verdrängte. „Und jetzt sag schon, wie es ausgegangen ist!“

„130:105 – für Norin. Aber Antonia hat sich echt gut geschlagen! Sie hat am Anfang weniger Spieler eingesetzt, und in Runde vier war Caspar noch so fit, dass er den beiden anderen einfach davongetaucht ist.“

Alara nickte zustimmend.

„Nach dem Spiel haben Merik und Yasin natürlich direkt rumgetönt, dass Antonia gegen ihr Team nicht die geringste Chance hat und dass ihr eigentlich gar nicht antreten müsst.“

Endri schüttelte genervt den Kopf. „Von denen war auch nichts anderes zu erwarten. Die sind einfach genauso große Angeber, wie sie Idioten sind. Immerhin damit haben wir nichts verpasst.“

„Oh, ich wette, die sparen sich einiges auf, bis sie dich wiedersehen. Wobei die beiden nach dem letzten Vorfall vielleicht etwas vorsichtiger geworden sind“, setzte Alara breit grinsend hinzu.

„Na ja, die Niederlage macht nichts!“, rief Wynn zuversichtlich. „Wir können trotzdem noch gegen Hedlef gewinnen!“

Endri stöhnte. „Das ist unmöglich! Hedlefs Team ist vorletztes Jahr schon Champion gewesen. Und die meisten von denen waren auch im Schulteam, das letztes Mal gegen die Runkelbergschule gewonnen hat. Und jetzt hat er auch noch Yasin.“

„Die Hoffnung stirbt zuletzt“, sagte Alara und nahm dann Wynn und Endri zum ersten Mal etwas genauer in Augenschein. „Was ist denn mit euch passiert?“

Die beiden sahen sich überrascht an. Ihnen hingen einige kleine Äste und Blätter in den Haaren, und Endri hatte ein großes Loch in seinem T-Shirt.

„Lustige Geschichte", grinste Wynn.

Endri war froh darüber, dass er mit Yasin, Merik und Kasimir so gut wie keinen Unterricht zusammen hatte. Insbesondere Kasimir und Yasin interessierten sich im Grunde nur für Sport, und so hatten sie nur die Grundfächer gemeinsam mit Endri, der vor allem Sprachen und Erdkunde belegt hatte. Auf den Schulfluren und im Dorf hielten es die drei deshalb für notwendig, sich ihm möglichst regelmäßig mit fiesen Sprüchen oder dem ein oder anderen spitzen Ellenbogen ins Gedächtnis zu rufen. Nach dem Daijsen-Spiel hatten sie erwartungsgemäß eine Hochphase und erinnerten Endri bei jeder Gelegenheit daran, dass sein Team verloren hatte. Als Hedlefs Team dann vier Wochen später auch noch gegen Norin gewann, kamen selbst gedichtete Lieder dazu, die sie für die anstehende Niederlage von Antonias Team bereits verfasst hatten.

Endris und Wynns Strafe sorgte dafür, dass sie darüber hinaus zwei Schulpartys, ein Konzert, drei Exkursionen und sechs Picknicknachmittage verpassten, die jeden zweiten Freitag stattfanden. Letztere waren berühmt dafür, dass dort die köstlichsten Leckereien von Lambert serviert wurden, und so war insbesondere Wynn untröstlich.

Als die drei Monate endlich vorbei waren, machte sich bei Endri und Wynn Erleichterung breit. Aber während sich Wynn als Zuschauer auf das anstehende Daijsen-Spiel freute, wurde Endri von Tag zu Tag nervöser.

In der letzten Freitagsstunde vor dem Spiel seiner Mannschaft gegen Hedlefs Team verpasste Endri beim Versuch, das Wasser im Fluss umzulenken, der versammelten Klasse, inklusive Ravus, eine unfreiwillige Dusche. Er war mit seinen Gedanken beim bevorstehenden Spiel und bemerkte erst, was passiert war, als er Vivecca aufschreien hörte. Während die anderen ihn zornig anstarrten, grinste Merik ihn unverhohlen an.

„Na, da muss ich mir wohl beim Spiel nächste Woche keine Gedanken machen", verkündete er und schüttelte seine nassen Haare.

„Ich denke, du hast für heute genug geübt", bemerkte Ravus, während die anderen versuchten, ihre durchnässten Sachen auszuwringen. „Aber immerhin gibt mir diese Situation Anlass für eine kleine Demonstration."

In wenigen Augenblicken hatte sich seine tropfnasse Kleidung in trockene verwandelt. Das Wasser war, wie von Zauberhand, Tropfen für Tropfen aus den Sachen zurück in den Fluss gewandert. Ravus wiederholte das Schauspiel so lange, bis alle wieder trocken waren.

Nach der Stunde hielt Endri es für das Beste, sich bei dem Lehrer für seine Unkonzentriertheit zu entschuldigen.

„Es tut mir leid", sagte er zu Ravus. „Ich bin nur etwas nervös wegen des Daijsen-Spiels nächste Woche."

Ravus nickte. „Das habe ich mir fast gedacht. Vor langer Zeit war ich selbst auch mal Daijsen-Spieler."

Endri sah ihn verwundert an. Nicht darüber, dass Ravus Daijsen-Spieler gewesen war, sondern weil er überhaupt etwas Privates über sich erzählte.

„Und wie lief Ihr erstes Spiel so damals?", fragte er.

„Ich realisiere gerade, dass es vielleicht keine gute Idee war, dir davon zu erzählen", brummte Ravus. „Mein erstes Spiel war … eine mittlere Katastrophe."

„Was ist denn passiert?" Eigentlich wollte Endri es gar nicht hören, aber seine Neugierde war mal wieder zu groß.

„Sagen wir mal so, der Grund, warum Feuer als Element nicht mehr eingesetzt werden darf, rührt aus ebendiesem Spiel."

Endri riss die Augen auf. „Wirklich? Was haben Sie gemacht?"

„Oh, ich habe nichts gemacht! Ich stand allerdings ungünstig, als mein Gegenspieler die Idee hatte, sich mit Feuerkugeln einen Weg durch den Parcours zu brennen. Ich lag damals eine Woche lang einbandagiert bei Ripar. Und das Spielfeld musste komplett saniert werden."

Endri war blass um die Nase geworden.

„Wer macht denn so was?"

Ravus' Gesichtsausdruck verfinsterte sich.

„Der gleiche Junge, der wenig später Erkental in Schutt und Asche gelegt hat."

Endri erinnerte sich daran, was Ravus ihm vor einigen Monaten über den Alchemisten erzählt hatte.

„Na, dann bin ich ja froh, dass Feuer inzwischen verboten ist."

neunzehn

Wenige Wochen vor den Sommerferien stand der Morgen des letzten Daijsen-Spiels des Jahres an.

Als Endri den Weg zum Schulgelände antrat, bemerkte er gar nicht, dass Runa ihnen bestes Wetter beschert hatte. Seit dem Aufwachen kreisten seine Gedanken nur um den bevorstehenden Wettkampf.

Seit Wochen fieberten die Schüler dem Zusammentreffen von Antonias und Hedlefs Team entgegen. Alle erwarteten einen Showdown zwischen den beiden Alchemisten. Die meisten, inklusive Endri selbst, wetteten auf Merik. Seine einzige Hoffnung war, dass er sich nicht komplett lächerlich machte.

Vor dem Spiel wünschten ihm seine Freunde Glück und nahmen ihre Plätze auf der Tribüne ein. Damit alle Zuschauer einen Blick auf das Innere der Ringe hatten, führten steile Treppen zu den Reihen, die dank einer ausgeklügelten Konstruktion mehrere Meter über dem Boden schwebten. Man durfte als Zuschauer nur keine Höhenangst haben.

Die beiden abgesperrten Teambereiche, in denen sich die Spieler versammelten und farbige Westen über ihre Sportkleidung zogen, befanden sich getrennt voneinander auf den gegenüberliegenden Tribünen, damit sie gleichzeitig das Spiel beobachten und sich ungestört beraten konnten.

Das Team saß auf zwei Holzbänken und Antonia erklärte den Mitspielern zum wiederholten Male die Strategie. Neben

Endri waren acht weitere Spieler im Team. Gerrik bildete zusammen mit Margund und Caspar die Physikerriege. Haru war Auswechselspieler. Antonia und ein Junge namens Erko waren die beiden Biologen im Team. Benno trat als Verwandler an, mit Alisia, die ebenfalls Auswechselspielerin war.

„Hedlef hat auf dem Papier die bessere Mannschaft. Das heißt, er wird von Anfang an versuchen, jede Runde zu gewinnen, und es riskieren, die letzten Runden mit wenigen Spielern absolvieren zu müssen", sagte Antonia und schritt in dem Zelt auf und ab. „Er geht mit Sicherheit davon aus, dass wir ihm die ersten Runden schenken, um am Ende stärker zu sein. Aber", sie setzte ein triumphierendes Lächeln auf, „er hat auch länger nicht gegen ein Team mit einem eigenen Alchemisten gekämpft, mit dem wir in der letzten Runde wieder eine Chance haben."

Endri bemerkte, wie sich alle Augen auf ihn richteten, und er schluckte schwer. Antonia ging weiter vor ihnen auf und ab.

„Wir machen ihm einen Strich durch die Rechnung und fahren direkt am Anfang alle Geschütze auf. Also heißt es: Zweikämpfe gewinnen, Leute! Direkt am Anfang Punkte sammeln!"

Nach ihrer Rede setzte sie Gerrik, Margund und Caspar ein. Sie spekulierte darauf, dass Hedlef ebenfalls drei Personen in die Zone schicken würde. So bestand die Chance, dass die Mannschaft, die die Zweikämpfe gewann, auch mit den meisten Punkten aus der Runde hervorgehen würde. Antonia blickte ein wenig verdutzt auf das Spielfeld, als sie sah, dass Hedlef nur einen Spieler in den Ring schickte, und zwar Yasin. Endri hörte, wie sie fluchte. Das bedeutete zwar voraussichtlich eine gewonnene Runde, aber dafür würde es wenige Punkte für Zweikämpfe geben.

Yasin setzte direkt alles daran, seinem Ruf als rigorosem Wettkämpfer gerecht zu werden. Gerrik, der Schnellste aus Antonias Team, ergatterte zwar den Ball, aber Yasin machte kurzen Prozess mit ihm und rannte ihn mit solcher Wucht um, dass Gerrik meterweit durchs Gras kullerte. Margund und Caspar griffen ihn gleichzeitig an, aber Yasin verteidigte sich mit solcher Kraft und Präzision, dass er sich die beiden nach einem schnellen Schlagabtausch rechts und links unter die Arme klemmen konnte. Er grinste dämlich in das tobende Publikum, während die beiden strampelnd versuchten, sich aus seinem eisernen Griff zu befreien. Er drückte einmal fest zu und ließ sie dann ins Gras fallen, wo beide röchelnd liegen blieben.

Unter dem Tosen der begeisterten Menge lief er gemächlich mit dem Ball zur Endzone. Die Glocke läutete. Yasin hatte direkt gegen drei Gegner gewonnen und erhielt dafür fünfzig Punkte für die Zweikämpfe – zusätzlich zu den zehn Punkten für den Touchdown. Es war eine Katastrophe.

In der Pause zwischen den Runden war jeweils Zeit für eine kurze Besprechung, während die nächste Bahn mechanisch nach oben gefahren wurde und die erste Bahn unter dicken Steinplatten im Boden versank.

„Okay, er hat seine Strategie geändert", sagte Antonia nachdenklich. Margund und Caspar rieben sich stöhnend die roten Hälse.

Sie hatte die Arme hinter dem Rücken verschränkt und stiefelte vor dem Team hin und her. „Das ist natürlich clever für die erste Runde, aber das wird er in den kommenden nicht aufrechterhalten können."

Für die nächste Runde wählte sie Gerrik, der zwar etwas außer Puste, aber fit war, sowie Benno, den Verwandler. Eigentlich wären nun zwei Physiker die bessere Wahl gewesen, aber

Caspar und Margund mussten erst einmal ihre malträtierten Kehlen pflegen.

Antonia stockte, als sie sah, dass Hedlef abermals nur einen Spieler einsetzte, eine Physikerin namens Kasia. Endri hörte, wie sie „Warum riskiert er das? Was ist sein Plan?" murmelte, als die Runde begann.

Schnell wurde klar, warum er Kasia gewählt hatte. Da man beim Training der anderen Teams nicht zuschauen durfte, verschlug ihr Auftritt allen den Atem. Sie fegte wie eine Eiskunstläuferin über die glatte Fläche. Gerrik glitt zwar schnell und geübt mit strammen Zügen über den Boden, hatte aber eindeutig mehr Mühe, die Strecke zu bewältigen. Er war fast am Ball angekommen, als er für einen Moment den Blick nervös auf seine Gegnerin warf. Er stolperte, schlitterte mehrere Meter weit über die glatte Oberfläche und stieß mit dem Kopf an den Mauerrand. Dort blieb er reglos liegen. Die Menge stöhnte auf. Wie eine Tänzerin schnappte sich Kasia den Ball mit einem eleganten Sprung. Benno hatte für die Runde seine Füße mit kleinen froschartigen Saugnoppen modifiziert, die ihn vor dem Hinfallen schützten. Er streckte die Arme zu den Seiten und baute sich wie eine Wand in Kasias Weg auf. Wie eine Ballerina tanzte diese jedoch so schnelle Pirouetten um ihn herum, dass er das Gleichgewicht verlor und auf seinem Hintern landete.

Damit gewann Hedlef auch die zweite Runde und kassierte zehn Extrapunkte für Kasias gewonnenen Zweikampf gegen Benno. Jetzt stand es 90:0 für Hedlef!

Dazu kam, dass Gerrik außer Gefecht gesetzt war. Er saß blass auf der Bank und drückte sich einen Eisbeutel auf den Kopf. Antonia fluchte laut, entschied aber, an ihrer Strategie festzuhalten, und setzte nun sich selbst sowie Margund und Erko ein. Die Punkte für gewonnene Runden wurden mit jeder

Zone mehr, und sie mussten zumindest die dreißig Punkte für die Runde bekommen, um überhaupt noch eine Chance zu haben.

Hedlef entschied sich ebenfalls für drei Spieler und setzte zwei Mädchen namens Ginka und Emilie, beide Biologinnen, sowie erneut Yasin als Team ein. Dieser zeigte keinerlei Spur von Ermüdung und wärmte sich mit Sprints am Spielfeldrand auf.

Die Runde begann, und Antonia und Erko spannten feine Netze aus Wurzeln über die Löcher, auf denen Margund geschickt die Fläche überqueren konnte. Ginka und Emilie wählten eine sehr ähnliche Strategie. Sie waren zwar etwas langsamer, hatten aber Yasin auf ihrer Seite, der so athletisch war, dass er über die kleineren Hügel springen konnte, und so kamen sie schneller voran.

Yasin war als Erster am Ball, aber Antonia und ihr Team waren ihm dicht auf den Fersen. Wenn keiner von ihnen einen Fehler machte, hatten sie noch eine Chance, ihm den Ball abzuluchsen. Als Margund Yasin fast am Trikot zu fassen bekam, blieb der abrupt stehen. Sie war davon so überrascht, dass sie einen Schritt zur Seite machte und ins Schlingern geriet. Direkt neben ihr war eins der tiefen Löcher, das noch nicht überspannt war. Noch während sie versuchte, ihr Gleichgewicht wiederzuerlangen, schenkte ihr Yasin ein fieses Grinsen und stupste sie mit einem Finger an. Das reichte, um das Mädchen hinterrücks ins Loch fallen zu lassen. Mit sehr guten Ohren konnte man einen Knochen brechen hören, als sie unten aufschlug. Ein Raunen ging durch die Menge. Endri zuckte zusammen. Galt so was nicht als Foul? Die Katastrophe war allerdings noch nicht vorbei, denn als Antonia und Erko sich erschrocken zu Margund vorkämpfen wollten, nutzten Ginka und Emilie ihre Unachtsamkeit aus und ließen die kleinen Wurzeln im

Boden unter ihren Füßen wachsen. Antonia schaffte es zwar, sie loszuwerden, aber Erko war nicht schnell genug und wurde zu Boden geworfen. Antonia stieß einen Schrei aus und rannte mit einem fuchsteufelswilden Gesichtsausdruck auf die beiden Biologen aus dem anderen Team zu. Sie hob die Arme, und die Sträucher um sie herum fingen an, stricknadelförmige Dornen zu bekommen. In Windeseile hatte sie Ginka und Emilie mit einem Gefängnis aus spitzen, langen Dornen umgeben, sodass diese sich nicht mehr bewegen konnten.

Währenddessen hatte sich Yasin zum Ziel vorgekämpft. Nur ein letzter, gigantischer Hügel versperrte den Weg zur Endzone. Mit Elan warf er sich dagegen, um noch einmal seine Kraft zu demonstrieren. Der Hügel zerbarst in alle Himmelsrichtungen, sodass die Schüler in den untersten Reihen ein paar Erdbröckchen abbekamen. Allerdings hatte er nicht bedacht, dass sich hinter dem Hügel ein weiteres Loch befand. Mit weit aufgerissenen Augen stürzte er hinein, warf aber noch bei letzter Gelegenheit den Ball. Der landete genau auf dem Streifen der Endzone. Er hatte die Runde entschieden.

Dank Antonias Einsatz erhielten sie fünfundzwanzig Punkte für den Zweikampf mit den beiden Biologinnen. Leider gewann Hedlefs Team die Runde und so stand es 120:25 für Hedlef. Der Abstand wurde immer größer. Margund wurde aus dem Loch gehievt, und Ripar kümmerte sich direkt um sie. Er war so geübt im Knochenflicken, dass sie nach wenigen Minuten humpelnd das Spielfeld verlassen konnte. Trotzdem konnte sie unmöglich weiterspielen.

Vor der vierten Runde gab es erneut eine Besprechung. Um die verletzte Margund zu ersetzen, nahm Antonia Haru von der Bank. Gerrik und Caspar waren ausgelaugt, und in der vierten Runde war die körperliche Verfassung von entscheidender Bedeutung. Antonia konnte nicht riskieren, dass einer ihrer erschöpften Spieler am Ende noch ertrank.

Sie sah Haru aufmerksam an. „Traust du dir das zu?"

Er streckte die Brust raus. „Aber klar! Schwimmen ist mein Element." Fragend sah er Antonia an. „Er wird ja wohl Merik nicht einsetzen, oder?"

Sie schüttelte den Kopf. „Davon ist nicht auszugehen. Den braucht er für die letzte Runde."

Durch den Sturz am Ende hatte Hedlef Yasin verloren und setzte in diesem Durchgang nun auf den Verwandler Kjell. Dem eilte der Ruf voraus, zwar hochtalentiert, aber unberechenbar zu sein. Antonias Team rechnete sich keine guten Chancen aus.

Endri sah, wie Antonia die Augen schloss und den Kopf in den Nacken legte. Sie murmelte leise zu sich selbst. „Lass uns bitte eine Runde gewinnen."

„Meinst du, Kjell verwandelt sich?", fragte Endri Caspar, der neben ihm auf der Bank saß.

„Ich hoffe doch!"

Gespannt beobachteten sie, wie die Runde begann. Haru sprang, ohne zu zögern, ins Wasser. Seine Strategie war klar. Schneller am Ball sein, der auf der anderen Seite an einer Schnur im Wasser hing. Kjell wanderte unschlüssig auf der Mauer hin und her.

„Was treibt der da?", fragte Caspar.

„Sieht aus, als würde er Selbstgespräche führen."

Sie hörten, wie Hedlef aus dem anderen Team Kjell etwas zurief.

„Hey! Du Vogel, du musst dich verwandeln!"

Kjell sah auf und blickte Hedlef an.

Dann legte er den Kopf in den Nacken und verwandelte sich.

Allerdings nicht in ein Tier, das schwamm, sondern in einen gigantischen Adler.

Caspar und Endri machten große Augen.

„Genial!", rief Endri beeindruckt. „Adler können ja auch tauchen. Er kann einfach zum Ball fliegen und sich ihn im Sturzflug schnappen!"

Der Adler hob ab. Dann schnellte sein Kopf herum. Er hatte etwas gesehen. Er stieß einen Schrei aus und flog steil nach unten, allerdings nicht Richtung Wasser, sondern zum Waldrand. Der Vogel hatte am Waldboden etwas erspäht. Wenige Augenblicke später flog er mit einer Maus im Schnabel von dannen.

Hedlef tobte und raufte sich die Haare. „Das kann nicht wahr sein!", schrie er. „Was für ein bekloppter Idiot!"

Haru hatte in der Zwischenzeit den Ball erreicht und schwamm seelenruhig zur Endzone. Antonia machte einen kleinen Hüpfer.

„Wir sind wieder im Rennen!", freute sie sich. „Das hat Hedlef jetzt davon, einen wie Kjell zu rekrutieren! Jeder weiß, dass der etwas verrückt ist."

Nach der Runde stand es 120:65 für Hedlefs Team. Selbst wenn sie die fünfte Runde gewannen, fehlten ihnen fünf Punkte zum Sieg. Sie mussten demnach auch mindestens einen Zweikampf gewinnen.

Endri, der vorher schon nervös gewesen war, war mittlerweile käseweiß im Gesicht. Eine dünne Schweißschicht zog sich über seine Stirn.

Antonia rief alle ins Zelt und klopfte Haru auf die Schulter, der fast schon ein wenig enttäuscht angesichts seines unspektakulären Sieges wirkte.

„Gerrik, geht noch was bei dir?", fragte sie.

Der Junge schüttelte den Kopf.

„Okay, dann Caspar", entschied sie. „Du gehst mit Endri in die letzte Runde."

Hedlef schickte, wie erwartet, Merik und sich selbst ins Rennen. Auf dem Weg über das bis auf die letzte Zone im Boden versunkene Spielfeld flüsterte Caspar Endri zu: „Ich hoffe, du bist heute gut drauf. Sonst haben wir keine Chance ..."

Nach diesen wenig motivierenden Worten mischte sich ein leichter Grünschimmer in Endris Gesichtsfarbe. Er versuchte, sich in Erinnerung zu rufen, dass er für genau diese fünfte Runde trainiert hatte. Zwar nicht in der Konstellation mit Caspar, aber er war vorbereitet. Dann wischte er sich die schwitzigen Handflächen an der Hose ab und betrat die Zone. Er setzte sich an den Rand, während Caspar sich bereitmachte, über die Säulen zu balancieren.

Merik und Hedlef schienen die gleiche Strategie zu haben. Während der Alchemist am Rande der Bahn verharrte, um nicht in das gefährliche Speermeer zu tauchen, spazierte der Physiker über die schmalen Säulen. Falls es zu einem Fehltritt kommen sollte oder die Abstände sich als zu groß erwiesen, half Merik ihm aus. Der einzige Unterschied war, dass Merik die steinernen Säulen verschob und Endri kleine Luftpolster bildete, auf denen Caspar laufen konnte.

Beide Strategien waren ungefähr gleich effektiv, und Caspar und Hedlef standen sich nach wenigen Minuten in der Mitte der Zone gegenüber. Caspar lehnte sich vor und griff nach dem Ball, als Merik Endri unerwartet in die Seite schubste und der seine Konzentration verlor. Ein klares Foul. Caspar hatte mit einem Fuß ein wenig zu weit vorne gestanden und verlor augenblicklich, als das kleine Luftkissen verschwand, die Balance. Endri riss erschrocken die Augen auf, als der Junge auf einem

Fuß schwankte und sich dann geistesgegenwärtig an eine der Säulen fallen ließ. An der rutschte er einige Meter in die Tiefe und blieb dann hängen. Jetzt musste er sich hochziehen, was ihn wertvolle Zeit kostete. Endri versuchte, der steinernen Säule, an der Caspar hing, kleine Einkerbungen zu verpassen, damit er besser klettern konnte, aber die Entfernung war zu groß und seine Macht über das Element nicht stark genug. Hedlef hatte sich in der Zwischenzeit den Ball gesichert und machte sich mit Meriks Unterstützung auf den Rückweg.

Als Endri sah, dass Caspar es unmöglich schaffen würde, wieder aufzuholen, betrat er kurzerhand selbst das Spielfeld. Er blendete das aufgeregte Raunen, das durch die Menge ging, aus und konzentrierte sich. Er musste einen Weg finden, schneller als Hedlef zu sein.

„Okay, jetzt oder nie", sagte er zu sich selbst und rannte los. Bei seinem ersten Schritt hörte er ein erstauntes „Oh" aus der Menge. Während er lief, blickte er auf seine Füße. Er hatte wenige Zentimeter über den Speeren eine Luftbrücke herbeigerufen, auf der er jetzt über das Spielfeld hastete. Hedlef blieb überrascht stehen und kippelte auf zwei Säulen, die Merik ihm zusammengeschoben hatte. Diesen kurzen Augenblick machte sich Endri zunutze und schob in dem Moment, in dem er an ihm vorbeikam, den Ball mit einem kleinen Luftstoß aus Hedlefs Händen. Er machte nicht einmal halt, um ihn zu fangen, sondern griff während des Laufens zur Seite und klemmte ihn sich kurzerhand unter den Arm. Er war so konzentriert, dass er die Menge nur wie in weiter Ferne toben hörte. Er blendete alles aus, nahm nur sich selbst und die Luft wahr, die er bei jedem Schritt anflehte, ihn nicht im Stich zu lassen. Er legte die letzten Meter auf dem Weg zur Endzone zurück und ließ sich und den Ball erschöpft darauf niedersinken.

In den ersten Minuten nach dem Ende der Runde bekam Endri außer einem lauten Klingeln im Ohr und verschwommenen Umrissen nichts mit. Irgendjemand trug ihn zum Zelt zurück. Als er wieder klar sehen und hören konnte, stand seine Mannschaft mit besorgten Gesichtern um ihn herum. Stöhnend setzte er sich auf und rieb sich die Schläfen.

„Das war ganz schön mutig", grinste Antonia und hielt ihm ein Glas Wasser vor die Nase. „Aber auch ziemlich genial!"

„Wir haben die fünfzig Punkte gewonnen!", jubelte Caspar. „Also steht es nur noch 120:115 für Hedlefs Team. Jetzt hängt alles davon ab, welcher Spieler die zehn Punkte für den kreativsten Zweikampfsieg bekommt."

Endri ließ sich wieder rückwärts auf die Bank fallen und atmete tief durch. Sollte es am Ende doch alles umsonst gewesen sein?

Als er wieder halbwegs aufrecht gehen konnte, gab die Schulleiterin den Endpunktestand bekannt.

„Wir haben ein ganz knappes Spiel gesehen", verkündete sie. „Alle Spieler haben wirklich großartige Leistungen gezeigt und euren Applaus mehr als verdient."

Die Zuschauer klatschten und johlten. Als der Applaus wieder abebbte, fuhr sie fort: „Antonias Mannschaft hat während des Spiels 115 Punkte erzielt, und Hedlefs Team steht bei 120 Zählern. Ein knappes Ergebnis!"

Ein kurzer Applaus setzte ein.

„Das Lehrergremium hat entschieden, Kasia zehn Extrapunkte für ihre wunderschöne Tanzeinlage zu verleihen", verkündete sie.

Im Team Hedlef und bei seinen Fans brach Jubel aus.

„Darüber hinaus", fuhr Piril unbeirrt fort, und die Menge verstummte wieder, „müssen wir leider zwei Spielern Punkte für unfaires Verhalten abziehen." Endri hielt die Luft an. Wie viele Punkte wurden dafür abgezogen?

„Aufgrund der Fouls von Yasin in der ersten und von Merik in der fünften Runde ziehen wir dem Team Hedlef zwanzig Punkte ab. Damit steht es 115:110 für das Team von Antonia. Herzlichen Glückwunsch zum Sieg!"

Diesmal brach das Getöse auf Antonias Seite los. Endri wurde von den vielen Schulterklopfern regelrecht hin und her geworfen.

„Allein für den Anblick von Yasins und Meriks dummen Gesichtern hat sich euer Sieg gelohnt", freute sich Wynn, der zusammen mit Alara und Lorean in der Menge aufgetaucht war.

„Ja, man sieht nicht alle Tage, dass ihnen das fiese Grinsen ausgetrieben wird", stimmte ihm Lorean zu.

„Ein Anblick für die Götter", lachte Alara.

Die Feier im Stadion ging noch eine ganze Weile. Im Anschluss luden Marius und Gloria alle zu einem abendlichen „Gewinnerschmaus", wie sie es in diesem Fall nannten, in den Hof des Gasthauses ein.

Odelia hatte mit Marius zusammen für den Anlass eine gigantische Torte angefertigt, die aus vielen kleinen runden Gebäckstücken mit unterschiedlichen Cremefüllungen bestand.

„Dieses Mal hast du dich selbst übertroffen!", lobte Loris Endris Mutter, die ihn strahlend ansah.

„Ich hatte ja auch tatkräftige Unterstützung von Marius", sagte sie bescheiden.

„Ach, ich war doch nur der Handlanger", erklärte Marius. „Es ist noch einiges übrig", sagte er dann in die Runde. „Ich bestehe darauf, dass jeder noch ein kleines Stück isst, jetzt wo sie noch frisch ist!"

Während die andern sich stöhnend die Bäuche hielten, rief Wynn: „Kein Problem!", und lehnte sich nach vorne, um erneut an eins der Gebäckstücke zu gelangen. Als er nach einem greifen wollte, machte das Teilchen einen Satz auf ihn zu und purzelte mit der cremigen Seite nach unten auf sein T-Shirt. Wynn sah sich verdutzt um, während alle um ihn herum anfingen zu lachen.

„Ich glaube, Alara wollte dir damit sagen, dass du genug hattest", grinste Endri. Wynn sah etwas bedröppelt drein. Dann seufzte er und fing kurzerhand an, die restliche Creme von seiner Kleidung zu schlecken.

Loris Winkelmann nickte Alara beeindruckt zu. „Das nenne ich mal flinke Telekinese."

Sie sah etwas verlegen auf ihre Hände. „Deine Lehrer müssen mächtig stolz auf dich sein", fügte Loris hinzu. Ihr Gesicht fror bei den Worten ein, die anderen warfen sich verunsicherte Blicke zu. Offenbar hatte niemand dem Architekten erzählt, dass Alara momentan nicht in Physik unterrichtet wurde.

„Was? Habe ich was Falsches gesagt?", fragte er bestürzt, als er die Gesichter um sich herum bemerkte.

„Nein, nein", versicherte ihm Odelia. „Es ist nur … aufgrund des Lehrermangels bekommt Alara aktuell keinen Unterricht."

„Was? Warum denn nicht? So ein Talent muss man doch fördern!"

„Es fühlt sich niemand in der Lage, mich zu fördern", erklärte Alara verbittert.

Loris lehnte sich zurück und dachte einige Augenblicke nach. Dann sah er aufgeregt in die Runde.

„Wie wäre es denn, wenn ich dich unterrichte?"

„Das ist eine fantastische Idee!", rief Odelia. „Loris ist einer der besten Physiker, die ich kenne! Und durch seinen Architektenjob ist er ein absoluter Profi, was Telekinese angeht!" Loris wurde bei all dem Lob von Odelia etwas rot.

„Also, selbstverständlich nur, wenn du das möchtest", fügte er an Alara gewandt hinzu.

Alara sah überrumpelt aus. „Haben Sie denn überhaupt Zeit dafür?"

„Na klar! Es könnte allerdings sein, dass du mich ab und an vielleicht mal zur Arbeit begleiten müsstest, wenn irgendwo ein Notfall ansteht."

Ihre Augen leuchteten. Für Alara musste es sich wie ein doppelter Hauptgewinn anhören.

„Na, dieser Tag ist doch für alle ein Erfolg auf ganzer Linie!", rief Gloria entzückt.

„Bis auf das Team von Hedlef", erinnerte Lorean sie.

„Ach!", winkte Gloria ab. „Denen bringen wir morgen die restlichen Cremebällchen vorbei und dann ist es wieder gut."

„Nicht wenn Wynn sie bis dahin alle aufgegessen hat."

zwanzig

Leider waren die Feindseligkeiten zwischen den Mitgliedern der beiden Teams nicht mit den restlichen Cremebällchen zu besänftigen. Während das Ende des Schuljahres näher rückte, machten vor allem Yasin und Merik Endri und seinen Freunden das Leben schwer. Merik zeichnete sich insbesondere darin aus, fiese Sprüche zu klopfen, während Yasin ein Talent dafür hatte, im Vorbeigehen unauffällig Hiebe und Tritte auszuteilen. Darüber hinaus verschwanden auffällig oft Dinge von ihnen spurlos, wie Endris Stifte oder Wynns Schokoriegel. Endri hoffte inständig, dass sich ihre Anfeindungen über die acht unterrichtsfreien Wochen, die bevorstanden, legen würden. Die Schulleiterin hatte die freie Zeit als „notwendige Denkpause" beschrieben. Endri hatte es mit den Ferien tatsächlich gar nicht so eilig. Früher konnte er es kaum erwarten, dass die Ferien endlich begannen. Aber aus seiner Sicht konnte man sich schnell an ein Schulsystem gewöhnen, in dem es weder Noten noch Abschlussprüfungen gab, dafür aber trotzdem jede Menge Ferien.

Das Schuljahr endete mit einer großen Sommerfeier, für die Lambert Weißwurzel extra eine gigantische Eispyramide angefertigt hatte. Wynn stellte einen neuen persönlichen Rekord auf, indem er sie zur Hälfte alleine vertilgte. Die anschließenden Ferien verbrachten die vier Freunde die meisten Sommertage damit, am Wasserfall zu liegen und zu baden. Karmesin war, nach eigener Aussage, über die Ferien nach Berlin zurückgekehrt, und so konnten sie ihn nicht weiter beobachten. Der Vorteil daran war, dass sie in dieser Zeit keine Angst davor haben mussten, die Aufmerksamkeit des Lehrers auf sich zu ziehen. Vor einigen Wochen hatten zwei der Oberstufenschüler eine Stunde bei ihm geschwänzt. Karmesin hatte sie erwischt, und als Strafe mussten sie mit ihm einen Nachmittag in einer Art Trainingscamp verbringen. Danach waren beide über Wochen hinweg bei jedem lauten Geräusch zusammengezuckt, und ihre Gesichter hatten jedes Mal an Farbe verloren, wenn sie Karmesin nur von Weitem gesehen hatten. Die Unterstufenklasse des ehemaligen Generals belief sich derzeit nur noch auf fünf Schüler, und Hetty hatte alle Hände voll damit zu tun, jene Kandidaten, die Karmesin abgesägt hatte, wieder zu motivieren.

Alara hingegen machte unter Loris Winkelmanns Betreuung große Fortschritte. An das Schweben von Menschen, wie im Fall von Wynn, war sie zwar nicht mehr herangekommen, dafür bereiteten ihr jetzt Gegenstände in Bewegung keine Probleme mehr. Ihrer Physikerklasse trauerte sie nicht hinterher, denn es waren viele darunter, die ihr immer noch komische Blicke auf den Fluren zuwarfen und sich den ein oder anderen Spruch nicht verkneifen konnten. Außerdem war sie so nun in der Lage, Winkelmann jederzeit nach Architekturdetails wie Dachformen oder Fenstertypen auszufragen.

Takeru war seit einem halben Jahr verschwunden, und es wurde allseits davon ausgegangen, dass er nicht wieder auftauchen würde. Die meisten vermuteten, dass er tragischerweise in irgendeine Felsspalte gefallen war, von denen es im Schwarzwald so einige gab. Immer wenn sein Name fiel, breitete sich für einen kurzen Moment eine unbehagliche Stille aus. Die

Trauer und das Entsetzen ob der mutmaßlichen Tragödie hing wie ein dunkles Tuch über Erkental, und es war für alle schwer, es abzuschütteln.

Die Sommertage halfen jedoch allen dabei, die trüben Gedanken zu vertreiben. Insbesondere die Abende waren so angenehm mild, dass kein Bewohner sie drinnen verbringen wollte. Die Szenen, denen Endri und Odelia bei ihrer Ankunft beigewohnt hatten, wiederholten sich in dieser Jahreszeit jeden Tag aufs Neue. Man traf sich in den Abendstunden auf dem Marktplatz, und während die Erwachsenen nach dem Essen elendslange Schwätzchen an den Tischen hielten, verkrümelten sich die Jugendlichen auf die Stufen vor dem Rathaus. Wer ein wenig mehr Privatsphäre wollte, suchte sich am See ein ruhiges Plätzchen. Insbesondere Alara und Wynn tauchten oft für ein paar Stunden unter und kamen dann mit einem seligen Grinsen im Gesicht wieder. Wynn und Endri hüteten sich, zu fragen, was sie dort so trieben. Die beiden hielten sich zwar mit öffentlichen Liebesbekundungen zurück, aber dass sie mehr als herkömmliche Freunde waren, stand außer Frage.

Umso offensichtlicher sah es bei Odelia und Loris aus, die man nur noch in der Begleitung des jeweils anderen antraf. Der Architekt himmelte Endris Mutter und ebenso ihre Backkünste an und hatte im Laufe des letzten halben Jahres ordentlich an Pfunden zugelegt. Das Dorf profitierte zwar von der unerschütterlich guten Laune der beiden, aber dafür waren sie während der Arbeit oftmals mit ihren Gedanken woanders. Loris hatte mehrere Male wichtige Teile einer Konstruktion vergessen, und nur dank Hetty Altugs schneller Reaktion hatte ein herabstürzendes Dach sie nicht einen Kopf kürzer gemacht. Odelia vergaß wiederum ständig, wie viel Zucker sie in ihr Gebäck gegeben hatte, und produzierte Teilchen, die so süß waren, dass sie keiner – außer Wynn – mehr essen konnte, ohne direkt Zahnschmerzen zu bekommen.

Es war einer dieser milden Abende zu Beginn der Ferien und Endri saß mit Lorean auf einer der breiten Stufen vor dem Rathaus. Neben den anstehenden großen Ferien war immer wieder Karmesin ein großes Thema unter den Freunden.

„Was der wohl so treibt in Berlin?", grübelte Endri.

Lorean biss ein Stück von seinem Gemüsespieß ab und nuschelte mit vollem Mund: „Irmgwlchm wischtmaugabn."

„Was?"

Er schluckte und räusperte sich. „Bestimmt irgendwelche wichtigen Aufgaben."

„Jetzt wo er Lehrer ist, dürfte er doch keine Aufgaben mehr in Berlin haben."

„Vielleicht hat er ja auch eine Freundin."

Endri prustete los. „Karmesin und eine Freundin? Allein die Vorstellung!"

„Ja, stimmt. Die müsste lebensmüde sein! Apropos Freundin", grinste Lorean schelmisch, „wie läuft es eigentlich mit Charlotte? Ich habe sie länger nicht gesehen."

Endri wurde augenblicklich rot.

Für gewöhnlich hatte er sich regelmäßig mit ihr im Café getroffen, wo sie sich über alles Mögliche unterhielten. Bei ihrem letzten Treffen aber war Charlotte auffallend müde gewesen und hatte berichtet, dass sich ihr Talent innerhalb der letzten Wochen noch mal deutlich ausgedehnt hatte. Sie konnte jetzt noch gezielter Gedanken und Gefühle wahrnehmen, teilweise aus weiter Entfernung. Leider bereitete es ihr enorme Kopfschmerzen, und sie musste daran arbeiten, ihre Abschirmtechnik zu verbessern. Sie hatte sich schon nach wenigen Minuten mit einem traurigen Lächeln von Endri verabschiedet und war die folgenden Wochen nicht mehr im Café aufgetaucht. Er war enttäuscht gewesen, konnte sich aber nicht einmal vorstellen, wie es für Charlotte sein musste, ständig den Gefühlen und Gedanken anderer Leute ausgesetzt zu sein. Er war ja selbst mit seinen eigenen, oftmals wirren Gedanken überfordert. Prompt schweifte er ab und sah Charlottes aufgeweckte, hellgrüne Augen mit den dunklen, fast schwarzen Augenbrauen vor sich. Lorean räusperte sich hörbar.

„Na, die Reaktion reicht mir als Erklärung", lachte er.

Endri sah ihn peinlich berührt an und stammelte etwas vor sich hin. Lorean legte ihm einen Arm um die Schulter.

„Ist schon gut, ich verstehe", grinste er. „Ich finde nur, jetzt, wo ich scheinbar der Einzige ohne Angebetete bin, könntest du mich wenigstens zwischendurch mal updaten."

„Charlotte und ich sind nur …"

„Freunde. Ja, ja, ich weiß."

Sie beobachteten, wie die Sonne langsam hinter den Gebäuden verschwand. Mit den letzten Strahlen stießen Alara und Wynn zu ihnen. Endri erkannte erst auf den zweiten Blick, dass mit den beiden etwas nicht stimmte. Wynn hatte ein grimmiges Gesicht aufgesetzt und Alara schlurfte lustlos hinter ihm her. Als sie näher kamen, fiel ihm auf, dass die Kleidung der beiden komplett durchnässt war.

„Was ist denn mit euch passiert?", fragte er.

„Nehemia und Yasin sind passiert", knirschte Wynn.

Die beiden tauchten in den letzten Wochen immer öfter zusammen auf, und es war schwer zu sagen, wessen Gemeinheit auf den anderen mehr abfärbte.

„Haben die euch einfach mit den Klamotten in den See geworfen, oder was?"

Alara presste die Lippen zusammen und nickte.

„Das war natürlich Yasin. Die beiden haben uns mal wieder ihre fiesen Sprüche reingedrückt. Von wegen, ob ich schwimmen könne, dass ich ja bestimmt direkt untergehen würde wie ein Stein, bla, bla, bla. Alles normal. Nichts, was ich nicht schon mal von denen gehört hätte. Hätten wir nichts gesagt, wären sie auch sicherlich wieder gegangen. Aber Wynn konnte mal wieder seine blöde Klappe nicht halten und ..."

„Ich habe dich verteidigt!", rief Wynn empört.

„Ja, und du weißt doch ganz genau, dass es bei den beiden keinen Zweck hat! Die warten doch auf so was!"

„Wir können uns nicht andauernd alles von denen gefallen lassen!"

„Das hat ja offensichtlich gut geklappt!", brüllte sie und deutete auf ihre nassen Klamotten. „Immer musst du zuerst reden und dann denken!"

Wynn verschränkte die Arme. „Immerhin bin ich kein Angsthase."

Alara bekam einen tiefroten Kopf. „Was soll das denn bitte heißen? Weißt du, was ich schon alles wegen denen durchgemacht habt? Deine Eltern haben dich schön im Wald unterrichtet, während ich die beiden schon in der Orientierungsstufe ertragen musste!"

Wynn ließ resigniert den Kopf sinken. „Ja, ich meinte ja nur ..."

„Was? Halt nächstes Mal einfach die Klappe, okay?"

Alara schnaufte heftig.

„Na, immerhin ist es warm", sagte Lorean vorsichtig, um die Situation etwas zu entschärfen.

„Meine Güte", murmelte Endri, „diese beiden sind eine mordsgefährliche Kombi. Nehemia überlegt sich die Gemeinheiten und Yasin ist dämlich genug, sie umzusetzen."

Alara nickte und ließ sich erschöpft auf eine Stufe sinken.

„Nächstes Mal nehme ich Stella mit", brummte Wynn, „dann sollen die noch mal versuchen, mich irgendwo reinzuschmeißen." Dann sah er sich suchend um. „Ich brauche was Süßes."

Alara starrte ihn fassungslos an. „Das ist jetzt nicht dein Ernst!"

„Wo ist das Problem?", keifte Wynn zurück.

„Kannst du nicht einmal an was anderes als Essen denken?"

„Sehr oft sogar – deswegen brauche ich so viel Zucker, damit ich denken kann!"

„Die Bäckerei hat so spät doch gar nicht mehr auf", bemerkte Endri.

„Stimmt", sagte Wynn, „aber die Tür steht noch offen, ich sehe das ganz genau von hier."

Keiner von den anderen konnte das bestätigen. Wynns Augen standen außer Konkurrenz – insbesondere, wenn es um das Erspähen von potenziellen Nahrungsquellen ging.

Alara schüttelte ungläubig den Kopf.

„Mach doch, was du willst." Ohne ein weiteres Wort stapfte sie in ihren nassen Sachen Richtung Gasthaus.

Lorean und Endri begleiteten den heißhungrigen Wynn zur Bäckerei.

Auf dem Weg stieß Endri seinem Freund in die Seite. „Die war aber ganz schön sauer."

„Ach, die kriegt sich schon wieder ein", murmelte Wynn abwesend. Seine Aufmerksamkeit galt der Eingangstür der Bäckerei, die tatsächlich einen Spaltbreit offen stand. Drinnen brannte Licht. Als die drei sich der Tür näherten, hörten sie aufgeregte Stimmen und hielten inne.

„... ich sage ja nur, dass wir seit über einem Jahr keine Spur von ihm haben, und nun ist Takeru ebenfalls ein halbes Jahr in der Versenkung verschwunden", hörten sie Ludwig Heese reden.

Helgard Filibrun schnaufte. „Du meinst doch nicht, dass die Fälle etwas miteinander zu tun haben?“

„Wenn nicht, wäre das doch ein zu großer Zufall! Und jetzt, wo ich drüber nachdenke: Es verschwinden zwar alle Jahre immer mal wieder Leute, aber gab es nicht vor einiger Zeit auch mal einen ähnlichen Fall, wo mehrere Talentierte innerhalb kürzester Zeit verschwunden sind?“

„Ludwig, der Vorfall, von dem du redest, ist dreißig Jahre her! Hol doch nicht die alten Kamellen wieder raus!“

„Helgard, überleg doch mal“, sagte Heese ernst. „So viele Gemeinsamkeiten. Damals ist auch ein Mitglied des Rats der Fünf spurlos verschwunden, alle Zeugen berichteten, keine Erinnerungen zu haben. Dann verschwanden weitere Personen ...“

„Das Erste war ein Unfall!“, rief die Bäckerin dazwischen. „Und erzähl mir bloß nichts anderes.“

„Wer weiß? Keiner erinnert sich, und die Verunglückten wurden nie gefunden!“

„Wer bitte soll ein Motiv haben, im Abstand von einem Vierteljahrhundert zufällig irgendwelche Talentierte zu entführen? Das sind doch alles Hirngespinste.“

„Zufällig waren die sicherlich nicht! Ich sage dir, Helgard, da ist eine geheime Organisation am Werk.“

„Das reicht mir jetzt!“ Sie konnten hören, wie ein Stuhl gerückt wurde. „Noch eine deiner Verschwörungstheorien kann ich heute nicht ertragen.“

Die drei konnten gerade noch Reißaus nehmen, als die Tür zur Bäckerei geöffnet wurde und ein grimmig dreinschauender Ludwig Heese herausgestapft kam.

Zurück auf den Stufen blickte Endri seine Freunde aufgeregt an. „Heese glaubt wohl, dass mehr dahintersteckt!“

Wynn sah abwesend an Endri vorbei. „Meinst du, jetzt, wo

Heese weg ist, kann ich noch mal rein und Helgard nach einem Törtchen fragen?“

Endri raufte sich die Haare. „Alara hat recht, du kannst manchmal an nichts anderes als Essen denken!“

„Du bist nicht derjenige, der gerade ein unfreiwilliges Bad genommen hat“, motzte Wynn, „und dazu noch einen Streit mit seiner Freundin hatte!“

„Ach so, jetzt, wo ihr euch streitet, ist sie offiziell deine Freundin? Sehr interessant“, stichelte Lorean.

Wynn warf ihm einen giftigen Blick zu.

„So, können wir trotzdem erst mal darüber reden, was wir gerade gehört haben?“, fragte Endri.

Wynn wandte seinen Blick von der Bäckereitür ab und verschränkte die Arme. „Okay. Schieß los.“

Lorean holte tief Luft. „Also, wie es aussieht, spricht einiges für die Theorie, dass es sich hier in der Tat um Verbrechen handelt“, erklärte er in einem professionellen Tonfall. Er hörte sich an wie ein Ermittler.

„Unsere neueste Information ist die“, fuhr er fort, „dass es vor dreißig Jahren ähnliche Vorfälle gegeben hat, bei denen zumindest bei einem ebenfalls Gedächtnislücken unter den Zeugen zu verzeichnen waren.“

Endri nickte zustimmend. „Jetzt müssen wir nur noch rausfinden, was das für Vorfälle waren. Und was für Personen damals verschwunden sind. Vielleicht gibt es da einen Zusammenhang.“

Lorean machte ein nachdenkliches Gesicht. „Aber dreißig Jahre ... das ist ja eine Ewigkeit her. Meint ihr, da kann sich noch jemand genau dran erinnern?“

Wynn seufzte resigniert, als ihm bewusst wurde, dass es an dem Abend keine Teilchen mehr für ihn geben würde.

„Ich kann ja mal meine Eltern fragen", schlug er vor. „Meine Mutter ist ein wandelndes Geschichtsbuch."

„Super Idee!", sagte Endri. „Dafür bekommst du eine Belohnung." Er kramte in seiner Tasche und hielt Wynn ein altes Karamellbonbon hin. Der schnaufte empört, schnappte es sich und verschlang es augenblicklich.

„Nächstes Mal kannst du das ruhig früher rausrücken", schmatzte er. „Ihr wisst doch: Ich kann besser nachdenken, wenn ich Zucker hatte."

Endri berichtete Alara beim Frühstück am nächsten Tag von den Geschehnissen.

„Wir sind also nicht die Einzigen, die glauben, dass hier etwas Verdächtiges im Gange ist", stellte sie fest.

Wenig später trudelten Wynn und Lorean ein, um von Wynns Gespräch mit seinen Eltern zu berichten.

„Ich habe vielleicht was", sagte Wynn, als er zu den anderen in der Bibliothek stieß. Er setzte sich in einen der Sessel und schlug lässig die Beine übereinander. Die anderen sahen ihn ungeduldig an.

„Also, vor ungefähr dreißig Jahren gab es einen Vorfall", erklärte er. „Dabei sind mehrere Personen, unter anderem ein gerade ernanntes Mitglied des Rats der Fünf, nach einem Unfall verschwunden."

„Und das ist alles?", fragte Endri, der bei Wynns wichtiger Pose mehr Informationen erwartet hatte.

Wynn zuckte mit den Schultern. „Mehr wussten meine Eltern auch nicht."

„Keine Namen?"

„Sie haben was von irgendeinem Rabentarb erzählt."

Lorean kratzte sich am Kinn. „Was ist das denn für ein komischer Name?"

Alara sah sich um. „Wir könnten in den alten Geschichtsbüchern recherchieren. Vielleicht finden wir ja was dazu."

Nur mit einer ungefähren Jahreszahl und einem Namen bewaffnet war es allerdings eine große Herausforderung, etwas Brauchbares zu finden. Leider konnte man diese Art der Informationen nicht googeln, da die Menschen in Erkental für gewöhnlich alles in Büchern festhielten, statt es im Internet zu veröffentlichen. Und selbst wenn, hätte eine Suche an den uralten Geräten und mit dem schneckenlahmen Internet in der Bibliothek wahrscheinlich mehrere Tage gedauert. Es gab vor Ort eine große Geschichtsabteilung, aber sie stellten schnell fest, dass sich viele der Bände darin nicht für ihre Recherche eigneten. Es gab Titel wie „Nutzlose und gefährliche Errungenschaften in der Botanik", „Training mit Pantoffeltierchen" oder „Verwandler und ihre Begleiter – denkwürdige Beziehungen".

„Ich könnte was gefunden haben!", rief Wynn, als sie bereits einige Stunden am Schmökern waren. Er hielt ein großes Buch mit dunkelrotem Einband nach oben. Der Titel lautete „Geschichte der Alchemie: Folgenschwere Vorfälle".

Endri wurde blass beim Anblick. „‚Folgenschwere Vorfälle'? Dafür gibt es ein ganzes Buch? Wie oft passiert denn so was?"

„Das macht einem nicht gerade Mut", stöhnte Lorean.

„Der erste aufgezeichnete Vorfall stammt aus der Antike", sagte Wynn. „Ich schätze, über 2500 Jahre kann so einiges zusammenkommen."

„Lies doch mal den ersten Eintrag vor", schlug Alara vor.

Wynn räusperte sich und begann:

„Tanis und Nephelos, 373 v. Chr., Überlieferung

Der Sage nach wurden im Hause Valon in der Stadt Helike zwei Jungen am selben Tag geboren. Nephelos war der Sohn des reichen Hausbesitzers, Tanis war eines der zahlreichen Sklavenkinder im Haushalt der Familie. Die beiden wuchsen nebeneinander heran, badeten zum Sonnenaufgang im Meer, erkundeten die Märkte zur Mittagsstunde, saßen in der Dämmerung auf den Dächern der Stadt und erzählten sich ihre Geheimnisse. Am Tag ihres zwölften Geburtstages wurde Tanis zum Haussklaven ernannt, und die Freundschaft der beiden stand fortan unter Strafe. Leibeigene badeten vor Sonnenaufgang, besuchten den Markt in den Abendstunden und verbrachten die Nächte hinter verschlossenen Türen. An den Tagen, an denen Tanis das Essen zu Nephelos in die Gemächer brachte, tauschten sie flüchtige Blicke aus.

Eines Nachts schlich sich Nephelos nach Einbruch der Dunkelheit in die Gemächer der Sklaven und weckte Tanis. Gemeinsam stahlen sie sich davon und fanden Schutz auf den Dächern ihrer Kindheit. Dort schmiedeten sie bis in die Morgenstunden Pläne, nach Karthago auszuwandern. Die Aussicht auf ein gemeinsames Leben ließ Tanis die Angst vor einer Strafe und Nephelos seinen hohen Stand vergessen.

Doch ihr nächtlicher Ausflug sollte nicht unbemerkt bleiben. Hausbesitzer Valon litt an Schlaflosigkeit und als er in den kühlen Morgenstunden aus dem Fenster sah, beobachtete er, wie der Sklavenjunge sich zurück in sein Lager und sein Sohn sich auf seine Gemächer schlich.

Am Morgen bestrafte er Nephelos für seinen Ungehorsam mit einem Jahr Hausarrest. Tanis jedoch verkaufte er an einen anderen Besitzer, der bekannt für seinen groben Umgang mit Leibeigenen war. Dieser sperrte seine Sklaven nachts nicht hinter verschlossene Türen, denn sie waren zu ausgehungert und misshandelt, als dass sie hätten fliehen können. So schleppte sich Tanis Nacht für Nacht hinaus und wartete auf den Dächern auf seinen Freund, der hinter verriegelten und mit Wachen besetzten Türen um ihn weinte.

Seine Schwester Melantha sah Nephelos' Schmerz und brachte den Wachen am siebten Tag einen Krug Wein, den diese gierig leerten. Bald darauf fielen sie in einen tiefen Schlaf. Da entließ sie ihren Bruder zwischen den ruhenden Wachen aus seinem Gefängnis. Auf den Dächern fand er seinen Freund, der ihm trotz seiner vielen Blessuren ein Lächeln schenkte, das die Nacht erhellte.

Am nächsten Morgen sollte ein Schiff nach Karthago auslaufen. Doch sie benötigten Geld, um die Seefahrer zu bezahlen. Also stahl Nephelos sich vor den ersten Sonnenstrahlen noch einmal zurück zum Haus seines Vaters, während Tanis am Kai auf ihn wartete. Als er das Haus verließ, warf er einen letzten Blick zurück und blickte in die Augen seiner Schwester Melantha.

Im Hafen fand er seinen Freund umringt von Wachen. Das Schiff lichtete seine Anker. Jemand hatte sie verraten. Noch vor Ort wurde Tanis zum Tode verurteilt. Nephelos fiel voller Trauer und Wut auf die Knie und hohe Feuersäulen stießen neben ihm aus der Erde. Große Teile des Hafens zerfielen zu Schutt und Asche und zur Strafe wurde er aus der Stadt verbannt. Noch am selben Tag fegte ein Sturm über die Stadt Helike. Häuser fielen in sich zusammen und alle Tiere verließen fluchtartig die Stadt. Am Tag der Hinrichtung riss der Boden auf. Eine gewaltige Welle begrub Menschen und Gebäude unter sich. Zweitausend Männer aus dem Nachbarort kamen zur Bergung, doch einzig die Erinnerungen und die Sage um Tanis und Nephelos waren von Helike übrig geblieben."

„Also, wenn das kein folgenschwerer Vorfall war, dann weiß ich auch nicht", murmelte Endri. „Eine ganze Stadt!"

Betretenes Schweigen legte sich über die Gruppe.

„Ich will gar nicht, dass wir weiterlesen", beschloss Lorean. „Guck einfach nur nach den Vorfällen vor ungefähr dreißig Jahren."

Wynn nickte. „Es ist nach Jahreszahlen sortiert."

Er blätterte eine Weile und sah dann auf: „Um 2025 gab es gleich zwei Vorfälle. In beiden wird von einem Alchemisten namens Raverkan berichtet." Er schlug sich mit der Hand auf die Stirn. „Das war der Name, den meine Eltern meinten!"

„Und was war das für ein Typ?", fragte Lorean.

„Ravus hat ihn mir gegenüber einmal erwähnt", erinnerte sich Endri. „Während seiner Schulzeit hat er es fertiggebracht, das Daijsen-Feld abzufackeln und das halbe Dorf in Schutt und Asche zu legen."

„Was? So was kann passieren?" Lorean musste sich kurz auf einen der weichen Sessel setzen und starrte einen Moment lang benommen vor sich hin.

Wynn beugte sich wieder über das Buch.

„Dieser Raverkan war einer der talentiertesten Alchemisten aller Zeiten", unterrichtete er die anderen. „Mit achtzehn war er im Besitz des siebten Ranges." Er sah kurz von seinem Buch auf. „Das ist ja krass! Seit über hundert Jahren hat kein Alchemist mehr diesen Rang erreicht. Schon mit fünfzehn Jahren hat er überall auf der Welt eine Naturkatastrophe nach der anderen verhindert. Er wurde im Jahr 2025 aufgrund seiner großen Begabung als jüngstes Mitglied in den Rat der Fünf aufgenommen."

„So einen könnten wir heute auch gut gebrauchen", murmelte Endri. „Bei all den Tornados, Erdbeben und Dürreperioden."

Daraufhin sahen sich die vier betreten an.

„Was genau waren denn das für Vorfälle?", fragte Alara nach einer Weile. „Lies doch mal vor!"

Wynn strich sich eine Locke aus der Stirn. Seine Haare waren, wie die von seinem Schwein Stella, ziemlich lang geworden. Alara hatte ihn schon mehrfach darauf aufmerksam gemacht, aber er weigerte sich trotzig, sie schneiden zu lassen.

„Zum ersten Vorfall gibt es keine Informationen, nur, dass es sich um einen Todesfall handelt und Raverkan involviert war", er sah kurz auf und verzog das Gesicht. „Lief ja nicht so gut für den Guten."

„Lies weiter!"

„Ja, ja, sofort." Er räusperte sich: „Danach brach Raverkan am 26. Januar 2026 zu seiner bis dato größten Mission nach Japan auf, von der er nicht mehr zurückkam. Es wird vermutet, dass er erneut die Kontrolle über seine Kräfte verlor und das bevorstehende Erdbeben nicht aufhalten konnte, sondern zusammen mit zwei seiner Begleiter unter einem herabstürzenden Felsvorsprung begraben wurde. Die genaue Ursache blieb jedoch unklar."

„Und ihr meint, darauf bezog sich das, was Heese in Helgards Bäckerei meinte, und das, was Wynns Eltern erwähnt haben?"

„Na ja, nach allem, was wir wissen, hört es sich wirklich nach einem Unfall an." Alara zog das Buch zu sich heran und begann, weitere Seiten zu überfliegen.

„Moment", rief sie, „hier unten steht noch was!" Sie blätterte weiter. „Alles so klein geschrieben", beschwerte sie sich.

„Zeig mal her!", sagte Wynn und zog Alara das Buch unter der Nase weg. Die sah genervt auf, ließ es aber geschehen.

Wynn kniff die Augen zusammen und las vor: „Bla, bla, bla … ah hier: ‚Zwei Mitglieder der Gruppe überlebten, haben aber durch den Schock keinerlei Erinnerungen an den Vorfall.'"

„Okay, das hört sich jetzt tatsächlich bekannt an! An den Überfall auf Korbinian kann sich ja auch niemand erinnern."

„Könnte auch ein Zufall sein."

„Gibt es eine Liste der Beteiligten?", wollte Lorean wissen.

„Es gibt nur eine Auflistung der Todes- beziehungsweise Vermisstenfälle. Die Leichen wurden ja nie unter den Trümmern gefunden", sagte Alara. „Moment, da muss ich zum Anhang blättern."

Sie sahen gemeinsam auf die Liste der Verunglückten.

Arwin Raverkan.

Bernhard Ristenpar.

„Ristenpar", murmelte Wynn nachdenklich, „Das ist doch ..."

„... der Name des alten Biologen, der am Fuße des Griselherzbergs wohnt", schnitt Alara ihm das Wort ab.

„Heißt der Bernhard mit Vornamen?", fragte Endri.

„Nein, eigentlich heißt er Skarabert." Wynn kratzte sich am Kinn. „Der ist ein komischer Vogel", fügte er hinzu. „Ich habe mal gehört, dass er vor vielen Jahren einen Mann gehabt haben soll. Aber das ist schon lange her und keiner weiß so richtig, was passiert ist, nur dass er eines Tages verschwunden ist. Es gibt zig Gerüchte darüber, was passiert ist. Unter anderem, dass sich die beiden eines Tages so gestritten haben, dass Skarabert ihn in eine Schildkröte verwandelt hat."

Alara machte große Augen. „Die Story kenne ich noch gar nicht! Meinst du etwa die Schildkröte, die schon seit ewigen Zeiten in seinem Vorgarten lebt?"

„Genau die", bestätigte Wynn. „Aber wie gesagt, das sind alles nur Gerüchte. Sicher ist allerdings, dass der Alte nicht mehr alle Tassen im Schrank hat." Er wandte sich wieder dem klein geschriebenen Text zu.

„Egmar Berk lautet der dritte Name", las er vor.

Alara kniff die Augenbrauen zusammen. „So heißt Yasin mit Nachnamen."

„Sein Vater kann es nicht gewesen sein, dafür ist das zu lange her. Vielleicht irgendein Onkel oder sein Großvater“, dachte Wynn laut nach.

„Also, Yasin können wir auf keinen Fall danach fragen.“

„Na ja, wir könnten schon ...“

„Bist du verrückt?“, rief Alara aufgebracht.

„War ja nur ein Witz“, verteidigte sich Wynn.

„Dass du darüber schon wieder Witze machen kannst.“

Während die beiden sich weiter anpöbelten, schnappte sich Endri das Buch.

„Also, ihr sagt, dieser Bernhard Ristenpar könnte der Mann von ihm gewesen sein?“

Wynn und Alara unterbrachen ihren Streit und sahen sich nachdenklich an.

„Es würde zeitlich ungefähr passen, würde ich meinen“, grübelte Alara.

„Kann gut sein“, bestätigte Wynn.

„Kein Wunder, dass der verrückt geworden ist, wenn sein Mann damals einfach so verschwunden ist“, murmelte Lorean und stand auf, um sich auf die Sitzbank im Erker zu legen. „Das muss schrecklich gewesen sein.“

„Vielleicht könnten wir diesem Ristenpar mal einen Besuch abstatten und ihn fragen, ob er sich noch an irgendetwas erinnern kann“, schlug Endri vor. „Vielleicht hat er irgendeine Art Hinweis für uns.“

Wynn setzte sich wieder auf und schüttelte den Kopf. „Der Alte ist nicht mehr ganz dicht. Als Kinder sind wir öfter an seinem Grundstück vorbeigeschlichen, weil er immer so komische Pflanzen im Garten hatte. Als dann aber mein Bruder ein Stück Zeh verloren hat, nachdem ihm im Vorgarten irgendwas in den Fuß gebissen hat, sind wir nicht mehr hin.“

Lorean setzte sich erschrocken auf. „Er hat ein Stück Zeh verloren?!“, fragte er und war schon ganz blass um die Nase.

„Na ja, nur ein ganz kleines.“

„Also, ich möchte gerne meine Zehen behalten! So einen Typen gehe ich bestimmt nicht besuchen. Zumal es ja auch wenig Sinn macht, wenn er so verrückt ist, wie alle sagen.“

„Vielleicht kann er uns trotzdem einen Hinweis geben. Wenn wir es nicht versuchen, können wir es auch nicht wissen“, erwiderte Endri und stiefelte dabei zwischen den aufgeschlagenen Büchern hin und her.

„Wer sagt denn, dass das überhaupt der Vorfall war, von dem Heese gesprochen hat? Könnte auch ein Zufall sein!“, wandte Lorean ein. „Dann würde ein Besuch bei diesem Opi uns gar nicht weiterbringen.“

Endri schüttelte vehement den Kopf. „So große Zufälle gibt es nicht.“

Wynn schlug mit einem Knall das Buch zu, stand auf und wischte sich den Staub von der Hose.

„Also, so richtig begeistert bin ich auch nicht von der Idee“, verkündete er. „Aber wir müssen jeder Spur nachgehen, die wir haben. Außerdem habe ich keine Lust mehr, ewig in alten Büchern zu blättern.“

„Ich bin ja immer für Abenteuer“, erklärte Lorean mit einem Räuspern – die anderen sahen sich bei seinen Worten amüsiert an –, „aber können wir den nicht einfach anrufen oder so was?“

Endri legte seinem Freund einen Arm um die Schulter.

„Es wird schon nichts passieren“, versicherte er ihm. Insgeheim konnte er aber nur hoffen, dass keiner ein Stück Zeh verlieren würde.

einundzwanzig

Der Spätsommer tauchte Erkental in ein sattes Grün. Die Temperaturen, die Runa ihnen bescherte, waren so hoch, dass das ganze Dorf in eine Art Hitzestarre verfallen war. Überall hatte man die Markisen ausgefahren, sodass die Wege im Zentrum im Schatten lagen und den Anwohnern wenigstens ein wenig Kühlung verschafften. Auf dem Marktplatz hatte man eine Traube von bunten Sonnenschirmen aufgestellt, unter denen Leute regungslos bis spät in den Abend in Liegestühlen saßen und ein kühles Getränk nach dem anderen schlürften. Selbst der Wasserfall, der am See an einer steilen Wand herunterkrachte, war so warm, dass er nur bedingt eine erfrischende Wirkung erzielte. Für die kleineren Kinder hatte Ravus die breiten Stufen vor dem Rathaus an einer Seite in eine glatte Steinrutsche verwandelt. Sie führte geradeaus in einen kleinen Pool, den er ebenfalls dort angelegt hatte.

Endri wunderte sich, warum die Meteorologin Runa es so heiß werden ließ. Schließlich konnte sie die Temperaturen bestimmen, und es war ihr theoretisch möglich, sie bei konstanten 25 Grad – seiner Meinung nach die optimale Temperatur – zu halten. Runa Ribaldi war allerdings nicht für logische Entscheidungen bekannt. Sie hielt sich zwar grob an die Jahreszeiten, und wenn für ein wichtiges Ereignis sonniges Wetter gewünscht war, kam sie dem in der Regel nach, aber ansonsten war sie oft unberechenbar. Wenn man nicht wusste, dass es sich nicht um natürliche Wetterverhältnisse handelte, würde man den Unterschied nicht bemerken.

Endri hatte an einem unsäglich heißen Tag Geburtstag. Seine Mutter hatte am Vortag Endris Lieblingstorte – eine dreifache Schokobombe – gebacken, und sie saßen alle zusammen am Morgen zu einem ausgedehnten Frühstück im Garten des Gasthauses. Gloria hatte farbige Lampions aufgehängt, und Marius hatte ein gigantisches Büfett aus Früchten, Pfannkuchen, Muffins, verschiedenen Müslis und Nüssen aufgebaut. Endri hatte darauf bestanden, dass vor allem die beiden ihm nichts schenkten. Er wusste zwar, wie die Dinge in Erkental liefen, aber seit einem Jahr umsonst bei ihnen zu wohnen, erschien ihm nach wie vor mehr als großzügig. Von Odelia bekam er ein Buch über berühmte Daijsen-Spieler der letzten Jahrzehnte, und Alara schenkte ihm – obwohl er seinen Freunden ebenfalls verboten hatte, ihn zu beschenken – ein maßstabgetreues Modell von Erkental, das sie mithilfe von Loris Winkelmann für ihn angefertigt hatte. Endri nahm es ehrfürchtig entgegen und versicherte ihr, dass es einen Ehrenplatz in seinem Zimmer bekommen würde.

Charlotte war Endris Einladung nachgekommen, klagte aber nach kurzer Zeit über Kopfschmerzen und musste sich verabschieden. Beim Abschied drückte sie Endri einen kleinen Beutel in die Hand, den er aber erst öffnen sollte, wenn er alleine wäre.

„Und du wünschst dir wirklich nichts zum Geburtstag von uns?“, fragte Wynn, als er Charlottes Geschenk sah.

Endri grinste. „Ich wünsche mir, dass wir endlich zusammen diesen Ristenpar besuchen.“

Es war Lorean, der bis zu dem Zeitpunkt erfolgreich verhindert hatte, dass sie den Besuch antraten. Immer, wenn es zur Sprache gekommen war, hatte er sich ausgelaugt gefühlt oder plötzlich weggemusst. Auch jetzt verdrehte er die Augen, als Endri es ansprach.

„An deinem Geburtstag willst du zu diesem alten Typen anstatt an den Wasserfall?“, fragte er ihn.

„Ja“, sagte Endri, „die Schule fängt bald wieder an. Wenn wir in Ruhe mit ihm sprechen wollen, müssen wir es jetzt machen.“

„Ist doch egal. Wir können das auch mal am Wochenende machen, wenn es nicht mehr so heiß ist“, stöhnte Lorean.

„Am Ende kriegt Karmesin noch Wind davon. Es ist besser, wir machen es, solange er noch in Berlin ist“, erklärte Endri.

„Wir wissen doch nicht, ob er wirklich was damit zu tun hat“, erinnerte ihn Wynn. „Aber es ist dein Geburtstag – also: Wenn du unbedingt willst, komme ich mit. Abgesehen davon brauche ich mal eine Pause von der Sonne. Ich hab’ mir gestern einen ordentlichen Sonnenbrand am See eingefangen.“ Er deutete auf seine verbrannte Nase. Mit einem Blick auf Lorean ergänzte er: „Solche Probleme hast du ja nicht.“

„Zu deiner Information, ich kann sehr wohl Sonnenbrand bekommen“, motzte der beleidigt. „Ich stelle mich halt nur nicht so dumm an wie du.“

„Wirklich?“, fragte Wynn verblüfft. Lorean warf ihm nur einen genervten Blick zu. Um einen aufkommenden Streit zu vermeiden, stellte sich Endri zwischen die beiden.

„Du musst ja nicht mitkommen“, sagte er zu Lorean.

„Und alleine zum See gehen?“, fragte der entrüstet. „Dann komme ich ja lieber mit zu dem verrückten Opi.“

Wynn und Lorean murmelten beide ein paar grummelige Sätze vor sich hin, als sie sich auf den Weg machten. Als sie die Stufen, die zum Gasthaus führten, hinunterstiegen, hielt Alara inne und deutete auf den Berg, auf dem das Anwesen der Familie Griselherz thronte.

„Am Fußende des Felsens steht Ristenpars Haus", teilte sie den anderen mit.

„Ich war doch schon mal da unten", überlegte Endri laut, „da habe ich gar kein Haus gesehen."

„Es steht an der Rückseite des Felsens", erklärte Alara, „und wenn man nicht weiß, dass es da ist, findet man es auch nicht. Es ist völlig überwuchert mit Pflanzen."

Der Griselherzfelsen befand sich am äußersten Rande des Dorfes. Alara führte sie ein paar Schleichwege entlang, die teilweise so eng waren, dass nur zwei Personen nebeneinander hindurchpassten. Als Endri gerade fragen wollte, wo sie hingingen, kamen sie zum Fluss und zu einem kleinen Steg, an dem mehrere Paddelboote lagen.

„Am schnellsten kommt man mit dem Boot dorthin", erläuterte Alara. „Der Fluss fließt direkt hinter dem Berg vorbei, und wir müssen nicht durch das ganze Dorf latschen."

„Auch das noch", nörgelte Lorean mit einem Blick auf die altmodischen Holzboote.

„Ach kommt, das wird cool", lachte Wynn.

Sie paddelten gemächlich den ruhigen Fluss entlang. Je weiter sie Richtung Felsen kamen, umso bewachsener wurde das Ufer um sie herum, bis sie schließlich das Gefühl hatten, durch einen gigantischen grünen Irrgarten zu fahren.

Es dauerte eine knappe halbe Stunde, bis sie beim Felsen angekommen waren. Sie suchten sich ein Plätzchen zum Anlegen, und während sie die Boote festmachten, konnte sich Alara ein paar architektonische Fakten nicht verkneifen.

„Unter dem Efeu seht ihr Steine, anhand derer man erkennen kann, dass es sich, neben der Burg, um eines der ältesten Bauwerke von Erkental handelt. Das Dorf wurde also am Fuße des Felsens gegründet."

Lorean stöhnte gelangweilt auf. „Lass mich doch erst mal aussteigen", beklagte er sich. Er war dabei, sich schwankend auf dem Boot aufzurichten. Die anderen waren schon rausgeklettert, und Lorean hatte Mühe, das Gleichgewicht zu halten. Endri hielt ihm eine Hand vom Ufer aus entgegen. Als Lorean sie packen wollte, verhedderte er sich mit einem Fuß auf dem Boot. Endri schaffte es, ihn davor zu bewahren, in den Fluss zu stürzen, aber er tappte trotzdem mit einem Bein in das schlickige Wasser am Ufer.

„Ihhh", motzte Lorean und schüttelte den Schuh aus. „Genau aus dem Grund fahre ich nicht gerne Boot!"

Alara führte sie um den Felsen herum zu einem wilden Grundstück, das so vollständig mit Pflanzen überwuchert war, dass es auf den ersten Blick aussah wie ein großer grüner Hügel. Ein riesiger Baum stand in der Mitte, der nur aus überirdischem Wurzelgeflecht zu bestehen schien. Darunter erkannte Endri ein kleines, steinernes Haus, das aussah, als würde es geradezu von den Wurzeln verschlungen werden. Die hatten sich wie ein fließendes Netz über das Bauwerk gelegt, und nur eine kleine niedrige Öffnung an der Stelle, wo er die Tür vermutete, war zu erkennen.

„Sieht ja aus, als würde der Baum das Haus auffressen", murmelte Lorean, der vergeblich versuchte, sein nasses Hosenbein auszuwringen.

„Ich finde eher, es sieht aus, als würde er das Haus umarmen", sagte Endri. Es war unmöglich zu sagen, wo der Baum aufhörte und wo das Haus anfing, so eng waren die Wurzeln um die Mauern geschlungen.

„Das ist ein fließender Tempelbaum", erklärte Wynn seinen Freunden in einem fachmännischen Tonfall. Er besuchte jedes Biologieprojekt, das die Erkentalschule anbot, und war ein

Experte auf dem Gebiet der Pflanzen geworden. „Auch Kapokbaum oder Würgefeige genannt."

„Würgefeige?", Lorean schluckte. „Das hört sich aber nicht so nett an."

„Ist doch nur ein Name", lachte Endri.

„Sie kommen aus Südostasien und sind eigentlich nicht in Europa vertreten. Angeblich hat Ristenpar sie auf einer seiner Reisen mit Darwin gefunden und war so fasziniert, dass er einen Schössling mit nach Erkental gebracht hat."

„Mit Darwin?", prustete Lorean los. „Der hat doch vor fast zweihundert Jahren gelebt. Was erzählst du da eigentlich?"

„Hab' ich eben gehört", verteidigte sich Wynn. „Außerdem weiß jeder, dass Ristenpar im Besitz des siebten grünen Ranges ist."

Lorean warf mit Unbehagen einen Blick auf die Würgefeige.

„Viel scheint ihm das ja nicht zu nützen, wenn er so gaga ist, wie alle sagen."

„Angeblich gibt es aktuell nur drei Menschen auf der Welt, die Rang sieben erreicht haben", teilte ihnen Alara mit. „Ich habe auch gelesen, dass diese Personen superalt werden können." Sie warf Lorean einen bedeutsamen Blick zu, der seit der Darwin-Anekdote skeptisch die Arme vor der Brust verschränkt hatte.

„Sehr alt", bestätigte Wynn. „Sie können theoretisch mehrere Hundert Jahre alt werden."

„Und wie soll das bitte gehen?", wollte Lorean wissen.

„Sie können den Alterungsprozess der Zellen steuern", erklärte Wynn.

„Das heißt, die Leute sind quasi unsterblich oder was?"

„Na ja, ein Nebeneffekt davon ist, dass die Leute irgendwann etwas … durcheinander sind. Ristenpar ist auf jeden Fall schon sehr lange etwas komisch."

„Jetzt wartet mal", Lorean war blass im Gesicht geworden. „Wir wollen also einen mehr als hundert Jahre alten Verrückten besuchen, der einen Würgebaum hat?"

„Keinen Würgebaum! Eine Würgefeige", korrigierte ihn Wynn.

„Also ich persönlich habe genug gesehen", sagte Lorean und sah sich nach Endri um, von dem er sich Zustimmung erhoffte. „Lasst uns wieder gehen. Wir könnten immer noch zum See. Bin eh schon halb nass."

Endri hörte ihn nicht, denn er war bereits dabei, an dem Grundstück entlangzulaufen.

„Hey!", rief Lorean ihm hinterher. „Hast du nicht gehört? Wir sollten lieber gehen!"

„Du bist so ein Angsthase", motzte ihn Wynn von der Seite an. „Ich frage mich, wie du jemals denken konntest, dass du Daijsen-Spieler werden könntest."

Endri ignorierte den aufkeimenden Streit zwischen den beiden und wanderte weiter an der kleinen überwucherten Mauer entlang, die das Grundstück umgab. Ein schmaler Weg führte in ein dahintergelegenes Waldstück.

Obwohl es mitten im Spätsommer war und jedes Gewächs und jeder Baum ein sattes Grün trug, hatte sich ein Teil des Waldes neben Ristenpars Haus bereits komplett herbstlich verfärbt. Die Blätter leuchteten in kräftigem Gelb, Orange und Rot. Sobald eine Windböe durch die Baumkronen pfiff, raschelte das trockene Laub.

„Das ist der Herbstliche Wald von Ristenpar", erklärte Wynn, als er Endris faszinierten Blick sah.

Endri wollte einen Schritt hineinsetzen, aber Wynn hielt ihn zurück. „Mach das besser nicht!", warnte er. „Der Wald hat keinen besonders guten Ruf."

„Was soll das denn bedeuten?", fragte Lorean und schaute

sich nervös um. „Und wie kommt es, dass alles verwelkt ist? Es ist doch Sommer!"

„So richtig weiß das keiner", antwortete Wynn, „allerdings werden dem Wald komische Dinge nachgesagt. Zum Beispiel, dass man augenblicklich um mehrere Jahre altert, sobald man ihn betritt."

Alara nickte energisch. „Ja, es gibt eine Geschichte von einem Jungen, der dort nur fünf Minuten lang nach einem verlorenen Ball gesucht hat und dann als erwachsener Mann Mitte dreißig herauskam. Dann brauchte er den Ball auch nicht mehr ..."

„Vielleicht ist es auch alles nur Quatsch", sagte Wynn. „Die Leute erzählen ja viel, wenn der Tag lang ist. Aber riskieren würde ich es jetzt nicht."

Dann stiefelte er voller Elan auf die überwucherte Mauer zu, die Ristenpars Grundstück säumte.

Als alle vier davorstanden und nach einem Tor oder einer anderen Art von Eingang Ausschau hielten, meldete sich Lorean noch mal zu Wort: „Also mir persönlich hat der Anblick dieser Würgepalme und dieses unheimlichen Waldes schon gereicht. Wollt ihr wirklich einfach so da reinmarschieren und einen erwiesenermaßen verrückten alten Mann ausfragen, der uns theoretisch alle wie Fliegen abmurksen könnte? Das ist doch lebensmüde!"

„Ach, alte Menschen freuen sich doch immer über Besuch und reden gerne über die Vergangenheit!", erwiderte Endri.

„Und wenn er darauf keine Lust hat?", Loreans Stimme zitterte ein wenig. „Was dann?"

„Sei doch wenigstens ein einziges Mal ein bisschen mutig", nörgelte Wynn und machte sich daran, über die Mauer zu klettern.

„Und jetzt brechen wir etwa noch bei ihm ein?", rief Lorean entsetzt. „Gibt es keine Klingel oder so was?"

„Ich habe keine gesehen, du etwa?", fragte Wynn über seine Schulter und landete mit einem Hops auf der anderen Seite. Endri und eine leise schnaufende Alara folgten ihm. Lorean war so aufgeregt, dass er in Schnappatmung geriet.

Die anderen halfen ihm über die Mauer. Sie wurden von einer riesigen Schildkröte begrüßt, die regungslos neben einem großen Haufen Spinat saß und die Augen halb geschlossen hatte.

„Das ist wohl sein Haustier", stellte Lorean fest, „mich wundert gar nichts mehr." Er blieb unschlüssig neben der Mauer stehen, während die anderen sich langsam auf die Haustür zubewegten.

„Ich halte Wache", beschloss er.

„Jetzt stell dich doch nicht so an", schnaufte Alara. „Er ist verrückt, nicht gefährlich. Im schlimmsten Fall erzählt er uns irgendeinen Quatsch. Wenn er wie mein Opa ist, macht er uns wahrscheinlich nicht einmal die Haustür auf, weil er in seinem Sessel eingeschlafen ist."

Sie stapften ein paar Schritte durch das hohe Gras Richtung Tür. Dann blieben sie wie angewurzelt stehen und blickten sich um. Der Baum neben ihnen hatte ein Knarzen von sich gegeben.

Langsam setzten sie einen Fuß vor den anderen. Als sie die Augen wieder auf die Haustür richteten, knarzte es erneut.

„War der Ast da hinten eben nicht kürzer?", fragte Alara.

„Nicht bewegen!", zischte Wynn. „Irgendwas stimmt hier nicht."

Alle standen wie eingefroren da, nur ihre Augen huschten nervös in alle Richtungen.

„Diese Wurzeln da", flüsterte Alara und deutete hinter sich, „haben sich definitiv in unsere Richtung gedreht."

Endri wandte sich in Zeitlupe zur Haustür um und beobachtete aus den Augenwinkeln, wie der Baum seine Äste wie dünne gruselige Finger langsam nach ihnen ausstreckte.

„Sicher, dass das Würgedings nur der Name ist?", fragte Lorean mit zittriger Stimme.

„Das ist doch bestimmt nur Einbildung", nuschelte Endri und sah dabei nervös auf die Zweige. „Lasst uns einfach weitergehen. Es wird schon nichts passieren."

Während die anderen vorsichtig weiterschlichen, warf Lorean noch mal einen Blick nach hinten und machte einen Satz.

„Die Äste! Die Äste kommen näher!", brüllte er und rannte panisch auf die Mauer zu.

Im nächsten Moment bäumte sich einer der dickeren Wurzelstränge auf und zischte blitzschnell auf den Flüchtenden zu. Der Baum packte Lorean am Knöchel und riss ihn zu Boden. Sofort kamen ein paar dünnere Äste zu Hilfe und schlängelten sich um ihn, bis er aussah wie ein sorgsam umwickeltes Paket.

Es geschah so schnell, dass die anderen nur entsetzt zusehen konnten. Als etwas an seinen Füßen kitzelte, blickte Endri nach unten. Weitere dünne Wurzeln hatten sich angeschlichen und machten sich daran, sich um ihre Schuhe zu winden. Alara und Wynn waren bereits bewegungsunfähig. Mit einem Ruck riss er sich aus einer Schlinge frei und rannte zur Tür.

Er hämmerte mit der Faust dagegen.

„Skarabert Ristenpar!", rief er. „Ihr Baum greift uns an!"

Wynn hatte durch einen kleinen Verwandlungstrick seine Füße aus den Schuhen befreien können und er rannte im Zickzack auf Endri zu.

„Hallo! Ristenpar! Machen Sie auf!", brüllte er und hämmerte ebenfalls gegen die Tür.

Im nächsten Moment öffnete sich die niedrige Tür mit einem Schwung, und ein betagter Mann mit langem, struppigem Bart trat heraus. Er war hager und hatte ein zerfurchtes Gesicht.

„Eh … Hallo, Ihr Baum, ähm, Ihre Feige hat unsere Freunde …", stammelte Endri und zeigte hektisch mit einem Finger auf Lorean und Alara.

„Na und?“, knurrte der alte Mann. „Ihr seid ja auch Eindringlinge.“

Endri und Wynn zuckten zusammen und warfen einen schnellen Blick nach hinten. Loreans Gesicht war rot angelaufen und Alara wand sich mit aller Kraft, war aber auch schon bis zu den Schultern mit Wurzeln eingeschnürt.

„Bitte ... er ... der Baum erwürgt sie doch!“, stammelte Wynn aufgeregt.

Ristenpar brummte und klatschte einmal kurz in die Hände.

„Berta, mein Mädchen“, rief er in einem deutlich freundlicheren Tonfall, „ist gut jetzt.“

Berta, der Baum, gehorchte und die Äste ließen langsam von Alara und Lorean ab. Der rollte sich auf die Seite und japste nach Luft. Wynn hastete zu Alara und half ihr auf die Beine, während Lorean sich mühselig aufrichtete.

Ristenpar wandte sich an Endri.

„Was wollt ihr kleinen Läuse?“, herrschte er ihn an.

Abgesehen davon, dass der Mann seinen würgenden Baum Berta genannt hatte, kam er Endri gar nicht so verrückt vor. Nur unausstehlich.

„Ihre blöde Berta hat mich fast erdrosselt!“, rief Lorean empört mit heiserer Stimme von hinten und rieb sich den Hals.

„Und das geschieht dir ganz recht, du frecher Bengel“, raunzte Ristenpar zurück. Er trat einen Schritt auf das knotige Wurzelgeflecht zu und streichelte behutsam darüber.

„Meine Berta ist sehr zuverlässig, was das Abwehren von ungebetenen Gästen angeht.“

Endri überdachte seine vorherige Einschätzung – vielleicht war der Mann doch verrückt.

Ristenpar sah sie ungeduldig an. „Also, was wollt ihr hier?"

Endri räusperte sich. „Wir würden gerne mit Ihnen über das Verschwinden Ihres Mannes Bernhard sprechen."

Ristenpar hob die Augenbrauen. „Wirklich?", fragte er ein wenig freundlicher. „Danach hat mich seit Ewigkeiten niemand mehr gefragt."

„Warum denn nicht?"

Der alte Mann kniff etwas misstrauisch die Augen zusammen. „Die Leute behaupten, ich würde dummes Zeug erzählen", erklärte er. „Dabei sage ich nichts als die Wahrheit. Ich war nämlich dabei, als es passierte!"

„Als was passierte?", hakte Endri nach. In der Zwischenzeit waren auch Alara und Lorean zu ihnen gestoßen.

Ristenpar sah die vier aufmerksam an. „Na dann. Denen, die an der Wahrheit interessiert sind, soll man die Wahrheit nicht verwehren."

Er bedeutete ihnen mit einem Ruck seines Kopfes, ihm ins Haus zu folgen.

Drinnen mussten sie aufpassen, nicht über weitere mächtige Wurzeln zu stolpern, die sich durch das Haus schlängelten. Überall rankten sich Äste durch die Räume, voll behangen mit diversen Früchten, die allesamt reif und saftig aussahen. Endri berührte eine Apfelsine, um sich zu vergewissern, ob es echtes Obst war.

„Ihr könnt alles essen", rief Ristenpar ihnen über die Schulter zu. „Nur um die Pitayas würde ich einen Bogen machen, die haben aktuell schlechte Laune."

Wynn griff sich umgehend einen Pfirsich und biss herzhaft hinein. „Wirklich gut!", lobte er.

Der alte Mann blieb stehen und sah Wynn ausdruckslos an. Endri hielt die Luft an. Dann wurde Ristenpars Gesichtsausdruck plötzlich heiter, und er strahlte Wynn an. „Würdest du sagen, es ist der beste Pfirsich, den du je gegessen hast?“

Wynn nickte beflissen. „Auf jeden Fall!“, schmatzte er.

Ungläubig sah Endri zwischen den beiden hin und her. Hatte Wynns Verfressenheit ihnen gerade einen Freund beschert?

Zögernd griffen die anderen sich ebenfalls eine Frucht und so zog die Prozession schlürfend und schmatzend durch das Haus. Ristenpar führte sie in eine Art Wintergarten, dessen Fenster so dreckig waren, dass sie lediglich ein schummeriges Licht in den Raum ließen.

Als sie alle zwischen den Obstbäumen auf moosüberzogenen Hockern Platz gefunden hatten, sah Ristenpar sie aufmerksam an.

„Warum genau interessiert ihr euch für die Geschichte?“

Die anderen blickten Endri erwartungsvoll an. Er räusperte sich.

„Also, vor allem ich interessiere mich sehr dafür. Es war mein Geburtstagswunsch, Sie heute zu besuchen. Wir haben gelesen, dass Ihr Mann Bernhard zusammen mit Raverkan verschwunden ist, und wir dachten, Sie erinnern sich vielleicht an irgendwelche Details von damals. Aus reiner Neugierde sozusagen.“

„Geburtstag, was?“, fragte er Endri. „Na, dann lass mich mal sehen, ob ich noch was für dich finden kann.“

Ristenpar stand ächzend auf und kramte in einer der vielen Schubladen.

„Alte Menschen haben irgendwie den Zwang, jedem, der in ihrer Anwesenheit Geburtstag hat, etwas zu schenken“, erklärte Wynn in einem amüsierten Flüsterton.

„Ah, ja …“, nuschelte der Mann und streckte Endri mit zittrigem Arm ein kleines Päckchen entgegen.

„Das sind meine Wundersamen", erklärte er. „Du brauchst nur einen Samen in die Erde stecken – egal, wo –, mit einem Tropfen Wasser gießen – das ist wichtig, nur ein Tropfen! –, und daraus sprießt in wenigen Minuten mehr Gemüse, als du essen kannst."

Endri wusste zwar nicht, was er damit anfangen sollte – gab es doch in Erkental mehr als genug zu essen –, aber er bedankte sich höflich und steckte das Tütchen ein.

Ristenpar setzte sich zurück in seinen Sessel.

„Was war noch mal eure Frage?"

„Ob Sie sich an den Vorfall mit Raverkan erinnern können", half ihm Wynn auf die Sprünge.

Der Mann lehnte sich zurück und dachte nach. „Ich kann mich erinnern", sagte er dann langsam, „aber meine Version der Wahrheit passt den Leuten anscheinend nicht, deswegen wird überall behauptet, ich sei verrückt!"

„Was ist denn passiert, in Ihrer Version?"

„Was viele nicht wissen: Ich war damals bei der Expedition dabei. Bernhard und ich waren sozusagen ein Doppelpack. Man hat uns unter einen Felsen gelockt, dann gab es einen großen Knall, und danach waren Raverkan und mein Bernhard wie vom Erdboden verschluckt."

„Wie meinen Sie das?"

Ristenpar drehte die Handflächen nach oben. „Ich weiß, wie ein Unfall aussieht. Und das war keiner, das verspreche ich euch."

Während die anderen sich argwöhnische Blicke zuwarfen, sah der alte Mann gedankenverloren aus dem Fenster. Sprach er wirklich die Wahrheit? Nirgendwo wurde erwähnt, dass es bei dem Vorfall Zeugen gegeben hatte. Ristenpar wandte sich ihnen wieder zu.

„Mein lieber Bernhard …", seufzte er. „Wir konnten zusammen ganze Regenwälder aufforsten. Er hat Bäume so sehr geliebt. Vor allem im Herbst."

„Haben Sie deswegen den Wald vor Ihrem Haus in einen Herbstwald verwandelt?", wollte Endri wissen.

Der alte Mann nickte langsam. Er ließ sich tief in seinen Sessel sinken und schloss die Augen. Für einen kurzen Moment sah es aus, als wäre er eingeschlafen. Dann schreckte er plötzlich auf und sah sich panisch um. „Wo ist eigentlich Bernhard?"

„Äh, der ist doch … tot?", stammelte Wynn vorsichtig.

„Was, meine Schildkröte ist tot?", rief Ristenpar aufgeregt.

„Ach so! Nein! Die liegt vorne im Gras und isst Salat." Wynn zeigte auf eins der Fenster, durch die man den Vorgarten erahnen konnte. Ristenpar nickte erleichtert.

„Jetzt ist ihre Mittagspause", erklärte er und lehnte sich zurück. „Bernhard isst am liebsten Spinat, wisst ihr?"

Die vier blickten den alten Mann verdutzt an.

Alara räusperte sich leise.

„Sie wollten uns weiter von dem Vorfall mit Raverkan erzählen", erinnerte sie ihn. „Was ist denn danach passiert?"

Wieder nickte er beflissen.

„Raverkan! Was für ein Gigant!", sagte er dann. „Konnte mit dem Druck nicht umgehen. Viel zu jung. Viel zu viel Talent."

„Wie meinen Sie das?"

Ristenpar ignorierte die Frage und schüttelte den Kopf. „Viel zu jung. Und mein Bernhard hatte immer so große Hoffnungen für ihn …"

Geistesabwesend riss er eine Pitaya von einem Strauch, zog die Schale ab und biss hinein. Er verzog das Gesicht und spuckte das Stück wieder aus. „Bernhard, ich hatte dir doch gesagt, dass sie schlechte Laune haben", murmelte er in seinen Bart.

Wieder lehnte er sich in dem Sessel zurück und schloss die Augen. Diesmal sackte sein Kopf nach hinten. Er war eingeschlafen.

Lorean stupste Endri in die Seite und deutete auf eine große Palme, die neben Ristenpar stand. Zwei der riesigen Blätter legten sich sanft über den schlafenden alten Mann und deckten ihn zu. Dann hörten sie ein leises Schnarchen.

Die vier Freunde sahen sich etwas bestürzt an und schlichen sich dann langsam aus dem Haus. Der Baum Berta hatte wohl ebenfalls Mittagspause und machte keine Bewegung. Die Schildkröte Bernhard starrte ihnen hinterher.

zweiundzwanzig

„Na, das war ja ein Reinfall“, sagte Lorean und rieb sich die roten Striemen am Hals. „Der Typ ist eindeutig unzurechnungsfähig.“

„Was er am Anfang gesagt hatte, klang aber, als würde er die Wahrheit sagen“, bemerkte Endri. „Und das würde bedeuten, dass es vielleicht noch mehr Parallelen gibt, als wir angenommen haben!“

„Ich weiß ja nicht“, erwiderte Wynn, als sie sich langsam auf den Rückweg machten, „warum wurde denn nirgends erwähnt, dass es einen Zeugen gab? Und selbst wenn es so war, heißt es ja nicht, dass es einen Zusammenhang zu dem Verschwinden von Korbinian oder dem von Takeru gibt.“

„Keinen Zusammenhang, den wir kennen“, gab Endri zu, „aber die Frage stellt sich doch, warum man die Tatsache verschweigen sollte, dass es kein Unfall war.“

„Wenn es denn kein Unfall war! Ich sehe das ähnlich wie Lorean: Ich weiß nicht, ob man diesem Ristenpar glauben kann. Er war wirklich nicht gerade klar gegen Ende.“

„Ja, es schien, als würden die Story und die Erinnerung daran ihn irgendwie verwirren“, sagte Alara nachdenklich.

„Stimmt“, überlegte Endri, „er ist aber erst richtig komisch geworden, als er angefangen hat, von Bernhard zu sprechen.“

„Na ja, ein Typ, der einen Baum auf vier Jugendliche loslässt, ist von Anfang an verrückt, wenn ihr mich fragt“, motzte Lorean.

„Ich wette, ich bin morgen übersät mit blauen Flecken."

Als sie am Marktplatz angekommen waren, machten sie einen kurzen Zwischenstopp bei Lambert Weißwurzel und setzten sich mit einer Runde Eisschokolade unter einen der vielen Sonnenschirme auf dem Marktplatz in den Schatten.

Während die anderen sich über ihr Getränk hermachten, lehnte Endri sich in seinem Liegestuhl zurück und schnaufte.

„Irgendwas stimmt nicht", beschwerte er sich. „Es wird bei alldem einfach zu viel verschwiegen."

„Oder", sagte Wynn und hob einen Finger, „es ist alles so verwirrend, weil es weder Zusammenhänge noch eine Verschwörung gibt! Aber du kannst dich natürlich weiter da reinsteigern."

Endri sah ihn enttäuscht an. „Und was ist mit Karmesin?"

„Karmesin ist ein anderes Thema. Da glaube ich auch immer noch, dass er Dreck am Stecken hat." Mit einem lauten Schlürfer trank Wynn seine Schokolade aus, nur um sich im Anschluss den Kopf zu halten und über Hirnfrost zu klagen.

„Das kommt davon, wenn man zu gierig ist", stellte Alara fest und griff nach seiner Hand. „Ich würde sagen, wir machen jetzt mal Mittagspause."

Nachdem die beiden verschwunden waren, schüttelte Endri den Kopf.

„Wie die es miteinander aushalten, ist mir ein Rätsel."

Lorean und er blieben noch eine Weile sitzen und beobachteten das träge Treiben auf dem Platz. Dann beschlossen sie, für die letzten Sonnenstunden an den See zu gehen. Dort schlief Endri gedankenverloren ein und hatte am nächsten Tag ebenfalls einen Sonnenbrand. Lorean machte ihn auf den Vorteil aufmerksam, dass Wynn und er sich jetzt zumindest die Lotion gegenseitig auftragen konnten.

Am Abend auf seinem Zimmer verstaute Endri zuerst das Geschenk von Ristenpar und öffnete dann das Päckchen, das Charlotte ihm überreicht hatte. Darin befand sich ein kleiner Stein. Er sah nicht besonders aus und hatte abgewetzte Ecken. Endri drehte den Stein ein paarmal in seiner Hand und runzelte die Stirn. Sie waren zwar nur Freunde, aber ein derartiges Geschenk erschien ihm schon sehr mager. Er warf einen Blick in die Verpackung und entdeckte einen kleinen Zettel.

„Das ist ein Gute-Laune-Stein“, stand auf dem Zettel. „Drücke ihn für fünf Sekunden an die Stirn und er vertreibt alle schlechten Gedanken.“

Endri starrte auf das Geschriebene. Er war nicht abergläubisch, hatte aber schon zu viel in Erkental erlebt, um es nicht direkt als Humbug abzutun. Vorsichtig legte er den Stein in seine Schublade. Ein passender Moment würde kommen, um ihn einem Test zu unterziehen.

Die letzten Ferientage nutzte Endri, um sich in das Thema Raverkan zu vertiefen. Obwohl Wynn der Meinung war, dass es zu nichts führte, ließ ihn das Schicksal des Schülers von damals nicht los. Er hatte in einem der Bücher ein Foto gefunden, auf dem ihm ein hagerer junger Mann mit wilden Haaren und durchdringenden grauen Augen entgegenblickte.

Als er mit Schulbeginn Ravus wiedersah, hoffte er, der Lehrer könnte ihm noch mehr über den berüchtigten Alchemisten erzählen, aber der schien nicht gerne über das Thema zu sprechen.

„Er war ein Beispiel dafür, was bei überforderten Alchemisten passieren kann“, sagte er nachdrücklich. „Man darf diese Kraft niemals außer Kontrolle geraten lassen.“

Solch eine Aussage war von demjenigen, den Raverkan beim Daijsen-Spiel geröstet hatte, durchaus nachzuvollziehen, und Endri beschloss, nicht weiter darauf einzugehen.

„Also glauben Sie auch, dass es ein Unfall war?“, fragte er stattdessen.

„Selbstverständlich war es ein Unfall“, donnerte Ravus. „Wer behauptet denn bitte etwas Gegenteiliges?“

„Ähm, niemand“, wich Endri aus. „War nur eine Frage.“

Er wollte Ravus nichts von ihrem Gespräch mit Ristenpar erzählen. Es reichte schon, dass seine Freunde ihn in der Hinsicht für verrückt hielten, und so stöberte er alleine in der Vergangenheit – jedoch ohne Erfolg. In den Büchern stand erstaunlich wenig über diesen mysteriösen Mann, und die älteren Bürger Erkentals, die er auf ihn ansprach, konnten ihm ebenfalls nichts Neues berichten. Er musste sich wohl oder übel vorerst damit abfinden, dass es nichts zu finden gab.

Gegen Ende des Sommers durfte Loris Winkelmann endlich seinem Versprechen nachkommen und Odelia ihr Traumhaus bauen. Allerdings mit dem Kompromiss, dass er einen Anbau des Gasthauses für sie renovierte. Endris Mutter und Marius waren ein unzertrennliches Paar in der Küche geworden, und Endri fühlte sich im Gasthaus zu Hause. Außerdem war es praktisch, im selben Haus mit Alara zu wohnen. Wann immer sie Lust hatten, konnten sie sich für kleine Erkundungstouren oder zu einem gemeinsamen Computerspiel treffen, die auf den alten PCs in der Bibliothek liefen und überraschend unterhaltsam waren – selbst für Endri, der an Leons Playstation 8 gewöhnt war.

Loris entwarf der kleinen Familie einen gemütlichen Anbau, der, ähnlich wie die Küche, weit in den Wald hineinragte. Er renovierte die Zimmer, die danach große, bodentiefe Fenster besaßen. Wann immer man sie öffnete, stand man mitten zwischen den Bäumen. Die Räume waren nicht groß, aber außer einem Bett und einem Schrank brauchten die beiden nicht viel.

Das eigentliche Leben fand im Gasthaus oder im Dorf statt, und das wollte man nicht in seinem Zimmer verpassen.

Es war erst etwas mehr als ein Jahr vergangen, seit Endri und seine Mutter in Erkental angekommen waren, aber es kam ihnen vor, als hätten sie ihr ganzes Leben in dem kleinen Ort verbracht. Wenn sie durch die Straßen gingen, grüßten alle Bewohner sie mit Namen. Ständig hatte jemand einen Grund zum Feiern oder zum gemütlichen Beisammensein und man verbrachte nur wenig Zeit alleine – sofern man das wollte.

Wynn und Alara stritten sich seit dem Vorfall mit Yasin und Nehemia am Badesee immer häufiger. Während Alara sich oft stundenlang in ihre Leseecke verzog, tendierte Wynn dazu, bei schlechter Laune oder Stress Unmengen an Süßspeisen zu vernichten. Als er selbst beim Erklimmen der flachen Stufen vor dem Rathaus außer Puste kam, wies Endri ihn vorsichtig darauf hin, dass er eventuell die Bäckerei etwas seltener aufsuchen sollte. Das Ergebnis war, dass Wynn eine Woche lang eingeschnappt war, danach aber anfing, gemeinsam mit Stella regelmäßig durch den Wald zu joggen.

Als sie das nächste Mal Endris Mutter in der Bäckerei besuchten, hielt Endri wie gewohnt im Café Ausschau nach Charlotte, aber sie war nicht da.

Helgard Filibrun bemerkte seinen Blick.

„Charlotte ist für einige Zeit zu ihrer Großmutter gefahren, sie hat mir aber einen Brief für dich dagelassen."

Das war merkwürdig. Sie hatte zwar, seit ihr Talent sich auf Rang vier der Telepathen gesteigert hatte, des Öfteren Auszeiten vom öffentlichen Leben genommen, war aber noch nie während der Schulzeit zu ihrer Großmutter geflüchtet. Was Tinter wohl dazu sagte?

Am Abend saß Endri auf seinem Bett und hielt den Umschlag

in den Händen. Die bodentiefen Fenster seines neuen Zimmers standen offen und ließen die milde Herbstluft aus dem Wald hinein. Eine große Pinie stand direkt neben dem Haus, die einen beruhigenden, würzigen Duft verteilte.

„Lieber Endri“, begann der Brief in Charlottes geschwungener Schrift.

„Es tut mir leid, dass ich mich auf diesem Weg bei dir verabschieden muss. Meine Fähigkeiten sind leider erneut gewachsen. Ich kann es mir selbst nicht erklären. Mir ging es eines Abends so schlecht, dass ich es nur noch unter Wasser in der Badewanne ausgehalten habe. Meine Eltern konnten Tinter nicht erreichen und haben sich aus Verzweiflung an Raimara, die Telepathenvertreterin aus dem Rat der Fünf, gewendet. Die hat einen Blick auf mich geworfen und beschlossen, dass ich für einige Zeit das Erkental verlassen muss. Wie lange ich wegbleibe, kann ich noch nicht sagen, aber ich muss gehen, denn so halte ich es nicht mehr aus. Mein Kopf ist ein Wirrwarr aus Stimmen. Selbst im Schlaf höre ich die Träume anderer Menschen.

Ich hoffe, dass wir uns schnell wiedersehen!

Alles Liebe

Lotte“

Endri legte den Brief auf den Nachttisch und ließ sich mit einem Seufzer aufs Bett fallen. Für eine Weile starrte er an seine Zimmerdecke. Charlottes Kräfte hatten sich innerhalb der letzten Monate enorm gesteigert. Es war ein Fluch und ein Segen zugleich, wenn so etwas geschah, insbesondere bei Telepathen. Er selbst wünschte sich zwar manchmal, dass er sich schneller verbessern würde, aber um eine solche Belastung beneidete er sie wirklich nicht. Die Fortschritte kamen bei ihm nach und nach. Endri beherrschte mittlerweile ein paar nützliche Tricks. So konnte er den Leuten eine abgekühlte Tasse Tee aufwärmen, eine vom Ausgehen bedrohte Öllampe wieder aufflammen lassen oder ohne Gefriergerät Eiswürfel herstellen. Sein Paradeelement blieb die Luft, trotzdem konnte er nur neidvoll zusehen, wie Merik riesige Becken voll mit Wasser zum Gefrieren oder Kochen brachte oder Vivecca aus einem glimmenden Streichholz einen lodernden Feuerball zauberte.

Mit einem Stöhnen richtete sich Endri auf und vergrub das Gesicht in den Händen. Er würde Charlotte vermissen. Sein Blick huschte zu der Nachttischschublade. Er zog langsam das Paket mit dem Gute-Laune-Stein hervor und hielt ihn sich prüfend vor die Nase. Er sah aus wie ein normaler Kieselstein.

„Was soll's", entschied er und presste ihn gegen seine Stirn. Der Stein war kühl. Sonst nichts. Er wollte gerade aufhören, als ihn ein warmes Gefühl überkam. Ungewollt breitete sich ein leises Lächeln auf seinen Lippen aus und der Raum um ihn herum erschien ihm heller.

„Unglaublich", hauchte er und legte den Stein behutsam an seinen Platz zurück.

Im September kämpften die Daijsen-Spieler der drei Teams um die Plätze im Schulteam. Normalerweise stellte der Kapitän oder die Kapitänin des Gewinnerteams aus den vorhandenen Daijsen-Spielern ein Schulteam zusammen, das im folgenden Frühjahr gegen die Runkelbergschule antrat. Die neu entstandene Mannschaft hatte danach sechs Monate zum Trainieren. Da im Vorjahr alle Teams einmal gewonnen hatten, sollten dieses Jahr alle drei Teamkapitäne zusammen die restlichen sechs Spieler aussuchen.

Jeder Kapitän hatte eine Stimme, und sobald zwei der drei einem Kandidaten ein Ja gaben, war er im Team aufgenommen.

Für Endri und Merik war ein kleiner Wettbewerb angedacht. Endri wusste zwar, dass die meisten der Schüler und Lehrer auf

Meriks Sieg setzten, aber allem Anschein nach wurde er trotzdem als würdiger Gegner angesehen, denn kurz vor dem Kampf waren alle Zuschauerplätze belegt. Sie mussten einen Parcours bewältigen, der jeweils ein Hindernis aus den vier Elementen beinhaltete. Er führte sie durch eine dicke Eiswand, einen rutschigen Graben aus Kieselsteinen, über einen Feuerkreis, und zum Schluss versperrte ihnen ein pfeifender Windtunnel den Weg.

Merik hängte Endri am Kieselgraben ab, denn der schaffte es nicht, den Steinmassen, die ständig von Neuem in den Graben rieselten, Einhalt zu gebieten. Als er es endlich aus dem Steinemeer geschafft hatte, war Merik beim Windtunnel angekommen. Er durchquerte ihn zwar nicht elegant, sondern lehnte sich mit seinem vollen Körpergewicht gegen die Windmassen, schaffte es aber, bevor Endri den Feuerkreis verlassen konnte.

Endri beschloss, nicht enttäuscht zu sein und Merik zum Sieg zu gratulieren. Er hoffte, dass sie damit ihre ewigen Streitigkeiten beilegen konnten.

Als Endri an Merik herantrat, warf der ihm jedoch einen abwertenden Blick zu und verkündete: „Das kannst du dir sparen. Es ist ja nicht so, als hättest du überhaupt eine Chance auf den Sieg gehabt."

Endri zog die Augenbrauen zusammen. Vergessen waren die Gedanken an eine Versöhnung, und augenblicklich kochte die Wut in ihm hoch.

„Ich bin jetzt schon fast so gut wie du", erinnerte er Merik mit zusammengebissenen Zähnen. „In zwei Jahren werde ich hundertmal besser sein, als du es jetzt bist."

„Ha!", rief Merik amüsiert. „Träum du mal schön weiter!"

Die Rivalität zwischen den beiden Jungen nahm danach neue Formen an. Merik drehte sein Level an Gemeinheit Endri gegenüber hoch, und Yasin und Nehemia schlossen sich ihm, wenig überraschend, hochmotiviert an. Kein einziges Mal kamen Endri oder seine Freunde an den dreien vorbei, ohne einen Seitenhieb zu kassieren. Es ging so weit, dass sie sich jedes Mal, wenn sie einen Flur oder Raum betraten, versicherten, dass die Bande ihnen dort nicht auflauerte. Nehemias telepathisches Talent, Yasins Stärke und Meriks Arroganz machten sie zu einem gemeingefährlichen Team.

Es war Freitagnachmittag und Endri und Wynn waren dabei, das Schulgelände zu verlassen, als Wynn bemerkte, dass er seinen Vorrat an Müsliriegeln in der Kantine hatte liegen lassen. Odelia hatte sie ihm aus ungezuckerten Nüssen, Haferflocken und getrockneten Beeren zubereitet.

Endri war Wynn bis zum gläsernen Flur, der durch das Trainingsgelände zur Kantine führte, gefolgt.

„Nur eine Sekunde!“, rief der ihm zu und huschte durch die große Doppeltür.

Triumphierend hielt er wenig später die Tüte mit den Riegeln in der Hand. Dann sah Endri, wie sich sein Grinsen in eine erschrockene Grimasse verwandelte. Er drehte sich um und sah in die gehässigen Gesichter von Yasin, Merik und Nehemia.

„Na, wen haben wir denn da?“, säuselte Merik.

„Habt ihr nichts Besseres zu tun, als mich die ganze Zeit zu beschatten?“, fragte Endri gereizt.

„Wer sagt denn so was? Ich fühle mich heute extrem fürsorglich und dachte, wir bescheren dir mal eine kostenlose Nasenkorrektur.“

„Spar dir die leeren Drohungen“, sagte Endri. „Jeder weiß, dass Piril auf Prügeleien in der Schule Strafen verhängt hat.“

„Wer spricht denn von einer Prügelei? Wir werden uns alle nur daran erinnern, wie du kleiner Tollpatsch gegen eine Tür gelaufen bist.“

Endri sah ihn argwöhnisch an. War Nehemia zu so etwas imstande oder wollte Merik ihm nur Angst machen?

Als Yasin bedrohlich einen Schritt auf ihn zumachte, gab Wynn einen schrillen Pfiff durch die Zähne ab. Der Angreifer blieb verwundert stehen und blickte sich verwirrt zu den anderen beiden um.

„Warum pfeift der?“, fragte er stumpf.

„Was weiß ich, du Trottel!“, grunzte Merik, „Los, Nehemia sagt, wir haben nicht viel Zeit, bis die Nächsten hier lang kommen.“

Yasin hatte Endri fest am Ärmel gepackt, als hinter ihnen eine Scheibe mit einem ohrenbetäubenden Krachen zersprang. Stella preschte durch den Flur. Das Lockige Riesenschwein war inzwischen vollständig ausgewachsen. Endri hörte einen spitzen Schrei und war überrascht, als er sah, dass er nicht von Nehemia, sondern von Merik gekommen war. Er war der Erste, den Stella mit ihrer Schnauze umwarf, und blieb als zitterndes Knäuel auf dem Boden liegen. Als das Riesenschwein sich schnaufend zu den anderen umwandte, hatte Nehemia Reißaus genommen. Sie sahen gerade noch, wie ihre roten Haare hinter der nächsten Biegung verschwanden. Stella wollte dem Mädchen nachsetzen, aber Wynn rief sie mit einem kurzen „Nein, Stella!“ zurück.

Yasin nutzte die Gelegenheit, um sich hinter das Schwein zu schleichen und es fest am Schwanz zu packen.

„Du blödes Vieh!“, brüllte er.

Stella schnellte herum, und Endri sah staunend dabei zu, wie Yasin und das Riesenschwein sich für einen Moment angriffslustig anstarrten. Er wusste nicht, ob er die Aktion des Jungen mutig oder einfach nur hirnrissig finden sollte.

Dann nahm Yasin Anlauf. Statt direkt auf Stella zuzurennen, hastete er zur Wand. Mit ein paar geschickten Schritten machte er einen Salto daran und landete rücklings auf dem Rücken des Schweins. Er fing an, mit den Fäusten auf sie einzuhämmern.

„Stella schütteln!", gab Wynn das Kommando.

Sofort begann das Schwein, sich wie ein nasser Hund in alle Richtungen zu schütteln. Yasin schaffte es tatsächlich, sich fast eine halbe Minute an den langen Locken festzuklammern. Dann flog er in hohem Bogen durch die Luft und landete auf dem glatten Boden, wo er mehrere Meter auf dem Hintern schlitterte. Stella setzte sich schnaufend auf die Hinterbeine und sah Wynn erwartungsvoll an.

Als Merik und Yasin sich ächzend aufrappelten, baute sich Wynn vor ihnen auf und stemmte die Hände in die Hüften.

„Nächstes Mal lasse ich sie noch ein bisschen auf euch rumtrampeln!", verkündete er.

Die Tage nach dem Vorfall verschwammen für Endri zu einem Gemisch aus Schule und Training. Die Daijsen-Kapitäne hatten darauf bestanden, dass er weitertrainierte für den Fall, dass Merik ausfallen könnte. Zumindest in der Anwesenheit von Wynn stellte die Bande ihre Sticheleien fürs Erste ein und beschränkte sich auf boshafte Blicke. Sie wollten kein weiteres Zusammentreffen mit dem dressierten Riesenschwein riskieren.

Ehe Endri sich versah, war es wieder Weihnachten. Charlotte war bereits seit drei Monaten bei ihrer Großmutter in Frankreich und sie schickten sich gelegentlich Briefe hin und her.

Endri erzählte ihr von den Vorfällen in der Schule – besonders ausführlich darüber, wie Wynns Schwein sie vor den drei Fieslingen gerettet hatte – und erkundigte sich, wie ihr Training lief. Sie berichtete, dass es mal auf, mal ab gehe und dass sie wohl oder übel noch eine Weile in Frankreich bleiben müsse. Obwohl die Lehrer an der Erkentalschule zwiegespalten über Technologie dachten – die Klassenräume waren allesamt altmodisch mit grünen Tafeln und ohne Bildschirme eingerichtet –, hatte man für Charlotte Webcams in den Klassen aufgestellt, die sie besuchen wollte. So konnte sie sich den Unterricht aus der Entfernung ansehen. Leider war die Übertragung manchmal dermaßen langsam, dass Charlotte oftmals nicht wusste, in welcher Klasse sie sich überhaupt befand, geschweige denn, was gesagt oder geschrieben wurde.

Beim alljährlichen Weihnachtswichteln bekam Endri zu seinem Weckvogel ein zweites Exemplar, das ihm auf Anfrage – und leider oftmals auch ohne – die aktuelle Zeit, Temperatur sowie Datum und Luftfeuchtigkeit mitteilte. Bedauerlicherweise vertrugen sich die beiden Vögel nicht, und so saßen sie auf zwei Stangen in entgegensetzten Ecken von Endris Zimmer und warfen sich gelegentlich gekrächzte Beleidigungen und Drohungen zu. Der Krach war eine wilde Mischung aus zornigen Luftfeuchtigkeitsangaben und gekrächzten uralten Pop-Songs.

dreiundzwanzig

Am Ende eines schneereichen Tages im Januar standen die Bewohner auf dem Marktplatz zwischen den Hütten, um sich zu wärmen. Die Temperaturen waren deutlich unter null gefallen und man hatte überall kleine Kaminöfen aufgestellt, in denen gemütlich knisternde Feuer loderten. Essensgeruch hing in der Luft und fast jeder hielt einen heißen dampfenden Becher in den Händen.

Endri und Lorean saßen auf einer der langen Stufen vor dem Rathaus, die mit dicken, kuscheligen Decken ausgelegt worden waren, und teilten sich eine Portion Paprikakartoffeln mit Ketchup, als Lambert Weißwurzel sich auf eine der Theken stellte und in die Menge rief:

„Hat jemand von euch Runa gesehen? Ich kann sie nicht finden und ich benötige unbedingt mal wieder einen Tag Sonne für mein Wintergemüse nach all den eisigen Temperaturen. Da friert mir selbst der Kohl ein."

Seit Tagen war ununterbrochen Schnee gefallen und der Himmel war von einer weißen Wolkendecke verhangen. In der Menge warfen sich die Bewohner unter Kopfschütteln fragende Blicke zu.

„Wer hat sie denn zuletzt gesehen?", fragte einer der Bürger.

„Ich habe sie bestimmt seit einer Woche nicht gesehen", erklärte Lambert. Er kletterte wieder von der Theke und stellte sich in eine der Menschentrauben.

„Ich habe sie auch nicht mehr getroffen", stimmte ihm eine Dame in einer dicken pinken Winterjacke zu.

Allseits brach hektisches Gemurmel aus, als man feststellte, dass sie seit Tagen nicht mehr gesehen worden war. Jemand bemerkte, dass dies höchst ungewöhnlich war. Normalerweise lief sie gerne durch das Dorf und begutachtete ihr Wetter – so eine dicke Schneeschicht hätte sie sich nicht entgehen lassen. Da zudem allen das spurlose Verschwinden von Takeru in den Knochen steckte, war eine solche Situation besorgniserregend.

Schnell wurde beschlossen, dass man sie suchen musste.

Endri und Lorean beobachteten still das Geschehen und warfen sich bedeutsame Blicke zu.

Ihr Augenmerk galt Karmesin, der mit einer Gruppe von Lehrern etwas abseits stand und an einem Getränk nippte. Er trat vor und räusperte sich laut, als die Menge besprach, wo man am besten anfangen sollte, Runa zu suchen.

„Als Verantwortlicher der letzten Suchaktion möchte ich euch darauf hinweisen, dass es aktuell keine besonders gute Idee ist, nach Runa zu suchen", erklärte er den aufgeregten Bürgern.

„Und warum?", wollte Lambert wissen.

„Erstens", belehrte Karmesin ihn und streckte einen Finger in die Höhe, „führt die große Menge an Schnee zu einer erhöhten Belastung auf den Baumkronen, was es mitunter lebensgefährlich macht, durch den Wald zu gehen." Er hob einen weiteren Finger. „Zweitens ist allen bekannt, dass Runa des Öfteren mal alles stehen und liegen lässt und sich für ein Weilchen zurückzieht."

Lambert kratzte sich nachdenklich seinen Bart. „Ja, da hast du schon recht. Das macht sie wohl."

„Aber doch nicht bei diesem Schnee!", wandte die Frau mit der pinken Jacke ein. Es war Hortensia Kapillus.

Nach ihrem Kommentar war das Gemurmel wieder lauter geworden, und Karmesin musste sich mit einem schallenden „Hey!“ Gehör verschaffen.

„So, damit sich alle besser fühlen, werde ich höchstpersönlich das Dorf und die nähere Umgebung absuchen. In Abwesenheit von Ripar, der sich gerade mit Samara auf einer Mission im Fernen Osten befindet, möchte ich jedem jedoch davon abraten, alleine im Wald eine Suchaktion zu starten.“

Ripar war der ranghöchste – nichtverrückte – Biologe im Dorf und damit der zuverlässigste Heiler. Es gab weitere hochtalentierte Personen, allerdings konnte niemand die gleichen Wunder vollbringen, was ernsthafte Verletzungen und Krankheiten betraf.

„Ja, ja, er sucht selber ... Viel verdächtiger als der Typ geht es ja wohl nicht“, flüsterte Lorean Endri zu. „Er will offensichtlich nicht, dass nach Runa gesucht wird.“

„Beziehungsweise nicht, dass sie gefunden wird“, ergänzte Endri. „Immerhin wissen wir jetzt, wen er mit der weiblichen Person in dem Gespräch gemeint hat, das Wynn letztes Jahr belauscht hat.“

Lorean nickte nachdenklich. „Aber warum Runa? Sie ist doch keine Lehrerin.“

„Ja, daraus werde ich auch noch nicht schlau. Immerhin fügt sich das Karmesin-Puzzle zusammen. Wir müssen nur noch herausfinden, was sein Motiv ist.“

„Das werden wir auch noch.“

Obwohl der Frühling mittlerweile in den umliegenden Städten eingezogen war, hing über dem Dorf weiterhin eine milchige Schneeglocke. Auf dem Fluss trieben große Eisschollen, und die Bäume und Sträucher waren mit einer Schneeschicht überzogen. Zu Beginn des Winters hatte man auf dem Marktplatz eine Eisbahn eröffnet. Sie hatte sich am Anfang allseitiger Beliebtheit erfreut, aber jetzt wollte niemand mehr Schlittschuh fahren, geschweige denn irgendetwas anderes tun, das mit Schnee oder Eis zu tun hatte. Ravus hatte versucht, die Glocke zu vertreiben, aber er hatte keinerlei Erfahrung mit Wetterbeeinflussung und scheiterte. Die Einzige, die Abhilfe schaffen könnte, war Samara von Griselherz, aber die wurde erst in mehreren Wochen von einer Mission auf der anderen Seite der Welt zurückerwartet.

Karmesin zu beschatten war für die selbst ernannte Detektivgruppe schwieriger, als sie angenommen hatten. Immer wieder sahen sie ihn durch das Dorf schlendern, nur um im nächsten Augenblick feststellen zu müssen, dass er spurlos verschwunden war. Selbst Wynn konnte mit seinen Fähigkeiten keine Spur aufnehmen und kam jedes Mal kopfschüttelnd zurück.

„Es ist, als würde er plötzlich den Turbo einschalten", erklärte er. „In einem Moment geht er ganz normal, dann ist er um eine Ecke und – zack – weg!"

Und so blieb Runa unauffindbar. Und Karmesin unverfolgbar.

An einem fürchterlich kalten Tag fing Alara an zu husten. Eines Morgens kam sie mit einer roten Nase und verquollenen Augen zur Schule.

Nach der Mittagspause saßen sie und Endri im gläsernen Gang in einer der Sitzecken. Sie waren allein, und bei dem Wetter hatten selbst die Physiker ihr Training nach innen verlagert. Sie hielten jeder einen Becher Kakao in den Händen und kuschelten sich in die Decken. Auch drinnen schien es nicht mehr warm werden zu wollen.

„Geht es dir sehr schlecht?", fragte Endri mit einem besorgten Blick auf ihre rote Nase.

„Es geht", hüstelte sie. „Ich darf einfach nicht krank sein."

„Na ja, jeder ist mal krank."

„Nein, eben nicht! Es reicht schon, dass ich nicht mittrainiere und Extraunterricht bekomme, aber auch noch krank werden? Physiker werden nie krank! Und schon gar nicht bekommen sie so etwas Gewöhnliches wie eine Erkältung!"

„Seit wann interessiert dich, was die anderen denken? Ich würde vorschlagen, du gehst nach Hause und kurierst dich aus."

Als Alara sich die Nase putzte und dabei vehement über Endris Vorschlag den Kopf schüttelte, tauchten Yasin und Nehemia in dem Flur auf.

„Ja, geh besser nach Hause, kleine Rotznase!", lachte das Mädchen und deutete auf Alaras Schniefnase. Sie blieben stehen, und Nehemia betrachtete aus dem Fenster den Fluss. Dann sah sie mit einem verschmitzten Lächeln wieder zu Alara.

„Vielleicht benötigst du ein wenig Hilfe, um gesund zu werden?", fragte sie gespielt fürsorglich. Endri zog die Augenbrauen hoch.

„Du musst an deinem Immunsystem arbeiten", erklärte Nehemia in bemutterndem Ton. „Und was hilft da bekanntlich am besten?"

Sie warf Yasin einen amüsierten Blick zu. „Ein schönes Eisbad! So machen die Schweden das schließlich auch und werden hundert Jahre alt!"

„Nein, danke", sagte Alara mit zittriger Stimme. Sie erinnerte sich nur allzu gut an das unfreiwillige Bad, das Wynn und sie im letzten Sommer dank der beiden genommen hatten.

Als Nehemia einen Schritt auf Alara zumachte, stand Endri auf und stellte sich vor seine Freundin. Die beiden wussten, zu was er fähig war, und er bezweifelte, dass sie eine Ladung heißen Kakao abbekommen wollten.

„Jetzt muss dein kleiner Freund dich auch noch beschützen?", zischte Nehemia. Bevor Endri ahnte, was geschah, fixierte sie ihn mit ihren leuchtenden grünen Augen und er trat automatisch einen Schritt nach hinten.

Auf die Gedankenbeeinflussung anderer Schüler wurden die strengsten Strafen verhängt. Das Problem bei der Sache war, dass es für gewöhnlich keine Zeugen dafür gab, denn die Betroffenen hatten meist Probleme, sich an solche Vorfälle zu erinnern. Es war ihnen unmöglich, im Nachhinein zu sagen, ob sie etwas selbst entschieden hatten oder nicht. Trotzdem bezweifelte Endri, dass Nehemia ihn manipulieren würde.

Er blieb vor Alara stehen und starrte die beiden grimmig an.

„Heute wird dich der Mäuserich mit seinem blöden Schwein übrigens nicht retten", sagte Nehemia gehässig. „Nebenbei bemerkt finde ich, dass wir uns dafür auch langsam mal revanchieren sollten."

„Das finde ich auch!", knurrte Yasin und verpasste Endri ohne Vorwarnung einen Hieb in die Magengrube.

Der ging sofort röchelnd zu Boden.

„Oops, da bin ich ausgerutscht", bemerkte der Physiker.

„Der Boden ist aber auch glatt", bestätigte Nehemia. Dann wandte sie sich zu Alara. „Also wegen deines Bades ... Wir würden dir da gerne unsere Unterstützung anbieten."

Sie sah Yasin auffordernd an. Der guckte verständnislos zurück.

„Na, wir schmeißen sie rein!", rief Nehemia.

„Worein?"

„In den Fluss!", sie deutete aus dem Fenster.

„Aber der ist doch quasi zugefroren!"

„Ja, deswegen sagte ich ja auch Eisbad, du Idiot!"

Es machte Klick bei Yasin, und aus seinem dümmlichen Gesichtsausdruck wurde ein fieses Grinsen.

Alara versuchte, sich mit aller Kraft zu wehren. Endri lag keuchend auf dem Boden und musste hilflos zusehen, wie Yasin die wild zappelnde Alara aus der nächsten Tür trug. Vor dem Fluss hielt er kurz inne. Nach einem weiteren wütenden Befehl von Nehemia warf er sie mit einem lauten Platsch hinein. Immerhin hatte er sie an einer Stelle hineingeworfen, die nicht komplett mit Eis bedeckt war. Endri konnte aus den Augenwinkeln sehen, wie das Eis nachgab, an dem sie sich festzuhalten versuchte, um nicht unterzugehen. Der Fluss war hier nicht tief, aber tief genug, dass sie darin versank. Endri brauchte einige Sekunden, um sich schmerzverkrümmt aufzurappeln. Er verdrängte das Stechen in der Magengrube und rannte nach draußen.

Alara hatte sich zwischen den Eisschollen mit dem Gesicht an die Oberfläche gekämpft. Sie hatte blaue Lippen und Endri konnte sehen, dass sie am ganzen Körper heftig zitterte.

Aus dem Augenwinkel nahm er wahr, wie Yasin einen Schritt auf das Ufer zumachte, aber Nehemia ihn mit einer Hand zurückhielt. „Lassen wir unser Supertalent sich mal beweisen“, befahl sie ihm und verschränkte selbstzufrieden die Arme.

Panisch überlegte Endri, ins Eiswasser zu springen und Alara herauszuziehen, aber das Risiko, dass er selbst versank und dann nicht die Kraft aufbringen konnte, Alara – die mindestens so viel wog wie er – ans Ufer zu befördern, schien ihm zu groß.

Er versuchte, sich zu konzentrieren. Sein erster Versuch bestand darin, die Eisschollen an der Stelle, an der Alara auf und ab schwamm, zu schmelzen, damit sie selbstständig an Land schwimmen konnte. Nervös starrte er auf das Wasser.

Nichts geschah. Alara sah inzwischen aus, als würde sie jeden Moment ohnmächtig werden. Er presste die Augen zusammen und versuchte, all seine Aufmerksamkeit auf das Wasser zu lenken. Nach ein paar Sekunden sah er auf. Keine Veränderung.

Die Masse war zu gewaltig. Die Flüssigkeit war träge und

wollte ihm nicht gehorchen. Er hatte keine Zeit. Kurzerhand sprang er in den Fluss. Das eiskalte Wasser presste die Luft aus seinen Lungen und brannte auf der Haut. Seine Hände stießen an die Eisschollen und fingen an zu bluten, als er mit langen Zügen auf Alara zuschwamm. Er konnte seine Arme und Beine nach wenigen Sekunden nicht mehr fühlen, zwang sich aber dazu, weitere Schwimmbewegungen zu machen, um nicht steif zu werden. Er packte Alara, die inzwischen die Augen geschlossen hatte und nichts mehr mitzubekommen schien, und versuchte, sie ans Ufer zu ziehen. Er zitterte jetzt selbst am ganzen Leib, und seine Zähne schlugen unkontrolliert aufeinander. Sein Körper wollte ihm nicht mehr gehorchen. Mit Schrecken wurde ihm klar, dass ihm die Zeit davonlief. Er brachte sich gerade selbst in Lebensgefahr!

Dann spürte er den Grund unter seinen Füßen. Er nahm all seine Kraft zusammen und bewegte sich entschlossen mit Alara im Arm auf das Ufer zu. Nach ein paar mühevollen Schritten bemerkte er, wie ihm plötzlich heiß wurde. Er erschrak. War das das erste Zeichen, dass er einen Kältetod starb? War der Körper so verwirrt, dass er dachte, die Eiseskälte wäre Hitze? Wie der Moment, in dem man einen Finger unter einen Wasserhahn hält und in der ersten Sekunde nicht weiß, ob es kalt oder heiß ist? Aber dann sah er Dampf um sich herum aufsteigen. Nein, er bildete es sich nicht ein – das Wasser war warm! Es blubberte wie in einem Geysir.

Alara kam schlagartig wieder zu sich.

„Heiß!", schrie sie und schlug mit den Händen im Wasser und zappelte, als würde sie am lebendigen Leib verbrennen.

Endri war wie in Trance. Er nahm Alaras Hand und das Wasser schlug immer höhere Wellen. Erst als sie einen halben Meter über der Oberfläche schwebten, bemerkte Endri, was er getan hatte. Das Wasser hatte sich nicht nur aufgeheizt, er hatte es wie eine Decke um sie beide geschlungen. Es hob sie aus dem Fluss in die Luft und setzte sie über der Grünfläche ab. Das Wasser bewegte sich weiterhin wie von einer unsichtbaren Hand gehalten um sie herum und wärmte sie. Als Endri in sich ging, um nachzuvollziehen, welches Kommando er dem Wasser gegeben hatte, schlug es augenblicklich in einem wuchtigen Schwall über ihnen zusammen.

Inzwischen waren einige Schüler auf das Geschehen am Fluss aufmerksam geworden. Sie standen in einer kleinen Traube versammelt auf dem Gelände und starrten Endri mit offenem Mund an. Unter ihnen befanden sich auch Yasin und Nehemia, die in eine Art Schockstarre verfallen waren.

Endri legte Alara behutsam ab und stürmte auf die beiden zu.

„Was habt ihr euch nur dabei gedacht, ihr bescheuerten Idioten!", brüllte er aus voller Kehle.

Er war so wütend, dass ihm sein vorheriger Zusammenstoß mit Yasin völlig egal war.

„Du hättest sie umbringen können!", schrie er den einen Kopf größeren Jungen an und war kurz davor, sich auf ihn zu stürzen. Ein paar Hände hielten ihn zurück. Er wollte sich losreißen, aber ihn verließ die Kraft. Er sackte in sich zusammen, als ihn plötzlich die Erschöpfung wie eine Welle überkam. Dann wurde alles schwarz.

Nach ein paar Stunden hatte Endri sich von dem Eisbad erholt, aber Alara trug eine schwere Lungenentzündung davon. Vilanta und Weißwurzel hatten beide nach ihr gesehen und es bestätigt. Sie versprachen, dass es nichts Lebensbedrohliches war, aber auch mit biologischer Einwirkung konnte die Heilungszeit mehrere Wochen, gar Monate betragen. Der Einzige, der ihr wirklich hätte helfen können, war Ripar und der begleitete Samara zurzeit auf ihrer Mission.

Yasin hatte behauptet, dass Nehemia mit dem Vorfall nichts zu tun hatte, und als Einziger eine Strafe erhalten. Obwohl Endri vehement das Gegenteil behauptete, wurde Nehemia verschont. Da außerdem Karmesin noch ein gutes Wort für seinen Lieblingsschüler einlegte, bestand Yasins Strafe letztendlich daraus, jeden Tag bis zum Ende des Schuljahres seine Kräfte für einen gemeinnützigen Zweck einzusetzen. Man sah ihn von nun an regelmäßig irgendwelche Gegenstände durch das Dorf tragen, und als Wynns Schwein Stella sich den Knöchel verknackste, musste er auch sie mehrere Wochen lang hin und her schleppen. Da Wynn fand, dass die Strafe, ein hundert Kilo schweres Schwein von A nach B zu transportieren, nicht hoch genug war, ließ er Stella sich von Zeit zu Zeit im Schlamm oder in Kuhmist wälzen.

Endri bemerkte, dass sich nach dem Vorfall etwas in ihm verändert hatte. Er fühlte es in sich brodeln. Er war von dem Gefühl gleichzeitig beflügelt und verängstigt. Im Gasthaus nutzte Gloria jede Gelegenheit, Endri fest an sich zu drücken und ihm ihre Dankbarkeit für Alaras heldenhafte Rettung zu bekunden. Marius hatte ihm darüber hinaus versprochen, für alle Ewigkeiten jeden Tag sein Lieblingsgericht zu kochen. Doch solange Alara nicht wieder gesund war, fiel es Endri schwer, die Dankbarkeit der beiden anzunehmen, und er versuchte, ihnen im Haus aus dem Weg zu gehen.

Eine Woche nach seiner Rettungsaktion rief ihn Ravus in sein Büro. Er hatte den Flur seit dem Vorfall mit Karmesin im letzten Jahr nicht mehr betreten und fühlte sich seltsam beobachtet, als er den Gang entlang zu Ravus' Zimmer ging.

„Was da letzte Woche vorgefallen ist, darf nicht noch einmal passieren", tadelte Ravus ihn ohne Begrüßung und sah ihn mit ernster Miene an.

Endri trat verblüfft einen Schritt zurück und stützte sich auf eine Stuhllehne. Er hatte mit allem gerechnet, nur nicht mit einem Tadel.

Ravus blieb hinter seinem Schreibtisch stehen, zwirbelte sich nervös die Augenbrauen und seufzte. Es war das erste Mal, dass Endri ihn in einer anderen Verfassung als stoischer Gleichgültigkeit sah.

„Nein, versteh mich nicht falsch", sagte er und wanderte dann wieder hinter dem Tisch auf und ab. „Das war eine herausragende Leistung von dir. Aber wir müssen auch ganz realistisch darauf schauen."

„Worauf? Wie ich meiner Freundin wahrscheinlich das Leben gerettet habe?"

Ravus schlug mit der flachen Hand so fest auf die Tischplatte, dass einige Blätter auf den Boden fielen.

„Du hättest auch jemanden zu Hilfe rufen können, oder?", rief er. „Aber du wolltest dich beweisen. Und du hast dabei Kräfte freigesetzt, die wir jetzt unbedingt in den Griff bekommen müssen."

Endri brauchte einen Augenblick, um das Gesagte zu verarbeiten.

„Bis dahin hätte es zu spät sein können!" Zwischen seinen Augen hatte sich eine Zornesfalte gebildet und er zitterte vor Aufregung. „Alara ist ja so schon sterbenskrank geworden! Und was meinen Sie mit ‚in den Griff bekommen'? Es ist doch genau das passiert, was ich wollte!"

„Ach, ist genau das passiert, was du wolltest?", fragte Ravus und sah ihn eindringlich mit seinen hellen Augen an.

„Zu Ihrer Information, ja, ganz genauso war es", antwortete

Endri stur. Ihm war in diesem Moment klar, dass er Ravus angelogen hatte.

Der Lehrer sah ihn einen Moment lang stumm an.

„Erinnere dich daran, was ich dir über Raverkan erzählt habe", sagte er dann ruhig.

„Woher wollen Sie wissen, dass es bei mir genauso sein wird?"

„Es geht nicht darum, was ich glaube. Für das, was du am Fluss getan hast, bist du zu jung und unerfahren. Du spielst mit Kräften, die du nicht verstehst."

„Ich glaube, Sie haben einfach nur Angst, dass ich bald besser bin als Sie", fauchte Endri, wandte sich um und ließ die Tür hinter sich ins Schloss knallen.

Was für einen Sinn hatte es, besondere Fähigkeiten zu haben, aber sie nicht einsetzen zu dürfen? Auch wenn er sich eingestehen musste, dass er nicht die absolute Kontrolle über die Elemente besaß, war doch bis jetzt alles immer so gelaufen, wie er es unterbewusst gewollt hatte.

Die Standpauke versetzte Endri in schlechte Laune und er ignorierte die ehrfürchtigen Blicke, die ihm die Schüler auf den Gängen zuwarfen. Obwohl nur eine Handvoll Zeugen dagewesen war, hatte sich seine Aktion mit der heißen Fontäne aus dem Fluss wie ein Lauffeuer herumgesprochen.

vierundzwanzig

Ein paar Tage später sprach ein Schüler Endri im Flur an. „Wahnsinnige Aktion da draußen“, sagte er aufgeregt. „Ich habe alles aus dem Flur mit angesehen! Das war ja Rang-fünf-Niveau!“

„Mit Sicherheit!“, bestätigte Wynn eifrig, der neben ihm stand. „Endri ist jetzt besser als Ravus!“

„Na ja, ich weiß nicht“, murmelte Endri betont bescheiden.

„Könntest du nicht mal versuchen, diese blöde Kältefront zu vertreiben?“, fragte der Schüler hoffnungsvoll.

„Es ist keine Front, sondern eine Glocke“, erklärte Endri, „die kriege ich mit einem einfachen Windstoß nicht weg.“

„Aber ein Versuch kann doch nicht schaden!“, bemerkte Wynn.

„Genau!“, pflichtete der Schüler ihm bei.

Endri sah die beiden nachdenklich an. „Okay, aber seid nicht enttäuscht, wenn es nicht klappt.“

„Keine Sorge“, grinste Wynn, „wir haben doch nichts zu verlieren.“

Als Endri und Wynn Lorean von der Idee berichteten, war der sofort begeistert. Offensichtlich hatte er auch genug von der Kälte, denn es sah ihm gar nicht ähnlich, ein derart riskantes Vorhaben ohne Umschweife und ohne skeptische Kommentare zu unterstützen.

„Unser Versuch sollte vermutlich an einem Ort in großer Höhe stattfinden, um den Abstand zwischen Endri und der

Schneeglocke zu verringern", erklärt er, und damit begann die Planung. Sie beschlossen, ihr Vorhaben direkt in die Tat umzusetzen, und verabredeten sich für den nächsten Morgen.

„Ich schwöre, wenn irgendwas komisch ist, schmeiß ich dich einfach vom Berg", versprach Wynn, als sie den Berg zum Anwesen der von Griselherzens hinaufkraxelten.

„Ein wahrer Freund", sagte Endri.

Lorean war der Fitteste und lief ihnen einige Meter voraus. Für das letzte Stück wartete er auf die beiden und sie liefen schweigend nebeneinanderher. Endri verlor sich in seinen Gedanken. Sollte er doch auf Ravus' Rat hören und seine Kräfte vorerst nicht mehr einsetzen? Er konnte ihm ja wohl keinen Vorwurf dafür machen, dass er dem Dorf helfen wollte. Woran merkte man überhaupt, dass man die Kontrolle verlor? Gab es irgendwelche Anzeichen? Er entschied, den Versuch sofort abzubrechen, sofern irgendetwas merkwürdig sein sollte.

„Stell dir vor, es klappt!", malte sich Lorean aufgeregt aus, als sie oben ankamen. „Dann wärst du der Held von Erkental!"

Endri lächelte nervös. Er selbst konnte den anhaltenden Winter und das gedämpfte Licht, das alles aussehen ließ, als würde ein feines Tuch darüber hängen, nicht länger ertragen.

Seine Augen wanderten hinab in das Tal, und er ließ seinen Blick über die schneebedeckten Dächer schweifen. Das Dorf wirkte wie im Winterschlaf. Keine Menschen auf den Straßen oder auf dem Marktplatz. Entschlossen stieg er auf die Mauer, auf der er mit Alara bei seinem allerersten Fest gesessen hatte. Der Himmel über ihm war weiß und brannte in den Augen. Und da war es wieder, das seltsame Gefühl in seiner Brust. Ein Kribbeln, das sich langsam und warm in die Gliedmaßen ausdehnte. Es kroch seinen Hals hinauf und schmeckte nach Metall. Es war befremdlich und doch vertraut. Ein letztes Mal dachte er flüchtig an Ravus' Worte. Mit einem tiefen Atemzug vertrieb er die Gedanken.

Und dann kam der Wind. Ein laues Lüftchen wurde schnell zu einer beißenden Böe. Er hörte wie aus großer Entfernung, dass Wynn ein euphorisches „Woo-hoo" von sich gab. Dann wurde alles vom Rauschen des Windes verschluckt, der scharf in Kreisen um ihn herumpeitschte. Der Wind war ungestüm und zerrte an seiner Kleidung, aber er gehorchte ihm. Mit einem leisen Lächeln auf den Lippen ließ er den Luftstrom ein paarmal von einer Seite zur anderen wirbeln. Das Gefühl der Macht beflügelte ihn. Dann hob er die Arme und schleuderte mit einem tonlosen Schrei das Gewirr Richtung Himmel.

Ein heftiger Windstoß riss alle drei von den Beinen. Endri konnte von Glück reden, dass er nach hinten geworfen wurde und nicht kopfüber von der Mauer in die Tiefe stürzte. Er fiel und stieß hart mit dem Kopf gegen einen Stein. Es dauerte ein paar Sekunden, bis er verwirrt die Augen öffnete. Die dichte Wolkendecke über ihm war aufgebrochen und im nächsten Moment wärmte die Sonne sein Gesicht. Er schluckte den bekannten metallischen Geschmack hinunter und ließ erleichtert den Kopf ins Gras sinken. Er hatte es geschafft.

Die anderen beiden rappelten sich auf und kamen jauchzend auf ihn zugerannt.

„Es hat geklappt!", jubelte Lorean.

Wynn ließ sich gleich wieder auf die Knie ins Gras fallen und streckte die Arme in den Himmel.

„Oh, du liebe Sonne, wie sehr habe ich dich vermisst!", rief er.

Sie ließen sich Zeit für den Abstieg, denn Endri war noch etwas wackelig auf den Beinen. Auf dem Marktplatz angekommen, waren die Bewohner bereits aus ihren Häusern gelaufen und jubelten über das Wetter.

„Wie ist das möglich?“, rief ein Mann aufgeregt. „Ist Runa wieder da?“

„Ist Samara vielleicht früher von ihrer Mission zurückgekommen?“, fragte eine andere Stimme.

Wynn räusperte sich und rief laut: „Es war Endri! Er hat auf dem Griselherzberg die Wolken vertrieben!“

Ein paar verdutzte Gesichter und überraschte Ausrufe später schritt Endri durch die Menschenmenge und holte sich Schulterklopfer und Glückwünsche ab. Die Euphorie der Menschen war überwältigend. Er war erschöpft, und als ihm die Aufmerksamkeit unangenehm wurde, tauchte Charlottes Gesicht in der Menge auf. Der emotionale Wirbelsturm in ihm nahm ab und er steuerte grinsend auf sie zu. Für einen Moment sah es aus, als wollte Charlotte ihn umarmen. Dann zuckte sie zurück und knuffte ihn verlegen in die Schulter.

„Super gemacht!“, sagte sie fröhlich. „Bin ich ja genau im richtigen Moment wiedergekommen.“

„Das kann man wohl sagen!“, grinste Endri zurück.

„Wie hast du das gemacht?“

Er hob ratlos die Schultern. „Weiß ich selbst nicht so richtig. Es hat einfach geklappt.“

Sie lachte: „Mit dir wird es auf jeden Fall nicht langweilig.“

Als Charlotte wieder außer Hörweite war, sah Wynn Endri mit hochgezogenen Augenbrauen an.

„Du weißt schon, dass das ein klassischer Fall von Friendzone ist bei euch?“

„Wie meinst du das?“

„Na ja, ihr kennt euch jetzt schon so lange, dass die Möglichkeit einer romantischen Beziehung immer unwahrscheinlicher wird. Ihr seid in der Freundeszone, und da kommt man nicht so einfach wieder raus.“

„Woher hast du das denn?“, fragte Endri.

„Das ist Allgemeinwissen.“

Endri wollte gerade etwas erwidern, als eine Hand auf seiner Schulter auftauchte, die ihn mit einem Ruck beiseitezog.

Erschrocken blickte er sich um. Es war Ravus.

„Hast du den Verstand verloren?“, fuhr dieser ihn an und schüttelte ihn.

Endri riss sich los und sah den Lehrer zornig an.

„Bis jetzt sind Sie der Einzige, der sich darüber beschwert, dass die Sonne wieder scheint.“

„Es hätten alle warten können, bis Samara wiederkommt. Weißt du überhaupt, welche Auswirkungen deine kleine Aktion haben könnte? Und alles nur, weil du den Helden spielen wolltest. Es war absolut unverantwortlich von dir, es auch nur zu versuchen!“

Endri verschränkte die Arme. „Welche Auswirkungen? Also ich sehe nichts – außer die Sonne, die scheint, und zufriedene Menschen.“

Ravus starrte ihn mit rotem Gesicht an. Dann holte er tief Luft, und seine Gesichtsfarbe normalisierte sicher wieder etwas.

„Endri, du verstehst nicht“, sagte er betont ruhig. „Das Wetter ist eine komplexe Angelegenheit. Du kannst nicht einfach einen solchen gravierenden Umschwung herbeiführen, ohne dass es Folgen gibt.“

„Ich denke, ich kann das schon selbst ganz gut einschätzen, danke schön“, knurrte Endri hochnäsig und drehte sich weg.

„Endri, du musst ...“, rief Ravus ihm hinterher.

„Ich muss gar nichts!“, rief Endri zurück und verschwand in der Menge.

Als Endri wieder bei Lorean und Wynn ankam, sahen die ihn überrascht an.

„Was guckst du denn so beleidigt?“, fragte ihn Wynn. „Lass dich doch feiern!“

„Ach, es ist nichts“, murmelte Endri.

Lorean sah ihn besorgt an. „Hat Ravus wieder irgendwas zu dir gesagt? Ich frage mich echt, was sein Problem ist.“

„Der hat bestimmt ein Ego-Problem, weil Endri jetzt so gut ist“, sagte Wynn.

Endri nickte abwesend, während die beiden weiter über seinen Lehrer herzogen. Ravus’ Worte hallten in ihm nach. Sollte er am Ende doch irgendetwas übersehen haben? Er legte den Kopf in den Nacken und betrachtete nachdenklich den blauen Himmel über sich. Dann ließ er den Blick über das Dorf und die feiernden Menschen schweifen. Niemand war verletzt worden und es hatte auch sonst keine Schäden gegeben. Absolut nichts deutete darauf hin, dass etwas schiefgelaufen war. Trotzdem war ihm nicht mehr zum Feiern zumute und er verließ den Marktplatz mit einem mulmigen Gefühl im Bauch.

Erkental hatte sich in wenigen Tagen von einer trostlosen, kalten Winterlandschaft in eine blühende, grüne Blumenwelt verwandelt. Eine Woche nach seiner heldenhaften Tat saß Endri montagmorgens mit Marius beim Frühstück, als Alara die Küche betrat. Auf den ersten Blick dachte er, es handele sich bei ihr um einen neuen Gast, aber als sie Endri erblickte, kam sie stürmisch auf ihn zugerannt. Sie umarmte ihn innig, holte tief Luft, um etwas zu sagen, schüttelte dann aber den Kopf.

„Ich weiß nicht, wie ich mich bei dir bedanken soll“, stellte sie fest.

Marius war von der Szene so gerührt, dass im Hintergrund erst ein leises Schluchzen und dann ein tosendes Naseputzen zu hören waren.

„Du musst dich nicht bedanken“, erklärte Endri und blickte

sie aufmerksam an. Seine Freundin war kaum wiederzuerkennen. Er hatte sie seit knapp einem Monat nicht mehr zu Gesicht bekommen, denn ihre Lungenentzündung war ansteckend gewesen und in Abwesenheit von Ripar war jegliche Infektion ein zu hohes Risiko.

Endri sah sprachlos dabei zu, wie sie sich mühsam auf einen der Hocker setzte. Die Lungenentzündung hatte sie sichtlich geschwächt. Sie war deutlich blasser als sonst, ihre Haare wirkten dunkler. Ihre braunen Augen, die schon in ihrem rundlichen Gesicht riesig gewirkt hatten, sahen nun mit ihren langen Wimpern fast überdimensional aus.

„Ist irgendwas?“, fragte sie, als sie seinen Blick bemerkte.

„Nein ... also doch ... Es ist nur ... du ...“

„... siehst anders aus?“, vervollständigte sie sein Gestotter und lachte.

Marius räusperte sich hörbar und sah sie streng an.

„Alara, das ist überhaupt kein Grund zum Lachen.“

Sie sah beschämt auf ihren Teller. „Entschuldigung.“

„Und wie ... äh ... fühlst du dich sonst so?“, fragte Endri.

„Etwas schwach, aber gut. Ich kann wieder zur Schule, oder?“ Sie sah Marius fragend an.

Der nickte, wenn auch mit deutlichem Widerstreben. „Aber du lässt es langsam angehen“, betonte er.

Endri grinste. „Sehr gut. Wir haben dich echt vermisst!“

Als Alara am nächsten Tag durch die Kantine ging, starrten ihr alle hinterher. Merik und Kasimir steckten sofort tuschelnd die Köpfe zusammen. Yasin bekam den Mund gar nicht mehr zu, bis Nehemia ihm einen leichten Schlag mit der flachen Hand auf den Hinterkopf verpasste. Bei Wynn verdrängte der Schock über ihr verändertes Aussehen für einen Moment sogar die Freude darüber, dass sie wieder da war.

Als Alara sich zu ihnen setzte, platzte er heraus: „Boah, was ist denn mit dir passiert? Geht's dir gut?“

„Ich war krank“, sagte sie gereizt. Sie hatte sich mit Sicherheit insbesondere von ihm eine andere Reaktion erhofft. „Ich konnte nicht essen – und auch sonst nichts tun. Selbst Atmen war anstrengend. Das ist passiert.“

Wynn schien während ihrer Antwort langsam wieder zu sich zu kommen. „Hauptsache, du bist wieder gesund“, murmelte er und sah verlegen auf den Boden. „Ich habe mir riesige Sorgen gemacht.“

„Und ich bin auch froh“, ergänzte Lorean, „aber waren deine Augen schon immer so riesig? Du musst ja unglaublich gut im Dunkeln ...“

Er bekam von Alara einen spitzen Ellenbogen in die Seite und verstummte.

fünfundzwanzig

Dank Endris Einsatz folgte ein angenehmer Frühlingstag auf den nächsten. Wenn er durch das Dorf ging, begrüßten ihn überall fröhliche und dankbare Gesichter. Alle waren sich einig, dass man das trübe Winterwetter keinen einzigen weiteren Tag mehr ertragen hätte. Auch wenn Ravus' Worte ihn verfolgten, versuchte Endri, seine allseitige Beliebtheit zu genießen. Er redete sich ein, Ravus' Sorgen seien vollkommen unbegründet. Und je öfter er das tat, desto weiter rückten die Worte des Lehrers in den Hintergrund.

Lambert Weißwurzel war Endri für das sonnige Wetter sogar so dankbar, dass er ein neues Gemüse nach ihm benannte. Es sah aus wie eine Karotte, schmeckte aber wie eine Paprika, in der sich eine Tomate versteckte. Er nannte es „Endris Sonnenkaropamate", und trotz des zungenbrecherischen Namens erfreute es sich, wie das aktuelle Wetter, allgemeiner Beliebtheit.

Wenige Wochen vor dem Wettkampf gegen die Runkelbergschule standen plötzlich Antonia, Hedlef und Norin vor Endri.

„Wir haben eine Entscheidung getroffen", erklärte Hedlef feierlich.

„Aufgrund der kürzlichen Ereignisse möchten wir unsere Auswahl für das Daijsen-Team ändern."

„Und das bedeutet?", fragte Endri.

„Wir nominieren dich als Alchemisten und setzen Merik auf die Bank", grinste Antonia.

Endri sah die drei mit großen Augen an. „Und was hat Merik dazu gesagt?"

„Nun, der war nicht gerade erfreut", murmelte Norin. „Aber die Fakten liegen auf der Hand. Da kann selbst er nichts gegen sagen. Mit deinen neuen Fähigkeiten bist du ganz klar die bessere Wahl."

„Also, nimmst du den Platz an?", fragte Hedlef ungeduldig.

Endri sah ihn grinsend an. „Na klar!"

Der Wettkampf zwischen den Schulen war ein großes Event und es hatten sich mehrere Mitglieder aus dem Rat der Fünf als Zuschauer angekündigt. Ripar, der stellvertretende Schulleiter, würde zurückgekehrt sein, und Raimara von Hohensolrik, die Telepathin, sollte extra aus Berlin anreisen. Endri wollte vor ihnen unbedingt mit seinen neuen Fähigkeiten glänzen. Vielleicht würde Samara in ihm einen möglichen Kandidaten für eine ihrer nächsten Missionen sehen. Eine Vorstellung, die so aufregend war, dass es ihm in heißen und kalten Schauern über den Rücken lief.

Eine Woche vor dem Spiel trudelten die ersten Zuschauer in Erkental ein. Die Daijsen-Spieler aus Runkelberg und ihr Trainer kamen in einem großen altmodischen Bus, den sie vor dem Tor zum Dorf abstellten. Runkelberg lag im Norden, und da das Dorf über keinen hochrangigen Alchemisten verfügte, mussten sie mit dem kühlen Wetter dort vorliebnehmen. Sie waren alle in dicke Wollpullover gehüllt, die sie augenblicklich von sich warfen, als das mediterrane Klima des Erkentals sie empfing.

Das Gasthaus von Gloria und Marius war voll belegt, und sie servierten das Frühstück jeden Morgen im Garten, da der Speisesaal für die Anzahl der Gäste nicht groß genug war.

Eines Morgens saß Endri beim Frühstück, als ein Junge namens Neko ihn über den Tisch hinweg ansprach.

„Du bist der, der das Wetter verändern kann, oder?“, fragte er. „So jemand wie dich könnten wir echt gebrauchen. Selbst im Sommer regnet es bei uns so oft, dass man kaum vor die Tür gehen kann.“

„Na ja“, antwortete Endri, „ich habe das Wetter einmal verändert, und da war ich auch wirklich sehr verzweifelt“, er grinste den Jungen an. „Ob es noch mal klappen würde, weiß ich gar nicht.“

Neko machte eine abwinkende Handbewegung. „Ach, so schlimm ist es auch gar nicht. Man beschwert sich auch viel zu viel. Andere Regionen haben im Sommer viel zu wenig Regen und müssen Wasser sparen.“

Seit Endri in Erkental war, hatte er beinahe vergessen, dass vielerorts im Sommer ganze Landstriche vertrockneten und die Bewohner Wasser sparen mussten, bis wieder Regen fiel. Zwar hatte er gehört, dass Samara von Griselherz stets die größten Dürren abwendete – sonst wären noch deutlich größere Teile des Landes unbewohnbar –, aber das alles war irgendwie weit entfernt. Ihm wurde in diesem Moment bewusst, wie lange er nicht mehr an Berlin gedacht hatte. Es kam ihm wie ein anderes Leben vor.

Neko brachte ihn zurück ins Hier und Jetzt, indem er berichtete, dass er zutiefst beeindruckt von dem Atrium des Gasthauses war, in dem Ristenpars Nussbäume standen. Er behauptete, selbst als Biologe habe er selten Pflanzen mit so viel Charakter gesehen. Er galt als großes Nachwuchstalent in Runkelberg und auf Wunsch von Gloria war es ihm gelungen, einen der arglistigen Haselnussbäume zu besänftigen. Der warf zwar weiterhin seine Nüsse auf die Besucher, zielte aber nicht mehr direkt zwischen die Augen, was schon ein Fortschritt war.

Am Tag des Turniers stellte sich Antonia vor ihre Mannschaft und verkündete: „So, unsere Gäste haben sich genug amüsiert. Jetzt zeigen wir diesen Runkeln mal, was wir draufhaben!"

Die ersten beiden Runden rannten, sprangen und flogen Hedlef, Kasia und Yasin durch die Gegend und holten einen Punkt nach dem anderen. Als das Erkental-Team vor Euphorie nur so strotzte, wendete sich das Blatt in Runde drei. Die Biologen aus Runkelberg bauten in Sekundenschnelle einen regelrechten Irrgarten, aus dem sich weder Antonia noch Norin schnell genug befreien konnte. In der Wasserrunde trat Finna, die neue Verwandlerin in Hedlefs Team, gegen einen Verwandler der Runkelbergschule an. In Sekundenschnelle hatte sie sich Kiemen wachsen lassen. Ihr Gegner konnte zwar nicht unter Wasser atmen, verwandelte sich aber zur Gänze in einen Delfin, der unter dem Raunen der Zuschauer konkurrenzlos schnell durch die Zone schwamm und den Ball dabei auf seiner Nase balancierte. Die Zuschauer waren begeistert, und als es auf die fünfte Runde zuging, stand es 95:65 für die Runkelbergschule.

Endri war mit Hedlef im Team, und sie traten gegen Neko, den Jungen vom Frühstück, an.

Direkt zu Beginn der Runde vollbrachte der schier Unglaubliches, indem er aus den winzigen Moosrückständen, die sich altersbedingt in den Rissen der Säulen gebildet hatten, stabile Brücken wachsen ließ. In Windeseile formten sie sich zwischen den Säulen, und sobald er einen Fuß wegnahm, wurde das Moos braun und fiel bröckelig in den Abgrund. Endri war so perplex, dass er erst mal gar nicht reagierte.

„Mach schon!", rief Hedlef ihm zu, der am Rand auf seinen Einsatz wartete. Der Biologe der Runkelbergschule hatte fast die Mitte erreicht, wo der Ball auf einer breiten Säule lag. Endri schüttelte sich kurz, um wieder klare Gedanken zu fassen. Wind würde nichts nützen, denn die Moosbrücken waren so breit, dass man den Jungen nicht aus dem Gleichgewicht bringen konnte. Die alte Strategie würde Hedlef zwar über das Spielfeld bringen, aber niemals rechtzeitig, um die Runde zu gewinnen. Fieberhaft sah er sich um. Unter dem Ring der vierten Runde, die durch den Mechanismus im Boden versenkt worden war, glitzerte das Wasser. Er konnte die Flüssigkeit unter sich fühlen. Er nahm all seine mentale Kraft zusammen und fokussierte sich auf die Steinplatten, die sich über den Ring geschoben hatten. In Zeitlupe rückten nun die Platten von der Wasseroberfläche, gerade weit genug, dass Endri das Element erreichen konnte. Mit einem Ruck bäumte es sich auf und hätte ihn beinahe selbst von der Mauer gerissen. In einer gigantischen Fontäne sprudelte das Wasser aus dem Loch. Er stand vorsichtig auf und streckte die Hände in die Luft. Dabei sah er sich kurz triumphierend zur Menge hinter sich um. Alle waren von ihren Plätzen aufgestanden, und selbst Neko hatte in seiner Bewegung innegehalten und starrte gebannt auf das Schauspiel. Mit einem Wink seines Kopfes schleuderte Endri die Wasserfontäne auf das Spielfeld und überflutete es. Das Moos und der dazugehörige Biologe schwammen überrascht an der Oberfläche. Neko versuchte, sich an einer der Moosbrücken festzuhalten, aber die sog sich sofort mit Flüssigkeit voll und versank unter seinen Händen. Hedlef sprang mit Elan ins Wasser und wich den Säulen geschickt aus. Er kraulte im Slalom zur Mitte und schnappte sich den Ball, während sich der Spieler der Runkelbergschule an eine der Säulen klammerte und versuchte, nicht abzurutschen. Die Zuschauer der Erkentalschule grölten und pfiffen, als Hedlef den Weg zur Endzone antrat. Als er die Runde entschied und das Toben des Publikums eine ohrenbetäubende Lautstärke angenommen hatte, schickte Endri eine kleine Welle durch das Spielfeld, die Neko sicher an den Spielfeldrand transportierte. Der war zwar niedergeschlagen, warf Endri aber einen dankbaren Blick zu.

Erst als alle die Euphorie der letzten Runde hinter sich gelassen hatten, wurde klar, dass es 115:105 für die Erkentalschule stand. Auch dieses Spiel würde durch die Verleihung der Sonderpunkte und Abzüge entschieden werden.

Gespannt saßen alle auf ihren Plätzen, als die beiden Schulleiter gemeinsam das Ergebnis verkündeten. Neko erhielt die Sonderpunkte für seine Moosbrücken, was nicht ohne Protest der Menge aufgenommen wurde. Viele waren der Meinung, dass Endri an seiner Stelle die Punkte verdient habe.

„Damit endet der Wettkampf unentschieden mit 115:115 Punkten", rief Fastrada Piril über die Rufe hinweg. „Das ist doch wunderbar! Es gibt dieses Jahr nur Sieger!" Damit schien die Menge sich zufriedenzugeben.

„Ein tolles Ergebnis, das die Freundschaft unserer beiden Schulen unterstreicht", ergänzte der Schulleiter aus Runkelberg, der Alfons Brublbeck hieß.

Nach dem Turnier trafen sich alle zu einem gemeinsamen Abendessen auf dem Marktplatz und feierten das Unentschieden. Für diesen Anlass hatte Lambert Weißwurzel extra ein süßliches Getränk erfunden, das er Regenbogenschorle nannte und in hohen Gläsern servierte. Auf wundersame Weise vermischten sich die Farben nicht und jeder Schluck schmeckte nach einer anderen Geschmacksrichtung. Lambert hatte sich einen Spaß daraus gemacht, in vereinzelten Gläsern die Geschmäcker falschen Farben zuzuordnen. So sah man des Öfteren jemanden einen gierigen Schluck vermeintliche Erdbeerschorle trinken, nur um sich danach mit zusammengebissenen Zähnen wild zu schütteln. „Schon wieder Zitrone!", hörte man die Leute nach dem ersten Schreck dann laut auflachen.

Sie stießen mit den Regenbogenschorlen auf das spannende Spiel an und verspeisten eine Karopamate nach der anderen.

Alle Bürger und die Gäste aus Runkelberg waren anwesend, und man hatte weitere Bänke und Stühle aus den Häusern auf den Marktplatz getragen, damit alle Platz hatten.

„War das eigentlich erlaubt?", fragte Wynn. „Ein Element einer anderen Runde zu nutzen?"

„Da es noch nie jemand gemacht hat, gab es dazu auch keine Regeln", erklärte Endri und grinste.

Alara stieß Endri unauffällig einen Ellenbogen in die Seite und deutete mit dem Kopf in eine Richtung. Ravus war mit einem ungewohnt angespannten Gesichtsausdruck auf dem Marktplatz erschienen. Er steuerte auf den Tisch zu, an dem Karmesin mit anderen Lehrern saß. Er beugte sich zu dem Physiklehrer hinunter und sagte ihm etwas ins Ohr. Kurz darauf sprang Karmesin mit einem Ruck auf und eilte davon.

„Meint ihr, das hatte was mit Runa zu tun?", fragte Wynn leise.

„Möglich", erwiderte Endri und sprang auf. „Wir müssen ihm folgen!"

Seit Runa verschwunden war, hatten sie versucht, Karmesin bei etwas Verdächtigem zu beobachten. Während der Schulzeit gab er normal seinen Unterricht, und nach der Schule war er ihnen im Dorf kein einziges Mal über den Weg gelaufen. Sie hatten sich sogar mehrmals stundenlang vor seiner Haustür auf die Lauer gelegt, hatten ihn aber immer verpasst, falls er zurückgekommen oder gegangen war. Er verschwand oftmals für mehrere Stunden spurlos und sie konnten sich keinen Reim darauf machen, wohin.

„Müssen wir?", Wynn schürzte die Lippen und sah traurig auf seinen Teller, auf dem sich das Essen stapelte.

„Es könnte unsere einzige Chance sein!", sagte Endri. „Er

denkt, dass alle auf dem Marktplatz sind, und ist vielleicht unvorsichtig."

Die vier schlichen sich so unauffällig wie möglich vom Platz. Ohne einen Hinweis, in welche Richtung Karmesin verschwunden war, liefen sie eine Weile durch die engen Straßen. Als sie um die nächste Ecke bogen, hörten sie eine bekannte Stimme, die einen flüsternden Ton angenommen hatte, und blieben abrupt stehen. Karmesin sprach in ein Smartphone. Es war eines der neueren Modelle, die Endri seit Berlin nicht mehr zu Gesicht bekommen hatte. In Erkental wirkte es merkwürdig fehl am Platz.

„Ja, ich kann sprechen", raunte Karmesin. „Es sind alle unten auf dem Marktplatz. Wir haben hier ein Problem. Ravus hat mir soeben mitgeteilt, dass von dem Grenz-Unwetter vor Erkental nur noch eine mickrige Regenwolke übrig ist. – Es wurde heute erst bemerkt, das heißt, wir wissen nicht, wie lange die Situation schon so ist und wer unbemerkt rein- oder rausgekommen sein könnte. – Ja, das könnte es bedeuten. – Nein, keine Sorge. Takeru ist mir zwar durch die Finger gerutscht, aber noch mal passiert mir das nicht!"

Geschockt schlichen die vier sich rückwärts aus der Hörweite Karmesins, bevor dieser sein Gespräch beendete und sie im schlimmsten Fall erneut beim Belauschen ertappte. Endri strich sich nervös die Haare aus der Stirn. Hatte er bei seiner Aktion nicht nur die Schneeglocke über Erkental, sondern auch die Unwetterfront vertrieben, die als Schutz für das Tal diente? Er schauderte. Wynn zog ihn am Ärmel und riss ihn aus seinen Gedanken. Eilig liefen sie zurück zum Marktplatz.

„Euch ist doch klar, was wir da gerade gehört haben!", sagte Lorean aufgeregt.

„Ja, das ist der Beweis für das, was wir schon geahnt haben.

Karmesin steckt hinter den verschwundenen Leuten! Und er hat Komplizen!", verkündete Wynn.

Lorean trat aufgeregt von einem Fuß auf den anderen. „Ich wette, am Telefon war dieser Kriminelle, den wir in Berlin gesehen haben!"

„Meint ihr, ‚durch die Finger gerutscht' bedeutet, Takeru konnte sich in Sicherheit bringen?", fragte Alara.

Wynn zuckte mit den Schultern. „Wer weiß? Möglich wäre es. Das würde auch seine schlechte Laune erklären."

„Na ja, schlecht gelaunt war er auch schon davor", bemerkte Lorean. „Meint ihr, dass wir die Erwachsenen einweihen sollten?"

Endri schüttelte energisch den Kopf. „Die glauben uns eh nicht", schaltete er sich ein und wandte sich an Wynn: „Sobald er fertig mit dem Telefonat ist, heftest du dich an seine Fersen", bestimmte er.

Der nickte und zog sich die Schuhe von den Füßen.

Lorean reichte ihm sein Smartphone. „Für den Fall, dass du etwas aufnehmen kannst", sagte er. „Wir brauchen Beweise!"

„Was soll ich damit?"

„Na, Fotos machen?!", antwortete Lorean. „Ich habe es in letzter Zeit immer dabei, falls ich irgendwo etwas Verdächtiges entdecke."

„Aha!" Wynn steckte sich das Gerät in die Tasche und schlich auf Katzenpfoten um die Ecke.

Nach wenigen Minuten kehrte er zu den Freunden zurück.

„Er ist einfach zu schnell", beschwerte er sich atemlos. „Ich habe ihn direkt hinter dem Rathaus aus den Augen verloren."

„Weißt du noch, in welche Richtung er gelaufen ist?", fragte Alara.

„Ich glaube Osten."

Endri runzelte die Stirn. „Richtung Osten? Geht's auch etwas genauer?"

„Na ja, Richtung Griselherzfelsen. Guck, ich habe versucht, ein Video zu machen!"

Versucht war das richtige Wort. Wynn nutzte so selten Smartphones, dass er nicht gerade ein Profi war. Die vier beugten sich über den kleinen Bildschirm.

Lorean kniff die Augen zusammen. „Das ist ja komplett verwackelt", beschwerte er sich. „Sieht aber wirklich so aus, als wäre er auf dem Weg zum Felsen. Sonst liegt nichts in dieser Richtung."

„Das ist besser als nichts", sagte Endri. „Lasst uns doch mal überlegen, wohin er in diese Richtung unterwegs sein könnte."

„Weit weg kann es nicht sein", überlegte Wynn, „denn er ist meistens innerhalb einer Stunde wieder da. Also irgendwo in Erkental."

„Richtig. Und es muss ein Ort sein, von dem die Leute sich normalerweise fernhalten, damit er ungestört sein kann."

Nachdenklich sahen sie sich an.

„Der Herbstliche Wald!", rief Endri plötzlich. „Da geht doch nie jemand hin und das liegt beim Felsen!"

„Ja, aber nicht ohne Grund!", erinnerte ihn Wynn.

„Und wenn die Geschichte nicht stimmt? Dann wäre das doch das perfekte Versteck!"

Wynn kratzte sich bedächtig am Kinn. „Das stimmt."

Lorean schüttelte vehement den Kopf. „Ich gehe nie wieder irgendwohin, wo dieser Ristenpar Pflanzen manipuliert hat", sagte er. „Ein Nahtoderlebnis reicht mir, danke schön."

„Ach komm, sooo schlimm war es auch nicht!"

„Dich hat ja auch keine Würgekastanie zu ermorden versucht!", erwiderte Lorean empört.

Wynn schüttelte den Kopf. „Botaniker wirst du schon mal nicht“, stellte er fest. „Es war eine Würgefeige.“

Lorean verschränkte die Arme. „Ja, meinetwegen. In jedem Fall war es die letzte Pflanze, die mich zu Gesicht bekommen hat.“

„Wir könnten doch einfach mal zum Wald gehen und Wynn hineinhören lassen“, schlug Endri vor. „Vielleicht ist da was. Und wenn Karmesin tatsächlich immer dorthin gehen sollte, bedeutete es auch im Umkehrschluss, dass von dem Wald keine Gefahr ausgeht.“

„Das müssen wir aber zu einem Zeitpunkt machen, an dem Karmesin garantiert nicht da ist.“

„Mittwochs gibt er doch immer seinen Talenten Nachmittagsunterricht. Das ist der perfekte Zeitpunkt, denn da haben wir alle Projektstunde.“

„Alles klar. Bereitet euch vor!“, sagte Wynn in einem Tonfall, als wären sie beim Militär.

„Wie sollen wir uns bitte vorbereiten?“, fragte Lorean.

„Na ja, zieht festes Schuhwerk an und cremt euch mit Sonnencreme ein und so.“

Endri lachte. „Das kann ja was werden.“

sechsundzwanzig

Am darauffolgenden Mittwoch trafen sie sich am Gasthaus und machten sich auf den Weg zum Griselherzfelsen, an dem sich Ristenpars Grundstück mit dem dahinterliegenden Wald befand. Sie wählten diesmal den Weg durch das Dorf, da Lorean sich mit aller Macht gegen einen weiteren Bootsausflug gewehrt hatte. Als sie ankamen, hielten sie unschlüssig inne.

„Okay, und was jetzt?“, fragte Lorean. „Wer von uns geht freiwillig da rein?“

Wynn lehnte sich so weit nach vorne, wie es möglich war, ohne den mit Laub bedeckten Untergrund zu betreten. Er hatte seine Ohren in Katzenohren verwandelt und bedeutete den anderen, möglichst leise zu sein.

„Also ich höre weit und breit nichts“, berichtete er. „Ich probiere es mal mit Fledermausultraschall.“ Einige Minuten vergingen.

„Also auch damit entdecke ich nichts – aber bin auf ein großes Loch im Felsen gestoßen. Könnte eine Höhle oder so was sein.“

„Das ist es!“, rief Endri aufgeregt. „Eine geheime Höhle in einem Wald, den nie jemand betritt. Das perfekte Versteck!“

„Das ändert aber nichts an der Tatsache, dass uns der Wald schlagartig altern lässt, sobald wir drin sind“, erinnerte ihn Lorean.

„Wenn das so wäre, wäre es sicherlich nicht Karmesins Versteck. Der sieht in meinen Augen immer noch ziemlich frisch aus, findest du nicht?“, gab Endri zurück.

Lorean kratzte sich am Kopf. „Wenn das wirklich sein Versteck sein sollte, gibt es vielleicht noch einen weiteren Eingang, bei dem er nicht durch den Wald muss."

„Und wo soll der sein?", fragte Alara ihn.

„Na, vielleicht in irgendeinem Keller."

Sie schüttelte vehement den Kopf. „Das kann nicht sein. Loris kennt doch alle Häuser von Erkental in- und auswendig. Wenn es da so etwas wie einen geheimen Keller gäbe, hätte er es mit Sicherheit schon mal erwähnt."

„Aaaaalsoo", unterbrach Wynn die Diskussion. „Wer geht rein?" Er sah erwartungsvoll in die Runde.

Als sich keiner rührte, schnaufte Alara genervt auf.

„Ihr seid vielleicht eine heldenhafte Truppe!"

Dann stapfte sie entschlossen zwischen den Bäumen hindurch. Die anderen starrten ihr mit offenem Mund hinterher.

„Eine völlig neue Person, ich sag's euch ...", murmelte Wynn und warf Endri einen ernsten Blick zu.

„Fühlst du was? Ist irgendwas komisch?", rief Lorean besorgt in den Wald hinein.

„Nein, alles normal!", gab Alara zurück. „Noch keine Rückenschmerzen oder so."

Wynn atmete erleichtert auf. „Ich komme!", rief er ihr zu und verschwand ebenfalls zwischen den Bäumen.

Endri wollte gerade hinterher, als Lorean ihn zurückhielt.

„Wäre es nicht klüger, die Hälfte von uns bleibt draußen? Nur für alle Fälle!"

„So ein Quatsch, es passiert schon nichts!", versicherte ihm Endri und ließ ihn am Waldrand stehen.

Als die drei etliche Meter zurückgelegt hatten, rief Wynn genervt über seine Schulter: „Komm schon, Lorean! Mann, du bist echt der größte Schisser, den die Welt je gesehen hat!"

Sie hörten, wie Lorean sich murrend und motzend langsam einen Weg zu ihnen bahnte.

„Ich schwöre euch, wenn ich nur einen Tag älter ..."

„Wie bitte willst du merken, dass du einen Tag älter geworden bist?", schnitt Alara ihm das Wort ab.

Daraufhin verstummte er. Das Laub raschelte unter ihren Füßen. Alle paar Meter hielten sie inne und sahen sich ehrfürchtig um. Nichts rührte sich – außer ein paar Eichhörnchen, die die Baumstämme hoch- und runterjagten.

Alara ging mit Wynn voraus, der sich wieder seine Katzenohren zugelegt hatte. Endri und Lorean, der sich nach jedem Schritt ängstlich nach hinten umsah, folgten ihnen. Wie erwartet, gelangten sie nach wenigen Minuten an eine steile Felswand. Die Rückseite des Griselherzfelsens.

„Am besten teilen wir uns auf", sagte Wynn. „Für den Fall, dass es noch weitere Eingänge gibt, die ich nicht gesehen habe. Sicher ist sicher. "

„Endri und Lorean, ihr geht nach rechts", bestimmte er, „Alara und ich gehen nach links am Felsen entlang."

Sie hatten sich nur wenige Meter voneinander entfernt, als Endri abrupt stehen blieb.

„Lorean, siehst du das?", fragte er nach hinten. Lorean machte einen Schritt auf ihn zu.

„Was soll ich – ahhhhhh!"

Endri drehte sich erschrocken um. Lorean hatte noch eben ganz in seiner Nähe gestanden, aber jetzt war er wie vom Erdboden verschluckt. Dann erblickte er ein tiefes kreisrundes Loch in der Erde. Das Laub hatte eine Schicht darüber gebildet, sodass man es nicht hatte erkennen können. Er selbst war nur wenige Zentimeter entfernt daran vorbeigelaufen. Er überlegte kurz, ob es sein Glück oder Loreans Pech gewesen war, dass ausgerechnet er hineingefallen war. Er kniete sich neben die Öffnung.

„Bist du okay?", rief er hinein und versuchte dabei, nicht allzu laut zu sein, für den Fall, dass doch jemand anderes in ihrer Nähe war.

Wynn und Alara kamen von dem Lärm alarmiert eilig dazu und knieten sich neben Endri.

„Was ist passiert?", keuchte Wynn.

„Lorean ist in ein Loch im Boden gefallen. Es lagen Blätter darüber, sodass man es nicht sehen konnte."

„Oh, Mist! Ist ihm was passiert?"

„Alles okay!", kam ein Stöhnen aus dem Loch. „Aber ziemlich dunkel hier unten!"

„Meint ihr, es war eine Falle?", überlegte Alara und sah sich nervös um.

„Gut möglich", sagte Endri, „warum sonst sollte man ein derartiges Loch mit Laub tarnen?"

„Und wie holen wir ihn jetzt da raus?", fragte Wynn. „Das Loch ist zu tief, um ihn von hier aus rauszuziehen."

„Wartet mal", sagte Endri und deutete auf einen Felsvorsprung. „Das sieht doch wie ein Eingang aus. Vielleicht geht's von da aus zu der Stelle, an der Lorean hineingestürzt ist."

Sie warfen einen Blick hinter den Vorsprung und entdeckten ein schmales Loch in der Felswand, gerade so groß, dass ein ausgewachsener Mensch hindurchpasste.

Wynn steckte den Kopf hinein. „Wenn ich einen Ultraschall hineinschicke, hallt er von allen möglichen Seiten wider. Es klingt so, als führe der Eingang zu einem Netz aus unterirdischen Tunneln, die unter dem Dorf verlaufen."

„Was?", rief Alara aufgeregt. „Das wäre ja ein architektonisches Wunder! Warum weiß davon keiner?"

„Könntet ihr euch vielleicht ein bisschen beeilen?", kam eine gedämpfte Stimme aus dem Loch. „Es ist ziemlich unheimlich hier unten!"

Nacheinander zwängten sie sich durch die Spalte.

Der Tunnel wurde von einem dünnen Streifen Tageslicht erleuchtet, sodass sie gerade noch sehen konnten, wo sie hintraten.

Nach wenigen Schritten teilte sich der Gang.

„Zu Lorean müsste es nach rechts gehen", erklärte Wynn und deutete auf den entsprechenden Gang. „Nur wird es da langsam echt dunkel."

„Kannst du nicht ein Feuer machen?", fragte Alara in Richtung Endri.

„Nein, leider nicht", erklärte er, „wenn es kein Feuer gibt, kann ich auch keines herholen."

Wynn sah ihn verwundert an. „Das heißt, auch ein Alchemist mit Rang sieben kann kein Feuer machen? Das ist ja langweilig!"

„Na ja, aber er kann theoretisch aus einem winzigen Funken ein gigantisches Feuerinferno entstehen lassen."

„Das bringt uns trotzdem hier unten in der Dunkelheit nichts."

„Richtig."

„Moment mal!", rief Alara, kramte in ihrer Hosentasche und hielt wenig später triumphierend ein winziges Feuerzeug hoch. „Im Sinne der Missionsvorbereitung", grinste sie.

„Vorbildlich!", lobte Wynn.

„Aber geht besser ein paar Schritte weg. So ganz geübt bin ich noch nicht in dem Element."

Endri formte aus der kleinen dünnen Flamme eine Lichtkugel in der Größe einer Orange. So konnten sie wenigstens sehen, wo sie hintraten, als Wynn sie vorsichtig durch den Tunnel führte.

„Lorean?“, rief Endri leise nach einigen Metern in die Dunkelheit hinein. Ein röchelndes „Hier“ erreichte sie als Antwort. Sie waren auf dem richtigen Weg.

Als sie wenig später bei Lorean ankamen, begrüßte er sie mit einem schrillen „Das hat aber ganz schön lange gedauert!“. Er schüttelte sich den restlichen Dreck von der Hose. „Warum muss eigentlich immer ich in irgendwelche Löcher fallen oder von geisteskranken Pflanzen angefallen werden?“, motzte er.

„In jeder guten Story muss es eben einen Pechvogel geben“, feixte Wynn und klopfte ihm auf die Schulter.

„Sehr lustig! Es hätte auch sonst was passieren können! Es ist ein Wunder, dass ich überhaupt noch lebe!“

Wynn legte den Kopf in den Nacken und sah nach oben zum Eingang des Lochs, von dem aus ein schwacher Lichtschein auf den Boden der Höhle fiel. „Ach, das sind vielleicht zwei Meter, da passiert so schnell nichts.“

Lorean prustete entrüstet. „Ich will dir nur mal sagen, dass es schon Leute gab, die bei einem Sturz von einer Trittleiter gestorben sind.“

„Könnt ihr euch das vielleicht für später aufheben?“, unterbrach Alara sie genervt. „Wir wissen schließlich nicht, was oder wer sonst noch hier unten ist.“

Die beiden brummten zustimmend und verstummten.

„Ich spüre Bewegung aus dieser Richtung. Könnte aber auch so was wie ein unterirdischer Wasserfall sein“, raunte Wynn, als sie ihren Weg fortsetzten.

„Wasser?“, fragte Lorean begeistert. „Das könnte bedeuten, dass wir gleich eine Tropfsteinhöhle finden!“

„Du weißt schon, dass Stalagmiten und Stalaktiten durch kalkreiches Regenwasser gebildet werden?“, korrigierte ihn Alara. „Nicht durch Wasserfälle. Die fließen viel zu schnell.“

Endri konnte ihn zwar nicht sehen, hörte aber regelrecht, wie Lorean die Augen verdrehte.

Sie schlichen langsam weiter und kamen nach einigen Minuten am Rande einer Höhle an. Sie war nicht groß und sie konnten schnell erkennen, dass sie leer war. Am Ende des Hohlraums flackerte ein mickriger Lichtschimmer. Endri löschte die Feuerorange, und gemeinsam tappten sie durch die Dunkelheit auf das Licht zu. Dort angekommen sahen sie, dass ein kurzer Tunnel in eine weitere Höhle führte. Der gigantische Raum, den sie nun betraten, sah aus wie ein unterirdischer Konzertsaal aus einer anderen Welt. An den Wänden hatten sich Stalagmiten gebildet, die von Weitem wie Abertausende Miniaturzuschauer aussahen, und an der hinteren Seite des Raumes konnten sie ein Steinplateau erkennen. Ein gedämpftes orangefarbenes Licht verlieh der Höhle dazu ein seltsam spirituelles Ambiente.

Sie verharrten mit offenem Mund am Eingang.

Endri wollte gerade einen weiteren Schritt nach vorne machen, als Wynn ihn zurückhielt. „Es ist auf jeden Fall noch eine andere Person hier unten", warnte er ihn flüsternd.

„Kannst du sehen, wer es ist?", fragte Alara leise.

„Nein, ich …"

Er wurde von einem klappernden Geräusch unterbrochen, das durch die Akustik der Höhle so laut hallte, dass alle vier zusammenschraken. Sie versuchten, die Ursache des Geräuschs auszumachen, aber es war zu dunkel.

Wynn kniff die Augen zusammen. „Da vorne bewegt sich was", flüsterte er.

„Kannst du sehen, was es ist?"

„Nein", hauchte er. „Meine Katzenaugen sind noch nicht ganz so ausgereift wie die Ohren. Wir müssen näher ran!"

Sie schlichen an der Wand entlang und hatten dabei Mühe,

sich nicht die Füße und Hände an den spitzen Stalagmiten aufzuschlitzen, die überall aus dem Boden ragten.

„Ich glaube, es ist Runa!", raunte Wynn.

„Ist sie irgendwo eingesperrt?", fragte Lorean aufgeregt.

„Nein", murmelte Wynn und kniff die Augen zusammen. „Es sieht aus, als würde sie ..." Er stutzte. „Sie macht sich einen Tee."

„Das sieht nicht aus, als würde sie hier unten gefangen gehalten werden."

Als sie näher kamen, erkannten sie, dass die Höhle bei Runa gemütlich eingerichtet war – samt Ohrensessel, Topfpflanzen und einem kleinen Herd. Ihre Ecke wurde von einem hellen, natürlich wirkenden Licht erleuchtet.

„Äh ... Frau Ribaldi?", rief Endri ihr zögerlich zu. „Alles in Ordnung bei Ihnen?"

Runa, eine Dame mittleren Alters, deren Haare schon früh grau geworden waren, sah sie belustigt an.

„Endlich mal Besuch!", rief sie. „Ich bin hocherfreut!"

Die vier sahen sich verdutzt an.

„Geht es ... geht es Ihnen gut?", fragte Endri erneut.

„Oh, selbstverständlich! Es ist nur ein wenig feucht hier unten", erklärte sie.

„Keine Sorge, wir sind hier, um Sie zu retten!", rief Lorean inbrünstig und trat vor.

Als Runa etwas erwidern wollte, leuchtete plötzlich ein grelles Licht hinter ihnen auf und durchflutete die Höhle. Sie schnellten herum und starrten geradewegs in das wutverzerrte Gesicht von General Karmesin. Flucht war keine Option, denn der Lehrer war so schnell, dass es unmöglich war, ihn abzuhängen. Er trug seine volle Kampfmontur. Hinter seinem Rücken steckten über Kreuz zwei schwarze Schlagstöcke, und an den

Oberschenkeln konnte Endri die Griffe von zwei langen Messern sehen.

„Was zur Hölle treibt ihr hier?!“, brüllte er sie an.

Die Reaktion von dem überwiegend emotionslosen Lehrer ließ sie alle zusammenzucken. Endris Blick huschte über die Waffen. Karmesin hatte keine gezogen, was zumindest bedeutete, dass er der Meinung war, dass von ihnen keine Gefahr ausging.

„Wir wissen von Ihren kriminellen Machenschaften!“, antwortete Endri und verschränkte die Arme.

Die mutige Antwort schien den Lehrer zu überraschen. Er stutzte kurz.

Den Moment nutzte Wynn, um sich mit Händen und Füßen, an denen er sich lange Krallen hatte wachsen lassen, auf ihn zu stürzen.

Karmesins Augen weiteten sich bei dem unerwarteten Angriff, aber seine Reflexe setzten unmittelbar ein und er schaltete Wynn mit wenigen gekonnten Handgriffen aus. Wynns Kopf unter den Arm geklemmt, funkelte er die anderen wütend an.

„Was wird das hier?“, fragte er und behielt Wynn dabei fest im Griff.

Der röchelte und schlug mit den Händen auf Karmesins steinharte Oberarme. Der ließ ihn ruckartig los, und Wynn stürzte auf die Knie und versuchte, wieder zu Atem zu kommen. Endri hatte in der Zwischenzeit seine Sinne ausgestreckt und sich einen Überblick verschafft, welche Elemente ihm zur Verteidigung dienen konnten. Es war komplett windstill in der Höhle, und die Luft war so träge, dass er sie nicht zu fassen bekam. Sie war darüber hinaus so dünn, dass ein größeres Feuer für alle lebensbedrohlich sein würde, denn der Sauerstoff wäre schneller aufgebraucht, als er durch die verwinkelten Tunnel nachfließen konnte. Wasser gab es ebenfalls nicht genug und der jahrtausendealte Stein um sie herum würde ihm niemals gehorchen. Er sah Lorean aus den Augenwinkeln an. Er hatte eine Idee, musste sie seinem Freund nur irgendwie ohne Worte vermitteln. Lorean war wie gelähmt, aber Alara bemerkte, was er vorhatte, und nickte ihm unmerklich zu. Sie ließ einen großen Stein Richtung Karmesin rasen, um ihn abzulenken. Er war ihnen bedenklich nah gekommen, und als er den Stein mit seinen Schlagstöcken in der Luft blitzschnell abwehrte, rieselten Splitter auf sie herab. Das war genug. Lorean war aus seiner Trance erwacht und zerbröselte geistesgegenwärtig die Splitter zu Staub. Der Luftzug, den der wuchtige Schlag auf den Stein hervorgerufen hatte, reichte aus, dass Endri das Element zu fassen bekam. Zusammen erschufen sie einen Tornado aus Steinstaub, der unaufhaltsam um Karmesins Gesicht herumwirbelte und ihm so die Sicht raubte.

Die vier atmeten kurz durch und wandten sich an Runa, die scheinbar amüsiert das Geschehen beobachtet hatte.

„Sehr gut!", rief sie begeistert. „Es wurde auch mal Zeit, dass jemand diesem arroganten Affen zeigt, wo es langgeht."

„Wir müssen gehen, bevor er wieder etwas sieht!", ermahnte Endri sie, während Karmesin wild fuchtelnd in der Höhle herumstolperte.

„Warum müssen wir gehen?", fragte Runa bestürzt. „Es ist doch so gemütlich hier!"

„Runrbnaa!", gurgelte Karmesin durch den Staub. „Mchhhmwss!"

Entgeistert mussten sie mit ansehen, wie Runa die Hände hob und der Staub im nächsten Moment zu Boden fiel.

Karmesins Gesicht kam wieder zum Vorschein, und er funkelte sie an.

„Jetzt noch mal ohne die blöden Spielchen. Was treibt ihr hier?", knurrte er.

„Wir ... wir dachten ... Sie ... Was treiben Sie hier?", fragte

Endri zurück. „Was hat das alles zu bedeuten?" Er wandte sich zu Runa. „Warum haben Sie ihn befreit?"

„Sie hat bestimmt das Stockholmsyndrom", wisperte ihm Wynn von hinten zu.

„Jetzt sind wir geliefert", stöhnte Lorean, dessen Gesicht vor Angst grün angelaufen war.

Karmesin seufzte schwer.

„Ich muss euch mitnehmen", sagte er. „Die anderen sollen entscheiden, was mit euch zu tun ist."

Endri schluckte. Er hatte plötzlich eine trockene Kehle. Die anderen? Was hatte das zu bedeuten? Waren noch mehr Leute in die Entführungen involviert?

„Und was, wenn wir uns weigern?", fragte Wynn trotzig und verschränkte die Arme.

Karmesin lächelte ihn bedrohlich an. „Versuch's mal", schlug er vor.

Er führte sie auf einem anderen Weg durch das verschlungene Tunnelsystem. Nach wenigen Biegungen hatten sie die Orientierung verloren. Eine gefühlte Ewigkeit später hielt Karmesin inne. Er blickte nach oben. Die anderen folgten seinem Blick und starrten in einen runden Aufgang, durch den weit oben Licht durch kleine Schlitze fiel. Es waren keine Treppen oder Ähnliches zu sehen. Wollte er sie dort hinaufwerfen?

Er klopfte an einer Stelle gegen die Wand, und wie aus dem Nichts schoben sich knirschend die schmalen Stufen einer Wendeltreppe aus dem Stein.

„Cool", sagte Alara leise.

Karmesin ging vor und hievte die schwere Falltür über ihnen auf.

siebenundzwanzig

Endri streckte als Erster den Kopf aus dem Loch und erschrak. Er erkannte die gemauerten Wände. Sie waren in der Schule! Der unterirdische Gang musste sie in einen der Türme geführt haben. Sein Blick fiel auf die Personen, die auf Sesseln rund um einen Sofatisch saßen, auf dem mehrere Teetassen standen. Zu seinem Erstaunen handelte es sich um Berathraban Ripar, die Schulleiterin Fastrada Piril, Gertrud Tinter und eine weitere Frau, die aussah, als wäre sie mindestens hundert Jahre alt. Es musste sich um Raimara, der Telepathin aus dem Rat der Fünf, handeln, von der ihm Alara erzählt hatte. Ihre dünne, blasse Haut war mit feinen Linien überzogen, ihre Augenbrauen waren mit einem dunklen Stift nachgemalt. Sie hatte die hellgrauen Haare zu einem Dutt zusammengesteckt und war so spindeldürr, dass der Blazer, den sie trug, an ihr wie an einem Kleiderbügel hing.

„Ah, da ist ja …“, Ripar stockte. „Wen hast du denn da mitgebracht, Ardrick?“

„Diese kleinen Möchtegerndetektive haben Runa und mir in der Höhle aufgelauert“, erklärte der General mit einem säuerlichen Tonfall.

Endri und seine Freunde warfen sich verwirrte Blicke zu.

Ripar trat vor und sah die vier an. „Na, das ist jetzt wirklich ein Problem“, stellte er fest.

Im Raum herrschte ein kurzer Moment des Schweigens.

Was war ein Problem? Dass sie Karmesin auf die Schliche gekommen waren oder dass sie wussten, wo Runa sich befand?

„Warum war Runa unten in der Höhle?", hörte Endri sich fragen, bevor er Zeit hatte, darüber nachzudenken, ob es eine gute Idee war, so neugierig zu sein.

Ripars ernster Gesichtsausdruck verschwand und er lächelte Endri amüsiert an.

„Ich wusste, dass wir uns mit dir einen neugierigen Burschen an die Schule holen", sagte er, „dass du aber mit deinen Freunden einem unserer besten Agenten auf die Spur kommst, hätte selbst ich nicht erwartet."

Endri wusste nicht, wie die Aussage zu interpretieren war. Was für ein Agent war Karmesin? Für wen arbeitete er?

„Wie seid ihr ihm überhaupt auf die Schliche gekommen?", wollte Gertrud Tinter wissen.

Wynn trat vor und verschränkte die Arme hinter seinem Rücken. „Eventuell haben wir ihn das ein oder andere Mal belauscht", erklärte er, und während er sprach, schwankte sein Tonfall zwischen Zufriedenheit und Unsicherheit angesichts dieser Beichte.

„Belauscht?", Piril zog überrascht die Augenbrauen hoch und warf Karmesin einen argwöhnischen Blick zu.

Dem war die Situation sichtlich unangenehm und er wand sich bei der Antwort.

„Das war bestimmt, als ich die beiden im Lehrerflur erwischt habe!", motzte er. „Ich habe dir gleich gesagt, dass man sie härter bestrafen muss! Heutzutage hat nichts mehr Konsequenzen!"

„Schüler haben dort wirklich nichts verloren", bestätigte die Schulleiterin und ließ ihren Blick kurz auf Wynn und Endri ruhen. „Aber dich hätte auch ein anderer Lehrer belauschen können", ergänzte sie Richtung Karmesin. „Das war wirklich fahrlässig von dir."

Karmesin schnappte nach Luft. „Zu dem Zeitpunkt war niemand außer Vilanta im Flur, und ich habe gewartet, bis sie weg war. Woher kann ich denn wissen, dass es hier solche dreisten, neugierigen Kinder gibt?"

„Könnten Sie uns vielleicht erklären, was hier vorgeht?", fragte Alara in einem angriffslustigen Tonfall und reckte ihr Kinn nach oben. „Und warum weiß eigentlich niemand im Dorf von diesen Höhlen?"

„Das ist nicht ganz richtig", beantwortete Ripar wenigstens eine der Fragen, „es wissen nur nicht viele davon."

„Aber wenn Karmesin …", Wynn stockte und sah fragend in die Runde. „Wenn er wusste, wo sie ist … Vor wem sollte sie sonst sicher sein?"

Gertrud Tinter lachte laut. „Ardrick, was hast du denn mit den Schülern gemacht, dass sie dir so etwas andichten?"

Der zuckte mit den Schultern. „Kinder halt", sagte er. „Nur Mist im Kopf."

Piril räusperte sich und wandte sich der Gruppe Jugendlicher zu.

„Es bestand Grund zur Annahme, dass Runa Ribaldi das nächste Entführungsopfer sein würde", erklärte sie ihnen ruhig. „Karmesin ist in Erkental als verdeckter Ermittler eingesetzt worden. Leider konnte er die Täter im Fall von Takeru nicht schnappen."

Endri sah misstrauisch in die Gesichter der anwesenden Erwachsenen. „Und warum führt er dann komische Gespräche mit so seltsamen Leuten und sagt dabei Sachen wie: ‚Ich habe sie im Auge'?"

„Von was für seltsamen Leuten redest du?", fragte Tinter amüsiert.

„Na, was ist zum Beispiel mit diesem riesigen Typen aus

Berlin – der mit den vielen Tattoos!", meldete sich Lorean zu Wort und sah Karmesin triumphierend an.

„Die reden von Nahuel Millanir", knurrte der und schüttelte genervt den Kopf.

„Nun, wir hatten die Vermutung, dass jemand in Erkental vertrauliche Informationen weitergegeben hat. Von der Person hat Ardrick sicherlich gesprochen", ergänzte Ripar.

Endri und Lorean sahen sich betreten an. Das war also der Mann gewesen, mit dem Karmesin sich am Einführungstag unterhalten hatte. Millanir war der Physikervertreter im Rat der Fünf und hatte von Berlin aus Karmesins Mission in Erkental überwacht. Das erklärte das merkwürdige Gespräch und die Telefonate.

„Es ist trotzdem nicht okay, dass Sie Runa in die Höhle gesperrt haben", stellte Alara fest. „Wie lange wollten Sie die Arme noch da unten festhalten?"

„Sie wird nicht festgehalten. Sie ist freiwillig dort", beteuerte Tinter. „Als sie gehört hat, dass wir davon ausgehen müssen, dass sie das nächste Entführungsopfer sein könnte, hat sie sich bereit erklärt, dort unten ein paar Wochen zu verbringen. Nur so lange, bis wir Entwarnung geben können."

„Ach, deswegen ist sie nicht mit uns mitgekommen", murmelte Endri mehr zu sich selbst.

„Moment mal", hakte Ripar ein und stand hektisch von seinem Sessel auf. „Wie weit seid ihr denn gekommen? Ich dachte, du hättest Bewegungssensoren dort unten angebracht, Ardrick. Wie kommt es, dass du nicht sofort vor Ort warst?"

Karmesin sah fast schon verlegen aus. „Die Bande hat mich, nun ja, außer Gefecht gesetzt – selbstverständlich nur für einen kurzen Moment!"

„Na, das ist ja was!", rief Ripar und schlug mit der Hand auf seine Sessellehne. „Nahuels bester Mann wird von vier Teenagern überwältigt!“

„Hoffentlich hat deren Rumschnüffeln niemanden misstrauisch gemacht“, knurrte der General. „Sonst wären fast zwei Jahre Arbeit umsonst.“

„Ach, das ist alles halb so wild“, meldete sich Raimara zu Wort. Ihre Stimme war für eine so gebrechlich aussehende Person überraschend fest und dunkel. „Wir hätten die Aktion sowieso bald abgebrochen. In all der Zeit hat sich kein Verdächtiger hervorgetan.“

„Und wer, vermuten Sie, steckt hinter alldem?“, wollte Endri wissen.

Karmesin schüttelte den Kopf. „Das ist genug für ...“

„Eine Organisation, die wir schon seit langer Zeit im Auge haben“, fielt ihm Ripar ins Wort und setzte sich mit einem Seufzer zurück auf seinen Sessel.

Endri riss die Augen auf. „Etwa die gleiche, die damals auch Raverkan entführt hat?“

Die Erwachsenen sahen sich überrascht an. Ripar verschluckte sich an seinem Tee und musste husten.

„Sagen wir mal so“, erklärte Raimara, „wir vermuten, dass es eine Verbindung zwischen den Fällen geben könnte. Da wir das genaue Ziel der Organisation nicht kennen, war es uns bis jetzt aber noch nicht möglich, die Theorie zu bestätigen.“

„Ha!“, rief Endri triumphierend. „Es war wohl doch kein Unfall!“

„Ich denke, das ist jetzt wirklich genug“, schaltete sich Karmesin erneut ein, wurde aber ignoriert.

„Und haben Sie eine Idee, wohin diese Leute verschwinden? Sie können doch nicht einfach vom Erdboden verschluckt werden“, hakte Wynn nach.

„Richtig", bemerkte die alte Dame. „Wir haben seit Längerem einen Verdacht, aber leider ist es ein Ort, an den wir nicht herankommen."

„Warum nicht?"

„Es war uns möglich, Takerus Spur bis zum Arabischen Meer zu verfolgen. Dort hat sie sich verloren. Wir vermuten etwa siebzig Kilometer östlich von Maskat eine Insel im Meer. Jeglicher Versuch von uns, sich diesem Ort zu nähern, wurde vereitelt."

„Und so lange wir keine genauen Koordinaten haben, können wir keine Maßnahmen einleiten", fügte Ripar hinzu. „Wir wissen weder, wie viele Menschen sich dort aufhalten, noch, ob sie dort mit Gewalt festgehalten werden oder nicht."

„Aber warum wurden ausgerechnet Korbinian und Takeru entführt?", fragte Alara. „Da muss es doch irgendeine Art Zusammenhang geben."

„Es könnte etwas mit ihrem Rang zu tun haben", beantwortete Endri die Frage, indem er laut überlegte. „Raverkan und Bernhard Ristenpar waren damals jeweils die ranghöchsten Talente, Korbinian ebenfalls. Aber warum wurde dann Takeru entführt?" Mit fragendem Gesichtsausdruck wandte er sich an die Erwachsenen. „Und warum dachten sie, Runa wäre das nächste Ziel?"

Die alte Raimara sah Endri mit leuchtenden Agen an. „Nicht schlecht kombiniert!", lobte sie ihn. „Tatsächlich war Takeru in Wirklichkeit ein Physiker mit Rang sieben. Aus Sicherheitsgründen haben wir dies geheim gehalten. Das ist auch der Grund, warum wir vermuten, dass jemand in Erkental Informationen weitergibt. Er diente sozusagen als unsere erste Verteidigungslinie in Erkental – für den Fall der Fälle. Und Runa besitzt den gleichen Rang wie Samara, wenn sie auch – und das ist kein Geheimnis – etwas sonderbar ist und Erkental nur ungern verlässt. Sie musste geschützt werden. Zumal es nur eine Handvoll Alchemisten gibt, wie du sicherlich weißt."

„Ach so, das heißt, jemand entführt nur die ranghöchsten Talente der Zeit? Warum sollte jemand so etwas tun?"

„Wir vermuten, dass irgendjemand ein Interesse daran hat, dass der Klimawandel fortschreitet – mit all seinen Folgen. Als Raverkan damals plötzlich verschwand, wurde die Welt von immer schlimmer werdenden Naturkatastrophen heimgesucht. Bernhard hatte zuvor ganze Wälder aufgeforstet, und sein Mann, Berathraban, ist nach seinem Verschwinden so in Trauer verfallen, dass er sich in seinem Haus verschanzt hat. Seit Korbinian weg ist, haben sich in kürzester Zeit schädliche Tierarten exponentiell vermehrt. Allein vor der Ostseeküste haben sich die Quallenbestände in wenigen Monaten verzehnfacht. Und Takeru war, wie ich schon erwähnt hatte, für den Schutz des Erkentals verantwortlich."

Bei den letzten Worten schnaubte Karmesin leise.

Raimara wandte sich zu ihm. „Ihr zwei und eure ewige Rivalität", sagte sie, „Während du dich im Ruhm gesonnt hast, hat Takeru seine Kräfte dafür genutzt, Schüler zu unterrichten und Erkental zu verteidigen. Das solltest du ihm hoch anrechnen."

„Er hatte ja auch keine andere Wahl", knirschte Karmesin.

Raimara ignorierte ihn und fuhr an die Jugendlichen gewandt fort: „Wie ihr seht, hatte jede Entführung das Ziel, den größtmöglichen Schaden anzurichten."

Die vier sahen sich betreten an. Sie hatten zwar einen größeren Plan hinter alldem vermutet, aber das tatsächliche Ausmaß verschlug ihnen die Sprache.

„Aber wer sollte davon profitieren?", hakte Endri nach. „Das ergibt doch keinen Sinn."

Ripar sah ihn mitfühlend an. „Mein Lieber“, sagte er, „es gibt immer jemanden, der selbst von der größten Katastrophe noch profitieren kann.“ Dann erhob er sich aus seinem Sessel und sah in die Runde. „Ich denke, das ist genug für heute“, beschloss er. „Du holst Runa am besten umgehend aus der Höhle“, befahl er Karmesin. „Ravus ist es nicht gelungen, das Unwetter vor dem Wald wieder anzufachen, und wir benötigen umgehend ihre Hilfe.“

Endri schluckte. War jemandem in der Zwischenzeit die Idee gekommen, dass es unter Umständen sein Verschulden war, dass das Unwetter vertrieben worden war? Er sah Ravus’ wütendes Gesicht vor sich und seine Worte hallten in ihm nach: „Weißt du, welche Auswirkungen deine Aktion haben könnte?“ Hatte er recht gehabt? Hatte Endri am Ende nicht nur Erkental in Gefahr gebracht, sondern obendrein Karmesins Mission durchkreuzt? Der General stand in der Tür und sein Blick huschte über die Anwesenden. Er blieb an Endri haften, der nervös die Luft anhielt.

„Und was passiert jetzt mit denen da?“, fragte er und Endri atmete erleichtert aus.

„Das wird Raimara festlegen“, bestimmte Ripar. Karmesin nickte kurz zufrieden und verließ den Raum.

Alle Gesichter wandten sich zu der alten Dame, die ein amüsiertes Lächeln auf den Lippen hatte.

„Herrje, ich bin zwar alt, aber so ein Fall ist auch mir bis jetzt noch nicht untergekommen.“ Wackelig stand sie aus ihrem Sessel auf und trat ein paar Schritte im Zimmer auf und ab. „Nichtsdestotrotz“, sie blieb neben Gertrud Tinter stehen und legte eine knochige Hand auf ihre Lehne, „denke ich, gibt es ein paar Dinge, die wir klären sollten, bevor wir euch entlassen.“

Die vier warfen sich besorgte Blicke zu.

„Auch wenn ihr heute großen Mut und großes Können gezeigt habt, habt ihr euch dennoch in Gefahr gebracht. Und damit nicht nur euch selbst, sondern auch eine Mission, der jahrelange Planung zugrunde liegt."

Endri nickte beflissen und wollte etwas sagen, aber Raimara hielt eine Hand hoch.

„Ich hoffe, ihr habt daraus gelernt, dass jemand noch lange keine bösen Absichten haben muss, nur weil er euch unsympathisch ist. Im Gegenteil: General Karmesin hat mit vollem Einsatz das zu verhindern versucht, was ihr ihm angedichtet habt." Sie sah die Freunde streng an. „Ich gehe davon aus, dass ihr ihm in Zukunft mit etwas mehr Respekt und Vertrauen begegnet."

„Wir können von Glück sprechen, dass trotz eurer Einmischung sonst nichts passiert ist", fügte Ripar hinzu, und Endri bildete sich ein, dass Raimara ihm bei dem Satz kurz zuzwinkerte.

„Wir schätzen jedoch eure guten Absichten. Und wir sind selbstverständlich keine Gesellschaft, die Jugendliche für ihre Neugierde bestraft", ergänzte die Schulleiterin Piril. „Unter der Voraussetzung, dass nichts, was heute gesagt wurde, diesen Raum verlässt."

Ungläubig starrte Endri in die Runde. Im Hinblick auf ihre mehr als kopflose Aktion kam ihm der Ausgang des Gesprächs deutlich zu harmlos vor. Wynn, Alara und Lorean standen sprachlos neben ihm.

„Das ... das ist alles?", fragte Wynn vorsichtig.

„Ja. Oder seid ihr damit nicht einverstanden?" Piril sah ihn auffordernd an.

„Äh, doch", Wynn lächelte zaghaft.

„Also, können wir uns darauf verlassen, dass ihr die Informationen für euch behaltet?"

Die vier nickten benommen. Mit einem Lächeln entließ Piril sie und sie stiefelten einer nach dem anderen aus dem Büro.

Ohne viele Worte zu verlieren, gingen sie zusammen zur Kantine, in der sich nur vereinzelte Schüler in den Hängestühlen aufhielten und sich leise unterhielten.

Während Wynn sich daranmachte, die letzten Reste des Büfetts zusammenzuklauben, saßen sich die anderen stumm gegenüber.

Endri war der Erste, der sich zu Wort meldete: „Okay“, sagte er langsam, „das war jetzt irgendwie echt ...“

„Krass“, ergänzte Lorean.

„Ich kann nicht glauben, dass jemand so etwas tut“, murmelte Alara. „Dass jemand mit Absicht den Klimawandel gefördert haben soll.“

Endri nickte. „Das ist unvorstellbar. Wer könnte nur dahinterstecken?“

„Vielleicht irgendwelche großen Firmen oder Investoren“, überlegte Lorean. „Es gibt genug, die durch den Klimawandel reich geworden sind.“

Endri sah ihn nachdenklich an. Konnte jemand so geldgierig sein?

Wynn kam in dem Moment zurück und breitete die Speisen vor ihnen aus. Erst jetzt bemerkte Endri, wie hungrig er war, und nahm sich ein Schokoladeneclair.

„Ich schätze, ihr wisst, was das bedeutet“, sagte er und biss in sein Gebäck. Während er kaute, sahen die anderen ihn erwartungsvoll an. Er schluckte. „Es bedeutet“, grinste er, „dass wir einen neuen Fall haben.“

Am folgenden Tag war Runa, zumindest für die restlichen Bewohner, auf wundersame Weise wieder aufgetaucht und konnte sich angeblich an nichts erinnern. Davon, dass das Unwetter vor Erkental kurzzeitig ausgefallen war, hatte außer ihnen niemand im Dorf etwas mitbekommen, und so war es schnell wieder vergessen. Nur Endri konnte die Gedanken daran nicht ganz vertreiben. Auch die Erkenntnisse aus dem Gespräch mit Piril, Raimara, Tinter und Karmesin beschäftigten ihn und seine Freunde die folgenden Wochen. Trotz des sonnigen Wetters, das Runa ihnen als Wiedergutmachung jeden Tag bescherte, verbrachten sie die Tage in der Bibliothek, statt am Wasserfall zu liegen oder auf dem Marktplatz Eis zu essen. Sie erstellten Listen von Unternehmen und Personen, die durch die Klimakrise zu Reichtum gefunden oder ihn dadurch beachtlich vermehrt hatten. Stundenlang saßen sie an den Computern und diskutierten ihre Theorien, wer hinter allem, was sie in dem Raum erfahren hatten, stecken könnte. Erschreckenderweise war die Liste der Verdächtigen ellenlang. Nach drei Wochen durchgehender Recherche beschlossen sie, dass es Zeit für eine Sommerpause war.

Am ersten Tag der Ferien klopfte es morgens an Endris Zimmertür. In seinem Pyjama öffnete er und sah in das runzelige Gesicht der alten Raimara. Hinter ihr stand ein Mann, der so breit und groß war, dass er aussah, als stünde sie vor einem Kleiderschrank. Es war der Mann aus Berlin! Der Physikervertreter aus dem Rat der Fünf, Nahuel Millanir.

Endri rieb sich die Augen. „Was äh ... ja?", fragte er alarmiert.

Hatten sie doch herausgefunden, dass er das Unwetter vor Erkental versehentlich vertrieben hatte? Kamen sie ihn jetzt abholen und würden ihn zur Strafe irgendwo einsperren? Oder schlimmer, würden sie ihn aus Erkental verbannen?

„Kein Grund zur Sorge", lächelte Raimara. „Wir haben etwas, was wir mit dir besprechen möchten."

Immer noch schlaftrunken stapfte Endri hinter dem ungleichen Paar in das Teezimmer. Sie nahmen auf einer der vielen

Sofagarnituren Platz. Raimara sah in ihrem pinkfarbenen Samtsessel aus wie eine englische Königin. Millanir hingegen, der nur ein T-Shirt trug und damit seine tätowierten Arme entblößte, wirkte etwas deplatziert in dem Raum. Bei dem Anblick, wie der Riese eine feine Tasse an die Lippen hob, um einen Schluck zu trinken, musste Endri grinsen.

„So, kommen wir direkt zur Sache", sagte Raimara, und ihr Tonfall erinnerte Endri an den Ernst der Situation.

Er sah nervös auf die Tasse in seinen Händen. Er war sich sicher. Sie waren hier, weil er Mist gebaut hatte.

„Wir haben eine Aufgabe für dich", erklärte Raimara.

Endri sah überrascht auf.

„Eine Aufgabe?"

„Eine echte Mission", Millanir betonte das Wort „echt".

Raimara sah Endri wachsam an. „Wir haben lange darüber diskutiert, ob dies die richtige Entscheidung ist", sagte sie. „Aber die Sache ist die: Wir versuchen seit Jahren – nein, seit Jahrzehnten –, diese Person, Organisation, was auch immer es ist, ausfindig zu machen. Seit Korbinians Verschwinden haben wir eine neue Spur – jedoch blieb jeder Versuch von Samara, in die Nähe des Aufenthaltsortes zu gelangen, an dem wir sie vermuten, ohne Erfolg. Immer schnitt ihr entweder ein Tornado, ein Taifun oder ein plötzlicher Vulkanausbruch den Weg ab, die selbst außerhalb ihrer Kontrolle waren."

Millanir nickte. „Unser größtes Problem ist, dass wir davon ausgehen müssen, dass unsere einzige taugliche Alchemistin unter Beobachtung steht", ergänzte er. „Dass sie bereits darüber informiert sind, wenn sie auch nur in die Nähe kommt."

Endri sah die beiden mit großen Augen an.

Raimara lächelte ihn aufmunternd an. „Du musst verstehen, wir haben lange auf jemanden wie dich gewartet", sagte sie.

„Ein Alchemist, der der Aufgabe gewachsen ist und – vor allem – von dem die Außenwelt nichts weiß."

„Aber meinten Sie nicht, dass es einen Spion in Erkental gibt?"

„Den Verdacht konnten wir nicht bestätigen", sagte Millanir.

„Sie möchten also, dass ich zu dieser Insel fahre?", fragte er. „Wird das ... wird das gefährlich?", war Endris nächste Frage, bei der ihm bewusst wurde, dass er immer noch seinen Pyjama trug. War er bereit für eine solche Aufgabe?

Raimara nippte an ihrem Tee. „Ich möchte nicht lügen, es kann durchaus sein, dass es nicht ganz ungefährlich ist. Aber du sollst in erster Linie den Beobachter spielen und uns mitteilen, ob wir mit unserer Vermutung überhaupt richtigliegen."

„Sobald wir genaue Koordinaten haben, können wir ganz anders vorgehen", erklärte Millanir. „Und du wirst selbstverständlich nicht alleine gehen."

Endri sah ihn fragend an.

„Am liebsten würden wir dir natürlich Karmesin zum Schutz mitschicken, aber wir müssen leider davon ausgehen, dass er ebenfalls unter Beobachtung steht. Und da wir nur eine Chance haben, ist das Risiko zu hoch. Es gibt allerdings eine ganze Reihe an Schülern, die infrage kommen. Ich denke da zum Beispiel an Yasin oder Hedlef ..."

„Nein", sagte Endri bestimmt. „Wenn ich das mache, dann mit meinem eigenen Team."

Die beiden sahen ihn verwirrt an.

„Ich möchte Wynn, Alara und Lorean."

Raimara seufzte und nahm sich einen Keks vom Teller. „Nun gut", beschloss sie unter dem entsetzten Blick von Millanir. „Ehrlicherweise haben wir uns schon fast gedacht, dass es darauf hinauslaufen würde." Sie wandte sich an den Physikvertreter. „Kriegen wir das hin, sie innerhalb von zwei Wochen so vorzubereiten, dass sie aufbrechen können?“

Millanir fuhr sich mit der Hand über seinen rasierten Kopf. „Das wird ein hartes Stück Arbeit.“

In dem Moment schritt Odelia an der offenen Tür vorbei und blieb überrascht stehen. „Huch“, sagte sie, „was haben wir denn hier für eine Teeparty?“

„Odelia, meine Liebe!“, rief Raimara und winkte sie in den Raum. „Du kommst genau richtig. Es gibt da etwas, was wir dir mitteilen müssen.“

Dank

Mein Traum von diesem Buch konnte nur als gemeinsame Leistung zahlreicher Menschen, die ich hier in keiner spezifischen Reihenfolge nennen möchte, Wirklichkeit werden.

Maria und Charlie, bessere Testleser hätte ich mir nicht wünschen können. Ihr wart vom ersten Kapitel an dabei und habt mich stets ermutigt, weiterzuschreiben.
Susann, du hast den Text und die Geschichte durch endlose, kluge Diskussionen und dein ungebrochenes Engagement so unglaublich viel besser gemacht. Ohne dich wäre Erkental nicht das geworden, was es ist.
Kristina, vielen Dank für dein großartiges erstes Lektorat. Wir wissen beide, dass es bitternötig war.
Susanne und Flo, euch als Verleger gefunden zu haben, war das größte Glück. Ihr habt nicht nur Zeit und Kompetenz, sondern auch Herzblut zwischen die Buchdeckel gesteckt. Mehr kann man sich als Autorin nicht wünschen.
Ich danke Julia für den gekonnten Buchsatz und Anna für die wunderbaren Illustrationen, die Erkental Leben eingehaucht haben.
Zuletzt danke ich meinem Mann Justus, meinem unerschütterlichen Unterstützer, meinem wichtigsten Kritiker, meiner großen Liebe. Du hast jedes Kapitel zehnmal gelesen, hast stundenlang mit mir über Details gefeilscht, warst bei jedem

Hoch und Tief hautnah dabei und hast besonders in den Momenten an mich geglaubt, in denen ich es nicht konnte. Ohne dich gäbe es keine Geschichten.

Mehr zur Autorin A. K. Bender und zur ERKENTAL-Reihe gibt es auf www.erkental.de zu entdecken.

Erkental

Hoch und Tief hautnah dabei und hast besonders in den Momenten an mich geglaubt, in denen ich es nicht konnte. Ohne dich gäbe es keine Geschichten.

Mehr zur Autorin A. K. Bender und zur ERKENTAL-Reihe gibt es auf www.erkental.de zu entdecken.

Dank

Mein Traum von diesem Buch konnte nur als gemeinsame Leistung zahlreicher Menschen, die ich hier in keiner spezifischen Reihenfolge nennen möchte, Wirklichkeit werden.

Maria und Charlie, bessere Testleser hätte ich mir nicht wünschen können. Ihr wart vom ersten Kapitel an dabei und habt mich stets ermutigt, weiterzuschreiben.
Susann, du hast den Text und die Geschichte durch endlose, kluge Diskussionen und dein ungebrochenes Engagement so unglaublich viel besser gemacht. Ohne dich wäre Erkental nicht das geworden, was es ist.
Kristina, vielen Dank für dein großartiges erstes Lektorat. Wir wissen beide, dass es bitternötig war.
Susanne und Flo, euch als Verleger gefunden zu haben, war das größte Glück. Ihr habt nicht nur Zeit und Kompetenz, sondern auch Herzblut zwischen die Buchdeckel gesteckt. Mehr kann man sich als Autorin nicht wünschen.
Ich danke Julia für den gekonnten Buchsatz und Anna für die wunderbaren Illustrationen, die Erkental Leben eingehaucht haben.
Zuletzt danke ich meinem Mann Justus, meinem unerschütterlichen Unterstützer, meinem wichtigsten Kritiker, meiner großen Liebe. Du hast jedes Kapitel zehnmal gelesen, hast stundenlang mit mir über Details gefeilscht, warst bei jedem